1 -

JAMES PATTERSON
UND ANDREW GROSS

Todesschwur

D1396174

GOLDMANN
Lesen erleben

Buch

FBI-Agent Nick Pellisante ist das scheinbar Unmögliche gelungen: Er hat den Mafia-Paten Dominic Cavello, genannt »Der Elektriker«, festgenommen. Nun beginnt der Prozess gegen Cavello, und in New York wird eine Jury berufen. Zu den Geschworenen gehört auch Andie DeGrasse, eine attraktive, aber wenig erfolgreiche Schauspielerin und allein erziehende Mutter, die sogleich Nicks Aufmerksamkeit auf sich zieht. Während der Verhandlung spart Cavello nicht mit offenen Drohungen gegen das Gericht, gegen die Geschworenen und vor allem gegen die Kronzeugen, die Cavello als Auftraggeber etlicher Morde bezichtigen. Nach einem Einbruch in das Haus der Richterin wird die Jury in Sicherheitsverwahrung in einem Hotel untergebracht und täglich in einem Bus zwischen Gericht und Aufenthaltsort hin- und hergefahren. Jetzt scheint alles nach Plan zu verlaufen, und der Prozess steuert auf die sichere Verurteilung des Angeklagten zu. Aber Cavello hat den Profikiller Richard Nordeschenko, einen ehemaligen Tschetschenienkämpfer, damit beauftragt, genau dies zu verhindern. Und schon bald haben Andie DeGrasse und Nick Pellisante ein ganz persönliches Motiv, sich an Cavello zu rächen ...

Autor

James Patterson wuchs in Newburgh, New York, auf, studierte englische Literatur am Manhattan College und an der Vanderbilt University. Während seines Studiums, das er mit Auszeichnung abschloss, jobbte er in einer psychiatrischen Klinik. Danach war Patterson lange Zeit Chef einer großen New Yorker Werbeagentur.
Nebenher begann er mit dem Schreiben von Kriminalromanen – und das mit großem Erfolg. Mittlerweile gilt James Patterson als der Mann, der nur Bestseller schreibt: Seine Romane wurden bisher in 38 Sprachen übersetzt und erreichten weltweit eine Gesamtauflage von über 170 Millionen Exemplaren. James Patterson lebt mit seiner Familie in Palm Beach, Florida.

Mehr Thriller von James Patterson bei Goldmann:

Blutstrafe. Thriller (46737) · Höllentrip. Thriller (47069) · Honeymoon. Thriller (45907) · Im Affekt. Thriller (46598) · Sündenpakt. Thriller (46333) · Todesahnung. Thriller (46764) · Todesbote. Thriller (47122) Totenmesse. Thriller (46669) · Sühnetag. Thriller (47347)

James Patterson
und Andrew Gross

Todesschwur

Thriller

Aus dem Amerikanischen
von Helmut Splinter

GOLDMANN

Die Originalausgabe erschien 2006 unter dem Titel
»Judge & Jury«
bei Little, Brown and Company, New York.

Verlagsgruppe Random House FSC-DEU-0100
Das FSC®-zertifizierte Papier *Holmen Book Cream* für dieses Buch
liefert Holmen Paper, Hallstavik, Schweden.

Einmalige Sonderausgabe Mai 2011
Copyright © der Originalausgabe 2006 by James Patterson
Copyright © der deutschsprachigen Ausgabe 2007
by Wilhelm Goldmann Verlag, München,
in der Verlagsgruppe Random House GmbH
First published by Little, Brown and Company,
New York, NY.
Published by arrangement with Linda Michaels Limited,
International Literary Agents.
Umschlaggestaltung: UNO Werbeagentur, München
Umschlagmotiv: © Getty Images / Norma Zuniga - Stone
Druck und Einband: GGP Media GmbH, Pößneck
Printed in Germany
ISBN: 978-3-442-47609-1

www.goldmann-verlag.de

Prolog

Die Hochzeit

1

Mein Name ist Nick Pellisante, und für mich begann alles eines Sommers draußen auf Long Island, bei der »Hochzeit der Hochzeiten«. Ich beobachtete die Braut, die eine sich zwischen den Tischen windende Schlange aus Conga-Tänzern anführte. Eine Conga-Schlange! Ich hasste Conga-Schlangen.

Ich sollte erwähnen, dass ich die Szene durch ein starkes Fernglas beobachtete. Ich folgte der Braut, die ihre breite, spitzenbesetzte Schleppe in alle Richtungen schmiss, ein Glas Rotwein umkippte und versuchte, einen mondgesichtigen Verwandten, der einen Teller gefüllter Muscheln verschlang, zum Mitmachen zu animieren. Währenddessen tat der freundlich grinsende Bräutigam alles, um sich auf der überfüllten Autobahn nicht abhängen zu lassen.

Was für ein glückliches Paar, dachte ich und stellte mir ihre Ehe in zehn Jahren vor. Was für ein Glück für mich, dass ich nur Zuschauer war. Das hier gehörte zum Job.

Als leitender Special Agent der Abteilung C-10, der Abteilung für organisiertes Verbrechen beim FBI von New York, überwachte ich die Hochzeit eines Mafiosos im schicken South Fork Club in Montauk. Jeder, der hier etwas auf sich hielt, war anwesend in der Annahme, man wäre unter seinesgleichen.

Alle außer dem einen Mann, nach dem ich eigentlich suchte.

Nach dem Boss. Dem *Capo di tutti i capi*. Dominic Cavello. Man nannte ihn den Elektriker, weil er seine Karriere in diesem Gewerbe begonnen hatte. In New Jersey, mit Betrug im Baugewerbe. Der Kerl war böse, Terrorstufe-rot-böse. Und ich musste einen Haftbefehl gegen ihn zusammenbasteln wegen Mord, Erpressung, Beeinflussung von Gewerkschaften und Finanzierung von Drogengeschäften.

Einige meiner Kumpel beim FBI hatten gesagt, Cavello sei bereits in Sizilien und würde uns eine Nase drehen. Anderen Gerüchten zufolge sei er in der Dominikanischen Republik in seinem eigenen Kurort oder in Costa Rica, in den Vereinigten Arabischen Emiraten oder sogar in Moskau untergetaucht.

Doch ich hatte so eine Ahnung, dass er hier war, irgendwo in dieser lärmenden Menge auf der wundervollen Terrasse des South Folk Club. Sein Ego war viel zu groß. Seit drei Jahren war ich hinter ihm her, was er wahrscheinlich wusste. Aber nichts, nicht einmal die Bundesregierung, würde Dominic Cavello davon abhalten, bei der Hochzeit seiner Lieblingsnichte mitzufeiern.

»Cannoli eins, hier ist Cannoli zwei«, knatterte eine Stimme in meinem Ohrhörer.

Es war Special Agent Manny Oliva, den ich unten auf den Dünen mit Ed Sinclair postiert hatte. Manny war in einer Sozialwohnung in Newark aufgewachsen, dann hatte er alles darangesetzt, seinen Juraabschluss zu machen. Er kam frisch aus Quantico, als er meiner C-10-Einheit zugeteilt worden war.

»Irgendwas auf dem Radar, Nick? Hier gibt's nichts außer Sand und Möwen.«

»Ja«, meinte ich und servierte ihm, was ich sah. »Eher ruhig hier. Eine kleine Lasagne mit heißen Würstchen, ein paar gefüllte Garnelen und Parmesan.«

»Hör auf! Du machst mich total hungrig, Nicky Smiles.«

Nicky Smiles. So nannten mich die Jungs in der Einheit, zu denen ich ein besseres Verhältnis hatte. Vielleicht weil ich mit einem ziemlich netten Grinsen gesegnet war. Doch der Grund war wohl eher, dass ich in Bay Ridge mit einem Haufen dieser Mafiatypen aufgewachsen war und mein Name auf einem Vokal endete. Außerdem wusste ich mehr über die Cosa Nostra als irgendjemand sonst beim FBI, und ich fühlte mich verletzt durch das, was dieser Wichser dem Ruf aller Italoamerikaner angetan hatte – einschließlich meiner eigenen Familie, meinen Freunden, die gesetzestreuer nicht sein konnten, und, natürlich, mir.

Also, wo steckst du, du Hurensohn? Du bist doch da drin, Cavello, oder nicht? Durch mein Fernglas musterte ich die Tänzer.

Die Prozession zog am Rand der Terrasse entlang, vorbei an all den besoffenen Mafiosi in Smoking mit lila Hemden und ihren Ehefrauen mit hochgesteckten Haaren und prall gefüllten Kleidern. Die Braut machte sich an einen Tisch mit Senioren heran, *padrones* mit Westernkrawatten, die am Espresso nippten und alte Geschichten aufwärmten. Eins oder zwei der Gesichter kamen mir bekannt vor.

In dem Moment beging die Braut den Fehler.

Sie wählte einen der alten Männer aus, beugte sich hinunter und küsste ihn auf die Wange. Der Mann mit angehender Glatze saß in einem Rollstuhl, die Hände im Schoß. Er wirkte schwach und neben der Spur, als erholte er sich von einer Krankheit, vielleicht von einem Schlaganfall. Er trug eine dunkle Brille und hatte keine Augenbrauen, wie Onkel Junior in *Die Sopranos*.

Ich stand auf und richtete das Fernglas auf ihn. Die

Braut fasste ihn bei den Händen und versuchte, ihn hochzuziehen. Der Kerl sah aus, als könnte er nicht im Stehen pinkeln, und schaffte es kaum, die Arme um sie zu legen, geschweige denn aufzustehen und zu tanzen.

Dann blieb mein Herz plötzlich stehen.

Du arroganter Hurensohn! Jetzt hab ich dich!

»Tom, Robin, dieser alte Kauz mit der dicken Brille. Die Braut hat ihm gerade einen Kuss gegeben.«

»Okay«, meldete sich Tom Roach. Er saß in einem Van auf dem Parkplatz und beobachtete die Bilder, die er von den im Club versteckten Kameras empfing. »Ich habe ihn. Wo ist das Problem?«

Ich trat einen Schritt vor und holte den Alten mit dem Fernglas näher heran.

»Kein Problem. Das ist Dominic Cavello!«

2

»Zugriff!«, bellte ich in das an meinem Hemdkragen befestigte Mikrofon. »Ziel ist ein glatzköpfiger Mann mit dunkler Brille. Er sitzt in einem Rollstuhl auf der linken Seite der Terrasse. Es ist Cavello! Er gilt als gefährlich und wird bewaffneten Widerstand leisten.«

Von meiner Position aus hatte ich einen erstklassigen Blick auf das, was in den nächsten Minuten passierte. Tom Roach und Robin Hammill sprangen aus dem Van auf den Parkplatz und rannten zum Eingang.

Wir hatten genügend Leute, überall wartete Verstärkung – sogar Agenten, die innen eine Schau als Barmänner und Kellner abzogen. Ein paar hundert Meter entfernt, draußen auf dem Meer, wartete ein Boot der Küstenwache, bei Bedarf konnte ein Apache-Hubschrauber mobilisiert werden.

Nicht einmal Dominic Cavello würde die Hochzeit der Tochter seines Bruders in einen Kugelhagel ausarten lassen, oder?

Falsch.

Ein paar Ganoven in hellblauen Smokings machten gerade eine Zigarettenpause, als sie sahen, dass mein Team aus dem Wagen sprang. Einer rannte gleich wieder hinein, während der andere den Zugang blockierte. »Tut mir leid, das ist eine Privatveranstaltung …«

Tom Roach zeigte ihm seine Dienstmarke. »Jetzt ist sie für die Allgemeinheit geöffnet. FBI.«

Ich schwenkte mein Fernglas zu dem anderen Mafioso,

11

der nach hinten zur Hochzeitsgesellschaft auf die Terrasse eilte, direkt zu dem gelähmten alten Mann im Rollstuhl.

Ich hatte Recht! Das war eindeutig Cavello! Aber unsere Deckung war flöten.

»Wir sind aufgeflogen!«, rief ich mit Blick auf die Terrasse. »Alle arbeiten sich an Cavello ran! Manny, du bleibst mit Ed, wo du bist, und deckst die Dünen. Taylor!«, rief ich den Agenten, der einen Kellner gab, »warte auf Toms Mannschaft.«

Cavello sprang aus dem Rollstuhl und war auf wundersame Weise plötzlich der gesündeste Mann der Welt. Steve Taylor stellte sein Tablett ab und zog seine Waffe unter der Jacke hervor. »FBI!«, rief er.

Ich hörte einen Schuss, und Taylor ging zu Boden, ohne wieder aufzustehen.

Das Chaos brach aus. Gäste wuselten über die Terrasse hin und her, einige kreischten, andere krochen unter die Tische. Ein paar der bekanntesten Bandenbosse huschten zu den Ausgängen.

Ich richtete mein Fernglas wieder auf Cavello. Er schlich, vornübergebeugt und immer noch verkleidet, durch die Menge Richtung Treppe, die hinunter zum Strand führte.

Ich zog meine Glock heraus, sprang von der Felsbank, auf der ich gekauert hatte, und rannte die Uferstraße entlang zu dem mit weißen Brettern verschalten Clubhaus.

Dort machte ich kurz Halt, bevor ich durch den Vordereingang des Restaurants nach hinten zur Terrasse hechtete. Cavello hatte ich immer noch im Blick. Er hatte die dunkle Brille abgesetzt, schob eine alte Frau aus dem Weg und setzte über einen Holzzaun. Von dort rannte er zu den Dünen.

Wir hatten ihn!

3

»Manny, Ed, er kommt in eure Richtung!«

Mir war klar, wohin Cavello fliehen wollte. Er versuchte, oben an der Spitze einen Hubschrauber zu erreichen. Offensichtlich *seinen* Hubschrauber. Ich drängte durch die Menge, schob Menschen aus dem Weg. Am Rand der Terrasse blickte ich zum Strand hinunter.

Cavello stolperte durch den Sand und über die grasigen Dünen. Dann duckte er sich hinter einer hohen Düne, wo ich ihn aus den Augen verlor.

»Manny«, rief ich ins Mikrofon, »er müsste jede Sekunde bei euch sein.«

»Ich habe ihn, Nick«, kreischte Manny.

»FBI!«, hörte ich Manny in meinem Ohrhörer.

Dann Schüsse. Zwei schnell hintereinander, gefolgt von vier oder fünf weiteren.

Mein Blut gefror zu Eis. Oh, Gott. Ich sprang über den Zaun und rannte über die Düne zum Strand. Verlor das Gleichgewicht und sank mit einem Knie auf den Boden. Richtete mich wieder auf und raste in die Richtung, aus der ich die Schüsse gehört hatte.

Ich blieb stehen.

Zwei Männer lagen mit dem Gesicht nach oben im Sand. Mein Herz raste. Ich rannte zu ihnen, schlitterte im Sand, der mit rotem Blut durchtränkt war.

Du gütiger Himmel, nein!

Manny war tot, Ed Sinclair mit einer Schusswunde in der Brust gurgelte Blut.

Dominic Cavello war fünfzig Meter weiter vorn, presste eine Hand gegen seine verwundete Schulter, gab aber nicht auf.

»Manny und Ed sind erledigt!«, rief ich ins Mikrofon. »Holt sofort Hilfe!«

Cavello rannte auf seinen Hubschrauber zu. Die Kabinentür stand bereits offen. Ich nahm die Verfolgung wieder auf.

»Cavello, stehen bleiben!«, rief ich. »Sonst schieße ich!«

Cavello blickte über seine Schulter, lief aber weiter. Zweimal drückte ich ab. Die zweite Kugel traf ihn in den Oberschenkel.

Der Pate griff nach seinem Bein und knickte ein, aber bewegte sich weiter, zog sein Bein nach wie ein verzweifeltes Tier, das nicht aufgeben wollte. Ich hörte das Schlagen von Rotoren – und endlich kam der Hubschrauber der Küstenwache in Sicht.

»Das war's!«, rief ich Cavello zu und zielte wieder mit meiner Glock auf ihn. »Du bist erledigt! Der nächste Schuss landet in deinem Kopf.«

Cavello blieb erschöpft stehen, hob die Hände und drehte sich langsam um.

Er hatte keine Waffe. Ich wusste nicht, wohin er sie geworfen hatte, vielleicht ins Meer. Er war nahe genug am Wasser gewesen. Trotz der Kugeln in Schulter und Oberschenkel verzog er sein Gesicht zu einem Grinsen.

»Nicky Smiles«, sagte er. »Hätte ich gewusst, dass du auf die Hochzeit meiner Nichte kommen wolltest, hättest du nur zu fragen brauchen. Ich hätte dir eine Einladung geschickt. Mit Widmung.«

Ich hatte das Gefühl, als würde mein Kopf platzen. Wegen diesem Schwein hatte ich zwei, vielleicht drei Männer verloren. Ich trat auf Cavello zu, meine Glock auf seine Brust gerichtet. Er erwiderte meinen Blick mit einem spöttischen Lächeln. »Weißt du, Pellisante, das Problem bei italienischen Hochzeiten ist, dass jeder eine Waffe mit sich herumträgt.«

Ich verpasste Cavello einen Schlag. Er fiel auf ein Knie, und eine Sekunde lang dachte ich, er würde kämpfen wollen, aber er stand nur kopfschüttelnd auf und lachte.

Also schlug ich noch mal zu, mit aller Kraft, die mir geblieben war.

Diesmal blieb er unten.

Teil eins

Die erste Verhandlung

1

In seinem Haus in der Yehudi-Straße in Haifa, hoch über dem himmelblauen Mittelmeer, versuchte Richard Nordeschenko sein Glück mit der Königsindischen Verteidigung. Der Bauernhebel, Kasparows berühmter Angriff. Damit hatte Kasparow 1981 bei der russischen Meisterschaft Tukmakow auseinandergenommen.

Nordeschenko gegenüber saß sein Sohn, der auf den Bauern geschickt reagierte. Sein Vater nickte, erfreut über den Zug. »Und warum bietet der Bauer einen solchen Vorteil?«, fragte Nordeschenko.

»Weil er verhindert, dass du deinen damenseitigen Turm freistellst«, antwortete der Junge rasch. »Und du deinen Bauern zur Königin vorrückst. Richtig?«

»Richtig.« Nordeschenko strahlte seinen Sohn an. »Und wann hat die Königin die Macht bekommen, die sie bis heute noch hat?«

»Um fünfzehnhundert«, antwortete sein Sohn. »In Europa. Bis dahin bewegte sie sich nur zwei Felder rauf und runter. Aber …«

»Bravo, Pavel!«

Zärtlich zauste er durchs blonde Haar seines Sohns. Für einen Elfjährigen lernte Pavel schnell.

Der Junge blickte schweigend übers Brett, dann zog er seinen Turm. Nordeschenko merkte, worauf sein Sohn aus war. Einst war Nordeschenko in Glaskows Schachakademie in Kiew der Drittbeste gewesen. Doch er tat, als würde er die Absicht seines Sohnes nicht durchschauen,

19

und setzte seinen Angriff auf der gegenüberliegenden Seite fort, indem er einen Bauern nach vorne zog.

Der Junge weigerte sich, das Angebot anzunehmen. »Du lässt mich gewinnen, Vater. Außerdem hast du gesagt, nur ein einziges Spiel. Dann würdest du mich unterrichten.«

»*Dich* unterrichten?«, foppte Nordeschenko ihn, wusste aber genau, was er damit meinte.

»Nicht Schach, Vater.« Der Junge hob den Kopf. »Poker.«

»Aha, Poker?« Nordeschenko täuschte Überraschung vor. »Um Poker zu spielen, Pavel, brauchst du einen Einsatz.«

»Ich habe was«, beharrte der Junge. »Ich habe sechs Dollar in Münzen. Die habe ich gespart. Und über hundert Fußballerkarten. Sind alle noch in super Zustand.«

Nordeschenko lächelte. Er verstand, was sein Sohn fühlte. Er hatte sein ganzes Leben über gelernt, den Vorteil zu nutzen. Schach war hart. Einsam. Wie ein Instrument spielen. Zahlenreihen, strenger Unterricht, Übung. Bis schließlich alle Möglichkeiten aufgesogen und im Gedächtnis fest abgespeichert waren. Bis man nicht mehr denken musste.

Ein bisschen so wie das Erlernen von Techniken, um einen Menschen mit bloßen Händen zu töten.

Poker hingegen war befreiend. Lebendig. Anders als beim Schach, spielte man nie zweimal auf die gleiche Art. Man brach die Regeln. Es setzte eine ungewöhnliche Kombination voraus: Disziplin und Risikobereitschaft.

Plötzlich durchschnitt die Glockenspielmelodie von Nordeschenkos Handy die Stille. Er erwartete einen Anruf. »Wir machen gleich weiter«, sagte er zu Pavel.

»Aber, Vater«, jammerte der Junge enttäuscht.

»Gleich«, wiederholte Nordeschenko, fasste seinen Sohn unter die Arme und schob ihn mit einem leichten Klaps fort. »Der Anruf ist wichtig. Kein Wort mehr.«

»Okay.«

Nordeschenko ging auf die Terrasse mit Meerblick hinaus und klappte sein Telefon auf. Nur eine Hand voll Menschen auf der Welt hatten diese Nummer. Er ließ sich auf einen Liegestuhl fallen.

»Hier ist Nordeschenko.«

»Ich rufe im Namen von Dominic Cavello an«, meldete sich der Anrufer. »Ich habe einen Auftrag für Sie.«

»Dominic Cavello? Cavello ist im Gefängnis und wartet auf seine Gerichtsverhandlung«, erwiderte Nordeschenko. »Und ich habe bereits genügend Auftragsangebote.«

»Aber keines wie dieses«, sagte der Anrufer. »Der Pate verlangt ausschließlich Sie. Nennen Sie Ihren Preis.«

2

New York City. Vier Monate später.

Der riesige, holzvertäfelte Saal war gerammelt voll mit Anwälten, Sicherheitsbeamten und Reportern. Mehr bekam Andie DeGrasse nicht mit. Noch nie hatte sie von einem Ort so schnell wieder verschwinden wollen wie von hier.

Doch Andie war sich ziemlich sicher, dass die anderen etwa fünfzig Leute, die als potenzielle Geschworene geladen waren, dasselbe dachten.

Geschworenenpflicht – dieses Wort hörte sich für sie an wie »Grippe«. Oder »Herpes«. Ihr war gesagt worden, sie solle sich um neun Uhr morgens im Bundesgericht am Foley Square einfinden. Dort füllte sie die Formulare aus, feilte an ihren Entschuldigungen und schlug eine Stunde mit einer Elternzeitschrift tot.

Dann wurde gegen halb zwölf ihr Name von einem Justizbeamten in Uniform aufgerufen, woraufhin sie mit einer Reihe anderer Unglücksraben mit unsicheren, entnervten Gesichtern in einen großen Gerichtssaal im sechsten Stock getrieben wurde.

Sie blickte sich um, versuchte abzuschätzen, wie viele zappelige, umherspähende Leute in die große Zelle gezwängt wurden.

Die Szene war wie ein Schnappschuss aus der U-Bahn-Linie 4 Lexington Avenue. Menschen in Arbeitskleidung – Elektriker, Mechaniker –, Schwarze, Latinos, ein Chasside mit Käppchen. Jeder versuchte, die Vertreter der Anklage und der Verteidigung davon zu überzeugen, dass er nicht hierher gehörte. Zwei wohlhabende Geschäftsleute in Anzügen tippten auf ihren BlackBerrys und demonstrierten höchst eindeutig, dass sie weit Wichtigeres zu tun hatten.

Sie waren es, um die sich Andie am meisten Sorgen machte, und deshalb behielt sie sie argwöhnisch im Auge – diese Kandidaten mit ihren bewährten, ausgefeilten Einsa-Entschuldigungen, die ihnen als Freifahrtschein dienten. Schreiben ihrer Chefs. Besprechungen mit Geschäftspartnern. Reisepläne. Platzende Geschäfte. Eine schon vollständig bezahlte Bermuda-Kreuzfahrt.

Natürlich war Andie nicht völlig mit leeren Händen gekommen.

Sie hatte ihr enges, rotes T-Shirt mit der Aufschrift »Bitte nicht stören« angezogen. Es war das schäbigste Teil, das sie besaß, aber hier ging's ja nicht um die Wahl der Schönheitskönigin.

Hier ging es darum, sich entschuldigt verabschieden zu können. Auch wenn man dafür einen auf dumm oder naiv machen musste.

Dann war da noch der Trumpf mit der alleinerziehenden Mutter. Der war legitim. Jarrod war neun, ihr bester Kumpel und derzeit ihre größte Nervensäge. Wer würde ihn von der Schule abholen, seine Fragen beantworten, ihm bei den Hausaufgaben helfen, wenn sie nicht für ihn da sein konnte?

Und schließlich gab es noch ihre Vorsprechtermine. Ihr Agent William Morris hatte ihr allein für diese Woche zwei Termine besorgt.

Um sich abzulenken, zählte Andie die Gesichter der Menschen, die intelligent und aufgeschlossen wirkten, ohne zu vermitteln, dass sie eigentlich etwas Wichtigeres vorhatten. Bei zwanzig hörte sie auf. Das gab ihr ein gutes Gefühl. Man brauchte doch nur zwölf, oder?

Neben ihr beugte sich eine kompakte Latinofrau, die einen pinkfarbenen Babypullover strickte, zu ihr herüber.

»Tschuldigung, aber wissen Sie, was das für eine Gerichtsverhandlung sein soll?«

»Nein.« Andie zuckte mit den Schultern und blickte sich zu den Sicherheitskräften um. »Aber, wie's aussieht, ist es was Großes. Sehen Sie diese Typen da? Das sind Reporter. Und haben Sie draußen die Absperrungen und diese Polizisten gesehen, die überall herumwuseln? Hier gibt's mehr Uniformen als in der Umkleidekabine von der New Yorker Polizei.«

Die Frau lächelte. »Rosella«, stellte sie sich freundlich vor.

»Ich bin Andie.« Andie reichte ihr die Hand.

»Also, Andie, wie wollen Sie auf die Geschworenenliste kommen? Haben Sie einen Plan?«

Andie blinzelte, als hätte sie nicht richtig gehört. »Sie wollen tatsächlich ausgewählt werden?«

»Klar. Mein Mann sagt, man kriegt vierzig Dollar am Tag, plus U-Bahn-Fahrt. Die Frau, für die ich arbeite, die hat eine komische Art zu bezahlen. Also, warum nicht das Geld nehmen?«

Andie lächelte und zuckte nachdenklich mit den Schultern. »Klar, warum nicht?«

Die Gerichtsdienerin kam herein, eine Frau mit schwarzem Brillengestell und zusammengekniffenem Gesicht. Sie sah aus wie eine alte Schulmeisterin. »Erheben Sie sich. Richterin Miriam Seiderman.«

Alle drückten sich aus ihren Sitzen.

Andie beugte sich zu Rosella, als eine attraktive Frau um

die fünfzig mit Spuren von grauem Haar den Gerichtssaal betrat und zu ihrem Platz ging. »Also, Rosella, wollen Sie wissen, wie Sie genommen werden?«, flüsterte sie ihr ins Ohr.

»Klar.«

»Schauen Sie einfach zu.« Andie stupste sie an. »Und tun Sie genau das Gegenteil von dem, was ich tue.«

3

Richterin Seiderman begann damit, jedem ein paar Fragen zu stellen. Name und Adresse. Womit verdienen Sie Ihren Lebensunterhalt? Sind Sie alleinstehend oder verheiratet, wenn ja, haben Sie Kinder? Ihr höchster Ausbildungsabschluss? Welche Zeitungen und Zeitschriften lesen Sie? Hat jemand in Ihrer Familie jemals für die Regierung oder Polizei gearbeitet?

Andie blickte auf die Uhr. Das würde Stunden dauern.

Ein paar von ihnen wurden sofort entschuldigt. Eine Frau sagte aus, sie sei Anwältin. Die Richterin bat sie, zu ihr an den Tisch zu treten. Sie schwatzten ein paar Sekunden, dann durfte die Anwältin gehen. Ein Mann beschwerte sich, er habe bis letzte Woche noch in Westchester auf der Geschworenenbank gesessen. Auch er erhielt seine Entlassungspapiere.

Wieder ein anderer, der sogar ziemlich süß war, sagte, er sei Krimiautor, woraufhin eine Frau in der Menge sein Buch nach oben hielt. Sie lese es gerade! Nachdem er fertig war, hörte Andie ihn kichern: »So ein Pech! Ich habe auch nicht die geringste Chance, für so was genommen zu werden.«

Schließlich nickte Richterin Seiderman in Andies Richtung.

»Andie DeGrasse«, meldete sich Andie. »Ich wohne in 855 West One Eightythird Street, in der Bronx. Ich bin Schauspielerin.«

Ein paar der Anwesenden drehten die Köpfe nach ihr.

Das passierte immer. »Na ja, ich versuche jedenfalls, eine zu sein«, korrigierte sie sich. »Meistens korrigiere ich Texte für *The Westsider*. Das ist eine Stadtteilzeitung oben in Manhattan. Und was die andere Frage betrifft – ich war es, Euer Ehren, fünf Jahre lang.«

»Waren was, Ms. DeGrasse?« Die Richterin spähte über den Rand ihrer Brille hinweg.

»Verheiratet. Wir konnten das Problem nicht aussitzen, wenn Sie wissen, was ich meine.« Ein paar Leute kicherten. »Und ich habe einen Sohn. Jarrod. Er ist neun. Und derzeit eigentlich meine Vollzeitbeschäftigung.«

»Fahren Sie fort, Ms. DeGrasse«, forderte die Richterin sie auf.

»Schauen wir mal. Ich bin ein paar Jahre aufs St. John's gegangen.« Was Andie damit eigentlich sagen wollte, war: Wissen Sie, Euer Ehren, ich bin in der vierten Klasse sitzen geblieben, und … ach ja … was ist eigentlich der Unterschied zwischen Mord und Totschlag?

»Ja, und ich lese die *Vogue* und die *Cosmopolitan* und, ach ja, und *Mensa*. Gründungsmitglied. Versuche echt, von der alles zu lesen.«

Sie wurde mit etwas lauterem Kichern belohnt. Weiter so, ermutigte sie sich selbst. Drück die Brust raus. Du hast es fast geschafft.

»Und was die Polizisten betrifft« – sie dachte ein paar Sekunden nach –, »in meiner Familie gibt's davon keine. Aber ein paar von ihnen waren schon mal bei mir zu Hause.«

Richterin Seiderman schüttelte lächelnd den Kopf. »Nur noch eine Frage. Haben Sie irgendeinen Grund oder haben Sie in Ihrem Leben eine Erfahrung gemacht, um Vorurteile gegen Italoamerikaner zu haben? Oder halten Sie sich für unfähig, einen unparteiischen Geschworenenspruch

27

zu erlassen, wenn Sie an dieser Gerichtsverhandlung teilnehmen müssten?«

»Hm, ich habe mal eine Rolle in *Die Sopranos* gespielt«, antwortete sie. »Das war die Folge, in der Tony diesen Typen in der Schule von Meadow zusammenschlägt. Ich war in dem Club.«

»Dem Club?« Richterin Seiderman blinzelte. Nicht mehr lange, dann platzte ihr der Kragen.

»Das Bada Bing, Euer Ehren.« Andie zuckte verlegen mit den Schultern. »Ich habe an einer der Stangen getanzt.«

»Das waren *Sie?*«, kiekste ein Latino in der ersten Reihe. Jetzt brachen einige im Saal sogar in lautes Lachen aus.

»Danke, Ms. DeGrasse.« Richterin Seiderman unterdrückte ein Lächeln. »Wir alle hier werden uns sicher die Wiederholungen ansehen.«

Die Richterin wandte sich Rosella zu. Andie war ziemlich zuversichtlich, dass sie hier fertig war. Sie spürte zwar die Andeutung eines schlechten Gewissens, aber als Geschworene hier sitzen? Unmöglich.

Doch Rosella war perfekt. Ein Traum für die Geschworenenbank. Sie putzte seit zwanzig Jahren für dieselbe Frau. Sie war gerade erst eingebürgert worden. Sie wollte Geschworene werden, weil sie es für ihre Pflicht hielt. Sie strickte einen Pullover für ihre Enkelin. Oh, du bist auf jeden Fall dabei, grinste Andie in sich hinein. Jede Antwort von Rosella war ein Volltreffer. Sie war wie eine Werbesendung für Geschworene.

Zuletzt stellte die Richterin eine Frage an die potenziellen Geschworenen als Ganzes. Andie schielte auf die Uhr. Viertel nach eins. Mit etwas Glück könnte sie immer noch die Linie 1 kriegen und Jarrod rechtzeitig von der Schule abholen.

28

Richterin Seiderman beugte sich vor. »Hat jemand von Ihnen den Namen Dominic Cavello gehört oder stand mit ihm in Verbindung?«

Andie blickte zu dem unerschütterlichen, grauhaarigen Mann in der dritten Reihe des Gerichtssaals. Um den ging es also. Ein paar Leute murmelten. Andie drehte sich mit etwas mehr Mitgefühl zu Rosella.

Diese Leute hier standen für einem Horrortrip an.

4

Ich saß während der Geschworenenbefragung in der zweiten Reihe, nicht weit von der Richterin entfernt. Sicherheitsbeamte säumten die Wände, bereit, in Aktion zu treten, sobald sich Cavello auch nur an der Nase kratzen würde. Die meisten Marshals wussten, dass ich derjenige war, der Cavello einkassiert hatte, und der Fall für mich eine persönliche Angelegenheit war.

Die Warterei bis zu den Eröffnungsplädoyers, bis zum Auftritt des ersten Zeugen machte mich fast wahnsinnig.

Wir hatten Miriam Seiderman als Richterin bekommen. Ich hatte sie schon in zwei Gerichtsverhandlungen erlebt, und immer schien sie sich für die Angeklagten ins Zeug zu legen. Aber sie war gründlich und gerecht und führte die Verhandlungen mit strenger Hand. Es hätte für uns viel schlimmer kommen können.

Was die Geschworenen betraf, sahen die für mich ganz passabel aus. Ein paar von ihnen waren ausgesprochen unterhaltsam.

Da war so ein Verizon-Typ mit Neuengland-Akzent, der meinte, er habe drei Häuser in Brooklyn, die er verwalte, und er werde sowieso seine Arbeit bei der Telefongesellschaft schmeißen, so dass es ihm egal sei, wie lange das mit der Gerichtsverhandlung dauere.

Und ein Krimiautor, der von einer Frau aus der Gruppe erkannt wurde. Sie las sogar gerade ein Buch von ihm.

Dann die Frau in der dritten Reihe. Die Schauspielerin und alleinerziehende Mutter. Die war richtig munter und gewitzt, hatte dichtes, braunes Haar mit rötlichen Strähnen. Auf ihrem T-Shirt stand »Bitte nicht stören«. Irgendwie lustig.

Ein- oder zweimal drehte sich Cavello zu mir. Aber die meiste Zeit saß er einfach da, die Hände im Schoß gefaltet, und blickte stur geradeaus.

Ein paarmal kreuzten sich unsere Blicke. Und, wie geht's, Nicky, schien sein Lächeln sagen zu wollen, als hätte dieser Typ, der den Rest seines Lebens im Knast sitzen würde, keine anderen Sorgen im Leben.

Hin und wieder schoben er und sein Anwalt die Köpfe zusammen. Hy Kaskel. Wurde auch das Frettchen genannt, nicht weil er seinen Lebensunterhalt mit der Verteidigung dieser Saukerle verdiente, sondern weil er viel zu kurz geraten war und einen trommelförmigen Oberkörper und buschige Augenbrauen hatte, mit denen man sich die Schuhe hätte polieren können.

Kaskel konnte sich allerdings in Szene setzen. In dieser Beziehung war er der Beste seiner Zunft. Zwei seiner drei letzten Prozesse gegen Mafiamitglieder gingen ergebnislos aus, beim anderen erwirkte er einen Freispruch. Er und seine Leute saßen einfach da, taxierten die Geschworenen und legten zu jedem Einzelnen ein eigenes Blatt an. Der Verizon-Typ. Der Betriebswirt. Der Autor.

Ich blickte wieder zu der Schauspielerin. Mit Sicherheit dachte sie, sie wäre draußen. Aber manchmal sind genau das die Leute, die man als Geschworene braucht – Leute, die mal ordentlich auf den Putz hauen, die das Eis brechen.

»Meine Damen und Herren.« Sharon Ann Moran, die Gerichtsdienerin. Die Verteidigung und die Staatsanwaltschaft hatten ihre Auswahl getroffen.

Ich dachte, gebt mir einfach zwölf Geschworene, die so gescheit sind, dass sie die Drohungen und den ganzen Quatsch durchschauen. Zwölf Geschworene, die sich nicht einschüchtern lassen.

Die Richterin las einen Namen nach dem anderen vor. Zwölf Geschworene und sechs Stellvertreter. Sie bat sie, vorzutreten und auf der Geschworenenbank Platz zu nehmen.

Der Krimiautor war dabei. Schockiert. Ebenso wie der Verizon-Typ. Und die Latino-Haushälterin, diejenige, die für ihre Enkelin strickte.

Aber die größte Überraschung war die Schauspielerin. Auch sie war dabei! Noch nie habe ich ein so verblüfftes Gesicht gesehen. Ich glaube, niemand hier im Gerichtssaal konnte sich ein Lächeln verkneifen.

»Ms. DeGrasse, Geschworene Nummer elf, Sie können auf der Geschworenenbank Platz nehmen«, forderte sie die Richterin ebenso amüsiert auf. »Sie haben die Rolle bekommen, meine Liebe.«

5 Der gläserne Fahrstuhl des
Marriott Marquis erhob sich
immer höher über den Times
Square, und das Glitzern unten auf der Straße rückte für
Richard Nordeschenko in immer weitere Ferne. Das hätten wir hinter uns!

»Zum ersten Mal im Marriott, Mr. Kaminsky?«, fragte
der Page auf dem Weg in den einundvierzigsten Stock.

»Ja«, log Nordeschenko.

Die Wahrheit war, er hatte schon alle Hotels rund um
den Times Square abgeklappert. Die Gegend übte einen
besonderen Reiz auf ihn aus. Nicht die Lichter oder das
nächtliche Vergnügungsangebot, an dem er keinen Anteil
nahm. Es war die Menschenmenge. Falls etwas schiefging,
brauchte er sich, egal zu welcher Tages- oder Nachtzeit,
nur unter die Leute zu mischen.

»Kiew, oder?« Der Page grinste ihn an. Das war keine
Frage, eher eine Feststellung. »Sie sind aus der Ukraine,
oder? Ihr Akzent. Das ist so eine Art Spiel für mich. Zwanzig Stockwerke, mehr brauche ich normalerweise nicht.«

»Tut mir leid.« Nordeschenko schüttelte den Kopf.
»Tscheche.« Innerlich kochte er vor Wut. Dieser geschwät-
zige Page hatte sich an ihm festgebissen. Vielleicht war es
einfach nur der Jetlag, aber er hatte sich wohl zu sehr gehen lassen.

Der Fahrstuhl öffnete sich, und der Page deutete den
Flur entlang. »Immerhin nahe dran.« Nordeschenko lächelte mit einem entschuldigenden Achselzucken. »Aber –
wie sagt man hier? – knapp daneben ist auch vorbei.«

Er war ohne Pause achtzehn Stunden unterwegs gewesen, mit Zwischenstopp in Amsterdam unter holländischem und in Miami mit einem Geschäftsvisum. Auf dem Flug hatte er zur Entspannung Chopin und Thelonious Monk eingelegt und ein Schachprogramm auf seinem Computer auf Stufe 8 besiegt. Das hatte die Reise erträglich gemacht.

Das und die bequemen Erste-Klasse-Sitze auf Dominic Cavellos Rechnung.

»Von Zimmer 4223 haben Sie einen wundervollen Blick auf den Times Square, Mr. Kaminsky.« Der Page öffnete die Zimmertür. »Es gibt ein Aussichtsrestaurant und eine Lounge, im Zwischengeschoss das Gourmet Renaissance Restaurant. Mein Name ist übrigens Otis, wenn Sie während Ihres Aufenthalts etwas brauchen.«

»Danke, Otis.« Nordeschenko lächelte und drückte ihm einen Geldschein in die Hand. Dass Otis seinen Akzent erkannt hatte, erinnerte ihn daran, dass er nicht vorsichtig genug sein konnte.

»Ich danke Ihnen.« Die Augen des Jungen leuchteten auf. »Wenn Sie eine Ablenkung brauchen, lassen Sie es mich wissen. Die Bar oben hat bis etwa zwei Uhr geöffnet. Ich kenne ein paar Orte, die auch danach noch offen haben, wenn Sie so etwas brauchen. Sie wissen ja, die Stadt, die niemals schläft.«

»*Velký jablko*«, erwiderte Nordeschenko in perfektem Tschechisch.

»*Vel-ký jab-lko?*« Der Page kniff die Lider zusammen.

»The Big Apple.« Nordeschenko zwinkerte ihm zu.

Otis lachte und deutete mit dem Finger auf ihn, während er die Tür hinter sich schloss. Nordeschenko legte seinen Aktenkoffer aufs Bett und nahm seinen Rechner heraus.

Er musste mit einigen Leuten Kontakt aufnehmen und ein paar Dinge in die Wege leiten. Am nächsten Morgen erwartete ihn viel Arbeit.

Doch in einer Sache hatte der Page gar nicht so Unrecht gehabt.

Für heute Abend hatte er vor, sich auf seine eigene Art zu vergnügen.

Heute Abend würde er pokern – mit Dominic Cavellos Geld.

6

»Ihr Einsatz.« Der Geber nickte in seine Richtung, woraufhin Nordeschenko einen neuen Hundert-Dollar-Chip in die Mitte des Tisches warf.

Er saß in einem schicken Pokerclub auf der Upper East Side, genauer gesagt in einem großen Raum mit Kassettendecke und hohen palladianischen Fenstern, die mit goldbestickten Vorhängen abgedeckt waren. Hier schienen alle Typen von Menschen vertreten zu sein – attraktive Frauen in Abendkleidern, die sich an gesonderten Tischen mit kleinen Einsätzen begnügten, und die üblichen Gäste mit dunklen Brillen, die um alles zu spielen schienen, was sie hatten.

Es war schon nach ein Uhr nachts, und an den vier Tischen herrschte noch reger Betrieb.

Nordeschenko nippte an seinem Stoli Martini, als er vom Geber zwei niedrigere Karten bekam. Er spielte das, was sie hier einen Freeze-Out nannten. Sein Startgeld von dreitausend Dollar hatte ihm Chips im Wert von zehntausend eingebracht. Wer hat, dem wird gegeben.

Um zehn Uhr hatten acht Leute um den Tisch gesessen, jetzt waren es nur noch drei: Nordeschenko, Julie, eine attraktive Frau mit glattem blondem Haar und eng geschnittenem Hosenanzug, und jemand, dem Nordeschenko den Spitznamen Cowboy gegeben hatte, ein unangenehmer, mit den Fingern trommelnder Idiot mit Cowboyhut und Pilotensonnenbrille, der sich nicht davon abbringen ließ, Nordeschenko wegen seines Akzents Iwan zu nennen.

Nordeschenko hatte den ganzen Abend geduldig darauf gewartet, dass er am Ende mit ihm alleine wäre.

Er blickte auf seine Karten hinab. Ein Ass und eine Königin von einer Farbe. Sein Herz schlug schneller. Als es um den Einsatz ging, warf er einen Fünfhunderter-Chip in die Mitte.

Früher war Nordeschenko, wenn ihn seine Reisen nach New York geführt hatten, immer in einen russischen Club in Brooklyn gegangen, um Schach zu spielen, manchmal um tausend Dollar pro Spiel. Er hatte sich behaupten können, und bald schon war ihm sein Ruf vorausgeeilt, womit er aber Aufmerksamkeit auf sich zog. Doch Aufmerksamkeit war das Letzte, was er gebrauchen konnte. Derzeit war also Poker angesagt.

Julie, die am wenigsten Chips vor sich liegen hatte und vorsichtig spielte, wollte die Karten sehen, doch Cowboy, der die Hände aneinanderrieb, schob einen Stapel mit zehn Grünen in die Mitte des Tisches. »Tut mir leid, meine kleine Süßwasserperle, aber bei diesen Karten kann ich nicht still sitzen bleiben.«

Nordeschenko hätte mit seinem scharfen Blatt diesem Hanswurst die Luftröhre durchschneiden können. Er überlegte zu erhöhen, was seine Karten nahelegten, entschied sich aber wie die Blonde dagegen.

»Ach Gott, sind wir hier auf Schmusekurs?«, prahlte Cowboy und ließ seinen Stuhl nach hinten kippen.

Der Geber blätterte drei Karten hin – eine Sechs, ein Ass und eine Neun. Damit bekam Nordeschenko seine Asse und hatte, aller Wahrscheinlichkeit nach, die High-Hand. Er setzte dreitausend Dollar.

Julie tippte zögernd mit ihren lackierten Nägeln auf den Tisch. »Ach, was soll's.« Schließlich lächelte sie. »Das ist doch nur das Geld für die Miete, oder?«

»Nun, die Miete wurde gerade erhöht, Schätzchen«,

meinte Cowboy und schob Chips für weitere fünftausend Dollar in die Mitte.

Nordeschenko blickte ihm in die Augen. Dieses Arschloch machte es einem ganz schön schwer. Was hatte er bloß auf der Hand? Den ganzen Abend schon ging er mit und wartete auf eine bestimme Karte.

»Und, was sagt Ihre Fahrkarte, Iwan?« Cowboy fummelte mit seinen Chips herum. »Sind Sie noch dabei, oder wird's Zeit auszusteigen?«

»Vielleicht an der nächsten Haltestelle.« Nordeschenko zuckte mit den Schultern und sah zu Julie hinüber.

»Bin dabei«, sagte sie und schob den Rest ihrer Chips in den Pot.

Vier Pik. Nordeschenko hatte Recht gehabt. Er hatte es ihr angesehen, dass sie versucht hatte, einen Flush zu spielen. Er hatte immer noch die High Hand. Und der Cowboy bluffte.

Der Dealer gab ihm eine Karo-Dame. Nordeschenko verzog keine Miene. Jetzt hatte er seine Asse und Königinnen.

Julie seufzte. Sie hatte es mit ihrem Flush nicht geschafft.

»Hm, was meinen Sie, schaufeln wir noch ein paar Kohlen in den Heizkessel und sehen mal, was der Fluss uns bringt?« Cowboy gackerte lautstark und schob seine restlichen Chips über den Tisch – zehntausend Dollar.

Die Umstehenden begannen leise zu murmeln. Es war klar, dass dies das letzte Spiel sein würde. Der Gewinner würde den gesamten Einsatz von dreißigtausend Dollar abräumen.

Cowboy starrte ihn an, aber diesmal ohne zu lächeln. »Sind Sie noch dabei, Iwan?«

»Miroslav«, sagte Nordeschenko.

Cowboy nahm seine Sonnenbrille ab. »Hä?«

»Ich heiße Miroslav«, wiederholte Nordeschenko und zog nach.

Der Geber drehte seine letzte Karte um. Eine Herz Zwei.

Julie stöhnte.

Nordeschenko dachte, mit seinen Assen und Königinnen müsste er gewinnen. Er konnte sich einfach nicht vorstellen, was dieses Arschloch von einem Cowboy auf der Hand hatte. Er zählte zwanzig Hundertdollarscheine ab und warf sie außerhalb des Pots als Nebenwette auf den Tisch.

Aber Cowboy erhöhte um weitere fünftausend. Nordeschenko war verblüfft.

»Iwan, sind Sie noch dabei?« Cowboy kippte mit dem Stuhl nach hinten und ließ sein widerliches Gackern wieder hören.

Nordeschenko griff in seine Jacke, zählte fünftausend Dollar in Hundertdollarscheinen ab und legte sie auf den Tisch. Ein Vergnügen war dieses Spiel schon lange nicht mehr.

»Asse und Königinnen.« Er legte seine Karten auf den Tisch.

»Oh.« Cowboy blinzelte, als wäre er verblüfft.

Aber dann grinste er. »Das wird wehtun, Iwan.«

Auch er drehte sein Blatt um. Zwei weitere Zweier. Mit der letzten Karte hatte er den dritten bekommen. Nordeschenko hatte das Gefühl, von einer Klippe zu stürzen. Dieser Wichser hatte den Pot nur mit zwei Zweiern in die Höhe getrieben.

Cowboy schnellte nach oben, während er wie ein Esel

schrie und seine Chips zusammenrechte. Nordeschenko hätte ihm am liebsten das Grinsen aus dem Gesicht poliert, doch er hatte seinen irrationalen Trieb gleich wieder unter Kontrolle.

Heute Nacht nicht. Wichtige Arbeit wartete am Morgen auf ihn. Was er an diesem Abend verloren hatte, war nur ein Bruchteil dessen, was er verdienen würde.

»Wissen Sie, wie man zu so was sagt, Iwan?« Cowboy sackte seinen Gewinn ein. »Manchmal ist es besser, Glück zu haben, als gut zu spielen. Nichts für ungut«, setzte er hinzu und streckte seine Hand aus.

Nordeschenko erhob sich und schlug ein. In einer Sache hatte der Idiot Recht: Er hatte an diesem Abend Glück. Mehr Glück, als er sich überhaupt vorstellen konnte.

Der Israeli würde ihn am Leben lassen.

7

Es war schon abends acht Uhr durch, als ich endlich wieder in Casa Pellisante war.

Mein Zuhause befand sich seit zwölf Jahren in einer mietpreisgebundenen Wohnung in dem als Hell's Kitchen bekannten Teil von Manhattan auf der 49th Street Ecke 9th Avenue. Von meinem Arbeitszimmer aus hatte ich einen Blick auf das Empire State Building. Nach der Arbeit konnte ich mit einem Cocktail aufs Dach klettern und zusehen, wie über Jersey City die rote Sonne unterging. Am Wochenende konnte ich, wenn ich zur Haustür hinausging, auf ein Fest zu Ehren des Heiligen Ignatius oder eine westindische Parade stoßen oder in einer irischen Kneipe neben einem Highlander-Mafioso sitzen, den ich mal eingebuchtet hatte.

Aber da gab es auch noch Ellen Jaffe.

Ellen war drüben im St. Vincent's eine renommierte Anästhesistin mit welligem kastanienbraunem Haar, einer kleinen Stupsnase und langen, schlanken Läuferbeinen, deren Anblick eine Freude war. Wir hatten uns auf einer heißen Fete kennengelernt und waren seitdem zusammen.

Ellen war hübsch, hatte einen messerscharfen Verstand und arbeitete genauso gerne in ihrem Beruf wie ich in meinem. Das war ein Problem. Ich arbeitete tagsüber und die halben Nächte, wenn ich einen Fall vorbereitete. Sie unterrichtete Doktoranden im Cornell Medical und hatte im Krankenhaus turnusgemäß Nachtbereitschaftsdienst. Am Anfang hatten wir ganze Wochenenden gemeinsam im Bett verbracht. Jetzt fanden wir kaum mehr einen Abend,

41

an dem wir im selben Zimmer gemeinsam fernsehen konnten.

Sie meinte, ich sei auf Cavello fixiert, womit sie möglicherweise Recht hatte. Ich schoss zurück und behauptete, sie habe eine Affäre mit Dr. Diprovan – dieser Tage war Diprovan das Mittel der Wahl, wenn es darum ging, jemanden zu betäuben.

Was auch immer der Grund war, es brachte mich um, dass die Sache zwischen uns den Bach hinunterging. Entweder man kämpft oder man lässt es, doch in letzter Zeit kämpfte kaum noch einer von uns beiden um irgendwas.

Also machte ich auf dem Nachhauseweg im Pietr's Halt und bestellte die beste Amatriciana, die es in New York gab – Ellens Lieblingssoße. Montagabend hatte sie frei. Man würde es kaum eine Party nennen können, aber es wäre der erste gescheite Abend seit mindestens einer Woche, den wir miteinander verbrachten.

Und ein Strauß Sonnenblumen vom Koreaner einen Block weiter würde auch nichts schaden. Zudem hatte ich Ellen eine Nachricht auf dem AB hinterlassen, damit sie schon mal den Tisch decken konnte.

Ich öffnete die Wohnungstür und sah, dass der Tisch in der Essecke gedeckt war – für eine Person.

»*Buonasera, signorita.*«

»Nick?«, rief Ellen aus dem Schlafzimmer.

Sie kam in ihrer blauen Burberry-Windjacke und Laufschuhen aus dem Schlafzimmer und knotete ihr braunes Haar zusammen. Das entsprach nicht gerade meiner Phantasie. »Tut mir leid, Nicky. Ich wollte dir gerade einen Zettel schreiben. Benson hat eben angerufen. Sie ersticken in Arbeit, und sie brauchen mich.«

»Wieder dieser Diprovan.« Ich zog die Nase hoch in dem

Versuch, meine Enttäuschung zu verbergen, und legte das Essen und die Blumen auf dem Küchentresen ab. Ellens Katze Popeye strich an meinen Beinen vorbei. »Hey, Pops.«

»Ich kann doch nichts dafür, Nick.« Ellens Blick wanderte zu den Blumen. Sie lächelte, als ihr das entsprechende Feld im Chianti in der Nähe von Siena einfiel, wo wir vor zwei Jahren unserem Drang nicht hatten widerstehen können.

»Ach Gott, bist du gefeuert worden, oder was?«

»Nur ein bisschen gefühlsduselig, denke ich.«

»Nein.« Sie schüttelte den Kopf, als wollte sie sagen: In letzter Zeit klappt aber auch gar nichts. »Keine Zeit für Gefühlsduselei. Tut mir leid, Nicky. Ich werde erwartet. Hab noch nicht mal Zeit, die hier in die Vase zu stellen.«

»Bemüh dich nicht.« Ich zuckte mit den Schultern. »Die waren sowieso für mich.«

Ellen hatte ihre Brille mit dem roten Gestell auf, die ich aus unerfindlichen Gründen ausgesprochen sexy fand. Ihre kleinen Brüste drückten sich durch ihr eng sitzendes T-Shirt. Das erregte mich. Verrückt. Vielleicht war es nur das momentane Gefühl, dass ich gerade die ganze Aufregung um den Fall hinter mir lassen konnte. Oder das Gefühl, dass ich etwas tun musste … für uns. Ich weiß nicht. Als sie ein paar Sachen in ihre Handtasche warf, legte ich meine Hände auf ihre Schultern.

»Nick, ich kann nicht. Ich habe mich unerlaubt von der Truppe entfernt.« Sie drückte sich gegen mich. »Ich muss los. Ach, das hätte ich fast vergessen – wie lief's heute?«

»Gut.« Ich nickte. »Wir haben eine ganz gute Jury. Alle sind bereit. Bleibt nur noch zu hoffen, dass uns Cavello und seine Anwälte nicht übers Ohr hauen.«

»Nick, du hast alles Menschenmögliche getan, also hör

auf damit, dich selbst fertigzumachen. Manny wäre stolz.«
Sie küsste mich sanft auf die Wange. Nicht unbedingt das,
was mir im Kopf herumschwebte, aber es entlockte mir
ein Lächeln.

»Grüße Diprovan von mir.«

»Nick …« Ellen schüttelte wenig belustigt den Kopf. An
der Tür drehte sie sich noch einmal um. »Tut mir leid wegen des Abendessens. War eine nette Idee.« Dann blickte
sie zu den Sonnenblumen auf dem Tresen. »Du bist echt
ein Romantiker.«

8

Eine ganze Weile blieb ich einfach dort stehen. Popeye, mein neuer Tischnachbar, schnurrte an meinem Bein.

Wie ein verschmähter Schüler hoffte ich, Ellen würde es sich anders überlegen und zurückkommen. Mich an diesen Strohhalm klammernd, hatte ich plötzlich das Gefühl, dass dies die einzige Hoffnung für unsere Beziehung sein würde.

Aber von der Treppe kam kein Geräusch. Kein sich drehender Schlüssel in der Tür. Ich war achtunddreißig, Leiter einer der größten Verbrechensbekämpfungsabteilungen, ein hohes Tier beim FBI. Aber da saß ich nun und löffelte Nudeln aus einem Behälter, der für zwei gedacht war – ein Fremder in meiner eigenen Wohnung.

Die Stille wurde unerträglich.

Ich ging ins Schlafzimmer, nahm die Krawatte ab und zog das Jackett aus. Im Arbeitszimmer sah ich nach, ob ein Fax gekommen war. Eine Wand stand mit Bücherregalen voll. Die meisten Bücher stammten aus meiner Schulzeit, ein paar gehörten Ellen. Medizin. Auf dem Schreibtisch stapelten sich die Akten zu Cavellos Fall, an der Wand hing eine gerahmte schwarz-orange Flagge.

PRINCETON 1989 IVY LEAGUE FOOTBALL CHAMPS

Wenn ich an jene Zeit dachte, taten mir immer noch einige Knochen weh.

Ich nahm die Nudeln und etwas Wein mit ins Wohnzimmer, wo ich meine Füße auf eine alte Schiffstruhe legte, die

45

als Sofatisch diente. Ich griff zu dem Buch, das ich gerade las, Clintons Biografie, und schlug die Seite auf, bei der ich aufgehört hatte. Es ging um die Nahost-Friedensgespräche in Camp David. Ich überlegte, mir das Spiel der Knicks im Fernsehen anzuschauen. Nach ein paar Minuten hob ich den Blick, ohne eine einzige Seite gelesen zu haben.

Liebte ich diese Frau? Würde es überhaupt klappen? Ellen war der Wahnsinn, aber im Moment bewegten wir uns in unterschiedliche Richtungen. Und diese Gerichtsverhandlung würde für unsere Beziehung auch nicht gerade förderlich sein.

Wirst du kämpfen, Nicky?

Ich schnappte mir Popeye. »Komm, du siehst aus, als hättest du gern ein Date.«

Ich nahm mein Altsaxophon aus der Ecke und stieg mit Popeye in der anderen Hand aufs Dach hinauf. Dort löste ich manchmal solche Fragen.

Es war eine kalte, klare Nacht. Über Manhattan glitzerten die Sterne, das Empire State Building war in rotes, weißes und blaues Licht getaucht, und auf der anderen Seite des Flusses sah Jersey City im Lichterglanz wie Paris aus. So saß ich also hier, während Ellens Katze zu meinen Füßen schnurrte, ein paar Tage vor der wichtigsten Gerichtsverhandlung meines Lebens, und begann zu spielen.

Clarence Clemons Riff aus Springsteens »Jungleland«. Eine plumpe Version von Coltranes »Blue Train«. Ich kam zu dem Schluss, dass es ein Loch in meinem Leben gab, und egal, wie lange Cavello sitzen müsste, das Loch würde bleiben.

Entweder du kämpfst, oder du lässt es bleiben, Nick. Du hast um alles gekämpft. Warum also nicht auch um Ellen Jaffe?

9

Am Montagmorgen nahm ich meinen Platz im Gerichtssaal ein. Mein Herz pochte. Das tat es immer am ersten Tag einer Verhandlung, und bei dieser Verhandlung ging es um alles.

Die Vertreter beider Parteien füllten die ersten beiden Reihen des Gerichtssaals. Joel Goldenberger war der Chefankläger. Er war jünger, als er aussah, vielleicht dreiunddreißig, groß und selbstsicher. Helles, buschiges Haar und ein sympathisches Lächeln. Doch in seinem Innern war er ein Kämpfer, der an seine Überzeugungen glaubte. Alle redeten von ihm als dem zukünftigen Star in der Justizabteilung, nachdem er bereits drei öffentlichkeitswirksame Wall-Street-Prozesse gewonnen hatte.

Auf der anderen Seite saß Hy Kaskel und blätterte in seinen Aufzeichnungen. Das Frettchen war höchstens einsfünfundsechzig groß und hatte kurze Boxerarme, aber seinem Spitznamen machte er alle Ehre, wenn es darum ging, einen Zeugen in Misskredit zu bringen. Er trug einen dunkelblauen Nadelstreifenanzug und eine gestreifte Krawatte, unter den Jackettärmeln lugten zwei elegante goldene Manschettenknöpfe hervor.

In der ersten Reihe der Zuschauerplätze saß Cavellos Familie. Eine mollige, freundlich wirkende Frau in schlichtem, aber geschmackvollem Kostüm, die in ihre Stickarbeit vertieft war. Neben ihr saß treu ergeben eine erwachsene Tochter mit langem, welligem blondem Haar. Die Sicherheitsvorkehrungen im Gericht waren strenger als das, was ich sonst kannte. Au weia, wahrscheinlich war ich für die Hälfte von diesem Chaos verantwortlich. Alle Taschen waren geöffnet, alle Ausweise der Geschworenen zweimal überprüft, alle Presseausweise mit den Unterlagen des Gerichts verglichen worden. Über den ganzen Foley Square verteilt standen bewaffnete Polizisten entlang der Absperrungen.

Cavello wurde durch einen unterirdischen Gang aus dem zwei Blocks entfernten Manhattan County Jail hereingeführt, wo er im Hochsicherheitstrakt einen eigenen Flügel bekommen hatte. Im Gerichtsgebäude wurde er in einem bewachten Fahrstuhl in den sechsten Stock gefahren.

Ich wünschte nur, wir hätten die Geschworenen abgesondert. Dies war seit Jahren der größte Prozess gegen das organisierte Verbrechen. Doch die Richterin wollte sich selbst einen Namen machen. Miriam Seiderman hatte ein Auge aufs Oberste Gericht geworfen. Sie hatte die Zusicherung von den Anwälten, sogar vom Verteidiger höchstpersönlich. Sie wollte den Prozess in aller Öffentlichkeit führen.

Schließlich wurde eine Tür im hinteren Bereich geöffnet. Ein Raunen ging durch den Saal.

Zwei stämmige Marshals führten den Angeklagten herein. Cavellos Hände waren vorne gefesselt, zu seiner braun karierten Sportjacke trug er eine dezente olivfarbene Krawatte, sein schon etwas graues Haar war frisch geschnitten. Er sah nicht aus wie das Tier, das alle erwartet hatten. Eher wie ein normaler Bürger, der neben einem in der U-Bahn sitzen könnte.

Cavello blickte sich um und nickte, als wäre er beeindruckt von dem überfüllten Gerichtssaal. Die Marshals führten ihn zu einem Stuhl neben seinem Anwalt, wo sie ihm die Handschellen abnahmen. Kaskel beugte sich zu ihm hinüber und flüsterte ihm etwas ins Ohr, was ihn zum Schmunzeln brachte. Unsere Blicke trafen sich für eine Sekunde. Seine Augen blitzten auf, und wieder lächelte er, als wollte er sagen: Schön, dich hier zu sehen, Nicky. Glaubst du wirklich, dass du mich schlagen kannst?

Sharon Ann Moran, die Gerichtsdienerin, stand auf. »Erheben Sie sich.«

Durch die Seitentür betrat Richterin Seiderman den Saal. Sie war eine ziemlich kleine, attraktive Frau mit angegrautem Haar und freundlichem Gesicht. Unter der Robe trug sie einen geschmackvollen, kurzen Rock. Auch für sie war dies der größte Fall. Sie nahm ihren Platz hinter der Richterbank ein und bedeutete der Menge, sich zu setzen.

»Mr. Goldenberger, ist die Staatsanwaltschaft bereit?«

Goldenberger erhob sich und nickte. »Ja, Euer Ehren.«

»Mr. Kaskel?«

»Ja, Euer Ehren. Auch der Angeklagte ist bereit und darauf erpicht, seine Unschuld zu beweisen.« Das Frettchen wölbte die Augenbrauen, als bereitete er sich auf einen Kampf vor.

»Also, Ms. Moran«, die Richterin nickte ihrer Gerichtsdienerin zu, die zum Geschworenenzimmer ging, »Sie können die Geschworenen jetzt hereinführen.«

10

Andie DeGrasse kam an diesem Vormittag fünfzehn Minuten zu spät. Ausgerechnet an *diesem* Vormittag. Wie konnte das passieren? Nun ja, das war ganz einfach …

Zuerst hatte Jarrod sein Mathebuch nicht finden können. Dann hatte die U-Bahn wegen einer Signalstörung Verspätung gehabt. Dann, als sie endlich die Station City Hall erreicht hatte, waren die zwei Blocks bis zum Gericht abgesperrt, und das nur wegen dieses verdammten Prozesses.

Sie brauchte fünfzehn Minuten, nur um die Sicherheitsüberprüfungen über sich ergehen zu lassen. Ihre Handtasche wurde von einer kräftigen Beamtin in blauem Blazer durchwühlt, als stünde al-Qaida auf der Schnalle, und ihr Handy untersucht wie eine Massenvernichtungswaffe. »Sie wissen doch, dass oben im sechsten Stock dieser Mafia-Prozess stattfindet, oder?« Die Sicherheitsbeamtin nickte. »Tja, der wird ohne mich nicht anfangen.«

Als sie in den Geschworenenraum platzte, saßen die anderen nervös und angespannt um den großen Konferenztisch.

»Tut mir leid.« Andie seufzte laut und grüßte ein paar vertraute Gesichter. »Wenn ihr wüsstet.«

»Ms. DeGrasse«, meldete sich Sharon Ann mit einer Namensliste zu Wort, »es ist schön, dass Sie trotz Ihres vollen Terminkalenders etwas Zeit für uns gefunden haben.«

Fing ja schon gut an. Andie setzte sich verlegen an den Tisch, zufällig neben Rosella, die Latinofrau, neben der sie schon bei der Auswahl gesessen hatte.

»Fehlt also nur noch Mr. O'Flynn.« Sharon blickte wenig belustigt auf ihre Liste.

Ein paar Männer lasen Zeitung oder lösten Kreuzworträtsel. Zwei der Frauen hatten Taschenbücher dabei. Auf dem Tisch standen Bagels, Muffins und Kaffee, mit freundlicher Empfehlung des Gerichts.

»Hier.« Rosella reichte ihr das Tablett.

»Danke.« Andie lächelte, erfreut, die Aufmerksamkeit von sich ablenken zu können. Sie nahm mit einer Serviette einen Muffin. »Kein Milchkaffee, wie ich sehe.«

Leises Kichern am Tisch. Andie hob den Blick zu Sharon Ann, ob dort wenigstens der Anflug eines Lächelns zu sehen war. Doch die Gerichtsdienerin war an diesem Morgen angespannt wie ein Flitzebogen.

Die Tür wurde aufgedrückt, und herein kam John O'Flynn rotgesichtig und reichlich schwitzend. »Jesses, Leute, da draußen geht's zu wie im Zoo. Wie auf dem Long Island Expressway zur Hauptverkehrszeit. Unglaublich.«

»O'Flynn«, bestätigte Sharon Ann mit spöttischem Ton. »Ich dachte schon, ich müsste Sie per Funkfahndung suchen lassen. Morgen früh um neun Uhr dreißig, Mr. O'Flynn.« Sharon tippte mit ihrem Stift aufs Papier.

»Aye, aye, Ma'am.« O'Flynn salutierte und ließ sich neben Andie auf den Stuhl fallen.

»Morgen früh neun Uhr dreißig?«, stöhnte Hector, ein Kabelleger. »Sie meinen, der Prozess dauert so lange?«

»Acht Wochen, Mr. Ramirez«, erwiderte Sharon Ann. »Haben Sie in den nächsten zwei Monaten etwa was Besseres vor?«

»Ja, vielleicht meinen Lebensunterhalt verdienen«, antwortete der Kabelleger bedrückt.

Sharon Ann ging zur Tür. »Ich werde nachsehen, wie's da drin läuft. Ich möchte Sie daran erinnern, sich an die Anweisung der Richterin zu halten und nicht über den Fall zu reden.«

»Klar.« Alle nickten. Aber nachdem die Tür ungefähr zwei Sekunden geschlossen war, schien es keinem mehr so klar zu sein.

»Dieser Cavello« – Winston, der Mechaniker, der immer noch in seinen Arbeitsklamotten dasaß, blickte die anderen an – »ich habe mich über ihn informiert. Hört sich nach einem ziemlich unheimlichen Typen an.«

»Mord, Erpressung, Körperteile in den Kofferraum von Autos stopfen. Damit lässt sich ganz gut die Verdauung blockieren«, gluckste Marc, der Krimiautor.

Rosella legte ihre Strickarbeit nieder. »Mein Mann hat ein bisschen Angst. Er hat gemeint: ›Wassis los, Rosie, kannste nich was über einen Verkehrsunfall kriegen? Musst du dich unbedingt mit diesem durchgeknallten Mafioso abgeben?‹«

»Immer mit der Ruhe«, unterbrach Andie sie, »ihr habt die Richterin gehört. Wir wissen noch gar nicht, ob er durchgeknallt ist. Wir müssen warten, bis wir die Beweise hören, um zu entscheiden, ob er durchgeknallt ist.«

Ein paar der anderen Geschworenen lachten.

»Allerdings«, Andie blickte sich in der Runde um, »was ist mit der Tatsache, dass diese Mafiosi alle unsere Namen kennen und wissen, wo wir wohnen?« Ein paar der Geschworenen nickten besorgt.

Die Tür zum Gericht wurde geöffnet. Irgendjemand machte pst. Andie hatte das Gefühl, als wollten alle sie mit ihren Blicken warnen.

Dann stand Sharon Ann da, den Blick ihrer eng stehenden Augen direkt auf Andie gerichtet. »In mein Büro«, verlangte sie. Ihr »Büro« war eine der beiden Toiletten, die beim letzen Mal zum Ort für private Unterhaltungen bestimmt worden war.

»Hä?«

»In mein Büro, Ms. DeGrasse«, befahl Sharon Ann.

Langsam und mit rollenden Augen erhob sich Andie und folgte der mürrischen Gerichtsdienerin in die enge Toilette.

»Glauben Sie nicht, ich wüsste nicht, was Sie vorhaben, Ms. DeGrasse«, schnauzte Sharon Ann, sobald die Tür hinter ihnen ins Schloss gefallen war.

»W-was soll ich denn vorhaben?«, stammelte Andie. »Ich habe nichts gesagt, was nicht alle anderen da drin schon gedacht hätten.«

Selbst ihre Schwester Rita hatte das gesagt, gleich als Erstes. *Hast du denn keine Angst? Ich meine, sie kennen dich, Andie. Es ist Dominic Cavello. Sie wissen, wo du wohnst. Du musst nicht erst Mutter sein, um Angst zu haben. Nur ein Mensch. Der ganze Auswahlprozess hat doch in aller Öffentlichkeit stattgefunden.* »Hören Sie, Sharon Ann, ich …«

»Sie wollten sich von Anfang an vor Ihrer Pflicht drücken«, fiel ihr Sharon Ann ins Wort. »Ich lasse nicht zu, dass jemand die Geschworenen infiltriert. Ihrem Wunsch wird entsprochen – Sie sind Geschichte, junge Frau.«

11

Mit rotem Kopf und etwas verlegen, aber auch verletzt setzte sich Andie wieder ins Geschworenenzimmer. Ein paar Minuten später wurde die Tür zum Gerichtssaal erneut geöffnet, und kurz darauf sollte sie herausfinden, was die Gerichtsdienerin gemeint hatte.

Sharon Ann schob ihren Kopf herein. »Wir sind noch nicht ganz so weit.« Mit dem Finger bedeutete sie Andie aufzustehen. »Ms. DeGrasse ...«

Ein Schauer lief Andies Rücken hinab.

»Würden Sie bitte mitkommen? Ihre Sachen können Sie mitnehmen.«

Andie erhob sich langsam und warf zum Abschied einen Blick in die Runde. Sie war fertig hier!

Sie folgte Sharon Ann in den Gerichtssaal, in dem zwar völlige Stille herrschte, der aber zu ihrer Überraschung gerammelt voll war. Alle Augen schienen auf sie gerichtet zu sein. Jetzt war ihr die Situation wirklich peinlich, als ließe man sie in aller Öffentlichkeit ins Büro des Chefs führen, der sie feuern wollte – nur weil sie ihre Meinung gesagt hatte.

Sharon Ann ging mit ihr durch eine Seitentür hinter dem Richtertisch. Ein Marshal bewachte den Flur. Sharon Ann wedelte kurz mit der Hand. »Gehen Sie rein. Sie erwartet Sie.«

Andie betrat ein großes Büro voller Bücher. Richterin Seiderman blickte hinter ihrem mit Papieren übersäten Schreibtisch auf.

»Ms. DeGrasse.« Sie blickte über den Rand ihrer Lese-brille hinweg. »Ich habe gehört, Ihre Nervosität scheint Ih-nen die Zunge zu lockern.«

»Bitte?«

»Sie haben Probleme damit, den Mund zu halten, oder?« Die Richterin blickte sie streng an. »Während der Auswahl mag es ja noch spaßig gewesen sein, aber jetzt ... jetzt ste-hen wir kurz vor dem Beginn eines wichtigen Prozesses, nicht einer Theateraufführung. Ich kann mir unter den Ge-schworenen keine Unruhestifter leisten.«

Andie ließ sich nicht unterkriegen. »Wenn Sie davon re-den, was ich da drin gesagt habe, denke ich, das war eine berechtigte Frage.«

»Was, Ms. DeGrasse?« Richterin Seiderman blickte un-geduldig auf.

»Jeder hat bei der Auswahl unsere Namen gehört. Und wo wir wohnen. Ob wir verheiratet sind oder nicht. Oder Kinder haben. Jeder mit gesundem Menschenverstand würde sich Sorgen machen. Die Leute stellen Fragen.«

»Die Leute?« Die Richterin zog die Augenbrauen hoch.

»Ich weiß nicht ... meine Schwester, meine Mutter. Als ich ihnen erzählt habe, dass ich bei dem Fall dabei bin. Das kann Sie doch nicht wirklich überraschen.«

»Warum wir uns für welche Art und Weise entscheiden, diesen Prozess zu führen, ist allein Sache des Gerichts, Ms. DeGrasse. Sie brauchen nur zu wissen, dass wir die Ersten gewesen wären, die sich Sorgen gemacht hätten, wä-ren wir davon ausgegangen, dass auch nur annähernd eine Gefahr bestanden hätte.« Richterin Seiderman lehnte sich zurück und griff zu einem Formular und einem Stift. »Sie wollten schon von Anfang an nicht dabei sein, oder?«

»Ja, letzte Woche vielleicht, aber ...«

»Aber was? Ich bin dabei, Ihnen Ihren Wunsch zu erfüllen.«

Andies Herz legte einen Zahn zu. Letzte Woche hätte sie alles getan, um diese Worte zu hören. Aber im Lauf der Woche hatte sie ihre Meinung geändert. Sie sah den Fall mittlerweile als Chance, etwas Anständiges zu tun, etwas Gutes. Bisher hatte sie nicht viel unternommen, um Menschen zu helfen. Hatte weder beim Militär noch im Friedenskorps gedient. Nur selten ehrenamtlich in der Gemeinde gearbeitet. Eigentlich hatte sie nur Jarrod – das war's. Und im Lauf der Woche war ihr all das bewusst geworden.

»Es stimmt. Das hatte ich gedacht«, meinte Andie. »Aber wie dem auch sei, ich bin heute Morgen hergekommen, um meine Pflicht zu tun.«

Die Richterin unterbrach ihren Schreibfluss und blickte leicht überrascht über das, was sie gehört hatte, zu Andie auf.

»Sie glauben, Sie können für die Arbeit des Gerichts einen positiven Beitrag leisten, Ms. DeGrasse? Ohne Schwierigkeiten zu machen?«

Andie nickte. »Ja, wenn Sie mich wieder reingehen lassen, glaube ich, dass ich das kann.«

Gott, Andie, du hättest nur dein Maul halten müssen, und schon wärst du draußen.

Richterin Seiderman legte den Kugelschreiber zur Seite und blickte Andie lange und abschätzend an. »Okay, warum nicht? Es ist Ihr Recht, Ihre Pflicht zu tun.« Die Richterin rief ihre Gerichtsdienerin. »Ms. Moran, würden Sie bitte die Geschworene Nummer elf zurück ins Geschworenenzimmer bringen?«

»Danke, Euer Ehren.« Andie lächelte.

Auf dem Weg zurück zum Gerichtssaal hielt Sharon Ann ihr die Tür auf. »Ich bin wirklich überrascht, dass Sie noch dabei sind.«

»Ja.« Andie schüttelte ungläubig den Kopf. »Dann sind wir schon zu zweit.«

12

»Am Morgen des 6. August 1993 wurde Samuel Greenblatt, ein glücklich verheirateter, zweiundsechzigjähriger Bauunternehmer, vor seinem Haus in Union in New Jersey brutal ermordet«, begann Joel Goldenberger und deutete auf ein vergrößertes Foto auf einer Staffelei. Es zeigte einen lächelnden Mann mit angehender Glatze auf der Party zu seinem sechzigsten Geburtstag, neben ihm seine Frau.

Die Geschworenen blickten auf das Gesicht.

»Ein Wagen fuhr vor, als Greenblatt an jenem Morgen das Haus verließ, um ins Büro zu gehen. Zwei Männer mit Mützen und Sonnenbrillen sprangen heraus und schossen mehrmals auf ihn, als er auf die Straße trat. Das Opfer sah seine Mörder an und murmelte: ›Warum?‹. Dann rief er laut ›Frannie‹, den Namen seiner siebenunddreißigjährigen Frau. Um sicherzugehen, dass sie ihre Arbeit wirklich erledigt hatten, beugte sich einer der beiden über den sterbenden Mr. Greenblatt und jagte ihm in aller Seelenruhe zwei weitere Kugeln in den Kopf. Nachdem die Schützen weggefahren waren, fand Mr. Greenblatts jüngster Sohn, ein leitender Mitarbeiter bei Rutgers, die Leiche. Meine Damen und Herren Geschworenen, Sie werden während dieses Prozesses viel über Samuel Greenblatt hören.«

Einer von Goldenbergers Assistenten reichte anschauliche Polizeifotos der blutigen Leiche weiter. Eine oder zwei Frauen auf der Geschworenenbank wanden sich und schüttelten die Köpfe. »Nun, niemand behauptet, dass Samuel Greenblatt ein Engel war. Tatsache ist, er hatte dem Guarino-Klan bei mehreren Bauaufträgen geholfen, die Gewerkschaft zu beeinflussen. Er hatte dem Klan über die Local 407, eine Baugewerkschaft, die vom Klan kontrolliert wurde, Scheinverträge besorgt.

Doch die Staatsanwaltschaft geht davon aus«, fuhr der Staatsanwalt fort, während er sein Blatt umklammerte, »was übrigens immer wieder durch die Aussagen mehrerer Schlüsselzeugen bestätigt wird, dass der Angeklagte, Dominic Cavello, den direkten Befehl zu Mr. Greenblatts Hinrichtung gab. Und dass die Mörder durch Mr. Cavello ausgewählt und bezahlt wurden – mit Geld und einer Beförderung innerhalb der Organisation, zu der sie alle gehörten. Und was war das Motiv für den Mord? Warum musste Mr. Greenblatt eliminiert werden? Weil Mr. Cavello und seine Freunde glaubten, sie wären Gegenstand einer polizeilichen Ermittlung, eine Annahme, die sich als falsch erwies. Sie hatten schlicht geglaubt, Mr. Greenblatt könnte ihnen schaden.«

Der Staatsanwalt trat zur Seite und stützte sich auf die Balustrade vor der Geschworenenbank. »Doch damit war der Mord noch nicht erledigt. Anders als im Kino verlaufen Bandenmorde nicht immer nach Plan. Sie werden erfahren, dass dieser Mord eine Reihe weiterer Morde nach sich zog, drei, um genau zu sein. Alle wurden von Mr. Cavello mit dem Ziel in Auftrag gegeben, den ersten zu decken.

Sie werden von der Beeinflussung von Gewerkschaften und von Betrug im Baugewerbe hören. Von Erpressung. Von Zinswucher. Sie werden vor allem hören, dass Mr. Cavello der Boss des Guarino-Klans war. Sozusagen der Boss der Bosse, der die kolumbianischen und russischen Verbrechersyndikate für die Erledigung der Dreckarbeit benutzt hat, ein Mann, dessen Hauptgeschäft darin bestand, sich am Elend und Unglück eines jeden zu bereichern, der seinen Weg kreuzte. Bei den Zeugenaussagen, die Sie hören werden, handelt es sich nicht um bloßes Hörensagen, wie Ihnen die Verteidigung glaubhaft machen will, sondern um Fakten von Menschen, die Mr. Cavello persönlich kennen und sich an diesen Verbrechen beteiligt haben. Die Verteidigung wird Ihnen sicher erzählen, dass diese ihrerseits ganz und gar keine Unschuldigen sind. Damit hat sie Recht. Sie sind Verbrecher, Mitverschwörer, Mörder. Nach allem, was man weiß, meine Damen und Herren, sind es Verbrecher. Die Verteidigung wird sagen, der Job dieser Männer sei es, zu lügen und zu täuschen.

Aber begehen Sie keinen Fehler.« Goldenberger blickte jedem Mitglied der Jury in die Augen. »Aus ihren Geschichten werden Sie die Wahrheit erkennen. Die Fakten und die Beweise, die sich gegenseitig bestätigen, sind so erdrückend, dass Sie zu dem Schluss kommen werden, dass Mr. Cavello der Mann war, der die Befehle erteilt hat. Sie werden hören, welche Worte er verwendet und wie er reagiert hat. Und das macht ihn laut Gesetz der Verbrechen schuldig, als hätte er den Abzug selbst betätigt. Ich hoffe, Sie werden Mr. Cavello als den erkennen, der er ist, meine Damen und Herren: ein gemeiner, kaltblütiger Mörder.«

13

Louis Machia, der erste Zeuge der Anklage, trat in den Zeugenstand und wurde vereidigt. Machia war treuer Soldat in Cavellos Klan gewesen. Er war groß und breitschultrig, hatte dichtes schwarzes Haar und trug ein graues Golfhemd.

Mit einem freundlichen Lächeln blickte er zu den Geschworenen und zur Presse, doch in Richtung Cavello kein einziges Mal.

»Guten Morgen, Mr. Machia«, begrüßte ihn US-Staatsanwalt Joel Goldenberger, während er sich erhob.

»Morgen, Mr. Goldenberger.«

»Können Sie uns Ihre gegenwärtige Adresse mitteilen, Mr. Machia?«, bat Goldenberger.

»Meine gegenwärtige Adresse ist das Bundesgefängnis. Leider kann ich nicht verraten, welches.«

»Ein Bundesgefängnis?« Der Staatsanwalt nickte. »Dann wurden Sie also, um es den Geschworenen zu verdeutlichen, wegen eines Verbrechens verurteilt?«

»Wegen vieler Verbrechen. Ich habe im Sinne der Vereinbarung 509 alle zugegeben.«

»Können Sie uns diese Verbrechen beschreiben? Wessen haben Sie sich schuldig bekannt?«

»Alle?« Machia kicherte. »Das würde aber lange dauern.«

Im Gerichtssaal wurde laut aufgelacht. Auch auf der Geschworenenbank. Selbst Richterin Seiderman legte eine Hand vor den Mund, um ein Lächeln zu verbergen.

»Wie wär's, wenn wir mit den wichtigsten anfangen,

Mr. Machia?« Auch Joel Goldenberger grinste. »Die Höhepunkte, wenn Sie so wollen.«

»Die Höhepunkte ...« Machia schürzte die Lippen. »Nun ... Mord. Zwei Morde sogar. Versuchter Mord, bewaffneter Raubüberfall, Einbruch, Zinswucher, Drogenhandel, Autodiebstahl ...«

»Das reicht schon, Mr. Machia. Sie hatten Recht, die Liste ist lang. Dann lässt sich also sagen, dass Sie eine ganze Zeit lang das Gesetz gebrochen haben?«

»Ziemlich genau ab dem Zeitpunkt, an dem ich gelernt habe, mit der Gabel zu essen.« Louis Machia nickte gedankenverloren.

»Und diese Verbrechen«, fuhr Goldenberger fort, »das sind alles Dinge, die Sie völlig selbstständig geplant und ausgeführt haben?«

»Manchmal, Mr. Goldenberger, wenn ich richtig verstehe, worauf Sie hinauswollen. Andere Male wurde mir gesagt, ich soll sie begehen.«

»Gesagt?«

»Befohlen, Mr. Goldenberger.« Machia nahm einen Schluck Wasser. »Vom Klan.«

»Der Klan.« Goldenberger trat auf den Zeugen zu. »Habe ich also Recht mit der Behauptung, dass Sie etwa während der letzten zwanzig Jahre ein Mitglied des organisierten Verbrechens waren?«

»Mit dieser Behauptung haben Sie sehr wohl Recht, Mr. Goldenberger. Ich war Soldat. Im Guarino-Klan.«

»Der Guarino-Klan. Euer Ehren, mit Ihrer Erlaubnis würde ich den Geschworenen gern ein Beweisstück zeigen.«

Einer der Assistenten des Staatsanwalts stellte vor den Geschworenen einen großen, mit Fotos gespickten Karton auf die Staffelei. Sie zeigten einen pyramidenähnlichen Stammbaum mit ungefähr fünfzig Gesichtern: unten die Soldaten, darüber die Captains und ganz oben die Anführer. Und dort hing Cavellos Gesicht, unter der Überschrift »Boss«.

»Ist dies die aktuelle Darstellung des Guarino-Klans, Mr. Machia?«

Machia nickte. »Ja. Zum Zeitpunkt meiner Verurteilung.«

»Und das dort sind Sie, oder? Dort links, bei denjenigen, die als Soldaten geführt werden.«

Er lächelte freundlich. »Es ist ein altes Bild. Nicht mein bestes. Aber ja, das bin ich.«

»Tut mir leid, Mr. Machia, das nächste Mal werden wir ein aktuelles nehmen. Mich interessiert, ob Sie immer ein Soldat in diesem Klan waren, Mr. Machia, oder mussten Sie sich hocharbeiten?«

»Jeder muss sich hocharbeiten. Ich kam über meinen Onkel Richie dazu. Ich fing mit kleineren Aufträgen an. Geld abholen, ein Auto klauen. Ein Einbruch.«

»Einbruch – was mussten Sie denn bei einem Einbruch tun?«

»Manchmal jemandem eins überbraten, damit er die Engel singen hört.«

Wieder wurde im Gerichtssaal gekichert.

»Und dann sind Sie aufgestiegen«, drängte Goldenberger. »Ich meine, von dem Kleinkram wie den Leuten eins überbraten zu ernsthafteren Verbrechen, die Sie gestanden haben. Mord, Mordversuch, Drogenhandel …«

»Ich bin aufgestiegen.« Machia nickte. »Das einzige Mal, dass ich es je zu was gebracht habe«, meinte er mit einem schiefen Lächeln.

63

Richterin Seiderman beugte sich vor. »Bitte beantworten Sie die Fragen des Staatsanwalts, Mr. Machia.«

»Danke, Euer Ehren.« Goldenberger warf einen Blick auf seine Notizen. »Ich möchte noch einmal darauf zurückkommen, wie Sie befördert wurden, Mr. Machia. Von einem normalen Mitarbeiter zu einem Soldaten. Wenn ich mich nicht täusche, heißt das, zu einem Soldaten ›gemacht‹ werden, oder?«

»Sie meinen die Zeremonie? Die fand im Melucchi's auf der Flatbush Avenue statt. Dort gibt es ein Hinterzimmer, wovon ich nichts wusste. Ich wurde gebeten, einen der Captains zu fahren. Frankie, die Briefmarke. Den haben wir so genannt, weil es zwei Frankies gab, und Frankie, die Briefmarke, war auf Postbetrug spezialisiert. Ich dachte, es wäre nur ein Treffen. Alle von den Captains waren da, auch Mr. Cavello.«

»Mit Mr. Cavello meinen Sie Dominic Cavello? Den Angeklagten? Er war dort? Bei diesem Treffen?«

»Natürlich war er da. Er war der Boss.«

Der Staatsanwalt ließ das Wort »Boss« im Gerichtssaal einen Moment wirken. »Darauf kommen wir später noch zurück«, sagte er schließlich. »Im Augenblick interessiert mich eher, wie Sie zu dieser Zeremonie kamen.«

»Wie ich zu dieser Zeremonie kam?« Machia zuckte mit den Schultern. »Mit einem Lincoln, glaube ich.«

Diesmal brach der Gerichtssaal in volles Lachen aus.

»Ich meinte, womit Sie sich diese Zeremonie verdient hatten, Mr. Machia«, übertönte Goldenberger das Lachen. »Bei der Sie befördert wurden.«

»Ach so.« Machia lehnte sich zurück und nahm gemächlich einen Schluck von seinem Wasser. »Ich hatte Sam Greenblatt vor seinem Haus umgebracht.«

14

Im Gerichtssaal wurde es mucksmäuschenstill. Anspannung machte sich breit. Andie DeGrasse konnte nicht glauben, was sie da gerade gehört hatte. In dem einen Moment reißt dieser Typ einen Witz wie ein normaler Mensch, und plötzlich gibt er zu, jemanden umgepustet zu haben. Noch nie hatte sie jemanden so beiläufig erzählen hören, dass er jemanden umgebracht hatte. Als hätte er einen ganz gewöhnlichen Botengang erledigt.

»Sie geben zu, Mr. Greenblatt vor seinem Haus umgebracht zu haben?« Joel Goldenberger blickte genauso schockiert wie alle anderen auch.

»Das habe ich doch schon zugegeben, Mr. Goldenberger. Gegenüber der Polizei und dem FBI. Ich war nicht unbedingt stolz darauf, aber nur so kommt man in diesem Spiel weiter.«

Goldenberger trat zurück und ließ Machias Zeugenaussage auf die Geschworenen wirken. Andie erinnerte sich an die blutige Szene auf dem Tatortfoto. »Können Sie den Geschworenen beschreiben, wie dieser besondere Auftrag zustande kam?«

»In Ordnung.« Machia holte tief Luft. »Ich habe für Ralphie D. gearbeitet.«

»Ralphie D.«, unterbrach ihn Goldenberger. »Sie meinen Ralph Denunziatta, oder?« Er deutete auf ein rundes, wuchtiges Gesicht oben im Stammbaum. »Er war Lieutenant im Guarino-Klan?«

»Ja, das ist er.« Machia nickte. »Wir haben ihn Ralphie D. genannt, weil …«

»Wir haben schon verstanden, Mr. Machia. Weil es noch einen Ralphie gab.«

»Ralphie F.«

»Ralphie Fraoli.« Goldenberger zeigte auf ein anderes Gesicht.

Machia kratzte sich am Kopf. »Ehrlich gesagt, Mr. Goldenberger, wusste ich gar nicht, wie Ralphie F. mit Nachnamen heißt.«

Das Lachen wurde noch lauter. Es hätte eine gute Komödie ergeben, wäre es nicht um eine so todernste Sache gegangen.

»Also hat Ihr Boss, Ralph Denunziatta, Kontakt mit Ihnen aufgenommen?«

»Er meinte, diese Sache müsste für den Klan erledigt werden. Für den Boss.«

»Und mit ›erledigen‹ meinte er einen Auftrag, einen Mord? Das hieß, Sie mussten jemanden umbringen?«

»Es war klar, was er meinte, Mr. Goldenberger.«

»Und mit dem Boss« – Goldenberger drehte sich wieder zu Machia – »war wer gemeint?«

»Dominic Cavello.« Er deutete in die Richtung des Angeklagten. »Es hieß, man müsste ihm einen Gefallen tun. Es gäbe da einen Typen in New Jersey, der Probleme macht. Kein geschützter Typ, nur ein normaler Bürger.«

»Und wie kamen Sie sich vor, als Sie damit betraut wurden, Mr. Machia? Sie wussten, dass dieser Auftrag bedeutete, jemanden umzubringen.«

»Ich wusste, welche Konsequenzen das hatte, Mr. Goldenberger.« Machia schielte zu den Geschworenen hinüber. Andie hatte einen Moment das Gefühl, ihr Blut würde gefrieren, als sie seinen Blick auf sich spürte. »Ralphie hat mir gesagt, was sie geplant hatten. Es wäre ein Kinderspiel. Also, ich hatte da diesen Freund, mit dem ich Autos geklaut habe.«

»Bei diesem Freund beziehen Sie sich auf Steven Mannarino?«, fragte Goldenberger nach. Er trat an seinen Tisch und hielt das große Foto eines pausbäckigen, grinsenden Jungen von vielleicht achtzehn Jahren mit buschigem Haar und einem Hemd der Giants hoch.

»Ja, Stevie.« Machia nickte. »Wir kennen uns schon, seit wir Kinder waren.«

»Also sollte Mr. Mannarino den Wagen stehlen?«

»Und Nummernschilder. Es wurde beschlossen, dass es am einfachsten wäre, den Kerl vor seinem Haus zu erschießen, wenn er am Morgen zur Arbeit geht. Wie heißen diese Sackgassen, wo man am Ende wenden kann?«

»Genau so – Sackgasse mit Wendemöglichkeit«, antwortete Goldenberger.

»Ach ja? Also, mehrere Fahrzeuge haben die Gegend abgefahren. Haben nach Polizisten Ausschau gehalten. In einem saß Tommy Mustopf, der eigentlich Tommy Mussina hieß. Ralphie war ihm direkt unterstellt. Zwei Tage vorher haben wir einen Probelauf gemacht. Das Ziel beschattet. Dieser Jude gab seiner Frau einen Abschiedskuss an der Tür. Er schien ganz in Ordnung zu sein.«

»Aber Sie waren bereit, die Sache trotzdem durchzuziehen?«, fragte Goldenberger.

Machia zuckte mit den Schultern und nahm wieder einen großen Schluck aus seiner Wasserflasche. »So viele Chancen kriegt man nicht im Leben, Mr. Goldenberger. Ich habe Jungs gesehen, die wurden alle gemacht, weil sie einen Auftrag abgelehnt hatten. Wer nicht pariert, riskiert, der Nächste zu sein. Abgesehen davon …«

»Abgesehen wovon?«, drängte Goldenberger.

»Es war ein Gefallen für den Boss, Mr. Goldenberger. Einen solchen Auftrag lehnt man nicht ab.«

»Und woher wussten Sie das?«

»Ralphie hatte gesagt, es sei für den Elektriker.«

»Und mit ›Elektriker‹ meinte er wen, Mr. Machia?«

»Einspruch!« Cavellos Anwalt erhob sich mit finsterem Gesichtsausdruck. Andie blickte zu O'Flynn, der dem Anwalt im Geschworenenzimmer bereits einen Spitznamen verpasst hatte: die Augenbraue.

»Tut mir leid, Euer Ehren«, entschuldigte sich Goldenberger. »Also, bei ›Elektriker‹ gingen Sie davon aus, dass Ralphie D. wen meinte?«

»Dominic Cavello. Der Elektriker, das war sein Name. Ralphie arbeitete für Tommy, und Tommy arbeitete für den Boss.«

Goldenberger nickte sichtlich erfreut. »Also wussten Sie hundertprozentig, dass dieser Mord für den Boss war, also für Mr. Cavello, weil Ralphie D. es Ihnen gesagt hatte?«

»Das und die andere Sache.« Machia hob die Schultern.

Goldenberger drehte sich um. »Was für eine andere Sache, Mr. Machia?«, fragte er mit lauter Stimme.

Es entstand eine Pause. Louis Machia lehnte sich in seinem Stuhl zurück und trank aus seiner Flasche. Zum ersten Mal hob Cavello seinen Blick zu Machia, der seine Flasche wieder abstellte.

»Diese Autos, von denen ich geredet habe, Mr. Goldenberger. Die rumgefahren sind. In einem saß Dominic Cavello.«

15

Die Mittagspause verbrachte Andie draußen auf dem Foley Square. Es war kalt, aber für November trotzdem noch ziemlich schön. Sie setzte sich mit einem Tunfisch-Wrap auf einen Sims und ging für die Stadtteilzeitung, für die sie stundenweise arbeitete, ein paar Korrekturen durch. Auch in ihr Büchlein notierte sie sich etwas – und unterstrich es: Cavello war dort!

Um zwei Uhr kehrten alle in den Gerichtssaal zurück, Machia nahm wieder seinen Platz im Zeugenstand ein.

»Ich möchte dort weitermachen, wo wir aufgehört haben, Mr. Machia.« Goldenberger trat vor den Zeugenstand. »Was ist nach dem Mord an Samuel Greenblatt passiert?«

»Nach dem Mord?« Machia dachte einen Moment nach. »Ich wurde befördert. Ich wurde zu einem Soldaten gemacht, wie Sie gesagt haben.«

»Ich glaube, das war ein paar Wochen danach«, korrigierte ihn Goldenberger. »Vielleicht einen Monat?«

»Siebenundzwanzig Tage.« Machia lächelte. »Um genau zu sein.«

Auf der Zuschauertribüne wurde wieder gekichert. Goldenberger tat es auch. »Das war sicher ein wichtiger Tag in Ihrem Leben, Mr. Machia. Aber ich meinte eher die Tage direkt nach dem Mord an Sam Greenblatt.«

»Ach so.« Machia schüttelte den Kopf, als hätte er einen Schlag ins Gesicht bekommen, und nahm noch einen Schluck aus seiner Flasche. »Wir haben den Wagen irgendwo stehen lassen. Später waren wir alle bei Ralphie D. zum Abendessen eingeladen, in Brooklyn.«

»Und das lief problemlos, Mr. Machia?«

»Dieser Teil ja, Mr. Goldenberger. Wir haben den Wagen am Newark Airport abgestellt, und Stevie warf die Nummernschilder in den Sumpf abseits der I-95. Wir waren bester Laune und haben gefeiert. Wir dachten, uns steht eine rosige Zukunft bevor.«

»Aber das war nicht der Fall, oder? Was ist passiert?«

Der dunkelhaarige, kleine Mafioso gluckste angewidert und schüttelte den Kopf. »Ich glaube, dass jemand, vielleicht ein Nachbar, die Nummernschilder gesehen hat, als wir Mr. Greenblatt erschossen haben und wieder weggefahren sind.«

»Jemand hat Sie gesehen? Und warum glauben Sie das?«, drängte Goldenberger.

»Weil später, gegen sieben, die Polizei zu mir nach Hause kam. Ich war nicht da, aber meine Frau und meine Kinder. Sie wollten sich ihren Wagen anschauen.«

»Ihren Wagen?« Goldenberger machte ein verwirrtes Gesicht. »Warum wollten sie den Wagen Ihrer Frau sehen, Mr. Machia?« Es war klar, dass Goldenberger die Antwort kannte. Er wollte nur die Zuhörer geschickt auf das Überraschungsmoment lenken.

»Offenbar war die Autonummer, die der Nachbar gesehen hatte, als wir fortfuhren, auf sie angemeldet.«

Im Gerichtssaal schnappte man hörbar nach Luft.

»Auf Ihre Frau, Mr. Machia? Sie haben uns doch vorhin erzählt, Steven Mannarino sollte Nummernschilder für den Mord stehlen.«

»Das hat er wohl auch getan.« Machia kratzte sich am Kopf. »Bei mir zu Hause.«

Andie blickte die Reihe entlang zu O'Flynn. Beide blinzelten, als wüssten sie nicht, ob sie richtig gehört hatten.

16

Joel Goldenberger riss die Augen weit auf. »Er ist Ihr bester Kumpel, Mr. Machia. Und da sagen Sie, er hätte die Nummernschilder für diesen Mord von Ihnen gestohlen?«

»Ich habe gesagt, wir kannten uns seit unserer Kindheit, Mr. Goldenberger. Er war mein ältester, nicht mein bester Freund, und der Schlauste war er auch nicht gerade.«

Der ganze Gerichtssaal kicherte ungläubig. Auch die Richterin versuchte wieder vergeblich, ein Lächeln zu verbergen. Als Ruhe eingekehrt war, schüttelte der Staatsanwalt den Kopf. »Also, Mr. Machia, fahren Sie fort.«

»Nachdem mich meine Frau angerufen hatte, rief ich Stevie an und sagte: ›Hey, Stevie, du hast wohl den Arsch offen, was?‹ Entschuldigung, Euer Ehren. Jedenfalls hat er mir erzählt, seine Mutter hätte die gestohlenen Nummernschilder gefunden und weggeworfen, da hätte er Panik gekriegt. Er hat nur einen Straßenblock entfernt gewohnt und kannte sich bei mir zu Hause genauso gut aus wie bei sich. Er hat die Nummernschilder meiner Frau in einer Kiste gefunden und gedacht, das würde schon keiner merken.«

Ein paar Sekunden lang herrschte ungläubiges Schweigen. »Was passierte, als die Polizei zu Ihnen nach Hause kam?«, frage Goldenberger weiter.

»Meine Frau hat ihnen erzählt, jemand müsste über den Zaun geklettert sein und die Dinger geklaut haben.«

»Ihre Frau ist ziemlich fix im Denken, Mr. Machia.«

»Ja, und verdammt fix im Sauerwerden.« Er schüttelte lächelnd den Kopf.

Diesmal konnte sich keiner mehr zurückhalten. Andie dachte, dass jeder das gleiche Bild im Kopf hatte: die Ehefrau, die dem Gangster mit der Bratpfanne hinterherjagte. Sie legte eine Hand über ihr Gesicht und blickte zur Seite. Ihr Blick fiel auf Cavello, der ebenfalls lächelte.

»Und die Polizei war mit dieser Erklärung zufrieden? Dass jemand anderes die Nummernschilder geklaut haben musste?«

»Ich weiß nicht, ob man das ›zufrieden‹ nennen könnte. Ich war vorbestraft. Es war nicht besonders schwer, mich darauf festzunageln, dass ich mit dem Klan zu tun hatte.«

»Ralphie D. konnte das sicher nicht so gut wegstecken.«

»Das würde ich eher untertrieben nennen, Mr. Goldenberger. Alle waren stinksauer. Später am Abend habe ich mich mit Stevie getroffen. Er hat Sachen gesagt wie ›Ich weiß, dass ich das verbockt habe, aber wenn das Konsequenzen hat, dann gehe ich nicht alleine‹. So verrücktes Zeug. Zeug, das er nicht hätte sagen dürfen. Er war völlig aufgekratzt.«

»Und wie haben Sie reagiert?«, wollte Goldenberger wissen.

»Ich habe gesagt: ›Gott, Stevie, so was darfst du nicht sagen. Das könnte jemand hören.‹ Aber er war nervös. Er wusste, dass er die Sache verbockt hatte. In einem solchen Zustand hatte ich Stevie noch nie gesehen.«

»Was haben Sie also getan?«

»Ich? Ehrlich gesagt, Mr. Goldenberger, ich musste mich um mich selbst kümmern. Ich habe zu Ralphie gesagt, er soll gar nicht auf Stevie achten. Der würde keine Dummheiten mehr machen. Er sei einfach nur durchgeknallt, mehr nicht.«

»Sie haben Ralphie von Stevie erzählt?«

»Das musste ich, Mr. Goldenberger. Wenn man ihn geschnappt und er weitergeplappert hätte, wären wir alle geliefert gewesen. Außerdem musste ich mir auch ein Alibi besorgen. Damals hatte ich da so eine Sache mit dem Knie und musste operiert werden. Also bin ich ins Kings County Hospital zu einem Arzt gegangen, den wir kannten – er schuldete uns ein bisschen Geld –, und habe von ihm verlangt, mich sofort aufzuschneiden, dann wäre die Rechnung beglichen. Und in den Unterlagen müsste stehen, dass ich schon seit dem Vormittag im Krankenhaus gewesen war.«

»Lassen Sie mich das klarstellen, Mr. Machia. Sie brachten einen Arzt dazu, fälschlicherweise zu behaupten, Sie seien in ein Krankenhaus aufgenommen worden, womit er Ihnen ein Alibi für den Mord an Samuel Greenblatt verschaffte?«

»Ja.«

»Und er stimmte zu?«

»Na ja, ich habe ihm eine Waffe an den Kopf gehalten, Mr. Goldenberger.«

Andie konnte es nicht glauben. Das Gelächter wurde immer wilder.

»Kommen wir auf Stevie Mannarino zurück, Mr. Machia, Ihren Freund seit Kindertagen.« Goldenberger ging ein paar Schritte auf seinen Zeugen zu. »Sie sagten zu Ralphie D., Sie würden sich für Stevie verbürgen. Was meinte Ralphie dazu?«

»Ich sollte mir keine Sorgen machen. Er würde es mit dem Boss besprechen. Sie würden ihn irgendwo hinbringen, wo er eine Weile untertauchen könnte, bis Gras über die Sache gewachsen wäre. Er meinte, es wäre besser, wenn ich mich auf mich selbst konzentriere. Aber eigentlich war ich ein bisschen nervös. Ich hatte Angst, nie wieder aus diesem Krankenhaus rauszukommen, wenn Sie wissen, was ich meine.«

»Was passierte dann?« Goldenberger ging zum Tisch und griff zu Steven Mannarinos Bild. Dieses hielt er in Richtung der Geschworenen. »Sagen Sie dem Gericht, Mr. Machia, was aus Ihrem Freund geworden ist.«

»Ich weiß nicht.« Louis Machia zuckte mit den Schultern und spülte den Kloß in seinem Hals mit einem Schluck Wasser hinunter. »Ich habe Stevie nie wiedergesehen.«

17

Es war fast vier Uhr. Richterin Seiderman ließ ihren Blick durch den Gerichtssaal gleiten. »Mr. Goldenberger, ich glaube, das ist ein guter Moment, um für heute Schluss zu machen«, beendete sie die Zeugenvernehmung.

Sie ermahnte die Geschworenen, bevor diese nach Hause geschickt wurden, nicht über den Fall zu reden und keine Zeitungen zu lesen. Ein paar verabschiedeten sich hastig, um noch ihren Zug zu erreichen.

Andie packte ihre Tasche und zog ihren Pullover an. »Bis morgen dann«, rief sie in die Runde. »Ich muss meinen Sohn abholen. Fährt jemand mit der U-Bahn?«

Eine Frau, Jennifer hieß sie, sagte, sie würde mitfahren. Gemeinsam eilten sie hinüber zur Chambers Street und sprangen in die Broadway-Linie Richtung Norden. Jennifer, eine Anzeigenverkäuferin, stieg an der 79th Street aus. Andie fuhr noch weiter in den Norden, wo sie seit vier Jahren in der West 183rd Street in einem braunen Sandsteingebäude ohne Fahrstuhl, aber mit Blick auf die George-Washington-Bridge wohnte.

An der Haltestelle 181st Street stieg sie aus und ging ein paar Blocks zur 178th Street, wo sie Jarrod bei Sandra abholte. Sandras Sohn Eddie ging wie Jarrod in die vierte Grundschulklasse.

»Hallo, Frau *Law and Order*«, begrüßte Sandra sie mit einem Lachen, als sie die Tür öffnete. »Hast du die Rolle?«

»Ich wurde verurteilt.« Andie verdrehte die Augen. »Acht Wochen.«

»Igitt!«, rief Sandra. »Ich habe die Jungs dazu gebracht, ihre Hausaufgaben zu machen, zumindest einen Teil. Sie sind in Edwards Zimmer. Spielen *Desert Ambush*.« Die beiden Frauen schoben die Köpfe durch die Tür.

»Mom«, krähte Jarrod, »stell dir vor, wir sind auf Level sechs.«

Sie gingen den Broadway entlang nach Hause. Das Abendessen rückte in greifbare Nähe, aber Andie hatte keine Lust zu kochen.

»Also, worauf haben wir Appetit, Mister? Nachos? Feinkostladen? Ich habe vierzig Kröten von der Regierung in der Tasche, und das heißt, das Essen geht auf mich.«

»Die haben dir vierzig Kröten gegeben?« Jarrod schien beeindruckt zu sein. »Worum geht's bei dem Prozess eigentlich, Mom? Irgendwas Geiles?«

»Ich soll darüber nicht reden, aber es geht um diesen Mafia-Kerl. Wir mussten uns dieses Anwaltsgeschwätz anhören. Genauso wie im Fernsehen. Und ich musste zur Richterin. In ihr Büro.«

Vor dem Haus, in dem sie wohnten, blieb Jarrod abrupt stehen. »Mom!«, rief er.

Andie parkte ihren Wagen immer auf der Straße. Ein zehn Jahre alter, orangefarbener Volvo Kombi. Schnecke nannten sie ihn, weil er nicht gerade schnell war und aussah, als hätte er ein paar Schläge mit der Faust abbekommen. Die Streifenpolizisten drückten immer ein Auge zu.

Jemand hatte die Windschutzscheibe vollkommen eingeschlagen.

»O mein Gott«, keuchte Andie und rannte zum Wagen.

Der Boden war mit Glassplittern übersät. Wer konnte so etwas tun? Sie stellte den Wagen schon seit Jahren auf der Straße ab. Jeder hier in der Gegend kannte ihn, und so etwas war noch nie vorher passiert. Sie legte eine Hand auf Jarrods Schulter.

Dann spürte Andie, wie sich ihr Magen zusammenzog. Sie dachte an Cavello, der mit ruhigem, gleichgültigem Blick im Gerichtssaal saß. Als hätte er alles unter Kontrolle. Und sie dachte an die Geschichten, die Louis Machia erzählt hatte. Er hatte für Cavello getötet. Sachen wie diese hier waren doch Kinderkram für die Mafia, oder?

»Mom, was ist los?«

»Nichts, Jarrod.« Sie zog ihn zu sich heran.

Aber das glaubte er genauso wenig wie sie selbst. Schließlich brauchte man ihr nur bis nach Hause zu folgen.

Vielleicht hatten sie das schon getan.

18

Richard Nordeschenko hatte einen sehr guten Plan. Das war der Grund, warum er in einem schicken Bistro auf der Upper East Side saß und eine attraktive Frau mittleren Alters aus der relativen Sicherheit der Bar beobachtete.

Drei andere Gäste unterhielten sich mit der Frau am Tisch und lachten. In diesem Bistro tummelten sich Menschen, die wohlhabend und erfolgreich aussahen. Die beiden männlichen Begleiter trugen maßgeschneiderte Anzüge und teure Hemden mit goldenen Manschettenknöpfen. Die zweite Frau in der Gruppe schien sie ziemlich gut zu kennen. Das Gespräch war lebhaft, vertraut. An Wein wurde nicht gespart. Richtig nett.

Nordeschenko war der Frau vom Gericht nach Hause gefolgt. Zu ihrem hübschen Haus in Murray Hill. Nachdem sie hineingegangen war, hatte er sich direkt vor die rote Holztür gestellt. Kein Portier. Genau so lief das hier. Und das Schloss würde ein Kinderspiel sein. Er kontrollierte die Drähte, die vom Sicherheitssystem zur Sprechanlage verliefen. Auch hier gab es kein Problem.

»Mr. Kaminsky.« Die hübsche Wirtin kam lächelnd auf ihn zu. »Ihr Tisch ist fertig.«

Sie hatte ihm genau den Tisch gegeben, den er hatte haben wollen – neben dem Tisch, an dem die Frau saß, die er verfolgt hatte. Es machte ihm nichts aus, ihr so nah zu sein. Sie kannte ihn nicht, würde sein Gesicht nie wieder sehen. Solche Dinge hatte er schon unzählige Male getan.

Angefangen hatte er in der Spetsnaz-Brigade, einer Spezialeinheit in Tschetschenien. Dort hatte er gelernt, präzise und ohne Gewissensbisse zu töten. Sein erster richtiger Job war ein örtlicher Bürokrat in Grosny gewesen, der sich mehrere Pensionen unter den Nagel gerissen hatte. Ein echtes Schwein. Eins der Opfer war an Nordeschenko herangetreten, um die Rechnung begleichen zu lassen. Dabei hatte er so viel Geld verdient wie sonst in sechs Monaten – und ohne Gefahr zu laufen, dass ihm einer der tschetschenischen Rebellen eine Kugel durch den Kopf jagte. Er befreite die Welt vom Dreck. Das konnte er locker rechtfertigen. Also platzierte er eine Brandbombe im Rennboot des Bürokraten und ließ ihn hochgehen.

Der nächste Fall war ein Polizist in Taschkent gewesen, der Prostituierte erpresste. Die Entlohnung war fürstlich gewesen. Dann ein Mafioso in Moskau. Ein richtig hohes Tier; unmöglich, nahe an ihn heranzukommen. Er hatte als Teil des Auftrags das ganze Gebäude in die Luft jagen müssen.

Dann hatte er angefangen, seine Dienste jedem anzubieten, der bezahlte, was er verlangte. Es war die Zeit der Perestroika, des Kapitalismus. Schließlich war er selbst nur ein Geschäftsmann. Er hatte den Durchbruch geschafft.

Wieder blickte er zu der schicken Frau. Schade. Sie schien erfolgreich zu sein. Und sogar sympathisch. Er wusste genau, wie es weitergehen würde. Es würde mit etwas Kleinem beginnen. Einer Nachricht, irgendwas, das ihr den Verstand rauben würde. Nicht lange, und sie würde sich in die Hosen scheißen.

Es würde keine Gerichtsverhandlung geben.

Als sich die Frau auf ihrem Stuhl drehte, fiel der blaue Kaschmirpullover, den sie über ihre Schultern gelegt hatte, auf den Boden.

Ein Kellner eilte herbei, doch Nordeschenko war schneller. Er griff nach unten und hob den Pullover auf.

»Vielen Dank.« Die Frau lächelte ihn herzlich an. Ihre Blicke trafen sich. Nordeschenko machte keine Anstalten, ihren Blick zu meiden. In einer anderen Welt war sie wahrscheinlich ein Mensch, der bewundert wurde und Respekt verdiente. Aber dies hier war seine Welt.

Er reichte ihr den wunderschönen Pullover zurück und erwiderte ihren Dank mit einem leichten Nicken. »Gern geschehen.«

Das hatte er wirklich gern getan. Er hatte so vielen seiner Opfer in die Augen geblickt, bevor er zur Tat geschritten war.

Dein Leben wird die Hölle, Miriam Seiderman.

19

»Mr. Machia, mein Name ist Hy Kaskel«, stellte sich Augenbraue vor, als er sich am nächsten Morgen ein Stück von seinem Stuhl entfernte. »Ich werde Ihnen ein paar Fragen im Namen meines Mandanten stellen, Mr. Dominic Cavello.«

Andie DeGrasse schlug in ihrem Notizbuch eine neue Seite auf und skizzierte eine Karikatur des Verteidigers, der Augenbraue. Sie hatte beschlossen, das, was am Abend zuvor passiert war, für sich zu behalten. Was konnte sie schon beweisen? Im Moment war sie nicht scharf auf eine weitere Auseinandersetzung mit Sharon Ann über die »Infiltrierung der Geschworenen«.

»Ich kenne Ihren Mandanten, Mr. Kaskel«, erwiderte Machia.

»Gut.« Der Miniaturanwalt nickte. »Würden Sie bitte den Geschworenen erzählen, wie Sie ihn kennen gelernt haben?«

»Ich kenne ihn einfach, Mr. Kaskel. Ich saß ab und zu mit ihm an einem Tisch. Er war an dem Abend dabei, als ich zum Soldaten gemacht wurde.«

»An einem Tisch.« Kaskel ahmte ihn theatralisch nach. »Betrachten Sie sich als engen Freund von Mr. Cavello? Hat er, sagen wir, Sie schon zum Abendessen eingeladen?«

»Ich war tatsächlich schon mal mit Ihrem Mandanten zum Essen, Mr. Kaskel.« Machia grinste. »Nach Frank Angelottis Beerdigung. Viele von uns waren dabei. Aber was das andere betrifft – nein, ich war nur ein Soldat. Anders funktioniert das nicht.«

»Dann haben Sie nie gehört, wie Mr. Cavello irgendwelche Befehle im Namen des Guarino-Klans gegeben hat? Er hat Ihnen zum Beispiel nie gesagt: ›Tun Sie mir einen Gefallen‹ oder ›Samuel Greenblatt muss getötet werden‹?«

»Nein, Mr. Kaskel, so nicht.«

»Es wurde anderen Leuten überlassen, Ihnen das zu erklären. Zum Beispiel Ralphie D., den Sie erwähnt haben, oder diesem anderen Tommy … dem mit dem komischen Namen.«

»Tommy Mustopf.«

»Tommy Mustopf.« Kaskel nickte. »Entschuldigen Sie.«

»Schon in Ordnung, Mr. Kaskel. Wir haben alle komische Namen.«

Vereinzelt brach wieder Gelächter im Gerichtssaal durch.

»Ja, Mr. Machia«, fuhr der Anwalt fort, »aber worauf ich hinauswill, ist Folgendes: Sie haben meinen Mandanten nie direkt sagen hören, es sei eine gute Sache, wenn jemand diesen Sam Greenblatt töten würde, oder?«

»Nein, nicht direkt.«

»Das haben Sie von Ralphie D. gehört, der ihn, wie Sie sagen, gesehen hat, wie er mit dem Wagen irgendwo in New Jersey herumgefahren ist.«

»Das war nicht ›irgendwo‹ in New Jersey. Das war einen Block von dort entfernt, wo Mr. Greenblatt getötet wurde.«

»Von Ihnen, Mr. Machia.«

»Ja, Sir.« Machia nickte. »Von mir.«

Kaskel kratzte sich am Kinn. »So, Sie behaupten von sich, ein langjähriges Mitglied des Guarino-Klans zu sein, stimmt das? Und Sie haben gestanden, im Namen dieses Klans eine Menge böser Dinge getan zu haben.«

»Ja«, antwortete Machia. »In beiden Fällen.«

»Zum Beispiel … Menschen getötet oder mit Drogen gehandelt zu haben. Ist das richtig?«

»Das ist korrekt.«

»Mit welcher Art von Drogen haben Sie gehandelt, Mr. Machia?«

Machia zuckte mit den Schultern. »Marihuana, Ecstasy, Heroin, Kokain. Was Sie wollen.«

»Hmpf«, kicherte der Anwalt in Richtung der Geschworenen. »Sie sind ein richtiger Unternehmer, was? Stimmt es, dass Sie eine Waffe besessen haben, Mr. Machia?«

»Ja, Sir. Ich hatte immer eine Waffe.«

»Haben Sie in Verbindung mit diesen Drogen diese Waffe jemals benutzt oder das Leben eines anderen bedroht, Mr. Machia?«

»Ja, Sir, das habe ich.«

»Haben Sie jemals diese Drogen auch selbst genommen, Mr. Machia?«, drängte Kaskel weiter.

»Ja, ich habe Drogen genommen.«

»Sie machen also keinen Hehl daraus, ein Drogenkonsument, Autodieb, Einbrecher, Kniebrecher und, ach ja, ein Mörder zu sein, Mr. Machia. Sagen Sie, hatten Sie im Verlauf Ihrer langjährigen Verbrecherkarriere jemals die Gelegenheit zu lügen?«

»Lügen?« Machia gluckste. »Natürlich habe ich gelogen. Ich habe ständig gelogen.«

»Mit ›ständig‹ meinen Sie … einmal im Monat? Einmal die Woche? Jeden Tag, vielleicht?«

»Wir haben immer gelogen, Mr. Kaskel.«

»Warum?«

»Warum wir gelogen haben? Um keine Probleme zu kriegen. Um nicht geschnappt zu werden.«

»Haben Sie jemals die Polizei angelogen, Mr. Machia?«

»Klar habe ich die Polizei angelogen.«

»Das FBI?«

»Ja.« Machia schluckte. »Als ich das erste Mal verhaftet wurde, habe ich das FBI angelogen.«

»Was ist mit Ihrer Frau, Mr. Machia? Oder, sagen wir, Ihrer Mutter? Haben Sie die auch angelogen?«

Louis Machia nickte. »Ich denke, im Laufe meines Lebens habe ich so ungefähr jeden angelogen.«

»Dann schauen wir der Tatsache mal ins Gesicht, Mr. Machia: Sie sind also ein Gewohnheitslügner. Im Grunde genommen haben Sie jeden angelogen, den Sie kennen. Die Menschen, mit denen Sie zusammenarbeiten, die Polizei, das FBI, Ihre Frau. Selbst die Frau, die Sie geboren hat. Lassen Sie mich noch eine Frage stellen, Mr. Machia. Gibt es eine Sache, über die Sie nicht gelogen haben?«

»Ja.« Louis Machia richtete sich auf. »Darüber.«

»Darüber?«, imitierte Kaskel ihn in übertriebener Weise. »Damit meinen Sie, wie ich annehme, Ihre Zeugenaussage?«

»Ja, Sir.«

»Die Staatsanwaltschaft hat Ihnen einen netten Handel versprochen, oder? Wenn Sie ihr erzählen, was sie hören will.«

»Wenn ich meine Verbrechen gestehe und die Wahrheit sage.« Machia zuckte mit den Schultern. »Sie meinten, sie würden das berücksichtigen.«

»Damit meinen Sie, Ihre Strafe zu verringern?«

»Ja.«

»Vielleicht auch eine Freilassung?«, bohrte Augenbraue mit weit aufgerissenen Augen nach. »Ist das nicht korrekt?«

Machia nickte. »Das wäre möglich.«

»Dann sagen Sie uns, Mr. Machia, warum Ihnen die Geschworenen jetzt glauben sollen, wenn Sie, wie Sie zugegeben haben, praktisch jede andere Instanz in Ihrem Leben angelogen haben, um Ihre Haut zu retten?«

Machia lächelte. »Weil es für mich jetzt keinen Sinn hat zu lügen.«

»Es hat keinen Sinn?« Kaskel kratzte sich wieder am Kinn. »Warum nicht?«

»Weil man mich im Gefängnis behält, wenn man mich bei einer Lüge erwischt. Um meine Strafe zu verringern, brauche ich nur die Wahrheit zu sagen. Ist doch logisch, Mr. Kaskel, oder?«

20

Und wieder war es Zeit für eine Mittagspause. Andie ging mit O'Flynn und Marc, dem Krimischreiber, nach Chinatown, einen kurzen Fußmarsch vom Gericht am Foley Square entfernt.

Eine Zeit lang pickten sie in den Vorspeisen herum, bevor die Stimmung etwas lockerer wurde. Andie erzählte von Jarrod und wie es war, einen Jungen ganz allein in der Stadt großzuziehen. O'Flynn erkundigte sich über die Arbeit für *Die Sopranos,* doch Andie musste zugeben, geflunkert zu haben. »Ich war nur Statistin. Ich habe übertrieben, weil ich nicht auf die Geschworenenbank wollte.«

»Jesses.« O'Flynn starrte sie mit glasigen Augen an. »Sie hatten mir schon das Herz gebrochen.«

»John hat sich durch fünf Jahre Wiederholungen gespult, um diese Bada-Bing-Szene mit Ihnen zu finden.« Marc grinste und klemmte ein Stück Tofu zwischen seine Essstäbchen.

»Und was ist mit Ihnen?« Andie wandte sich an Marc. »Was für Sachen schreiben Sie?«

Marc wirkte auf Andie ziemlich locker. Er sah ein bisschen wie Matthew McConaughey aus, hatte blonde, etwas längere Locken und trug immer Jeans mit dunkelblauem Jackett und offenem Hemd.

»Ein paar ganz gute Krimis sind dabei – einer wurde für einen Edgar Award nominiert. Und ich habe ein paar Drehbücher für *CSI* und *NYPD Blue* geschrieben.«

»Dann sind Sie ja so was wie eine Berühmtheit«, meinte Andie.

»Ich *kenne* ein paar berühmte Autoren«, erwiderte er grinsend. »Mache ich Sie nervös?«

»Ja, ich kann kaum meine Essstäbchen halten.« Andie grinste zurück. »Schauen Sie, wie die zittern.«

»Ich muss euch mal was fragen«, begann O'Flynn mit gesenkter Stimme. »Ich weiß, dass wir nicht darüber reden dürfen, aber dieser Machia – was sollen wir von dem halten?«

»Wir halten ihn für einen kaltherzigen Hurensohn«, antwortete Marc. »Aber er weiß, wie er die Lacher auf seine Seite zieht.«

»Er ist ein Hurensohn«, stimmte Andie zu. »Aber als er über seinen Freund geredet hat, ich weiß nicht, da hatte ich den Eindruck, dass eine ganz andere Seite von ihm durchschimmert.«

»Was ich wirklich fragen wollte« – O'Flynn beugte sich vor –, »glauben wir ihm? Trotz all der Scheiße, die er fabriziert hat?«

Andie blickte zu Marc. Machia war ein Mörder und Gangster. Er hatte womöglich hundert furchtbare Dinge getan, für die er nie würde geradestehen müssen. Aber jetzt behauptete er, die Wahrheit zu sagen, weil er nichts mehr zu verlieren hätte.

Marc zuckte mit den Schultern. »Ja, ich glaube ihm.«

Beide blickten zu Andie. »Ja, ich glaube ihm auch.«

21

Als die Geschworenen vom Mittagessen zurückkamen, nahm ein Koloss von einem Mann den Zeugenstand ein. Er wog vielleicht hundertfünfzig Kilo und gehörte zu der Sorte ungesund aussehender Menschen, wie ich sie bisher nur selten zu Gesicht bekommen hatte.

»Können Sie uns Ihren Namen nennen«, bat Joel Goldenberger und erhob sich, »und Ihren gegenwärtigen Aufenthaltsort?«

»Mein Name ist Ralph Denunziatta«, antwortete der Dicke, »und mein gegenwärtiger Aufenthaltsort ist ein Bundesgefängnis.«

Plötzlich gab es einen ohrenbetäubenden Knall, der das ganze Gebäude zu erschüttern schien.

Alle sprangen auf oder bedeckten die Köpfe. Höchste Eisenbahn, unter die Tische zu kriechen. Es wurde geschrien. Einer der Marshals ging auf Cavello zu. Niemand wusste, was passiert war. Ich erhob mich und wollte über das Geländer springen, um die Richterin zu schützen.

Dann wieder dieser Lärm. Von der Straße. Vielleicht eine gezielte Explosion auf einer Baustelle oder eine Fehlzündung eines Lastwagens. Alle blickten sich nervös um, als das Keuchen im Gerichtssaal langsam verstummte.

Der Einzige, der sich nicht bewegt hatte, war Cavello. Er saß nur einfach da, blickte sich um und grinste in sich hinein. »Hey, was schaut ihr mich so an?«, fragte er. Fast der gesamte Gerichtssaal brach in Lachen aus.

Die Verhandlung wurde fortgesetzt. Denunziatta war

um die fünfzig, hatte mehrere Doppelkinne und angegrautes, dünner werdendes Haar. Er sprach mit leiser Stimme. Wie Machia kannte ich auch ihn ziemlich gut. Ich war derjenige, der ihn verhaftet hatte. Eigentlich mochte ich Ralphie, wenn man einen Typen mögen kann, den es nicht weiter juckt, wenn sein Gegenüber tot umfällt.

Joel Goldenberger trat an den Zeugenstand. »Mr. Denunziatta, wie würden Sie Ihre Stellung im organisierten Verbrechen beschreiben?«

»Ich war Captain im Guarino-Klan.« Er sprach mit gedämpfter Stimme und abgewandtem Blick.

»Ralphie D.?«, fragte Goldenberger.

Denunziatta nickte. »Ja, der bin ich.«

»Sie haben einen College-Abschluss, Mr. Denunziatta?«, fuhr Goldenberger fort.

»Ja, Sir. In Wirtschaft. An der LIU.«

»Aber Sie haben nie regulär in Ihrem Beruf gearbeitet? Sie haben sich entschlossen, Ihr Leben dem Verbrechen zu widmen?«

»Das ist korrekt.« Denunziatta nickte wieder. Als er noch ein Junge war, hatte sein Vater als einer von Cavellos Handlangern gearbeitet. »Mein Vater wollte, dass ich Aktienhändler werde oder Jura studiere. Aber die Dinge änderten sich. Der Klan hatte sich ehrlichen Geschäften zugewandt – Restaurants, Nachtclubs, Lebensmittelvertrieb –, und dort bin ich eingestiegen. Ich dachte, ich könnte ein paar Dingen aus dem Weg gehen, Sie wissen schon, Dinge, über die alle reden – Gewalt, schmutzige Arbeit.«

»Aber das konnten Sie nicht, Mr. Denunziatta?«, fragte Joel Goldenberger.

»Nein, Sir.« Denunziatta schüttelte den Kopf. »Das konnte ich nicht.«

»Und eins dieser Dinge, denen Sie nicht aus dem Weg gehen konnten, war die Beteiligung am Mord an Sam Greenblatt?«

Denunziatta blickte auf seine Daumen hinab. »Ja.«

»Und Sie haben sich schuldig bekannt, an diesem Verbrechen beteiligt gewesen zu sein. Ist das richtig?«

»Das ist richtig«, antwortete er. »Ich habe mich des Totschlags schuldig bekannt.«

»Warum, Mr. Denunziatta? Können Sie Ihre tatsächliche Beteiligung an Mr. Greenblatts Tod beschreiben?«

Denunziatta räusperte sich. »Thomas Mussina kam zu mir. Er war damals Captain. Er unterstand direkt Dominic Cavello. Er wusste, dass ein paar Leute, die für mich arbeiteten, dem Klan einen Gefallen schuldeten. Jimmy Cabrule – er hatte Spielschulden. Und Louis Machia – der war darauf aus, zum Soldaten gemacht zu werden. Er dachte, es sei eine gute Gelegenheit.«

»Mit ›Gelegenheit‹ meinen Sie, dass Mr. Machia formal im Klan aufgenommen werden würde, wenn er sich am Mord an Mr. Greenblatt beteiligte? Ist das korrekt?«

»Das ist korrekt, Mr. Goldenberger.«

»Fahren Sie fort, Mr. Denunziatta. Haben Mr. Cabrule und Louis Machia diesen Mord ausgeführt?«

»Ja. Vor Greenblatts Haus in Jersey. Am 6. August 1993.«

»Sie scheinen das Datum gut zu kennen, Mr. Denunziatta. Waren Sie dort?«

»Ich war dort in der Gegend.«

»In der Gegend?« Goldenberger legte den Kopf zur Seite.

»Ich fuhr mit einem Wagen durchs Viertel, vielleicht zwei Blocks entfernt. Ich hörte die Schüsse und sah, wie

Louis und Jimmy C. vorbeirasten. Louis' Freund Stevie Mannarino saß am Steuer.«

»Fuhr sonst noch jemand in diesem Viertel herum, Mr. Denunziatta? Zu dem Zeitpunkt, als Mr. Greenblatt ermordet wurde?«

»Ja, Sir.« Denunziatta nickte. »Tommy Mustopf. In einem grauen Lincoln.«

»Okay, Thomas Mussina war da. In einem Lincoln. Saß bei Mr. Mussina noch jemand im Wagen?«

»Ja.« Ralphie sog hörbar die Luft ein. »Dominic Cavello saß im Wagen.«

»Wie konnten Sie sich so sicher sein, Mr. Denunziatta, dass es Mr. Cavello war, der bei Thomas Mussina im Wagen saß?«

»Weil sie angehalten und mir zugewinkt haben. Ein paar Blocks vom Tatort entfernt.«

»Aber das hat Sie nicht überrascht, Mr. Denunziatta? Ihn, den Elektriker, dort zu sehen?«

»Nein, Sir.«

»Und können Sie den Geschworenen sagen, warum?«

»Weil Tommy mir am Abend zuvor gesagt hatte, sie würden kommen. Er und Mr. Cavello. Er sagte, Mr. Cavello wolle sichergehen, dass alles glattlief.«

Denunziatta blickte auf, als fühlte er sich magnetisch vom Angeklagten angezogen.

Cavello erwiderte seinen Blick mit einem eiskalten, traurigen Lächeln. Es hatte etwas Entschlossenes. Alle sahen es. Es war, als würde die Temperatur im Gerichtssaal schlagartig um fünf Grad sinken.

Erzähl ruhig weiter, schien Cavellos Lächeln zu sagen. Tu, was du tun musst. Wenn alle Karten gespielt sind, werde ich weitersehen.

Du bist dem Tode geweiht, Ralphie.

Goldenberger holte den Zeugen in die Gegenwart zurück. »Ihrem Wissen nach zu urteilen, Mr. Denunziatta, wusste Mr. Cavello bereits im Vorfeld vom Mord an Mr. Greenblatt?«

»Natürlich wusste er von dem Mord, Mr. Goldenberger. Tommy hätte seine Schuhe nicht zugebunden, ohne dass es ihm der Boss gesagt hätte. Cavello hat den Mord angeordnet.«

22

Auch Miriam Seiderman hatte diesen grässlichen Blick bemerkt. Es hatte die Verhandlung fast zum Erliegen gebracht, dass sich alle Augen auf Cavello richteten.

Bisher hatte sich der Mafiaboss von seiner besten Seite gezeigt, aber Richterin Seiderman wusste, dass sein Geduldsfaden schnell reißen konnte. Die Aussagen der ersten beiden Zeugen waren vernichtend gewesen. Das merkte sie den Geschworenen an. Nur ein Volltrottel würde glauben, Cavello hätte nichts mit dem Mord an Greenblatt zu tun.

Trotzdem saß er einfach da, als hätte er alles geplant. Sein Leben ging den Bach hinunter, doch er stand über allem: *Ihr könnt mich nicht festhalten, ich bin stärker als ihr. Ich bin stärker als das ganze System. Ihr könnt nicht über mich richten.* Ein Schauder lief ihr den Rücken hinab.

Nach Feierabend war sie mit ihrem Mann Ben und einem seiner Mandanten zum Abendessen verabredet. Ben war Partner bei Rifkin, Sales, einer der größten Rechtsanwaltskanzleien in der Stadt. Miriam hörte zu, versuchte zu lachen. Der Mandant, Howard Goldblum, war einer der erfolgreichsten Bauträger von New York.

Doch innerlich hatte sie Angst. Immer wieder ging ihr der Prozess durch den Kopf, irgendetwas tobte in ihr. Etwas, das mit dem Mann zu tun hatte. Damit, dass er sich durch kein System unterkriegen lassen wollte.

Sie und Ben gingen gegen zehn Uhr nach Hause. Die

Alarmanlage war eingeschaltet, nachdem die Haushälterin bereits Feierabend gemacht hatte. Miriam verriegelte die Tür und ging nach oben.

Sie wusste, dass sie Ben von dem heutigen Tag erzählen sollte. Aber es war dumm, und sie wollte nicht wie ein dummer Mensch dastehen. Sie hatte schon hundert Prozesse geführt. Sie hatte eine Menge unverschämter Verbrecher gesehen, die dachten, sie wären die Größten. Warum sollte der hier anders ein? War er nicht! Zum Teufel mit ihm.

Ben verschwand in seinen begehbaren Schrank, um sich auszuziehen, anschließend ins Bad. Miriam hörte, wie er sich die Zähne putzte. Sie ging hinüber zu ihrem Bett und zog die Decke zurück.

Miriam Seiderman hatte das Gefühl, ihr Herz würde stehen bleiben.

»Ben! Ben, komm her, schnell! Ben!«

Ihr Mann kam mit der Zahnbürste in der Hand aus dem Bad gerannt. »Was ist los?«

Unter der Decke lag eine Zeitung, aufgeschlagen auf Seite zwei. Die Überschrift: TÖTENDE BLICKE IM GERICHTSSAAL.

Sie blickte auf Dominic Cavello. Das Bild eines Gerichtszeichners, auf dem genau der Moment im Gerichtssaal eingefangen war, der sie den ganzen Abend über bedrückt hatte.

Dieser Blick.

Sie drehte sich zu Ben. »Hast du die hierher gelegt?«, fragte sie ihn.

Ihr Mann schüttelte den Kopf und nahm die Zeitung. »Nein, natürlich nicht.«

Miriam Seiderman lief es eiskalt den Rücken hinab. Das

Haus war abgeschlossen und die Alarmanlage eingeschaltet gewesen. Ihre Haushälterin, Edith, war um vier Uhr gegangen.

Was war hier los? Das hier war die Abendzeitung.

Jemand war am Abend ins Haus eingebrochen!

23

Etwa zur selben Zeit las Nordeschenko in einem schwach beleuchteten albanischen Café in Astoria, Queens, ebenfalls die Zeitung.

Ein paar Gäste saßen an der Bar. Aus ihrem Heimatland wurde ein Fußballspiel per Satellit übertragen, und die Jungs an der Bar tranken und grölten und riefen hin und wieder dem Fernseher etwas in ihrer Sprache zu.

Die Cafétür wurde geöffnet, und zwei Männer traten ein. Einer war groß, hatte eiskalte, blaue Augen. Blonde Locken hingen bis zu den Schultern seiner schwarzen Lederjacke. Der andere war klein und dunkel, wirkte wie jemand aus dem Nahen Osten. Er trug eine grüne Militärjacke und eine Tarnfleckhose. Die beiden Männer setzten sich an den Tisch neben dem von Nordeschenko, der kein einziges Mal den Kopf hob.

»Schön, dich zu sehen, Remi.«

Nordeschenko lächelte. Remi war sein russischer Spitzname. Damals in der Armee, in Tschetschenien. Eine Abwandlung von Remlikov, seinem echten Namen. Nordeschenko hatte ihn seit fünfzehn Jahren nicht mehr verwendet.

»Sieh mal an, was der Wind uns gebracht hat.« Nordeschenko faltete seine Zeitung zusammen. »Oder vielmehr der Müllwagen.«

»Immer zu einem Kompliment aufgelegt, Remi.«

Reichardt, der Blonde mit der Narbe unter dem rechten Auge, war Südafrikaner. Nordeschenko hatte schon oft mit ihm zusammengearbeitet. Er war fünfzehn Jahre lang

Söldner in Westafrika gewesen und kannte sich in seinem Beruf bestens aus. Er war bereits in einem Alter in der Lage gewesen, einem Menschen schreckliche Schmerzen zuzufügen, als die meisten Jungs noch Grammatik und Rechnen lernten.

Nezzi, den Syrer, hatte er während seiner Zeit in Tschetschenien kennen gelernt. Nezzi war an einem Terrorüberfall gegen die Russen beteiligt gewesen, bei dem viele Schulkinder getötet worden waren. Nezzi hatte Gebäude in die Luft gesprengt und russische Gesandte erschossen. Er beherrschte das ganze Repertoire. Er wusste, wie man eine Bombe aus Materialien baute, die man in jedem Laden kaufen konnte. Nezzi kannte keine Skrupel und keine Ideologien. Im Zeitalter des Fanatismus gehörte er zu einer aussterbenden Rasse. Irgendwie erfrischend.

»Sag mal, Remi«, der Südafrikaner drehte sich auf seinem Stuhl, »du hast uns doch nicht hierher gelockt, damit wir uns albanischen Fußball ansehen?«

»Nein.« Nordeschenko warf die Zeitung mit der Zeichnung aus dem Gerichtssaal auf ihren Tisch. Es war eine Ausgabe derselben Zeitung, die er vor wenigen Stunden der Richterin ins Bett gelegt hatte.

»Cavello.« Nezzi zog die Augenbrauen zusammen. »Er steht doch vor Gericht, oder? Du willst, dass wir für ihn einen Auftrag erledigen, während er im Gefängnis ist? Das ließe sich einrichten, nehme ich an.«

»Trinkt ruhig was«, lud Nordeschenko sie ein und winkte der Kellnerin.

»Ich trinke hinterher was«, lehnte der Südafrikaner ab. »Und wie du weißt, lebt unser Muslim hier nach den strengen Regeln des Korans.«

Nordeschenko lächelte. »In Ordnung.« Dann hob er die

Zeitung noch einmal an. Darunter befand sich eine andere Zeichnung, die Nordeschenko gleich nach dem ersten Tag der Verhandlung aus der Zeitung geschnitten hatte.

Beide Mörder starrten darauf. Langsam wurde ihnen die Botschaft klar.

»Wollt ihr jetzt was trinken?«, fragte Nordeschenko.

Reichardts Blick sagte: Wahnsinn. »Das hier ist Amerika, Remi, nicht Tschetschenien.«

»Wo sonst könnte man besser neues Land erobern?«

»Ouzo«, bestellte Reichardt bei der Kellnerin.

»Drei«, rief Nezzi mit einem Achselzucken.

Die Gläser wurden gebracht, und unter dem Grölen der Fußballbegeisterten kippten die drei Männer ihren Ouzo und wischten sich übers Kinn.

Schließlich begann der Südafrikaner zu lachen. »Weißt du, es stimmt, was man über dich sagt, Remi: Du könntest verdammt gefährlich werden, wenn du mal ausrastest.«

»Darf ich das als ein Ja auffassen? Ihr seid dabei?«, wollte Nordeschenko wissen.

»Natürlich sind wir dabei, Remi. Sonst ist ja nichts los hier in der Stadt.«

»Noch drei«, rief Nordeschenko der Kellnerin auf Russisch zu.

Dann griff er zur Zeitung und ließ sie mitsamt der Zeichnung der Geschworenen unter seinem Arm verschwinden. Wenn diese dummen Säcke ihren Prozess wollten, würden sie einen bekommen.

Sie wussten nur noch nicht, welcher Art dieser Prozess sein würde.

24

An diesem Morgen saß niemand im Zeugenstand. Die Presse war nach draußen geschickt, die Jury nicht aus ihrem Zimmer gelassen worden. Richterin Seiderman betrat den Gerichtssaal und warf dem Angeklagten in der zweiten Reihe einen wütenden Blick zu. »Mr. Cavello, Sie, Ihr Anwalt und der Staatsanwalt kommen in mein Büro. Sofort.«

Als Richterin Seiderman den Saal wieder verließ, bemerkte sie mich. »Agent Pellisante, ich möchte, dass Sie uns Gesellschaft leisten.«

Unsere Gruppe zwängte sich durch die Holztür rechts im Gerichtssaal. Richterin Seiderman setzte sich mit einem vor Wut funkelnden Blick, den ich so noch nie an ihr gesehen hatte, hinter ihren Schreibtisch.

Und sie funkelte direkt den Angeklagten an.

»Mr. Cavello, wenn Sie glauben, ich würde mich Einschüchterungen oder Ihren Mafia-Taktiken beugen, haben Sie die falsche Richterin und den falschen Gerichtssaal ausgewählt. Habe ich mich jetzt klar ausgedrückt?«

»Vollkommen, Euer Ehren.« Cavello stand vor ihr und blickte ihr direkt in die Augen.

»Aber was ich vor allem nicht hinnehme«, auch Richterin Seiderman erhob sich, »ist ein Angeklagter, der glaubt, er habe die Macht, mit dem Strafrechtssystem zu spielen und seinen Ablauf zu stören.«

»Könnten Euer Ehren erklären, wovon Sie überhaupt reden?«, fragte Kaskel offenbar verwirrt.

»Ihr Mandant weiß ganz genau, wovon ich rede, Mr. Kaskel«, erwiderte die Richterin, die ihre Augen kein einziges Mal von Cavellos vergnügtem Blick abwandte.

Sie griff in eine Schublade, zog die *Daily News* heraus und warf sie auf den Schreibtisch. Die Zeichnung von Cavello, als er im Gerichtssaal zu Ralphie geschaut hatte. TÖTENDE BLICKE IM GERICHTSSAAL.

»Das lag gestern Abend in meinem Bett. In *meinem* Bett, Mr. Cavello! Unter meiner Bettdecke. Die Abendausgabe kam gegen sieben Uhr raus. Mein Haus war abgeschlossen und alarmgesichert. Nach vier Uhr war niemand mehr dort gewesen. Haben Sie mehr als eine bloße Vermutung, wie das dorthin gekommen ist, Mr. Cavello?«

»Ich bin in diesen Dingen kein Experte, Euer Ehren.« Dominic Cavello zuckte selbstgefällig mit den Schultern. »Aber vielleicht sollten Sie das mit der Firma besprechen, die Ihnen die Alarmanlage eingebaut hat. Oder mit Ihrem Mann. Ich jedenfalls habe ein ziemlich gutes Alibi. Ich war da drüben im Gefängnis.«

»Ich habe Ihnen gesagt«, Miriam Seiderman nahm die Brille ab, »dieser Prozess wird nicht durch Einschüchterung unterbrochen.«

Das musste ich ihr hoch anrechnen – sie begab sich auf Augenhöhe mit Cavello. Sie würde sich nicht unterkriegen lassen. »Dieses Gericht hat Ihnen die Gelegenheit gegeben, den Prozess in der Öffentlichkeit zu führen, Mr. Cavello.«

»Dieses Gericht stellt Vermutungen an, die es möglicherweise nicht belegen kann«, mischte sich Hy Kaskel ein. »Mr. Cavello hat sich an alle Regeln und Abmachungen gehalten, denen beide Seiten in den Vorverhandlungen zugestimmt haben. Sie können nicht mit dem Finger auf ihn zeigen.«

»Und trotzdem zeige ich mit dem Finger auf ihn, Mr. Kaskel. Und wenn irgendetwas darauf hinweist, dass die Sache mit Ihrem Mandanten zu tun ...«

»Ist schon in Ordnung, Hy«, hielt Dominic Cavello seinen Anwalt zurück. »Mir ist klar, wie sich die Richterin fühlen muss. Sie tut, was sie tun muss. Das Problem ist nur: Ich habe Freunde, die auch ein gewisses Gefühl für das haben, was sie für richtig halten und tun müssen.«

»Was habe ich da gerade gehört?« Seidermans Blick bohrte sich in Cavellos Augen.

»Von Anfang an habe ich versucht, Ihnen das zu sagen, Euer Ehren«, meinte Cavello. »Das Ende dieses Prozesses werden wir nicht erleben. Was soll ich sagen? Es ist, wie's ist.«

Ich konnte nicht glauben, was ich da gerade gehört hatte. Selbst für eine ungehobelte Person wie Cavello war es ungewöhnlich, vor Gericht eine derart direkte Bedrohung auszusprechen.

»Agent Pellisante«, wandte sich die Richterin an mich, ohne zu blinzeln.

»Ja, Euer Ehren.«

»Ich lasse die Sitzung für heute unterbrechen und möchte die Geschworenen nach Hause schicken lassen. In der Zwischenzeit werde ich entscheiden, wie die Verhandlung weitergeführt wird.«

Ich hatte das Gefühl, auch meinen Beitrag zur Diskussion beitragen zu müssen. »Die Geschworenen sollten abgesondert werden, Euer Ehren. Wir können für ihre Sicherheit keine Verantwortung mehr übernehmen. Für Ihre auch nicht. Wir haben bereits mehrere Orte ausgesucht. Ich kann die Sicherheitsvorkehrungen anlaufen lassen, sobald Sie den Startschuss geben.«

»Nick«, gluckste Cavello und drehte sich in meine Richtung, »das hier ist eine riesige Stadt. Hey, vielleicht sollten Sie auf sich selbst auch aufpassen.«

Ich trat einen Schritt vor, um ihm einen Fausthieb zu verpassen, aber der große, stämmige Marshal hinter mir hielt mich zurück.

»Tun Sie das, Agent Pellisante.« Die Richterin nickte. »Leiten Sie alles in die Wege. Sondern Sie die Geschworenen ab.«

25

Gegen halb zehn an diesem Abend faltete Andie Handtücher in Jarrods Badezimmer zusammen. Ihr Lieblingssohn saß bereits im Schlafanzug auf dem Bett, auf dem Schoß ein offenes Schulbuch, doch den Blick ins Leere gerichtet.

»Mom, was ist eine Landzunge?«, rief er.

Andie kam aus dem Bad und setzte sich auf die Bettkante.

»Ein kleines Stück Land, das ins Meer hinausragt.«

»Was ist dann eine Halbinsel?«, fragte er daraufhin und blätterte eine Seite um.

Andie zuckte mit den Schultern. »Ich denke, ein größeres Stück Land, das ins Meer hinausragt.«

An diesem Tag hatte sie ihn zum ersten Mal seit einer Woche von der Schule abgeholt. Die Richterin hatte die Geschworenen noch am Vormittag nach Hause geschickt, und jetzt brodelte die Gerüchteküche. Die Zeitungen und Fernsehkommentatoren erzählten, es seien Drohungen ausgesprochen worden. Vielleicht gegen einige der Geschworenen.

Andie hatte um ein Gespräch mit der Richterin gebeten und schließlich erwähnt, dass die Windschutzscheibe ihres Wagens zwei Tage zuvor eingeschlagen worden war. Richterin Seiderman hatte gemeint, das habe wahrscheinlich nichts zu bedeuten. Aber das beruhigte sie im Moment auch nicht.

»Ist dann nicht jedes Stück Land auf der Erde eine Art Halbinsel?« Jarrod zuckte mit den Schultern. »Ich meine,

103

guck dir mal Florida an. Oder Afrika oder Südamerika. Ragt nicht alles irgendwo ins Meer hinaus?«

»Ich denke, ja.« Andie glättete seine Bettdecke und strich über sein weiches, hellbraunes Haar.

»Hey«, beschwerte er sich und wand sich. »Ich bin kein Baby.«

»Du bist mein Baby und wirst es immer bleiben. Tut mir leid, das war so abgemacht.«

Abrupt hielt Andie mitten in der Bewegung inne, als an der Tür geklingelt wurde.

Jarrod setzte sich auf. Beide blickten sie auf den Wecker – es war schon zehn Uhr durch. »Wer kann das sein, Mom?«

»Ich weiß nicht. Aber eins weiß ich sicher, Einstein.« Sie nahm das Buch aus seiner Hand. »Das Licht wird jetzt ausgemacht.« Sie beugte sich hinunter und gab ihm einen Gutenachtkuss.

»Nacht, Mom.«

Andie ging zur Wohnungstür, entriegelte sie und öffnete sie einen Spaltbreit.

Sie musste zweimal hinschauen.

Es war dieser Typ vom FBI, den sie im Gericht gesehen hatte, dieser hübsche. Er hatte einen uniformierten Polizisten dabei. Nein – zwei waren es, ein Mann und eine Frau.

Was hatten die abends um zehn Uhr hier zu suchen?

26

Er hielt seine FBI-Marke nach oben. »Entschuldigen Sie, wenn ich Sie erschreckt habe, Ms. DeGrasse. Dürfte ich vielleicht reinkommen? Es ist wichtig.«

Andie öffnete die Tür. Der FBI-Typ sah nett aus in seinem olivfarbenen Regenmantel. Darunter trug er eine braune Sportjacke und ein dunkelblaues Hemd mit Krawatte. Ihr fiel ein, wie sie wohl aussehen mochte – in einem grellen, pinkfarbenen DKNY-Sweatshirt und einem Handtuch über der Schulter. »Ich habe niemanden mehr erwartet.«

»Es tut uns leid, dass wir hier so reinplatzen. Ich bin Nicolas Pellisante von der Abteilung Organisiertes Verbrechen beim FBI. Ich leite die Ermittlungen gegen Cavello.«

»Ich habe Sie im Gericht gesehen«, sagte Andie und fuhr vorsichtig fort: »Gibt es nicht so eine Art Regel, dass wir nicht miteinander reden dürfen?«

»Unter normalen Umständen ja.« Der FBI-Typ nickte.

»Normale Umstände? Ich verstehe nicht ganz. Was ist passiert?«

»Das Prozessverfahren wird geändert. Die Richterin hält es für ratsam – und da kann ich ihr nur zustimmen –, die Geschworenen aus Sicherheitsgründen aus ihrer normalen Umgebung abzuziehen.«

»Normale Umgebung?« Andie blinzelte. Was bedeutete das? Sie fuhr mit der Hand durch ihr zerzaustes Haar.

»Die Richterin möchte, dass die Geschworenen abgesondert werden. Ich möchte Sie nicht verängstigen. Es gibt keine spezielle Drohung. Es dient nur Ihrem Schutz.«

»Meinem Schutz?«

»Ihrem und dem Ihres Sohnes«, bekräftigte Pellisante.

Jetzt war Andie doch verängstigt. »Das heißt, es gab doch Drohungen?« Das Bild ihrer kaputten Windschutzscheibe blitzte in ihren Gedanken auf. »Geht es darum, was neulich passiert ist?«

»Das habe ich nicht gesagt«, antwortete Pellisante. »Draußen wartet eine Beamtin, die Ihnen helfen kann.«

»Uns bei was helfen, Agent Pellisante?« Andie lief es eiskalt den Rücken hinunter. »Da drin ist mein neunjähriger Sohn. Was soll ich mit ihm tun, während ich beschützt werde? Ihn ins Internat stecken?«

»Schauen Sie, ich weiß, wie sich das anhört, und ich weiß, wie kurzfristig das ist. Wir werden dafür sorgen, dass Sie Ihren Sohn regelmäßig sehen können, als Ausgleich für den Prozess.«

»Als Ausgleich für den Prozess!« Die Bedeutung seiner Worte war für Andie wie ein Schlag ins Gesicht. »Es ist erst eine Woche vergangen. So habe ich mir die Sache ganz und gar nicht vorgesellt, Agent Pellisante.«

Im Gesicht des FBI-Typen zeigte sich Mitgefühl, aber auch Hilflosigkeit. »Es tut mir leid, aber Sie haben keine andere Wahl.«

Ihr Blut pulsierte. Sie hätte sich gleich zu Anfang aus dem Staub machen können. »Wann?« Andie blickte zu ihm auf, und auf einmal war ihr klar, was er mit der Beamtin gemeint hatte, die draußen wartete.

»Tut mir leid, aber es muss gleich sein. Ich muss Sie bitten, sofort ein paar Sachen zusammenzupacken.«

»Sie machen wohl Witze!« Andie starrte ihn entrüstet

an. »Mein Sohn liegt nebenan im Bett. Was soll ich mit ihm machen? Das ist doch der Wahnsinn!«

»Gibt es jemanden, der ihn heute Nacht nehmen kann? Jemand in der Nähe?«

»Meine Schwester wohnt in Queens. Es ist schon zehn Uhr durch. Was erwarten Sie? Dass ich ihn in ein Taxi setze?«

»Sie können ihn mitnehmen«, räumte der FBI-Typ schließlich ein. »Aber nur für diese Nacht. Sie müssten dann morgen dafür sorgen, dass er irgendwo unterkommt.«

»Ihn mitnehmen.« Andie schnitt eine Grimasse. »Wohin?«

»Das kann ich Ihnen nicht sagen, Ms. DeGrasse. Es ist nicht weit. Und Sie können ihn ab und zu sehen. Das verspreche ich Ihnen.«

»Sie meinen es also ernst.« Wieder fuhr sich Andie durch die Haare.

In dem Moment erblickte sie Jarrod, der im Schlafanzug im Flur stand. »Was ist denn los, Mom?«

Andie ging zu ihm und legte einen Arm um seine Schultern. »Dieser Mann ist wegen dem Prozess hier. Er ist vom FBI. Er hat gesagt, dass wir weggehen müssen. Irgendwohin. Sofort, heute Nacht.«

»Warum?«, fragte Jarrod, der gar nichts verstand. »Heute Nacht? Wohin?«

Der FBI-Typ kniete sich nieder. »Das tun wir, damit deine Mutter zeigen kann, wie mutig sie ist. Das willst du doch, oder? Du würdest doch auch etwas Mutiges tun, um deine Mutter zu schützen, oder?«

»Ja.« Jarrod nickte. »Klar würde ich das.«

»Gut.« Er drückte die Schulter des Jungen. »Ich heiße Nick. Und du?«

107

»Jarrod.«

»Es wird schon nicht so schlimm werden.« Er lächelte und zwinkerte Andie zu. »Bist du schon mal in einem Polizeiauto gefahren, Jarrod?«

27

Als ich endlich nach Hause kam, war es bereits nach zwei Uhr.

Es war nicht leicht, Menschen spätabends aus ihren Wohnungen zu treiben und ihnen eine Todesangst einzujagen, ohne ehrlich mit ihnen sein zu können. Die Geschworenen waren mit Zivilfahrzeugen in ein Motel auf der anderen Seite des Holland Tunnel in Jersey City gebracht worden. Acht US-Marshals waren dort geblieben, um sie zu bewachen.

Ich war erschöpft und kam mir wie ein Stück Dreck vor, weil ich diese Menschen aus ihrem Alltag riss. Aber als ich den Schlüssel in meiner Wohnungstür drehte, wusste ich, dass ich ein gutes Stück besser schlafen würde, weil ich es getan hatte. Weil ich sie fortgeschafft hatte.

Überrascht stellte ich fest, dass die Lampen brannten. Zuerst dachte ich, Ellen hätte Bereitschaftsdienst. Aber irgendetwas war anders.

Dann kam Popeye nicht, um mich wie gewohnt zu begrüßen. Und auf seinem Schlafplatz auf dem Sofa lag er auch nicht.

Hier stimmte was nicht.

Ich brauchte eine Sekunde. Und plötzlich fiel mir ein, wie mir Cavello im Büro der Richterin gedroht hatte. Ich zog meine Waffe.

Verdammte Scheiße! Nein! Langsam ging ich Richtung Schlafzimmer. »Ellen! Bist du da drin? Ellen?«

Der Flurschrank stand weit offen. Ein paar Mäntel fehlten. Ihre. Und zwei Koffer, die sonst immer ganz oben lagen. Und einige Fotos auf der Konsole fehlten ebenfalls. Die von ihrer Familie und so.

»Ellen!«

Das Licht im Schlafzimmer brannte, blendete grell in meinen Augen. Das Bett war noch unbenutzt. Auch ein Tablett mit ihren Parfüms und Körpersprays war leer geräumt.

In meiner Hilflosigkeit hatte ich das Gefühl, die Welt drehte sich um mich und entzog sich meiner Kontrolle. Ich konnte nicht glauben, was hier passierte. »Ellen ... Ellen?«, rief ich noch einmal.

Dann sah ich den Brief auf dem Bett. Auf meinem Kopfkissen. Er war auf ihrem Briefpapier von der Klinik geschrieben.

Ich versank innerlich in einem tiefen Loch, als ich die erste Zeile las.

Mein großer, starker Nick. Etwas Schwierigeres als dies hier habe ich mein Lebtag noch nicht geschrieben ...

28

Ich setzte mich auf die Bettkante. Die Kissen lagen noch so, wie Ellen sie gerne zurechtlegte, und ihr Duft schwebte noch in der Luft.

Ich weiß, dass es Dir wehtun wird, aber ich muss eine Weile alleine sein. Wir wissen beide, dass das, was wir am anderen so großartig fanden, im Moment nicht mehr da ist.

In der Hoffnung, dass es Dir ein Lächeln entlockt: Ich verspreche Dir, es gibt keinen anderen, nur dieses schmerzende Gefühl, dass wir einander nicht das geben, was wir haben möchten oder brauchen. Und im Moment glaube ich, dass ich eine Weile in mich selbst hineinschauen und herausfinden muss, was ich von einem anderen Menschen haben möchte. Du bist der Beste, Nick. Du bist schlau und zuverlässig, Du bist empfindsam und stark. Du bist so ein guter Mensch. Und Du weißt auch, worin Du noch der Beste bist – das brauche ich nicht weiter auszuführen!!!

Du wirst eine Frau zu einer liebenden Partnerin machen. Ich bin mir nur nicht sicher, ob ich das bin. Ich brauche diesen Freiraum, Nick. Wir beide brauchen ihn! Wenn wir ehrlich sind, so wie wir es immer miteinander gewesen sind.

Ruf mich also bitte einen oder zwei Tage nicht an. Bitte mich nicht zurückzukommen (wenn Du mich überhaupt zurückhaben willst). Suche nicht nach mir. Sei einmal nicht der Polizist, Nicky. Ich brauche die Kraft, um das zu tun. Ich bin bei Freunden und habe Popeye mitgenom-

men. Er hat mir schon gesagt, dass ich total bekloppt bin. (Du bist immer das Alphatier, Nick, auch gegenüber Katern!)

Ich liebe Dich aufrichtig, Nick. Wer würde das nicht tun?

Ich ließ den Brief auf meinen Schoß sinken. Ach, da war noch ein PS. *Okay, ich habe ein bisschen gelogen. Das Medizinexamen war schwieriger.*

Ich nahm ein Foto von uns beiden vom Nachttisch, das in Vermont beim Skifahren aufgenommen worden war. Verdammt, Ellen, wir hätten damit fertig werden können. Wir hätten zumindest reden können.

Ich ging zum Telefon. Begann, ihre Mobilnummer zu wählen, hörte aber mittendrin auf.

Sie hatte Recht. Lehn dich zurück, Nick. Gib ihr, worum sie dich gebeten hat. Wir beide wussten es. *Das, was wir am anderen so großartig fanden, ist im Moment nicht mehr da.*

Ich nahm meine Krawatte ab und warf das Jackett aufs Bett. Dann legte ich mich einfach aufs Kissen und schloss die Augen.

Ich wollte mich leer und niedergeschlagen fühlen. Ich wollte mir einen Scotch eingießen oder gegen einen Stuhl treten, wie ich es immer tat, wenn solche Dinge passierten.

Aber ich konnte nicht. Ich konnte nicht.

Ellen hatte Recht. *Das, was wir am anderen so großartig fanden, ist im Moment nicht mehr da.*

Ellen hatte in vielen Dingen Recht.

29

Ein großer Bus wartete um acht Uhr morgens vor dem Garden State Inn auf die Geschworenen.

Drei bewaffnete Marshals vom Gericht halfen ihnen beim Einsteigen. Im Bus wartete ein anderer, schwer bewaffneter Kollege. Und schließlich fuhren drei Streifenwagen mit Blaulicht vor. Die Eskorte. Ein Mann vom FBI hakte die Namen auf einer Liste ab.

Das soll uns wohl ein Gefühl von Sicherheit vermitteln, dachte Andie, als sie in den Bus stieg. Hm, wer's glaubt, wird selig.

Ihre Schwester Rita war zuvor von einem Mitarbeiter des Gerichts hergefahren worden, um Jarrod abzuholen und zur Schule zu bringen. Er sollte bei ihr und Onkel Ray bleiben, bis dieses Chaos vorbei wäre. Andie war überrascht, wie locker er am Abend zuvor mit der Situation umgegangen war. Kein einziges Mal hatte er durchblicken lassen, dass er Angst oder das Gefühl hatte, abgeschoben zu werden. Aber am Morgen hatte er sie nicht verlassen wollen und angefangen, wie ein kleiner Junge zu weinen. Ihr kleiner Junge, ihr Jarrod.

»Du musst deine Aufgaben erledigen und ich meine«, hatte sie gesagt, als sie ihn fest umarmt und in Ritas Wagen gesetzt hatte, bemüht, ihre eigenen Gefühle zurückzuhalten. »Und denk dran … Florida ist eine Landzunge.«

»Eine Halbinsel«, hatte er sie korrigiert. Sie hatte gewinkt, als sie losgefahren waren. Eins war sicher – in der Schule würde er eine ziemlich spannende Geschichte zu erzählen haben.

Rosella ließ sich neben Andie auf den Sitz fallen. Die nervösen, verstörten Gesichter verrieten, dass dies hier alle Erwartungen überstieg.

»Mein Mann, er ist ziemlich böse wegen dem, was los ist. Er sagt, zum Teufel mit den vierzig Dollar, Rosie, lass die Verhandlung sein. Was ist mit Ihnen? Sie müssen wahnsinnig werden mit Ihrem Sohn.«

»Jarrod ist viel gewohnt«, antwortete Andie. Fast glaubte sie ihren eigenen Worten. »Er wird darüber hinwegkommen.« Sie drehte sich zu O'Flynn und Hector. »Um euch anderen mache ich mir Sorgen.«

Noch bevor der Bus losfuhr, gab es Streit. Das war verständlich. Hector beharrte darauf: Dies war gegen das Gesetz. Man müsse die Möglichkeit haben auszusteigen. Man könne niemanden gegen seinen Willen festhalten. Einige widersprachen ihm.

»Das ist dasselbe wie beim Heimatschutzgesetz.« Marc verdrehte die Augen. »Es dient unserer eigenen Sicherheit.«

Schließlich wurden die Türen geschlossen, und die Polizeiwagen vor dem Bus setzten sich mit eingeschaltetem Blaulicht in Bewegung. Der Fahrer startete den Motor, und auch der Bus rollte los.

Andie drückte ihre Wange gegen die Scheibe, während das langweilige Motel, das für die nächsten paar Wochen ihre Heimat sein sollte, in die Ferne rückte.

Schon allein bei dem Gedanken, Jarrod am Abend nicht zu sehen, vermisste sie ihn. »Aber ich glaube auch nicht, dass sich Sam Greenblatt freiwillig für diese Sache gemeldet hat«, sagte sie sich schließlich.

30

Ich fühlte mich wie erschlagen, und meine Augen waren geschwollen, nachdem ich in der Nacht kaum drei Stunden geschlafen hatte. Ich versuchte, die Sache mit Ellen aus meinen Gedanken zu verbannen, als ich am Morgen den Gerichtssaal betrat. Cavello wurde von zwei Sicherheitsbeamten eng flankiert. Noch eine Szene, und er wäre weg.

Joel Goldenberger trat an den Zeugenstand. »Guten Morgen, Mr. Denunziatta. Ich würde gerne dort weitermachen, wo wir gestern aufgehört haben.« Er hielt ein paar Zettel in der Hand.

»Sie haben ausgesagt, Sie seien zu der Zeit, als Sam Greenblatt getötet wurde, dort in der Gegend gewesen«, begann er. »Und Sie hätten gesehen, wie Thomas Mussina mit jemand anderem im Wagen umherfuhr. Würden Sie den Geschworenen in Erinnerung rufen, wer diese Person war, Mr. Denunziatta?«

»Es war Dominic Cavello«, erklärte Denunziatta.

»Gut.« Goldenberger nickte und drehte ein Blatt um. »So, nun möchte ich zu dem übergehen, was anschließend passierte. Würden Sie sagen, dass Sie und Ihre Kollegen mit der Art, wie die Arbeit erledigt wurde, zufrieden waren?«

»Ich denke, am Anfang waren wir zufrieden.« Ralphie zuckte mit den Schultern. »Ich meine, wir haben den Auftrag erledigt, alle entkamen, und niemand wurde verletzt.«

»Außer Mr. Greenblatt natürlich.«

»Außer Mr. Greenblatt, natürlich.« Denunziatta nickte mit einem reumütigen Lächeln. »Vielleicht einen Tag danach, wenn ich mich richtig erinnere, begann das Chaos.«

»Von welchem Chaos sprechen Sie, Mr. Denunziatta?«

»Dieser Typ, der bei dem Mord dabei war, Stevie …«

»Steven Mannarino«, erklärte Joel Goldenberger.

»Ja. Dieser Kerl hatte Mist gebaut. Scheinbar hatte er keine sauberen Nummernschilder für den Fluchtwagen gefunden, wie ihm aufgetragen worden war. Also musste er pfuschen.« Er räusperte sich. »Offenbar fand er einen Satz Nummernschilder bei Louis Machia zu Hause.«

»Bei seinem Freund zu Hause, der ebenso an dem Mord beteiligt war, oder?«

»Ja.« Denunziatta verdrehte die Augen.

»Wie würden Sie Stevie beschreiben?«, fragte Goldenberger. »War er in diesen Dingen erfahren?«

Denunziatta zuckte mit den Schultern. »Er war ein ganz anständiger Kerl aus der Gegend. Ich glaube, er hatte Asthma oder so was. Er wollte einfach dabei sein.«

»Dabei sein?«

»Im Club. Er war nicht der Schlauste, aber Louie mochte ihn. Also haben wir ihn Botengänge machen lassen. Der Junge hätte alles getan, um dazuzugehören.«

»Und dies war seine Chance? Seine große Aufnahmeprüfung?«

»Wenn er seine Sache gut gemacht hätte, wer weiß?«

»Und was ist dann mit Stevie passiert, Mr. Denunziatta? Nachdem herauskam, welches Chaos er angerichtet hatte?«

»Zuerst wollte Louie die Angelegenheit alleine regeln. Die Polizei kam an dem Abend zu ihm nach Hause, nachdem jemand die Autonummer gesehen hatte. Aber Louie musste sich um seine eigenen Sachen kümmern, und Stevie machte einen ziemlichen Aufstand, weil er wollte, dass wir uns um ihn kümmern und ihn aus der Gegend wegbringen. Weg von der Polizei. Er war zwar am Tatort nicht gesehen worden, aber er hatte Angst.«

»Was haben Sie also für Stevie getan, Mr. Denunziatta?«

»Ich sagte ihm, ich würde das regeln. Ich traf mich mit Tommy Mustopf. Und mit Mr. Cavello. Wir gingen spazieren, über die Kings County Mall. Ich sagte, wir müssten diesen Jungen aus der Stadt schaffen. Meinem Onkel Richie gehört ein Haus in den Poconos. Dort könne er sich verstecken. Tommy meinte, das höre sich ganz vernünftig an.«

Goldenberger nickte. »Dorthin ist Stevie also nach dem Mord an Greenblatt gegangen?«

»Nicht direkt«, antwortete Denunziatta und räusperte sich erneut.

»Warum? Sie hatten die Verantwortung für den Mord. Der Mensch, dem Sie direkt unterstellt waren, hatte zugestimmt. Niemand hatte einen Beweis, dass Stevie beteiligt war, oder? Warum ist Stevie also nicht in die Poconos gebracht worden?«

»Weil Dominic Cavello nicht damit einverstanden war.« Denunziatta senkte den Blick.

»Er war nicht damit einverstanden?«

»Nein.« Denunziatta zuckte mit den Schultern. »Der Boss sagte, Stevie müsse verschwinden.«

»Stevie müsse verschwinden«, wiederholte Joel Goldenberger. Er trat einen Schritt auf Denunziatta zu. »Das hat er einfach so gesagt, Mr. Denunziatta? Diese Worte: ›Stevie muss verschwinden.‹?«

»Nein, nicht genau diese Worte.« Ralphie drehte sich auf seinem Stuhl und räusperte sich zweimal. »Wenn ich mich richtig erinnere, sagte er: ›Zersägt diesen dämlichen Fettsack und steckt ihn von mir aus in die Mülltonne. Der Junge muss verschwinden.‹«

31

»Zersägt diesen dämlichen Fettsack und steckt ihn von mir aus in die Mülltonne.«

Goldenberger machte eine Pause, um die Worte auf die Geschworenen wirken zu lassen. Alle im Gerichtssaal hielten den Atem an.

»Sie haben gehört, wie Dominic Cavello diese Worte gesagt hat? Wie er Ihnen den direkten Befehl gegeben hat, Steven Mannarino zu töten?«

Denunziatta schluckte und warf einen raschen Blick auf den Angeklagten. »Ja.«

Schweigen legte sich über den Gerichtssaal. Cavello saß einfach nur da, die Ellbogen auf den Tisch gestützt, die Hände gefaltet, und blickte geradeaus, als hätte er nicht zugehört, als würde ihn all das hier nichts angehen.

»Und Thomas Mussina«, drängte Goldenberger, »hat er dem zugestimmt?«

»Was hätte er tun sollen? Der Boss hatte einen direkten Befehl gegeben.«

»Was haben Sie also gemacht, Mr. Denunziatta? Sie hatten Stevie versprochen, sich um ihn zu kümmern, oder?«

»Ja.« Er trank einen Schluck Wasser. »Ich glaube, er war bei seiner Schwester zu Hause. Ich ließ Kontakt mit ihm aufnehmen und ihm ausrichten, er solle seine Tasche packen und ins Vesuvio's kommen, ein in Bay Ridge bekanntes Restaurant. Ich sagte, er dürfe keinem ein Wort sagen, wohin er gehen würde. Auch seiner Mutter nicht.«

»Fahren Sie fort.«

»Wir trafen ihn also dort. Ich nahm Larry Conigliero

und Louis DeMeo mit. Stevie stieg mit so einer dämlichen, kleinen Reisetasche aus seinem Wagen und fragte, wie lange er weg sein werde. Ich sagte, ein paar Wochen, bis Gras über die Sache gewachsen sei.«

»Sie haben ihn angelogen, richtig? Sie hatten nicht die Absicht, ihm zu helfen?«

»Das stimmt.« Ralphie nickte und griff nach seinem Wasser.

»Was passierte dann, Mr. Denunziatta, nachdem Mr. Mannarino in diesen Wagen gestiegen war?«

»Sie fuhren davon, zu Larrys Werkstatt. Dort sagten sie, sie wollten nur ein paar Kassetten holen für die Fahrt. Larry sagte mir hinterher, Stevie habe keinen blassen Schimmer gehabt. Er drehte sich um, erschoss ihn auf dem Rücksitz. Dann zersägten sie ihn, wie Mr. Cavello gesagt hatte. Sie wollten zur Sicherheit die Befehle korrekt ausführen. Anschließend brachten sie ihn in die Poconos. Dort ist er immer noch, soweit ich weiß.«

»Und schließlich teilten Sie Mr. Cavello mit, dass der Mord ausgeführt wurde«, sagte Joel Goldenberger.

»Ich teilte es Tommy mit.«

»Und kurz darauf wurden Sie zum Captain befördert?«

»Ja.« Er nickte. »Nach etwa zwei Monaten.«

»Und hat Mr. Cavello etwas darüber gesagt, warum Sie innerhalb dieser kurzen Zeit zum Captain gemacht wurden?«

Denunziatta blickte quer durch den Gerichtssaal. Zu Cavello. »Er machte einen Witz darüber, dass ich mir so schnell kein Grundstück in den Poconos kaufen würde.«

Selbst jetzt schien Cavello seine Bemerkung amüsant zu finden.

»Danke, Mr. Denunziatta.« Goldenberger ging mit

seinen Notizen zu seinem Tisch. »Eine Sache noch.« Er drehte sich wieder um. »Fand Louis Machia jemals heraus, was mit seinem Freund passierte?«

Ralphie senkte den Blick. »Nein, Mr. Goldenberger, Louie erfuhr nie, was mit Stevie passierte.«

32

Am Abend in ihrem Motel-
zimmer versuchte Andie er-
folglos, sich zu entspannen.

Sie fand Denunziattas
Zeugenaussage ziemlich be-
unruhigend. Je mehr sie über den Fall hörte, desto stärker wurde ihr Hass auf Dominic Cavello, auch wenn sie
wusste, dass sie objektiv bleiben musste. Sie lag auf dem
Bett und blätterte durch die *Vanity Fair,* doch ihre Gedanken schweiften zu Stevie ab, dem vertrauensseligen Möch-
tegern mit seiner Zahnbürste und ein paar frischen Un-
terhosen in seiner kleinen Reisetasche, der gedacht hatte,
sich in den Poconos verstecken zu können. *Zersägt diesen
dämlichen Fettsack und steckt ihn von mir aus in eine
Mülltonne.*

Sie fühlte sich alleine. Sie stellte den Fernseher leise, in
dem ein Krimi lief, und griff nach dem Telefon, um Jarrod
anzurufen.

»Hallo, Schatz«, meldete sie sich. Und schon stieg ihre
Laune.

»Hallo, Mom!«, antwortete er. Allein seine Stimme zu
hören war toll. Wenn sie mit Jarrod redete, bekam sie immer gute Laune. Sie waren Freunde.

»Wie läuft's, Kumpel? Behandelt dich Tantchen Rita
auch gut? Füttert sie dich?«

»Ja. Sind alle nett hier. Das Essen ist prima.«

»Dann ist es also gar nicht so schlimm bei deinen Cou-
sins?«

»Schon okay. Aber …« Jarrods Stimme wurde weich.
»Warum musst du da sein, wo du bist, Mom?«

»Damit wir uns auf den Fall konzentrieren können. Damit uns niemand stört.«

»Die Leute in der Schule sagen, das sei so, damit uns dieser Typ von der Mafia nicht findet. Damit er uns nichts tun kann.«

Andie richtete sich auf und schaltete den Fernseher aus. »Hey, die Leute in der Schule haben Unrecht, Jarrod. Niemand ist hinter uns her.« Dass sie hier in diesem Motel sein musste, völlig abgeschieden und allein, war eine Sache, aber dass ihr neunjähriger Sohn in diesen Fall hineingezogen wurde, ging zu weit.

Sie versuchte, ihn bei Laune zu halten. »Aber wie viele Kinder haben schon die Chance, mit einem echten FBIler im Polizeiwagen zu fahren?«

»Ja, stimmt. Das war geil.«

Ein paar Sekunden herrschte Stille in der Leitung.

»Weißt du was?«, fragte sie schließlich. »Ich habe mit den Zuständigen gesprochen. Sie haben gesagt, dass du nächsten Dienstag herkommen kannst – zu deinem Geburtstag. Ich habe gehört, hier in Jersey gibt's einen ziemlich guten Italiener.«

Der Trick funktionierte. Jarrod war überglücklich. »Kann ich dann über Nacht bleiben?«

»Und ob, Jar, auch das habe ich geklärt. Sie haben sogar gesagt, sie würden dich am nächsten Morgen im Polizeiwagen in die Schule fahren.«

»Klingt super! Du fehlst mir, Mom.«

»Du mir auch, Jarrod. Sogar noch viel mehr als ich dir.« Andie nahm den Hörer ein Stück zur Seite und legte die Hand über ihren Mund. Sie wollte nicht, dass Jarrod hörte, wenn ihre Stimme kippte.

Ich vermisse dich mehr, als du dir je vorstellen kannst.

33

Am Freitag und Montag konnten wir mit drei weiteren starken Zeugen aufwarten, die den Fall gegen Dominic Cavello erhärteten und das Seil um seinen Hals immer enger zogen.

Einer war Thomas Mussina, der berühmte Tommy Mustopf, der Boss von Ralphie D. Er nahm derzeit am Zeugenschutzprogramm teil.

Mussina bestätigte alles, was Machia und Ralphie zuvor ausgesagt hatten: dass Cavello ihm den direkten Befehl gegeben hatte, Sam Greenblatt zu töten; dass Tommy ihn tatsächlich in seinem grauen Lincoln in der Nähe des Tatorts umhergefahren hatte; dass Cavello, nachdem er die Schüsse gehört und seine Jungs hatte wegfahren sehen, die Hände aneinandergerieben und gesagt hatte: »Das wäre also erledigt. Wie wär's mit ein paar Eiern?«

Mussina hatte auch Denunziattas Geschichte darüber, was mit Stevie passiert war, bekräftigt. Er bestätigte dieselben Worte: »Stevie muss verschwinden.«

Dann erzählte er den Geschworenen von Gloria, einer Tänzerin, die in einem schicken Stripclub in Rockland County im Staat New York gearbeitet hatte. Gloria hatte vor einem der anderen Mädchen geprahlt, sie habe dreißigtausend Dollar Bargeld auf die Seite geschafft. Ihre »I-70-Ersparnisse«, wie sie das nannte. Eines Tages nämlich wollte sie sich ihre Tochter schnappen und über die Interstate 70 nach Westen fahren, um ein neues Leben zu beginnen.

»Als Mr. Cavello das hörte, drehte er durch«, erzählte

Tommy Mussina den Geschworenen. »Er dachte, das Weib würde ihn beklauen. Also schickte er ein paar Jungs in ihre Wohnung. Sie haben sie gevögelt, sie erwürgt und die Leiche in einen Müllcontainer geworfen. Zum Glück war die Tochter in der Schule.«

»Fanden sie das Geld?«, wollte Goldenberger wissen.

»Ja.« Mussina nickte. »In einem Koffer im Schrank. Dreißig Riesen, genau wie Gloria gesagt hatte. Sie brachten das Geld zu Cavello.«

»Warum?«

»Er wollte es.« Mussina zuckte mit den Schultern. »Er hat gelacht und gesagt: ›Gebt Cäsar, was Cäsar gehört.‹ Ich war dabei.«

Der edle Cavello. Kaltherzig und nutzlos. Grausam bis zum Gehtnichtmehr.

»Zeigte sich am Ende, dass das Geld gestohlen war?«, fragte Goldenberger und schüttelte traurig den Kopf.

»Nö. Sie hatte es tatsächlich gespart. Mr. Cavello gab es der Familie zurück, als Grundstock für Glorias Tochter. Er musste sich ganz schön auslachen lassen. Die Knete hatte tatsächlich diesem Mädchen gehört.«

34

Nach Mussinas Zeugenaussage zogen sich die Geschworenen zum Essen in ihr Zimmer zurück. Niemand schien richtigen Hunger zu haben.

»Habt ihr gesehen, wie dieses Arschloch dasitzt?« Hector schüttelte wütend den Kopf. »Er verzieht kaum eine Miene. Als hätte er die ganze Welt unter Kontrolle. Einschließlich uns.«

»Na, wenn's nach mir ginge, hätte er keine Kontrolle mehr.«

Rosella bekreuzigte sich. »Gott gebe seiner Seele Ruhe. In der Hölle.«

Andie setzte sich und sah zu Marc hinüber, der am Fensterbrett lehnte und seinen Blick über Manhattan schweifen ließ.

»Diese arme Tänzerin. Geld, um abzuhauen, hm? Ich habe einen kleinen Sohn. Das hätte genauso gut ich sein können, zu einem anderen Zeitpunkt in meinem Leben«, sagte sie.

Marc nickte mitfühlend. »Wie hieß der Club, in dem du getanzt hast?«

»Sehr lustig.« Andie schnitt eine Grimasse, aber zumindest lockerte der Witz die Anspannung im Raum. Einer nach dem anderen setzte sich lächelnd an den Tisch, dann wurden die Teller ausgeteilt.

»Wenn das vorbei ist, sollten wir uns alle noch einmal treffen. Ich kenne da eine Farm in den Poconos«, schlug John O'Flynn vor, der sich Aufschnitt auf sein Brot legte.

Winston, der Mechaniker, lachte. »Ja, aber pass auf, dass du nicht über die Grabhügel stolperst.«

Lorraine kicherte laut los. Damit war das Eis völlig gebrochen. Es war wunderbar, dass sie nach all den grausamen Zeugenaussagen noch die Köpfe zurückwerfen und herzhaft lachen konnten.

»Lorraine«, sagte Andie, »ich schlage dir ein Geschäft vor. Wir legen alle zehn Dollar in eine Kasse, und das nächste Mal, wenn Augenbraue wieder eine von seinen lächerlichen Bemerkungen loslässt, was für ein guter Bürger Cavello doch sei, fängst du an, so zu lachen.«

»Das wäre unbezahlbar«, gackerte O'Flynn. »Ich bin dabei. Ich glaube, selbst die Richterin würde einen Schreikrampf kriegen.«

Lorraine schien das Bild zu gefallen, weil sie wieder loskicherte. Schrill und durchdringend. Und die anderen lachten noch lauter.

Andie musste zugeben, dass sich im Laufe der vergangenen Woche ein Gefühl der Vertrautheit mit diesem Menschen bei ihr eingestellt hatte. Vielleicht lag es an dem, was sie hier taten – im selben Raum sitzen, dieselben wahnsinnigen, beunruhigenden Zeugenaussagen anhören.

Sie blickte in die Runde. »Hört mal, morgen hat mein Sohn Geburtstag. Ich habe dafür gesorgt, dass er über Nacht mit mir ins Motel kommen darf. Was haltet ihr von Kuchen und Brause in meinem Zimmer nach dem Abendessen?«

»Hey, eine Party«, frohlockte O'Flynn im Namen aller.

»Wir besorgen uns Partyhüte und Krachmacher!«, rief Rosella. »Wie an Silvester. Den Geburtstag wird er in Erinnerung behalten.«

»Auf Kosten der Regierung der Vereinigten Staaten«,

sagte Marc. »Immerhin schulden sie uns was, oder? Wie heißt der Kleine?«

»Jarrod.« Andie lächelte. »Das ist toll. Danke, Leute. Eine Sache gibt's da noch. Ich habe versprochen, dass ihr alle ein Geschenk mitbringt.«

35

Ich beobachtete die Geschworenen, die nach dem Mittagessen den Gerichtssaal betraten. Kurz darauf wurde der nächste Starzeuge aufgerufen, Joseph Zaro, ein Exmafioso und Exfunktionär in der Local 407, der Gewerkschaft, bei der Cavello in New Jersey den Daumen drauf hatte.

Zaro erklärte, wie Bauunternehmer seit Jahren bei der Vergabe von Bauaufträgen ausgequetscht wurden. Wie am Sitz der Gewerkschaft ganz klassisch Geldkoffer mit hunderttausend Dollar vorbeigebracht wurden, wenn man wollte, dass einem überhaupt Arbeiter für einen Bauauftrag geschickt wurden. Oder dass ein Bauunternehmer, wenn er eine Mischung aus gewerkschaftlich und nicht gewerkschaftlich organisierten Arbeitern anstrebte, um Geld zu sparen, gleich vorab zwanzig Prozent des Eingesparten abdrücken musste.

Seit Jahren wussten wir, dass es sich hierbei um den größten Erpressungsfall von New Jersey handelte und Cavello Millionen abschöpfte. Nur erwischen konnten wir ihn einfach nicht.

»Wie viele Verträge haben Sie im Lauf der Jahre für Mr. Cavello manipuliert?«, wollte Joel Goldenberger von Zaro wissen.

»Dutzende. Hunderte?« Zaro zuckte mit den Schultern. »Außerdem gab es noch zwei andere, die den gleichen Job machten wie ich.«

»Den genau gleichen Job? Sie meinen Erpressung?«, drängte Goldenberger.

129

Wieder zuckte Zaro mit den Schultern, als wäre dies die natürlichste Sache der Welt. »Ja.«

»Und was wäre passiert, wenn sich der Bauunternehmer geweigert hätte zu zahlen?«

»Dann hätte er keinen Auftrag bekommen, Mr. Goldenberger.«

»Und wenn sie sich weiter weigerten zu zahlen? Oder Leute von draußen nahmen?«

»Sie meinen, von außerhalb der Gewerkschaft?«, vergewisserte sich Zaro.

»Ja.«

Einen Augenblick lang machte Zaro ein verdutztes Gesicht, bevor er sich am Kopf kratzte. »Sie müssen schon verstehen, wir reden hier über Dominic Cavello, Mr. Goldenberger. Ich kann mich nicht erinnern, dass das jemals passiert ist.«

Ein paar Leute im Gerichtssaal lachten.

Auch Goldenberger lächelte. »Dann handelte es sich im Grunde genommen um ein Monopol? Mr. Cavello da drüben konnte dem gesamten Baugewerbe die Bedingungen diktieren?«

»Es gibt kein Gebäude in Nord-Jersey, bis nach New York hinein, bei dem Dominic Cavello sich nicht seinen Teil gesichert hätte.« Zaro lachte laut auf.

Selbst Cavello schien sich ein Lächeln nicht verkneifen zu können. Als wäre er stolz auf seine Geschäftstüchtigkeit. Wir hatten ihn festgenagelt. Mord. Beeinflussung von Gewerkschaften. Betrug. Man konnte es an jedem Gesicht im Gerichtssaal ablesen. Selbst an Cavellos Gesicht, hinter diesem kalten Blick, das zu sagen schien: Das geht mich doch alles gar nichts an.

Nun brauchte die Staatsanwaltschaft nur noch ihren letz-

130

ten Zeugen aufzurufen, einen, der über eine noch hässliche Seite von Cavello berichten konnte. Der letzte Nagel, der zu Cavellos Sarg fehlte.

Mich.

36

Ich betrat den Zeugenstand am nächsten Nachmittag.

»Bitte nennen Sie Ihren Namen.« Joel Goldenberger erhob sich und drehte sich zu mir. »Und sagen Sie uns, welche Verbindung Sie zu diesem Fall haben.«

»Nicholas Pellisante«, begann ich. »Ich bin Special Agent im FBI-Büro in New York und Leiter der so genannten Abteilung C-10. Wir bekämpfen die organisierte Kriminalität.«

»Danke. Und in Ihrer Eigenschaft als Leiter dieser Abteilung, Agent Pellisante, leiten Sie auch die Ermittlungen gegen Dominic Cavello, ist das richtig?«

»Das ist richtig.« Ich nickte. »Zusammen mit dem stellvertretenden Direktor und dem Direktor.«

»Dem stellvertretenden Direktor und dem Direktor?« Goldenberger legte den Kopf schräg. »Sie meinen vom Büro in New York?«

»Nein, Mr. Goldenberger.« Ich machte eine Pause und befeuchtete meine Lippen mit einem Schluck Wasser. »Vom gesamten FBI.«

Goldenberger wirkte beeindruckt. »Das sind ziemlich gute Referenzen, Special Agent Pellisante. Sie waren aber nicht immer in dieser Position?«

»Nein. Vorher war ich fünf Jahre lang Agent in der Sondereinheit. Und davor habe ich Verbrechensanthropologie an der Columbia unterrichtet und drei Jahre lang beim Justizministerium in Washington gearbeitet. Und davor habe ich Jura studiert.«

»Und wo haben Sie Ihr Juraexamen gemacht, Mr. Pellisante?«

Ich spielte mit, weil ich für die Geschworenen als ein noch eindrucksvollerer Zeuge aufgebaut werden sollte. Also nahm ich erst noch einen Schluck Wasser. »Columbia.«

»Wie viele Jahre ermitteln Sie also schon gegen das organisierte Verbrechen?«

»Elf. Fünf als Special Agent, sechs als Leiter der Abteilung.«

»Dann lässt sich also sagen, dass Ihnen während Ihrer beruflichen Laufbahn einige ziemlich üble Menschen über den Weg gelaufen sind.«

»Von der übelsten Sorte. Das kolumbianische Drogenkartell, Cosa Nostra, die russische Mafia. Ich glaube, ich habe die korruptesten und gewalttätigsten Organisationen dieser Erde kennen gelernt. Scheint meine Spezialität zu sein.«

Goldenberger lächelte höflich. »Und welchen Rang würde der Angeklagte, Dominic Cavello, aufgrund Ihrer Erfahrungen einnehmen?«

»Rang?«

»Im Sinne des kriminellen Verhaltens, das Sie untersuchen.«

Ich räusperte mich. »Mr. Cavello ist der skrupelloseste und kaltblütigste Mörder, den wir je hatten. Wir können dreißig Morde direkt mit ihm in Verbindung bringen, die er persönlich angeordnet hat. Er ist ein bösartiger Mensch.«

»Einspruch!« Hy Kaskel schoss nach oben. Davon war ich ausgegangen. »Der Angeklagte ist nicht wegen dieser mutmaßlichen Morde angeklagt. Die Ermittlungen und

Lieblingstheorien der Staatsanwaltschaft sind für dieses Gericht nicht von Bedeutung.«

»Wir korrigieren, Euer Ehren.« Joel Goldenberger hob seine Hand. »Die Staatsanwaltschaft wird die Frage umformulieren. Ich sollte wohl fragen, ob Ihre Erfahrungen mit diesem Mann über Ihre Ermittlungen hinausgehen. Sie hatten doch eine persönliche Begegnung mit dem Angeklagten, Mr. Pellisante, oder? Sie haben Mr. Cavellos Brutalität aus nächster Nähe erlebt?«

»Ja.« Ich drehte meinen Kopf zu Cavello. Ich wollte, dass er meinen Blick spürte.

»Ich habe persönlich mit angesehen, wie Mr. Cavello einen Mord begangen hat. Vielmehr zwei Morde.«

37

Ich hatte Hunderte von Bandaufnahmen und Telefonmitschnitten als Teil meiner Zeugenvernehmung zusammengestellt, doch wir hatten beschlossen, mit meiner eigenen Geschichte anzufangen. Mit dem, was ich selbst gesehen hatte.

»Würden Sie dem Gericht die Ereignisse in Zusammenhang mit Dominic Cavellos Verhaftung beschreiben?«, bat mich Goldenberger.

Ich blickte zu Carol, Manny Olivas Frau, die in der ersten Reihe saß. Ich war froh, dass sie hier war.

»Wir hatten erfahren, dass Cavello am 23. Juli 2004 an der Hochzeit seiner Nichte im South Fork Club in Montauk teilnehmen würde. Wir hatten mehrere offene Haftbefehle.«

»Sie hatten bereits vorher versucht, Mr. Cavello zu verhaften?«

»Ja. Cavello war allerdings abgetaucht. Es bestand Gefahr, dass er das Land verließ.«

»Also haben Sie aufgrund dieses Hinweises die Hochzeit beschattet. Können Sie dem Gericht etwas über die anderen Agenten sagen, die Ihnen dort geholfen haben?«

»Sicher.« Ich versuchte, wenigstens einen Teil meiner Gefühle zu unterdrücken, als ich begann, über Manny zu erzählen. »Manny Oliva war drei Jahre lang mein Stellvertreter in der C-10. Er hat direkt nach seiner Ausbildung in Quantico bei mir angefangen und sich mit meiner Unterstützung nach oben gearbeitet. Er und seine Frau hatten gerade erst Zwillinge bekommen.«

»Und Edward C. Sinclair war auch mit Ihnen am Tatort gewesen?«

»Ed Sinclair war in unserer Einheit ein vorbildlicher Mitarbeiter.« Ich nickte seiner Frau Maryanne und seinem Sohn Bart zu, die neben Carol Oliva saßen.

»Können Sie uns die Szene etwas veranschaulichen, Agent Pellisante?« Joel Goldenberger stellte eine vergrößerte Luftaufnahme vom Tatort auf eine Staffelei gegenüber vom Zeugenstand. »Wo genau hielten sich die Agenten Oliva und Sinclair während der Beschattung auf?«

Ich ging zur Staffelei und griff zu einem Zeigestab. »Sie waren am Strand außerhalb des Clubgeländes, um Fluchtwege abzuschneiden.« Ich beschrieb, wie Cavello sich als alter Mann im Rollstuhl verkleidet hatte. Wie er aufgesprungen war, als meine Agenten hereingekommen waren, und versucht hatte zu fliehen. Wie er einen meiner Agenten, Steve Taylor, der als Kellner eingesetzt gewesen war, erschossen hatte.

»Er rannte Richtung Strand hinunter. Manny und Ed waren in Position. Hier. Ich gab per Funk durch, dass er den Weg in ihre Richtung eingeschlagen hatte.«

»Können Sie beschreiben, was als Nächstes passiert ist? Ich weiß, dass es schwierig für Sie ist, Agent Pellisante, ebenso wie für die hier anwesenden Familienangehören der Agenten.«

»Ich hörte mehrere Schüsse.« Ich presste die Zähne aufeinander. »Ich zählte ... zwei schnelle hintereinander, dann vier weitere. Ich rannte von meiner Position aus hinunter über die Dünen und sah die beiden Männer im Sand liegen.«

Im Gerichtssaal herrschte absolute Stille. Als ich meinen

Blick von der Staffelei abwandte, waren alle Augen auf mich gerichtet.

»Was haben Sie dann getan?«, fragte Goldenberger weiter.

»Ich bin zu den beiden Männern gegangen.« Ich räusperte mich. »Manny war tot. Kopfschuss. Ed war in der Brust und am Hals getroffen worden. Er blutete stark. Mir war klar, dass er im Sterben lag.«

»Und haben Sie Dominic Cavello gesehen?«

»Er rannte am Strand entlang und versuchte zu fliehen. Er war an der Schulter getroffen worden. Ich erkannte etwas, das wie eine Waffe aussah. Er rannte auf einen Hubschrauber zu, der auf einer Landzunge stand. Ich forderte per Funk Hilfe an, und ein Hubschrauber, der auf einem Schiff der Küstenwache wartete, sollte Cavellos Fluchtweg blockieren. Dann rannte ich ihm hinterher und schoss, wobei ich ihn am Schenkel traf. Während ich nach Hilfe gefunkt hatte, muss er die Waffe ins Meer geschleudert haben.«

»Sie haben also keine Waffe mehr gefunden?«

»Nein.« Ich schüttelte den Kopf. »Die war nicht mehr zu entdecken.«

»Aber Sie haben keinen Zweifel, wer Ihre Agenten getötet hat?«

»Nein, absolut nicht.« Wieder schüttelte ich den Kopf und blickte dem Angeklagten direkt ins Gesicht. »Dominic Cavello. Als ich diese Schüsse hörte, befand sich sonst niemand in der Nähe von Manny und Ed. Und die Kugel, die aus Cavellos Schulter entfernt wurde, stammte aus Eds Waffe.«

»Nur um hundertprozentig sicher zu sein« – Goldenberger drehte sich um und sprach mit erhobener Stimme weiter –, »sehen Sie den Mann, den Sie an dem bewussten Tag in den Dünen verfolgt haben? Den Mann, der, wie Sie beobachtet haben, von den Leichen der Agenten fortgelaufen ist?«

»Das war er«, antwortete ich und deutete auf die zweite Reihe. »Dominic Cavello.«

Während der ganzen Sitzung hatte Cavello stoisch geradeaus geblickt, doch jetzt hatte er sich mir zugewandt. Gleich sollte ich erfahren, warum.

Plötzlich sprang er nämlich von seinem Stuhl auf, zog sich über den Tisch wie ein Wahnsinniger. Sein Gesicht war rot angelaufen, die Adern an seinem Hals drohten zu platzen.

»Pellisante, du Arschloch! Du dreckiger Hurensohn! Du verlogenes Stück Scheiße!«

38

Es ging zu wie im Irrenhaus.
»Ihr verlogenen Schweine!«, bellte Cavello mit heiserer Stimme. Er knallte mit der Faust auf den Tisch, ließ Blätter und Dokumente aufflattern.

»Und ich scheiß auf dieses Gericht!« Er funkelte die Richterin an. »Sie haben keine Macht über mich. Sie glauben, Sie kriegen mich, weil Sie ein paar von meinen alten Feinden bestochen haben, damit sie Ihnen Ihren Henkelmann tragen. Aber Sie haben einen Scheißdreck. Ich habe *Sie!*«

Die Marshals eilten herbei, zwei von ihnen schnappten sich Cavello und drückten ihn zu Boden. Die Zuschauer schrien, einige liefen aus dem Saal.

Cavello wehrte sich wie ein rasendes Tier. »Du kriegst mich nicht, Pellisante! Ich kriege dich!«

Als ein dritter Wachmann zu Hilfe kam, konnten sie ihn endlich bezwingen. Zwei von ihnen drückten ihn nach unten, während ihm der Dritte ein Paar Handschellen anlegte, ohne dass er etwas von seiner Stimmgewalt eingebüßt hätte.

»Dieses Gericht ist ein Witz! Die reine Verarschung! Ihr werdet mich nie verurteilen, ganz egal, wie viele Verräter und Telefonmitschnitte ihr habt. Um deine Freunde ist es schade, Nicky! Aber wer auch immer sie getötet hat, ich würde ihn auf die Lippen küssen.«

»Schaffen Sie ihn hier raus«, rief Richterin Seiderman von ihrer Bank aus in dem Versuch, wieder die Kontrolle über den Gerichtssaal zu bekommen. »Mr. Cavello, Sie haben Ihr Recht verwirkt, diesem Prozess beizuwohnen.

Sie haben das Gericht missachtet. Sie werden aus diesem Gerichtssaal ausgeschlossen. Die Geschworenen werden sofort ins Geschworenenzimmer zurückgehen. Gerichtsdiener!«

Das Chaos im Gerichtssaal nahm kein Ende. Die Geschworenen machten einen völlig verwirrten Eindruck. Einige Vertreter der Presse rannten bereits nach draußen, um ihre Redaktionen anzurufen.

»Schafft mich ruhig hier aus! Verbannt mich!« Cavello drehte seinen Kopf zur Richterin. »Auf diesen Scheiß hier kann ich sowieso verzichten!«, bellte er quer durch den Gerichtssaal. »Ihr Gericht ist ein Witz!«

Blut lief aus Cavellos Mund. Sein zuvor sauber gekämmtes Haar war wild zerzaust. Die Wachen zogen ihn hoch und versuchten, ihn durch die Seitentür zu zerren. Mit einem Bein war er schon durch die Tür, als er wild entschlossen seinen Kopf noch einmal herumriss. Was ich sah, konnte ich kaum glauben.

Dieses Schwein lächelte.

39

Die Geschworenen waren immer noch völlig durch den Wind. Schockiert. Niemand konnte sich erinnern, je etwas wie Cavellos Ausbruch miterlebt zu haben.

»Das Arschloch hat es uns leicht gemacht.« Hector schüttelte den Kopf. Alle schienen zuzustimmen.

Vielleicht wurde ihm einfach nur klar, wie aussichtslos sein Fall ist, da ist er übergeschnappt, dachte Andie.

Die Geschworenen verließen das Gericht früher als geplant, und Andie hoffte, Jarrod würde unten bereits auf sie warten. Als sie zum Fahrstuhl geführt wurden, stand der blaue Bus schon bereit.

In der Eingangshalle hielt Andie nach ihrem Sohn Ausschau. Und da stand Jarrod! In seinem Basketballerhemd, das den Namen Stephon Marbury trug. Die Nummer 3. Sobald er sie erblickte, rannte er auf sie zu und sprang in ihre Arme.

»Alles Gute zum Geburtstag, mein Schatz!« Es war herrlich, sein glückliches Gesicht zu sehen und ihn zu umarmen und zu küssen. Cavello und das, was im Gerichtssaal passiert war, zählte nicht mehr.

»Was ist denn los, Mom?«

Andie drückte ihn doppelt so fest wie nötig. »Keine Sorge, Kleiner.«

Der Bus stand gleich vor dem Eingang auf der Straße. Andie und Jarrod stiegen als Erste ein und gingen bis zu einem der hinteren Sitze durch. Hector und Rosella, die sich manchmal auf Spanisch miteinander unterhielten, setzten

141

sich in die Reihe davor, O'Flynn mit einer zusammenge-
rollten *Sports Illustrated* in der Hand in die Reihe hinter
ihnen.

»Erzähl was von der Schule«, forderte Andie ihn auf.

»Nö.« Er zeigte ein breites Grinsen. »Ich habe Geburtstag, Mom. Heute keine Schule, okay?«

»Ja, okay.«

Man wollte sie so schnell wie möglich vom Gerichtsgebäude fortschaffen, was Andie ganz recht war. Ein
Marshal stieg ein, zählte die Geschworenen ab, war aber
verwirrt, weil scheinbar einer zu viel im Bus saß. Mit einem Schlag auf die Karosserie und einem »Okay« schickte
er den Bus auf den Weg. Der Fahrer startete den Motor.

Andie drehte sich zum Gerichtsgebäude um. Vor dem
Eingang stand Pellisante, der Typ vom FBI. Diese Sache
mit Jarrods Geburtstagsfeier war seine Idee gewesen.

Danke. Andie winkte ihm zu. Ein anerkennendes Winken, mit nur einem Finger.

Er winkte zurück.

Zwei Polizeiautos fuhren dem Bus auf der Worth Street
voraus. Die Fahrt würde durch den Holland Tunnel führen und bis zum Motel fünfundzwanzig Minuten dauern.
Ein paar der Geschworenen wandten sich zu Andie um,
die sich fragte, wann sie wohl endlich das Geburtstags-
ständchen für ihren hübschen Jungen anstimmen würden.

»Hey, Jarrod.« O'Flynn beugte sich vor und betrachtete
das Stephon-Marbury-Hemd. »Du stehst wohl auf die
Knicks?«

»Ja, steh ich drauf. Aber *Halo* mag ich noch lieber.«

»*Halo?*« Es war ein ziemlich bekanntes Videospiel.
Ziemlich gewalttätig mit anschaulichen Kämpfen. O'Flynn

grinste Andie zu. »Deine Mama lässt dich also *Halo* spielen, hm?«

»Seine Mama sicher nicht«, erwiderte Andie. »Aber seine Tante. Die knöpfe ich mir allerdings ein andermal vor.«

Ein paar der Geschworenen lachten.

Der Bus bog in die Church Street und blieb an einer roten Ampel stehen.

Andie blickte aus dem Fenster, dachte über die Party nach und darüber, was Jarrod für Augen machen würde, wenn er merkte, dass alle über seinen Geburtstag Bescheid wussten. Sie dachte, die anderen würden warten, bis sie den Tunnel erreicht hatten, um die Spannung zu erhöhen. Rosella hatte ein buntes Transparent gemalt. Happy Birthday, Jarrod. Das würde richtig toll werden.

Rechts von ihnen hielt ein grauer Transporter mit einer großen Aufschrift. APEX ELECTRICAL SYSTEMS. ASTORIA, QUEENS.

»Und, was hast du geplant, Mom?«, fragte Jarrod. »Du hast doch immer was geplant.«

Sie wollte ihm schon eine Antwort geben, als sie etwas Seltsames bemerkte.

Der Fahrer des Transporters sprang heraus. Er trug blaue Arbeitskleidung, die Baseballkappe auf seinen blonden Locken hatte er tief in die Stirn gezogen. Noch seltsamer aber war, dass auch der Beifahrer aus dem Wagen stieg.

Beide begannen loszurennen.

Über die viel befahrene Kreuzung. Fort von ihrem Wagen. Als sie die andere Straßenseite erreicht hatten, blickten sie zurück. Aber nicht zu ihrem Transporter.

Zu ihnen! Zum Bus!

»Mom? Hörst du mir überhaupt zu? Erde an Mutter. Hallo.«

Und plötzlich war ihr alles klar! Schlagartig verkrampfte sich ihr Magen.

»Fahren Sie sofort los!«, schrie Andie dem Fahrer zu. »Fahren Sie los. Sofort!«

Aber die Ampel war immer noch rot. Und sie steckten im Verkehr fest. Die anderen unterhielten sich miteinander, ohne zu sehen, was los war. Jarrod blickte blinzelnd zu seiner Mutter auf.

»O Gott.« Andie erschauderte, unfähig, den Blick von dem Transporter abzuwenden. Sie legte ihre Arme um Jarrod, zog ihn eng zu sich heran. Gleich würde etwas Schreckliches passieren.

»Oh, mein Gott. Nein!«

»Mom?«

40

Manchmal denke ich an diesen Moment zurück – an die Zehntelsekunde, bevor diese schreckliche Sache passierte. Diese Sache, die ich nicht aufhalten konnte.

Was wäre, wenn ich nur die Hand auszustrecken bräuchte, um die Zeit zurückzudrehen? Den Moment noch eine Sekunde lang festhalten könnte? Sehen könnte, was ich hätte sehen sollen?

Ich würde dieses Lächeln sehen. Nicht das von Andie DeGrasse, die neben ihrem Sohn im Bus saß.

Cavellos Lächeln. Kurz vorher im Gericht.

Ich würde genau wissen, was es bedeutete.

Ich war den Geschworenen aus dem Gerichtssaal gefolgt und hatte beobachtet, wie der Bus losfuhr.

Nach Ellens Auszug, wusste ich nicht mehr, wo ich hingehörte. Deswegen machte es mir Freude, wenigstens dieser Andie DeGrasse und ihrem Sohn zu helfen. Das gab mir das Gefühl, bei diesem Wahnsinn einen Beitrag für das Leben geleistet zu haben. Sie winkte mir zu, lächelte glücklich. Ich winkte zurück. *Alles Gute zum Geburtstag, Kleiner.*

Und dann brach die Welt zusammen! Ihre. Und meine.

An der roten Ampel hielt ein grauer Kastenwagen. Hastig stiegen zwei Männer aus.

Sie rannten fort.

Ich brauchte eine Sekunde, um die Lage zu begreifen, auch wenn ich schon an das Schlimmste gewöhnt war. Und mit einem Schlag war mir alles klar. Das ganze, schreckliche Bild.

145

»Steigt sofort aus!«, schrie ich und rannte durch den Verkehr auf den Bus zu. »Steigt aus dem Bus aus!«

Dann explodierte der Transporter, die Straße wurde eingetaucht in einen gigantischen Blitz. Der Luftdruck schleuderte mich gegen einen Briefkasten, glühende Hitze schlug mir ins Gesicht.

O Gott, nein! Nein!

Hilflos musste ich mit ansehen, wie der Bus der Geschworenen von den Flammen verschluckt wurde. Dann explodierte er.

Ich kramte mein Funkgerät heraus, um die Sicherheitsleute im Gericht zu verständigen. »Hier ist Pellisante. Ein Notruf. Der Geschworenenbus ist gerade in die Luft geflogen! Ecke Worth und Church Street. Ich wiederhole, der Geschworenenbus ist gerade explodiert! Wir brauchen sofort volle medizinische Unterstützung!«

Dann rannte ich auf den Bus zu, so schnell ich konnte.

Es sah übel aus. Sehr übel. Flammen züngelten aus dem Transporter, dichter, grauer Rauch waberte über die Straße. Überall um mich herum schrien Menschen. Passanten, von der Detonation verletzt, lagen benommen auf dem Pflaster. Ein Taxi war auf die Seite gekippt und brannte.

Schnell blickte ich mich nach den beiden Männern in Arbeitskleidung um. Sie waren fort, untergetaucht im Chaos. Gütiger Himmel, der Geschworenenbus war nur noch ein verkohltes, brennendes Gerippe, bei dem die gesamte linke Seite vollständig zerfetzt war.

Ich rannte zur Tür, die von der Explosion aufgerissen worden war. Die Haltegriffe glühten.

Alles war mit einer glimmenden, schwarzen Schicht überzogen. Der Busfahrer war tot. Nein, nicht einfach nur tot, er war geköpft. O Gott. Eine der Geschworenen, eine ältere Frau, die, wie ich mich erinnerte, im Gerichtssaal in der hinteren Reihe gesessen hatte, war über den Rücken des Fahrers hinweg gegen die Windschutzscheibe geschleudert worden. Aber an ihren Namen erinnerte ich mich nicht mehr.

»FBI«, rief ich in die dicke, nach Benzin stinkende Luft. »Kann mich irgendjemand da drin hören?«

Ich wartete auf eine Antwort. Es müssten doch Stimmen zu hören sein. Na los! Stöhnen, Rufe, Hilfeschreie. Irgendein Beweis, dass jemand lebte.

Ich hielt die Arme zum Schutz gegen die Flammen vors Gesicht und lauschte.

Nichts, alles still. Daran werde ich mich immer erinnern, immer wird sie mich verfolgen, diese Stille.

41

Ich hatte das Gefühl, dass mein Herz stehen geblieben war. Ich stand einfach da und betete. *Warum sagt denn niemand was? Ruft! Schreit um Hilfe!* Alles, was ich hörte, war das Knistern der Flammen, und alles, was ich sah, war der graue Rauch, der durch den Bus schwebte. Es sah aus wie nach einer blutigen Schlacht.

Ich bedeckte mein Gesicht mit der Hand und zwängte mich den Gang entlang. Es war Wahnsinn, aber ich musste es tun, auch wenn ich nichts sah. Eine kleine Frau war gegen ein Seitenfenster gedrückt worden, wo sie völlig verkrümmt liegen geblieben war. Andere waren mit verbrannten Kleidern am Leib direkt auf ihren Sitzen gestorben.

Ich erkannte einige Gesichter. Der Autor war tot. Auch die nette Latinofrau, die immer strickte. Beide waren auf ihren Sitzen verglüht. Dann sah ich den Rothaarigen, der bei Verizon arbeitete. O'Flynn.

»Kann mich jemand hören?«, rief ich. Nichts. Nur Schweigen schlug mir entgegen.

Draußen ertönten Sirenen. Krankenwagen waren eingetroffen. Ein Polizist stieg in den Bus. »Jesus Maria.« Er zuckte zusammen. »Hat jemand überlebt?«

»Ich glaube nicht.«

Ich stolperte über eine Art Hügel. Es war der jamaikanische Mechaniker. Kleider und Körper waren verkohlt.

Der dicke, säuerliche Rauch machte mir zu schaffen. Ich hustete, zog mein Hemd hoch, um Nase und Mund zu bedecken.

148

»Wir warten lieber auf das Einsatzkommando«, rief mir der Polizist zu. Er hatte Recht. Überall brannte es noch, und giftige Gase strömten aus. Das verdammte Ding konnte jederzeit noch einmal in die Luft fliegen. Ich versuchte, das Ende des Busses zu erkennen. Auch dort gab es kein Anzeichen von Leben.

Doch dann hörte ich etwas. Ein Stöhnen – oder eher ein Wimmern. Lebte da noch jemand?

»FBI!«, rief ich und kämpfte gegen den Rauch an. »Wo sind Sie? Sind Sie verletzt?«

Wieder hörte ich die Stimme, leise wie ein Murmeln.

»Ich komme.«

Dann sah ich ihn. Auf dem Boden. Es war der Junge! Er lag in Embryonalstellung unter dem Sitz. »Jarrod!«, erinnerte ich mich an seinen Namen und beugte mich nach unten. »Jarrod!«

Ich legte mein Gesicht so nah an seins, wie ich konnte. Der Boden war glühend heiß und dampfte.

Die Enttäuschung war groß. Der Junge war tot, seine Haut so schrecklich verbrannt, dass ich mich bei dem Anblick beinahe übergeben musste. Unwillkürlich kam mir das Bild wieder in den Sinn, wie er neben seiner winkenden Mutter gesessen hatte. »Es tut mir so leid, Kleiner.«

Dann hörte ich es wieder, das Wimmern, ganz leise und schwach. Jemand hatte überlebt.

Ich stieg über verbogenes Metall und Leichen bis ganz nach hinten. Vinylsitze und Plastikpanele zerschmolzen unter den Flammen. Ich war umgeben von Rauch, der wie heißes Gummi an mir zu kleben schien.

Die Stimme war ganz nah. »Jarrod … Jarrod.«

Es war Andie DeGrasse. Sie klemmte unter einem Metallträger fest. Ihr Haar war schwarz, ihr Gesicht mit Blut bedeckt. Ihre Lippen zitterten. »Jarrod … Jarrod«, rief sie immer wieder ihren Sohn.

Ich beugte mich zu ihr nach unten. »Ich bin hier, um zu helfen«, sagte ich.

Sie war die einzige Überlebende.

42

Richard Nordeschenko hörte die gewaltige Explosion. Um genau 14:03 Uhr, drei Straßenblocks entfernt. Der Boden unter ihm erzitterte, als würde die Erde entzweibrechen. Es war erledigt.

Er hatte den Fahrer der Limousine angewiesen zu warten, während er in einen Elektronikladen ging, um ein Geschenk für seinen Sohn zu kaufen. *World Championship Poker.*

Nordeschenko hatte schon öfter solche Explosionen gehört. Die zweifache Erschütterung. Der zitternde Boden wie bei einem Erdbeben. Der Verkäufer blickte verwirrt. Nordeschenko wusste, was passiert war. Nezzi hatte nichts dem Zufall überlassen. Das C-4 im Transporter hätte für drei Busse gereicht.

Nordeschenko klemmte sich das Päckchen unter den Arm und verließ den Laden. Er freute sich auf sein Zuhause. Er hatte ein paar Geschenke für seinen Sohn gekauft: einen iPod und ein neues Computerprogramm, von dem er wusste, dass es ihm gefallen würde. Und Ohrringe für seine Frau aus dem Diamond District in New York.

Seine Arbeit war erledigt, und es hätte nicht besser laufen können.

Die Nachricht über sein Schweizer Konto hatte er bereits erhalten. Mehr als zwei Millionen Dollar. Ein paar Zahlungen musste er noch tätigen, aber was übrig blieb, hatte er sich redlich verdient. Eine Weile würde er gut damit zurechtkommen.

»Was war denn das?«, fragte der Fahrer und blickte Richtung Foley Square, als Nordeschenko wieder einstieg.

»Ich weiß nicht. Irgendeine Explosion. Vielleicht eine Benzinleitung.« Der Geruch von Benzin und Kordit hing in der Luft.

Sirenen waren zu hören. Zwei Polizeiwagen mit Blaulicht rasten Richtung Gericht an ihnen vorbei.

»Da ist was passiert!«, rief der Fahrer und schaltete das Radio ein. »Das ist nicht gut.«

Nordeschenko blickte nach hinten, wo sich schwarzer Rauch über die Gebäude erhob.

Er legte das Geschenk für seinen Sohn in seinen Reisekoffer. Zweimal klingelte sein Handy – Reichardt und Nezzi waren in Sicherheit.

»Fahren wir«, forderte er den Fahrer auf. »Wir hören uns das unterwegs an. Ich muss mein Flugzeug erreichen.«

43

Sehr langsam öffnete sie die Augen.

Sie spürte keinen Schmerz. Sie war nur benebelt, als wäre die Welt um sie herum nicht echt. Sie war hier, aber dann auch wieder nicht. Ein bleischweres Gewicht schien gegen ihren Brustkorb zu drücken. Wo war sie? Was war passiert? Überall aus ihrem Körper ragten Schläuche. Sie versuchte, sich zu bewegen, aber es ging nicht.

Nichts. Keine Macht über ihren Körper. War sie gelähmt? Wie war das passiert?

Dann bekam Andie Panik. Irgendetwas Schweres, Sperriges blockierte ihre Kehle. Ließ sie würgen. Hinderte sie am Sprechen.

Eine Krankenschwester trat ein. Schon deren Gesichtsausdruck sagte ihr: Es ist etwas Schreckliches passiert. Aber was?

»Andie, versuchen Sie nicht zu reden. In Ihrem Hals steckt ein Schlauch, der Sie beim Atmen unterstützt. Sie sind im Bellevue Hospital. Sie wurden operiert, und Sie werden wieder gesund.«

Andie zwang sich zu einem Nicken, während sie ihren Blick durchs Zimmer zucken ließ. Durchs Krankenhauszimmer.

Dann war alles wieder da.

Der Bus der Geschworenen. Sie hatte im Bus gesessen. Neben dem Bus hatte ein grauer Transporter gehalten …

In dem Moment setzte die Panik ein. Ihr Blick schoss zur Krankenschwester. *Was ist dann passiert?* Wieder versuchte sie zu sprechen, konnte aber nur husten und würgen. Irgendwie fanden ihre Finger die Hand der Krankenschwester, die sie so fest hielt, wie sie konnte.

Mein Sohn ... Wo ist Jarrod?

»Bitte.« Die Krankenschwester erwiderte den Druck von Andies Hand. »Versuchen Sie, ganz ruhig zu bleiben.«

Sie wusste, dass etwas Schreckliches passiert war, etwas Unglaubliches. Sie versuchte, Jarrods Namen zu sagen, doch ihr fehlte die Luft. *Bitte, bitte, mein Sohn.*

Aber irgendetwas zwang Andie, die Augen zu schließen, etwas, gegen das sie sich nicht wehren konnte.

44

Als sie ihre Augen erneut öffnete, stand jemand anderes am Bett. Sie blinzelte benommen. FBI. Der Typ mit dem netten Lächeln.

Aber jetzt lächelte er nicht. Eigentlich sah er ganz furchtbar aus.

Erinnerungsfetzen kamen zurück. Der Bus hatte an einer roten Ampel gehalten. Dann der Transporter. Die beiden Männer, die fortgerannt waren. Sie hatte ihre Arme ausgestreckt und Jarrod fest an sich gezogen.

Jarrod?

Ihr Blick wanderte wieder zu dem Mann vom FBI. Sie versuchte, laut den Namen ihres Sohnes zu brüllen. Bitte, verstehen Sie mich denn nicht? Können Sie es nicht in meinen Augen lesen?

Er blickte sie nur an und schüttelte den Kopf. »Es tut mir leid.«

Es tut ihm leid?, wiederholte sie in Gedanken. Sie brauchte einen Moment, um seine Worte zu verstehen. Was sagt er da? Wegen was tut es ihm leid?

Sie spürte, wie er seine Finger sanft auf ihre Hand legte. Dann drückte er leicht zu. Die Berührung sagte alles.

Und plötzlich war alles wieder da. Ihre Panik, als die beiden Männer fortgerannt waren. Die furchtbare Explosion. Dann war sie nach hinten geschleudert worden. Sie erinnerte sich, immer wieder Jarrods Namen gerufen zu haben.

Ihr Körper zuckte.

Sie spürte, dass etwas Heißes an ihrer Wange hinunterlief. Das kann nicht wahr sein. Das kann nicht passiert sein.

Der Mann vom FBI wischte ihre Träne fort.

Ihr war immer noch nicht gesagt worden, was passiert war. Das brauchte jetzt niemand mehr zu tun. Sie wusste es. Sie sah es in seinen Augen.

Oh, mein armer Jarrod.

Tränen liefen an Andies Wangen hinab. Sie hatte das Gefühl, sie würden nie versiegen.

45

Normalerweise ist es niemandem erlaubt, zu dieser späten Stunde den Zellenblock zu betreten, auch nicht der Polizei. An diesem Abend war ich ganz inoffiziell hier.

»Nick, es ist schon spät«, stellte Trevor Ellis fest, der den fünften Stock des Manhattan County Jail unter sich hatte, wo Zeugen und Angeklagte saßen. Gemeinsam traten wir durch die elektronisch verriegelten Türen. Nur die Nachtschicht war hier.

Am Schreibtisch saß ein Wachmann, der die Monitore im Auge behielt. Trevor bedeutete ihm mit einem Nicken, Pause zu machen. »Geh einen Kaffee trinken. Ich komme mit Agent Pellisante schon klar.«

»Es ist eine offizielle Angelegenheit«, versicherte ich Trevor erneut. Wir gingen noch ein Stück weiter, bis wir am Ende des Flurs stehen blieben. Dieser Bereich, hinter dem Cavellos Zelle lag, war zusätzlich mit einem Band abgesperrt.

»Bist du sicher, dass du das tun willst?« Ellis blickte mich an.

Neunzehn Menschen waren am Nachmittag gestorben. Siebzehn Geschworene. *Meine* Geschworenen. Ein Opfer war ein Kind an seinem zehnten Geburtstag. Einige Dinge müssen einfach getan werden – egal, welches Risiko sie bergen. Oder welche Konsequenzen.

»Eine offizielle Angelegenheit«, wiederholte ich.

»Ja«, sagte er. »Verpass ihm von mir auch was Offizielles.«

157

Mit einem Klick wurde die elektronische Verriegelung der Zellentür geöffnet.

Cavello lag auf einer Pritsche, die Beine angezogen, ein Arm angewinkelt unter dem Kopf. Er riss die Augen weit auf, als er sah, wer da kam.

»Nicky.« Dasselbe höhnische Grinsen, das ich so oft im Gerichtssaal gesehen hatte. »Meine Güte, ich habe es gerade gehört. Was für ein Chaos!« Langsam richtete er sich auf. »Ich wollte dir sagen, wie leid …«

Als ich ihm ins Gesicht schlug, ging er zu Boden.

»Jesses, Nicky«, stöhnte er und rieb sein Kinn. Er griff nach dem Metallpfosten an seiner Pritsche und zog sich grinsend nach oben. »Weißt du, ich habe schon von Geschworenenentscheidungen gehört, bei denen es keine klare Mehrheit gab, aber bei der hier bekommt der Ausdruck eine ganz neue Bedeutung.«

Wieder schlug ich ihn. Fester. Cavello knallte gegen die Betonwand. Noch immer grinste er mich arrogant an, während in seinen Augen eine animalische Grausamkeit funkelte. »Es war dein Fehler, Nicky. Was hattest du erwartet? Dass ich mich umdrehe und sterbe? Du wusstest das. Du kennst mich wie sonst keiner.« Er wischte mit dem Handrücken das Blut aus seinem Gesicht.

Ich ging auf ihn zu und riss ihn am Kragen vom Boden hoch. Er trug immer noch das gleiche Hemd wie am Vormittag im Gericht.

»Du kannst dir einbilden, du hättest gewonnen, du dreckiges Stück Scheiße, aber ich werde mein Leben dafür hergeben, dich zugrunde zu richten. Neunzehn Menschen sind gestorben. Einer davon war ein zehn Jahre alter Junge.«

»Da war ein Junge im Bus?« Cavello spielte den Überraschten. »Meine Güte, Pellisante, das hättest du aber vorher wissen müssen.«

Mit aller Kraft rammte ich ihm meine Faust ins Gesicht. Wieder krachte Cavello gegen die Wand. Ich hatte mich nicht mehr unter Kontrolle. Noch nie hatte ich einen Menschen so sehr gehasst.

»Okay, Nick«, hielt mich Trevor Ellis hinter mir auf. »Das reicht.«

Nein, das reichte noch nicht. Ich zog Cavello wieder hoch und schleuderte ihn an die gegenüberliegende Wand. Er knallte gegen das Metallwaschbecken und stürzte auf den Boden. Sein Hemd, an dem ich ihn hochzog, war blutverschmiert. »Sie haben nur ihre Pflicht getan«, schrie ich ihm ins Gesicht.

»Mach weiter«, provozierte mich Cavello. »Schlag mich. Es tut nicht weh. Aber du hast es nicht kapiert. Ich habe doch gesagt, dass mich kein Gericht drankriegen kann. Du sagst, ich würde zugrunde gehen.« Er spuckte einen Klumpen geronnenes Blut auf den Boden. »Vielleicht. Aber nicht durch dich. Siehst du die Kameras da oben? Sie haben alles aufgenommen. Du bist fertig. Ich werde nicht zugrunde gehen, aber du, Nicky Smiles.«

Als ich ihm mit voller Wucht den nächsten Schlag verpasste, wirbelte er rückwärts gegen die Betonwand. Trevor Ellis und ein Wachmann stürmten in die Zelle. Einer von ihnen hielt meine Arme fest, während sich der andere zwischen mich und Cavello zwängte. Mühsam kam er wieder auf die Beine und hielt schwankend eine Hand seitlich am Bauch.

»Jetzt schau dich an.« Cavello begann zu lachen. »Du glaubst, du würdest mich kriegen? Du bist derjenige, der fertig ist. Du bist derjenige, der für den Rest seines Lebens jeden Tag das Bild des Jungen sehen wird. Ich werde heute Nacht wie ein Baby schlafen.«

Trevor und der Wachmann zerrten mich aus der Zelle, doch Cavello zeterte weiter. Seine Worte und sein Lachen hallten von den Gefängnismauern wider.

»Wie ein Baby, Pellisante. Hörst du? Zum ersten Mal seit einem Monat brauche ich mir wegen dieser dämlichen Verhandlung keine Sorgen zu machen.«

Teil zwei

Wiederaufnahme

46

Die Ellbogen auf mein Pult gestützt, blickte ich auf die einundzwanzig erstaunlich blasierten und mit übertriebenem Selbstvertrauen gesegneten Jurastudenten im ersten Semester.

»Kann mir jemand sagen, warum es einem Ermittlungsbeamten per Gesetz erlaubt ist, während der Ermittlungen zu täuschen, auch wenn er sich der Schuld des Verdächtigen nicht sicher ist, er aber während des Prozesses nicht lügen darf, auch wenn er sich absolut sicher ist, dass der Verdächtige die Tat verübt hat?«

Fünf Monate waren vergangen. Ich hatte eine längere Auszeit vom FBI genommen und unterrichtete seit Januar Kriminalethik am John Jay College of Criminal Justice.

Eine Auszeit. Ich tat alles Erdenkliche, nur um irgendwie durchzuhalten. Ich war nicht sicher, ob ich jemals wieder zurückgehen würde, zumindest nicht zur C-10, nachdem ich Cavello in seiner Zelle zusammengeschlagen hatte. Aber wem wollte ich eigentlich was beweisen? Es ging um mehr als das. Um viel mehr. Das Schwein hatte Recht gehabt. Seit dem Tag war mir das Bild von Jarrods Gesicht im Bus nicht mehr aus dem Kopf gegangen.

Eine Studentin in der zweiten Reihe hob die Hand. »Es ist ein Mittel zum Zweck«, antwortete sie. »Das *Mapp*-Gesetz und das Gerichtsurteil im Prozess Vereinigte Staaten gegen Russell erlauben der Polizei, täuschende Verfahren zur Beweisfindung zu nutzen. Ohne diese Möglichkeit könnte es sein, dass es die Ermittlungen nie bis vors Gericht schaffen. Die Täuschung dient einem weiterführenden Ziel.«

»Okay.« Ich nickte und erhob mich, um ein bisschen umherzulaufen.

»Aber was ist, wenn die Polizei beim Prozess zu diesen Vorgängen lügen muss – um den Fall zu schützen?«

In der hinteren Reihe bemerkte ich etwas, das mich ärgerte. Einer der Burschen schien weit mehr an einer Zeitung interessiert zu sein, die er in seinem Lehrbuch versteckt hielt, als an mir. »Mr. Pearlman«, machte ich mit lauter Stimme auf mich aufmerksam, »wären Sie bereit, zu dem Thema etwas beizutragen?«

Er hantierte mit seinem Lehrbuch herum. »Ja, klar, kein Problem.«

Ich trat an seinen Tisch und nahm die Zeitung an mich. »Mr. Pearlman prüft lieber seine Aktienwerte, während der vierte Zusatzartikel zur Verfassung unter Beschuss steht. Ich hoffe für Ihre zukünftigen Mandanten, Mr. Pearlman, dass Ihre Familie eine nette Kanzlei für Musik- oder Erotikrechte oder dergleichen hat, in die Sie einsteigen können.«

Einige seiner Kommilitonen kicherten verhalten.

Aber ein bisschen schämte ich mich für meinen Auftritt, weil ich mir vorkam wie einer dieser tyrannischen Lehrer, die sich daran aufgeilen, wenn sie Macht über ihre Schüler ausüben können. So war ich eigentlich gar nicht. Ein paar Monate zuvor hatte ich den bekanntesten Verbrecher im Lande schikaniert, jetzt war es irgendein junger Jurastudent. Meine Güte, Nick!

Ich versuchte es mit der Friedenstaube. »Also, Mr. Pearlman, was genau besagt die Ausschließungsregel und in welchem Fall vor dem Obersten Gerichtshof wurde sie als verbindlich bestätigt?«

»Sie besagt, dass in gesetzwidriger Weise erlangte Beweismittel von der Staatsanwaltschaft im Strafverfahren nicht benutzt werden dürfen. Mapp gegen Ohio, Sir. U.S. 643. 1961.«

»Gut geraten.« Ich grinste und schob die Zeitung unter meinen Arm. »Ich habe auch Aktien.«

Kurz darauf ertönte die Glocke. Ein paar Studenten kamen zu mir, um eine Arbeit durchzusprechen oder sich wegen einer Note zu beschweren. Und auf einmal saß ich ganz allein in einem leeren Klassenzimmer.

Du lügst dich schon wieder an, Nick. Du versuchst wegzulaufen, aber du bist nicht schnell genug, dachte ich. Es ging nicht darum, im Unterricht gut dazustehen. Auch nicht um den vierten Verfassungszusatz oder um Ermittlungsmethoden. Es ging noch nicht einmal um diese verschlossene, dunkle Ecke des Universums, in die ich mich hatte hineintreiben lassen, um so zu tun, als begänne ich ein neues Leben.

Nein. Ich drehte die Zeitung auf meinem Schreibtisch um und starrte auf die Überschrift. Es war genau die, auf die ich die vergangenen fünf Monate gewartet hatte.

DER PATE, TEIL 2. In dicken, fetten Buchstaben.

Nicht zu Ende gebrachte Angelegenheiten – um das ging es. Cavellos Prozess sollte in der kommenden Woche wieder aufgenommen werden.

47

Sie bemühte sich redlich, wieder gesund zu werden, aber es war ein hartes und einsames Vorhaben. Und es dauerte. Und war eigentlich unmöglich. Trotzdem – am Ende des Tunnels erblickte sie ein kleines Licht.

Eine Weile war ihre Schwester Rita zu ihr gezogen. Andie hatte sich einen Milzriss, eine geplatzte Lunge, eine Menge innerer Blutungen und Verbrennungen an Armen und Beinen zugezogen. Aber das waren alles Wunden, die verheilten. Weit schlimmer war der Schmerz, den sie in ihrem Innern mit sich herumtrug und der jedes Mal wieder aufbrach, wenn sie in Jarrods Zimmer blickte, das nach seinen Büchern, seinem Schlafanzug und seinem Kopfkissens roch.

Dann war da noch die Wut, die sie jeden Tag aufs Neue spürte. Wut darüber, dass die Mörder ihres Sohnes nie vor Gericht gestellt wurden. Dass jeder wusste, wer dahintersteckte: Cavello! Und dieses Schwein wurde nicht dafür bestraft. Sie träumte sogar davon, ihn in seiner Zelle aufzusuchen und mit eigenen Händen zu töten.

Schließlich kam der Tag, an dem sie einige von Jarrods Sachen in Kartons packen konnte, ohne zu weinen. Ohne sich zu schämen. Sie hatte den Gerichtsmediziner gebeten, ein Stück von dem Basketballerhemd der Knicks abzuschneiden, das Jarrod an jenem Tag getragen hatte. Sie verwahrte dieses Stück Stoff in ihrer Handtasche.

MARBURY

3

Langsam begann sie, mit den einfachsten Dingen Normalität in ihr Leben zurückkehren zu lassen. Mit Korrekturlesen. Einem Kinofilm. Es war, als müsste sie die einzelnen Schritte in ihrem Leben erst wieder lernen. Indem sie sich sagte, dass sie das durfte. Dass es in Ordnung war weiterzuleben.

Mit der Zeit las sie sogar wieder die Zeitung, sah sich die Nachrichten im Fernsehen an. Lachte über einen Witz in der Talkshow. Eines Tages schlug sie sogar die *Variety* auf. Und wieder ein paar Wochen später rief sie ihren Agenten an.

Dann, fünf Monate nach dem Vorfall, stand Andie vor der Tür eines Castingstudios auf der 57th Street West. Ein Auftritt für eine Cialis-Werbung. Sie brauchte nur wie eine Frau um die vierzig und ein bisschen sexy zu wirken – na ja, mehr oder weniger wie sie selbst. Ihr Agent hatte gemeint: Geh hin und schau einfach, wie's dir damit geht.

Noch nie in ihrem Leben hatte Andie solche Angst gehabt wie vor diesem Besuch im Studio. Es war wie beim ersten Vorsprechen gewesen. Es war alles noch viel zu frisch. Es war nicht richtig. Es war noch zu früh.

Eine hübsche Blondine trat hinter ihr aus dem Fahrstuhl und machte Anstalten, ihr die Tür aufzuhalten.

Andie schüttelte den Kopf. Sie wurde von einer Panikattacke erfasst. Ihr Brustkorb wurde immer enger. Sie brauchte frische Luft.

Sie wartete nicht, bis der Fahrstuhl wieder zurückkam, sondern eilte die Treppe zu Fuß nach unten auf die 57th Street. Sie fühlte sich ganz wacklig auf den Beinen, als sie dankbar einen tiefen Atemzug nahm.

Das wird nicht wieder vorbeigehen, Andie. Es wird dich immer verfolgen. Aber andere Überlebende kriegen das

167

auch auf die Reihe. Du musst das schaffen! Ein paar Passanten warfen ihr Blicke zu. Sie kam sich wie eine Wahnsinnige vor – und sah wahrscheinlich auch so aus.

Sie lehnte sich an die kalte Mauer des Studios, holte noch einmal tief Luft und griff in ihre Handtasche, nach dem kleinen Stück Stoff von Jarrods Hemd. *Du wirst immer bei mir sein.*

Andie ging wieder hinein und fuhr mit dem Fahrstuhl hinauf in den zweiten Stock. Vor dem Studio blieb sie noch einmal stehen. Ihre Mappe umklammernd, atmete sie tief durch. Das war hart. Das war verdammt hart.

Als sie schließlich eintrat, kam eine Frau heraus. Die Enttäuschung auf deren Gesicht war ihr selbst nur allzu vertraut. Doch entschlossen ging Andie weiter bis zum Empfang.

»Andie DeGrasse. Ich bin zum Vorsprechen hier.«

48

Im Treppenhaus auf der anderen Seite in der 183rd Street biss ich mir auf die Unterlippe, als ich sie nach Hause kommen sah. Ich glaube nicht, dass sie mich jemals hier bemerkt hatte, und so wollte ich es weiterhin halten. Die Alternative war so verrückt, dass ich darüber lieber nicht nachdenken wollte.

Andie DeGrasse sah gut aus. Sie war schick gekleidet und umklammerte eine große, schwarze Mappe. Rein äußerlich gesehen, schien sie wiederhergestellt zu sein. Aber ich glaubte zu wissen, was in ihrem Innern vorging.

Hin und wieder kam ich hier vorbei, wusste aber eigentlich gar nicht, warum.

Vielleicht gab es mir nur ein gutes Gefühl, weil jemand die Sache überlebt hatte. Ein paarmal war ich sogar hinaufgegangen und hatte an ihre Tür geklopft. Ich sagte Hallo, brachte was mit – Neuigkeiten über die Ermittlungen. Im Grunde genommen stand ich nur herum, als wäre es ein offizieller Besuch, um etwas mitzuteilen, was ich nicht in Worte fassen konnte. Es fühlte sich gut an, mit jemandem in Kontakt zu sein. Seit dem Prozess ging ich nicht mehr viel auf Leute zu.

Vielleicht machte ich mir wieder selbst etwas vor. Vielleicht ging es auch nur um Andie DeGrasse. Wie sie ihr Leben nach dem, was passiert war, wieder auf die Reihe bekam. Darum beneidete ich sie. Dass sie mir nie eine Schuld gab, obwohl sie jedes Recht dazu hatte – dass sie mich nie vorwurfsvoll anblickte.

Vielleicht war es einfach das Wissen, dass wir etwas

gemeinsam hatten – für uns beide würde das Leben nie wieder so sein wie vorher. Davon jedenfalls ging ich aus.

So beobachtete ich sie also, wie sie die Treppe zur ihrer Haustür hinaufging und aufschloss. Sie sah im Briefkasten nach und schob ein paar Umschläge und Zeitschriften unter ihren Arm, dann verschwand sie aus meinem Blickfeld. Kurz darauf gingen die Lichter in ihrer Wohnung an. Was mache ich hier? Ihr hinterherspionieren? Nein, ich wusste, dass es nicht so war.

Schließlich überquerte ich die Straße. Als ein anderer Bewohner herauskam, tat ich so, als suchte ich nach dem Schlüssel, und rannte zur Tür, bevor sie ins Schloss fiel.

Ihre Wohnung war die Nummer 2B im ersten Stock mit Blick auf die Straße. Ich ging die Treppe hinauf. Ich erinnerte mich an den Abend, als wir die Geschworenen ins Motel gebracht hatten. Einige Sekunden blieb ich vor der Tür stehen. Was würde ich sagen? Ich hatte schon geklopft, als mich schlagartig das Gefühl überfiel, vollkommen durchgedreht zu sein.

Rasch eilte ich zur Treppe zurück.

Aber es war zu spät – die Tür wurde geöffnet. Und Andie blickte mir entgegen.

49

Dort stand sie – barfuß, in einem taubenblauen Pullover und in Jeans, in der Hand einen schwarzen Müllbeutel. Sie musste zweimal hinschauen, bis sie mich erkannte.

Ich versuchte, den Überraschten zu spielen – der ich tatsächlich war. »Ich wollte was abgeben«, und hielt ihr das Buch hin, das ich mitgebracht hatte. »Ich habe es gerade gelesen und wollte es Ihnen schenken. Also, ich meine, ich schenke es Ihnen.«

Die vier Versprechen. Sie zog es aus dem Umschlag. »›Nimm nichts persönlich‹, ›Sei untadelig in deinen Worten‹. Meine Schwester hat es mir schon gegeben. Gute Wahl, Agent Pellisante.«

»Ich bin entwicklungsfähig. Und ich bin Nick.« Ich zuckte mit den Schultern.

»Was sind Sie?«, fragte sie. »Entwicklungsfähig oder Nick?«

Ich lächelte. »Und, wie geht's?«

»Ich war heute zum Vorsprechen. Eine Cialis-Werbung. Sie wissen schon – für die Stunde der Wahrheit.«

»Und wie ist's gelaufen?«

Sie lächelte. »Weiß nicht genau. Ich musste nur wie eine Vierzigjährige und sexy aussehen. Passt ja ganz gut zu mir, oder? Aber ich habe den Job gekriegt. Es war das erste Mal seitdem … muss schließlich die Rechnungen bezahlen.«

Ich warf ihr einen wissenden Blick zu. Manchmal wollte ich einfach nur meine Arme ausstrecken und sie festhalten in der Hoffnung, dass sie ihren Kopf eine Weile an meine

Brust legen würde. Ich wollte nur zeigen, dass ich mich um sie kümmerte.

»Ich weiß nicht, für eine Vierzigjährige sehen Sie toll aus. Ehrlich.«

»Eben wie eine Vierzigjährige.« Sie hob eine Augenbraue und lächelte mich streng an. »Wenn Sie in acht Jahren wiederkommen, nehme ich Ihnen Ihr Kompliment gerne ab. In der Zwischenzeit ...« Sie lehnte sich gegen den Türrahmen. »Und wie läuft's mit dem Unterricht?«

Vor ein paar Monaten hatte ich ihr einen Brief geschrieben, dass ich das FBI verlassen und wieder angefangen hatte zu unterrichten. Mit den Händen in den Taschen zuckte ich nur mit den Schultern. »Dieselben Höhepunkte wie bei meinem alten Job erlebe ich da nicht. Aber bisher hat noch niemand auf mich geschossen.«

Wieder lächelte sie. »Ich stelle Sie jetzt vor die Wahl, Nick: Entweder Sie nehmen den Müll mit nach unten, wenn Sie gehen, oder Sie kommen rein, wenn Sie möchten.«

»Würde ich gerne«, sagte ich.

»Was würden Sie gerne?«

Ich blieb stehen, wo ich war. »Sie wissen ja, die Verhandlung wird wieder aufgenommen. Nächste Woche findet die Auswahl der Geschworenen statt.«

»Ich habe es in der Zeitung gelesen«, sagte Andie.

»Ich trete immer noch als Zeuge auf. Der Fall ist gut. Diesmal wird man ihn drankriegen.«

Sie blickte mich mit ihren braunen Augen durchdringend an und schob die Lippen ein Stück nach vorne. »Um mir das zu sagen, sind Sie vorbeigekommen?«

»Nein.« Welche Versprechen konnte ich machen, die ich nicht schon gebrochen hatte? Wir hatten die Männer, die ihren Sohn getötet hatten, nicht gefunden. Wir hatten nichts in der Hand, um Cavello dafür verantwortlich zu machen. »Ich dachte, Sie möchten vielleicht mit mir zur Verhandlung gehen.«

Sie trat einen Schritt zurück. »Ich weiß nicht. Ich weiß nicht, ob ich diesem Mann schon so nahe sein kann.«

»Ich verstehe.« Ich nahm ihr den Müllbeutel aus der Hand. Das war vermutlich eine Entscheidung. Sie lächelte, als könnte sie direkt in mich hineinschauen.

»Immer noch im Dienst der Öffentlichkeit, Nick?«

Ich blickte sie entschuldigend an. »Entwicklungsfähig.«

Sie lächelte.

»Hey, Pellisante«, rief sie mir hinterher, als ich schon die halbe Treppe nach unten gegangen war. »Das nächste Mal sollten Sie wirklich reinkommen.«

50

Am folgenden Morgen saß ich an meinem Schreibtisch. In meinem Arbeitszimmer. Zu Hause.

Ich tat, was ich an den unterrichtsfreien Tagen immer tat. Was ich seit fünf Monaten an jedem freien Tag tat: Ich prüfte alle Informationen, die ich über den Fall finden konnte. Jedes Dokument. Jedes Fitzelchen an Beweis.

Ich suchte nach einer Möglichkeit, die Busexplosion mit Dominic Cavello in Verbindung zu bringen.

Wenn jemand mein Arbeitszimmer sehen würde, meinen chaotischen Schreibtisch, würde er denken, er hätte die Höhle eines Besessenen, eines krankhaften Spinners betreten. Gütiger Himmel, überall hingen Fotos. Von der Explosionsstelle. Vom Bus der Geschworenen. Dicke Ordner mit FBI-Berichten über die Sprengvorrichtung. Befragungen von Passanten, die eventuell gesehen hatten, wie die beiden Männer in Arbeitskleidung fortgerannt waren.

Mehr als einmal hatte ich gedacht, ich hätte den Durchbruch geschafft. Zum Beispiel, als die gestohlenen Nummernschilder aus New Jersey zu einem Pferdetrainer in Freehold führten, der Verbindungen zum Lucchese-Klan hatte. Aber das erwies sich als reiner Zufall. Alle Wege endeten in einer Sackgasse, nichts ergab eine Verbindung zu Dominic Cavello oder seinen Leuten.

Während ich meinen Kaffee trank und meine Gedanken immer wieder zu Andie DeGrasse abschweiften, klingelte das Telefon. Es war Ray Hughes, der Agent, der meinen Platz in der C-10 eingenommen hatte.

»Nick« – er klang ganz glücklich, dass er mich erwischt hatte –, »hast du etwa zufällig frei?«

Manchmal gingen wir zusammen zum Mittagessen, wobei Ray mich in der Regel anzapfte. Oder ich ihn. An diesem Tag wollte er wahrscheinlich nur meine Zeugenaussage für den bevorstehenden Prozess durchgehen. »Es wäre mir zwar nicht recht, wenn ich meine Lieblings-Serie verpassen würde, aber ich könnte mich trotzdem aufraffen und zu dir kommen.«

»Nicht zu mir. Ein Jet der Regierung wartet auf uns. In Teterboro.«

Wenn Ray mein Interesse wecken wollte, hatte er es geschafft. Aber auch das Angebot eines miesen Sandwiches an seinem Schreibtisch im Javits-Gebäude hätte gereicht.

»Ein Flugzeug, das uns wohin bringt, Ray?«

Der zuständige Leiter der Abteilung Organisiertes Verbrechen machte eine Pause, bevor er antwortete: »Marion.«

Ruckartig stand ich auf und verschüttete meinen Kaffee über meine Aufzeichnungen.

Marion war das Bundesgefängnis, in dem Cavello saß.

51

Etwa vier Stunden später landete die Lockheed der Regierung auf dem Flughafen in Carbondale in Illinois. Ein Wagen wartete auf uns, der uns zum Bundesgefängnis von Marion fuhr. Marion war eine riesige, deprimierend aussehende Festung mitten im Sumpfgebiet des südlichen Illinois. Es war auch eins der sichersten Bundesgefängnisse der Vereinigten Staaten. Obwohl Cavello noch nicht verurteilt war, wollte die Regierung angesichts der Vorkommnisse in New York auf Nummer sicher gehen.

Der Aufseher Richard Bennifer wartete auf uns. Er begleitete uns in die Spezialüberwachungsabteilung, wo Cavello untergebracht war. Der einzige Besucherraum war verglast und wurde durch eine ständig laufende Kamera überwacht. Zusätzlich befand sich eine Wache mit einer Elektroschockwaffe im Raum. Alle Gefangenen saßen lebenslänglich hier. Ich freute mich, dass Cavello den Rest seines Lebens an einem solchen Ort verbringen würde.

Ray Hughes und Joel Goldenberger beobachteten uns durch die einseitig verspiegelte Scheibe von außen.

Cavello saß bereits im Besucherraum, als ich eintrat. Er trug einen orangefarbenen Overall, die Füße waren aneinander gekettet. Sein Gesicht war abgezehrter und magerer als beim letzten Mal, als ich ihn gesehen hatte, und sein Kinn war mit einem dünnen, grauen Bartschatten überzogen.

Ihm war gesagt worden, dass sich die Staatsanwaltschaft ausgiebig mit ihm unterhalten wollte. Als er allerdings mich sah, musste er zweimal hinschauen, lächelte aber schließlich wehmütig, als wäre er gerade einem alten Freund begegnet.

»Nicky!« Er kippte seinen Stuhl nach hinten. »Sind Ferien oder so was? Wer kümmert sich um die Studenten?«

Ich setzte mich hinter das Sicherheitsglas, ohne die Miene zu verziehen. »Hi, Dom. Wie geht's dem Kiefer?«

»Tut immer noch weh.« Er lachte. »Muss immer noch jedes Mal an dich denken, wenn ich mir die Zähne putze.«

Dann drehte er sich zu der Wache hinter ihm. »Jetzt schau dir diesen Typen an. Das letzte Mal, als er mich im Gefängnis besuchen kam, musste ich monatelang meine Nahrung durch einen Strohhalm schlürfen.« Er lachte keuchend. »Das ist der Kerl, der hier drin sein sollte, nicht ich. Egal, du siehst gut aus, Nicky. Spielst du Golf? Dass du in den Ruhestand gegangen bist, scheint dir gut zu bekommen.«

»Ich durfte noch einmal meinen Dienst antreten, Dom, für einen Tag.« Ich warf ihm ein müdes Lächeln zu. »Um Neuigkeiten zu überbringen.«

»Oh, Neuigkeiten? Gut, ich bekomme hier nicht viele Neuigkeiten. Gott, Nick, deine Karriere ist wohl steil abwärts gegangen. Jetzt bist du ein Botenjunge. Egal, ich freue mich, dass du hier bist. Ich habe gerne Besuch. Es ist nur so, dass du ein bisschen kränklich wirkst. Muss an dem Jungen liegen, hm? Schläfst du vielleicht nicht gut?«

Ich ballte meine Hände zu Fäusten. Mir war klar, dass er wieder eine Reaktion provozieren wollte, aber diesmal ließ ich ihn einfach machen. »Ich werde hervorragend schlafen, Dom.«

»Und wie geht's diesem Mädel? Du weißt schon, der Hübschen, die mit im Bus saß. Als ich gehört habe, dass

177

sie durchgekommen ist, wollte ich ein bisschen Geld in einen Fonds oder so was einzahlen.« Er zuckte mit den Schultern. »Aber mein Anwalt meinte, sie würden es zurückschicken, wenn rauskommt, dass es von mir stammt. Stell dir vor, jetzt wollte ich einmal was Gutes tun. Tut ganz schön weh, hm? Also, du Botenjunge, ich rede hier die ganze Zeit – was hast du denn für Neuigkeiten? Ich bin ganz Ohr.«

»Wir dachten, es würde dich interessieren. Die Staatsanwaltschaft ergänzt die Anklage gegen dich um zwei weitere Punkte.«

»Noch zwei?« Er seufzte theatralisch. »Wer kann da noch den Überblick behalten?«

»In diesem Fall wirst du das, Dom. Es geht um die Morde an den Special Agents Manny Oliva und Ed Sinclair.«

Cavello runzelte die Stirn. »Ich muss schwer nachdenken, ob ich die beiden kenne.«

»Wir haben die Mordwaffe, Dom. Ein paar Muschelsammler haben sie entdeckt. Monatelang lag sie versteckt im Sand. Die Ballistik hat es bestätigt: Es ist die Waffe, mit der die beiden Agenten getötet wurden. Eindeutig. Du bist geliefert, Dom.«

Langsam verblasste Cavellos Grinsen zu einem besorgten Blick. Jetzt ging es um ein Kapitalverbrechen, was die Mordwaffe belegte. »Muschelsammler, hm? Stell dir vor. Du siehst aus, als hättest du im Lotto gewonnen, Pellisante. Und wo ist der Witz an der Sache?«

»Der Witz ist, dass ich dich nächste Woche im Gericht sehen werde, du dreckiges Stück Scheiße. Und es gibt noch eine Neuigkeit: Die Verhandlung wird in Fort Dix in New Jersey stattfinden. Unter Ausschluss der Öffentlichkeit. Alles ist abgesichert, die Geschworenen werden geheim ausgewählt und in der Militärbasis untergebracht. Wir haben dich, Dom. US-Staatsanwalt Goldenberger wartet draußen, um dir die Anklagepunkte vorzulesen.«

Jetzt war ich dran mit Lächeln. Ein Lächeln, auf das ich schon zwei Jahre gewartet hatte. »Und? Tut ganz schön weh, Dom, oder?«

Cavello blickte mich nur an und kratzte sich am Kinn. »Eine Militärbasis, hm? Fort Dix. Ist das nicht dort, wo der ganze Sprengstoff gelagert wird? Könnte eine hübsche Detonation geben!«

52

Richard Nordeschenko trat am John F. Kennedy Airport an den mit »Besucher« gekennzeichneten Einreiseschalter und schob seinen Reisepass und sein Visum durch den Schlitz.

»Kollich.« Der schwarze, kräftige Beamte blätterte durch seine Unterlagen und tippte den Namen ein. »Dürfte ich Sie bitten, einen Abdruck Ihres Zeigefingers auf dem Feld zu hinterlassen?«

Nordeschenko tat, was von ihm verlangt wurde. Er machte sich keine Sorgen. Diesmal war er Este. Mit Namen Stephan Kollich. Pharmaindustrie. Wenn der Beamte durch den Pass blätterte, würde er feststellen, dass der des Reisens überdrüssige Geschäftsmann bereits oft in den Vereinigten Staaten gewesen war.

Die vergangenen fünf Monate waren anstrengend für Nordeschenko gewesen. Pavel war krank geworden. Zuerst hatte man es für eine Grippe gehalten, dann einen Diabetes Typ eins diagnostiziert. Nach monatelanger Behandlung hatten sie die Krankheit endlich unter Kontrolle. Anschließend war Nordeschenkos Bein schlimmer geworden. Seine alte Wunde aus Tschetschenien – das Schrapnell forderte letztendlich seinen Tribut. Er musste sogar Spezialschuhe tragen, und diese langen Reisen brachten ihn um. Er trat von einem Bein aufs andere.

Und jetzt musste er sich wieder um diesen Job von Cavello kümmern. Dabei hatte es beim ersten Mal doch so gut geklappt.

»Geschäfte oder Vergnügen, Mr. Kollich?«, fragte der

Einreisebeamte und verglich Nordeschenkos Gesicht gleich zweimal mit dem Passbild.

»Geschäfte sind mein Vergnügen«, antwortete Nordeschenko. Der Beamte lächelte.

Diesmal würde es eine richtige Sauerei werden. Er würde selbst mit anfassen, alle seine Fähigkeiten unter Beweis stellen müssen. Er hatte schon alles angeleiert, und Reichardt, der Südafrikaner, war bereits in New York.

Perfekte Vorbereitung war Nordeschenkos Markenzeichen. Darauf hatte er seinen Ruf aufgebaut. Und niemals hatte er einen Auftrag angenommen, den er nicht auch ausgeführt hätte.

Der Einreisebeamte griff zu seinem Stempel. »Wie lange werden Sie sich in den Vereinigten Staaten aufhalten, Mr. Kollich?«

»Nur ein paar Tage.« Wenigstens das war nicht gelogen. Der Beamte stempelte den Pass ab, faltete die Dokumente zusammen und schob sie mit einem Nicken durch den Schlitz zurück.

»Willkommen in den Vereinigten Staaten, Mr. Kollich.«

53

»Ich habe Neuigkeiten«, sagte ich zu Andie DeGrasse am Telefon.

Ich wollte ihr von meinem Besuch bei Cavello und den neuen Anklagepunkten erzählen. Ich wollte die Hoffnung am Leben erhalten, dass es, nachdem wir nach all der Zeit etwas zum Tod von Manny und Ed herausgefunden hatten, auch etwas über die Busexplosion geben müsste. Zumindest legte ich mir das so in meinem Kopf zurecht. Die Wahrheit war: In den vergangenen Tagen hatte ich eine Menge über diese Frau nachgedacht. Die Wahrheit war: Ich wollte sie wiedersehen.

»Mögen Sie Paella, Pellisante?«, fragte Andie, nachdem ich ihr meine Neuigkeiten mitgeteilt hatte.

»Natürlich mag ich Paella«, antwortete ich. An den Wochenenden mit Ellen hatte ich gerne mal die Ärmel hochgekrempelt und uns was zum Essen gekocht. »Eigentlich sterbe ich für eine gute Paella.«

»Was halten Sie dann von morgen? Gegen sieben? Ich würde gerne haarklein alles über Ihr Treffen mit Cavello erfahren.«

»Morgen passt mir gut«, antwortete ich, verwundert über die Einladung zum Abendessen.

»Und, Pellisante«, hielt Andie mich noch auf, »bereiten Sie sich darauf vor, zu sterben und in den Himmel hinaufzufahren. Meine Paella ist saugut.«

Als ich auflegte, wollte mein Grinsen nicht mehr aus meinem Gesicht verschwinden. Das erste Grinsen seit langer Zeit.

54

Am Abend konnte ich nicht schlafen. Zum Teil wegen Andie, zum Teil wegen der Freude, Cavello draußen in Marion gesehen zu haben.

Jedenfalls war ich sicher, dass man ihn diesmal wegen der Morde an meinen beiden Freunden drankriegen würde. Dieser Tag hatte alles verändert. Auf dem Rückflug von Marion hatte ich Mannys und Eds Ehefrauen angerufen und erzählt, dass das Schwein endlich seinen Prozess bekommen würde.

Ich war völlig aufgedreht und hellwach. Zum ersten Mal seit Monaten. Ich fühlte mich frei von der Schuld und der Schmach, die mich gequält hatten, seit die Geschworenen in diesen Bus gestiegen waren. Irgendwo musste es auch eine Verbindung zwischen Cavello und der Explosion geben. Ich musste nur ein bisschen über meinen Tellerrand hinausschauen.

Und plötzlich traf es mich wie ein Schlag. Als würde der Wecker losgehen, nachdem ich bis zwei Uhr nachts nur Wiederholungen im Fernsehen geschaut hatte. Ich sprang aus dem Bett und hechtete in mein Arbeitszimmer, wühlte durch einen der Stapel mit FBI-Dokumenten auf dem Schreibtisch.

Du suchst an der falschen Stelle, Nick.

Die improvisierte explosive Vorrichtung. Die Bombe. Das war der Schlüssel.

Ich riss den forensischen FBI-Bericht über den Sprengstoff heraus. Diesen blöden Wisch kannte ich ohnehin schon auswendig. Der Transporter war mit mehr als fünfzehn Kilo C-4 beladen gewesen. Zehnmal mehr, als für den Auftrag nötig gewesen wären. Um so viel Plastiksprengstoff in die Finger zu bekommen, reichte es nicht, einfach in einen Baumarkt zu gehen. Du musst in Richtung Terrorismus denken, dachte ich, nicht nur an Kriminalität.

Meine G-10-Kollegen waren alle Abtrünnigen und Informanten auf der Liste durchgegangen. Dabei konnten sie jedoch keine Verbindung zu Leuten ausfindig machen, die Cavello normalerweise für einen solchen Auftrag engagiert hätte. Dieser war viel komplizierter als alles andere, was er zuvor verbrochen hatte. Diese Technik war als Erstes von den Tschetschenen verwendet worden.

Warum also nicht die russische Mafia?

Irgendwo in diesem Stapel steckten Unterlagen von meinen Kontakten beim Heimatschutz über Verbrecher, die zum Zeitpunkt der Bombenlegung vermutlich im Land gewesen waren.

Also fing ich wieder von vorne an. Blätterte durch die Seiten mit leeren Gesichtern und Namen. Andie hatte ausgesagt, ein Mann mit blonden, langen Haaren unter der Mütze sei von dem Transporter weggerannt. Dann konnte es doch sein, dass der Anschlag von der russischen Mafia verübt worden war. Warum nicht?

Sergei Ogilov war immer noch der Boss der Bosse in Brighton Beach. Einen Golfkollegen konnte ich ihn nicht gerade nennen – ich hatte einige seiner Männer eingebuchtet oder ausweisen lassen. Aber vielleicht würde er mit mir reden.

Eine vage Vermutung, aber ein Versuch war es wert.

Schließlich war auch Dominic Cavellos Waffe wieder an Land gespült worden.

55

Monica Ann Romano hatte gerade den besten Sex ihres Lebens. Nicht, dass die Liste ihrer Liebhaber sehr lang wäre. Mit Sicherheit nicht. Der Mann, den sie bei einem Feierabendumtrunk mit ihren Freundinnen kennen gelernt hatte, nahm sie von hinten. Er war sehr gut, jedenfalls soweit sie beurteilen konnte. Nicht wie die langweiligen Buchhalter und Rechtsreferendare, mit denen sie sich sonst traf und die nur ein paar Minuten durchhielten und genauso nervös und unerfahren waren wie sie selbst.

»Wie ist das für dich?«, fragte er. »Ist das gut? Fühlt sich das gut an?«

»Oh, ja«, keuchte Monica. Musste sie überhaupt noch antworten? Sie war kurz davor zu kommen. Zum dritten Mal.

Schon seit viel zu langer Zeit fuhr Monica jeden Abend direkt von der Arbeit nach Hause, bereitete ihrer kranken Mutter das Abendessen und verkroch sich in ihr Zimmer, um fernzusehen. Sie war achtunddreißig Jahre alt. Sie wusste, dass sie langsam dick wurde und niemand mehr ein Auge auf sie warf. Bis zu diesem Glückstreffer hatte sie die Idee eigentlich aufgegeben, noch jemanden zu finden.

Und dann – Karl.

Sie konnte es immer noch kaum glauben, dass jemand, der so gut aussah und so weit herumgekommen war, es auf sie abgesehen hatte. Dass dieser große, blonde Europäer mit dem erotischen Akzent ausgerechnet sie aus der Gruppe attraktiver Anwältinnen und Rechtsanwaltsgehilfinnen ausgewählt hatte. Er sagte, er sei Holländer, aber ihr war egal, woher er kam. Im Moment zählte nur, wo er war – etwa zwanzig Zentimeter in ihr.

Schließlich rollte Karl heftig keuchend auf den Rücken. Sein Körper glänzte vor Schweiß. Er zog sie an der Hand nahe zu sich heran und strich ihr Haar aus ihrem Gesicht. »Und, wie war's? Ich hoffe gut.«

»Perfekt.« Monica seufzte. »Ich würde ja vorschlagen, dass du ein paar Freundinnen im Büro deine Dienste anbietest, aber ich möchte dich mit niemandem teilen.«

»Du willst mich nicht teilen?« Er grinste. »Du selbstsüchtige, kleine Sirene. Weißt du, was ich dazu sage?«

»Was?« Monica lächelte. »Dass du mich auch mit niemandem teilen willst?«

»Das hier sage ich.«

Plötzlich presste er seinen Daumen tief in ihre Kehle. Unter dem Schock und dem unerträglichen Schmerz verkrampfte sich ihr ganzer Körper.

Karl zog sie vom Bett, während ihre Augen immer weiter hervorquollen. Halt, hör auf, du tust mir weh, wollte sie sagen, brachte aber nur seltsame Laute heraus.

Sie versuchte, sich von ihm zu befreien, doch sein Griff war unnachgiebig. Warum tust du das?

»Weißt du, was ich dir sage, Monica?« Er schob sein langes, blondes Haar zurück. »Ich freue mich, dass es dir gefallen hat, Monica. Was unseren Spaß und unsere Spielchen angeht. Aber jetzt liegt es an dir, etwas für mich zu tun. Etwas Ernsthafteres. Etwas … Erfreulicheres.«

56

»Du arbeitest für das Bundesgericht?«

Er presste immer noch seine
Finger fest in ihre Kehle, so
dass sie kaum Luft bekam.
»Ja«, brachte sie schließlich heraus.

»Gute Antwort.« Karl nickte und lockerte seinen Griff
ein wenig. »Du bist doch schon eine ganze Weile dort,
oder? Ich wette, du kennst dort jeden. All die anderen fetten Kühe? Das gesamte Sicherheitspersonal?« Als seine Finger wieder fester zudrückten, riss Monica die Augen weit
auf. Tränen liefen an ihren Wangen hinab. »Du kennst sie
doch, Monica?«

Ihre Lungen drohten zu platzen, doch sie nickte. Ja, sie
kannte sie. Einer von ihnen, Pablo, foppte sie immer, weil
sie auf Mike Piazza und die Mets stand. Genauso wie er.

»Braves Mädchen.« Karl gestattete ihr, kurz Luft zu holen. »Die Leute scheinen dir zu vertrauen, oder nicht, Monica? Du fehlst nie. Du kümmerst dich um deine Mutter
in deinem kleinen Haus in Queens. Es muss einsam sein,
jeden Abend nach Hause zu kommen, Happahappa für sie
zu machen, ihre Sauerstoffflasche zu überprüfen. Mit dieser armen Frau zum Arzt zu gehen.«

Was redete er da? Woher wusste er das alles?

Mit seiner freien Hand griff er in die Schublade des
Nachttischs und zog etwas heraus. Was war das?

Ein Foto! Er wedelte damit vor Monicas Augen herum.
Monicas Panik stieg ins Unerträgliche. Es war ihre Mutter!
Vor ihrem Haus in Queens. Monica half ihr mit dem Lauf-
gestell die Stufen hinunter. Was war hier los?

»Emphysem?« Karl nickte mitfühlend. »Arme Frau, kann kaum mehr atmen. Was für eine Schande, wenn sie niemanden mehr hat, der sich um sie kümmert.« Wieder presste er seinen Daumen in ihre Kehle.

»Was willst du von mir?«, stöhnte Monica, die das Gefühl hatte, ihr Brustkorb würde gleich platzen.

»Du arbeitest im Gericht.« Seine blauen Augen funkelten. »Ich habe was, das dort hineinmuss. Eine leichte Aufgabe für dich. Wie heißt es so schön? Ein Kinderspiel.«

Plötzlich war Monica klar, um was es ging. Was für eine Idiotin sie doch gewesen war zu glauben, er wäre an ihr interessiert. »Ich kann nicht. Da sind Wachleute.«

»Natürlich sind da Wachleute.« Lächelnd drückte er wieder zu. »Deswegen musst du das ja tun.«

57

Andie sah einfach hinreißend aus, als sie die Tür öffnete. Sie trug einen roten Pullover mit Reißverschluss und verblichene Jeans. Ihr Haar hielt sie mit einer Spange zusammen, doch ein paar Locken umspielten ihre Wangen. Ihre Augen strahlten – und schienen zu sagen: schön, dich zu sehen. Mir ging es nicht anders.

»Riecht wie in meiner Erinnerung«, stellte ich fest, als mich eine Duftwolke aus Meeresfrüchten mit Tomaten und Safran erreichte. Die Paella würde mich wirklich in den siebten Himmel befördern.

»Zumindest erwische ich Sie nicht dabei, wie Sie draußen herumschnüffeln«, sagte Andie mit einem Lächeln.

»Wie wär's mit überwachen? Das hört sich ein bisschen besser an«, erwiderte ich und hielt ihr einen spanischen Rioja hin.

»Sie überwachen mich? Warum?«

»Hm, wahrscheinlich bin ich hier, um genau darüber mit Ihnen zu reden.«

»Dann mal los.« Andie grinste und ließ die Wimpern klimpern.

Ich glaube, ich stand einfach nur da und erinnerte mich, wie sie während der Verhandlung auf der Geschworenenbank ausgesehen hatte. Oder mit diesem verrückten T-Shirt während der Auswahl der Geschworenen. Unsere Blicke hatten sich damals ein paarmal gekreuzt. Ich dachte, wir hätten es beide gemerkt. Mindestens ein- oder zweimal hatten wir uns von der Seite her angeschielt.

»Ich habe die Vorspeise im Backofen. Fühlen Sie sich ganz wie zu Hause.«

Ich betrat das kleine, hübsch eingerichtete Wohnzimmer, während Andie in die Küche verschwand. Vor dem gelben Sofa mit Paisley-Muster stand ein Beistelltisch, darauf lagen *Architectural Digest* und *InStyle*. Ein stark mitgenommenes Taschenbuch, *Die Schwester der Königin*. Die Jazz-CD, die sie aufgelegt hatte, kannte ich. War von Coltrane. Ich ging zum Regal und griff zur Hülle. *A Love Supreme.*

»Hübsch«, sagte ich. »Ich habe mal Saxophon gespielt. Ist aber schon lange her.«

»Echt?«, rief sie aus der Küche. »Damals in den Fünfzigern?«

Ich setzte mich an den Tresen. »Sehr lustig.«

Sie schob einen Teller mit Käsebällchen und Empanadas herüber. »Hier, ich habe mich mächtig ins Zeug gelegt.«

Ich pikste ein Bällchen mit einem Zahnstocher auf. Lecker. Nachdem sie mir ein Glas Pinot Grigio aus einer offenen Flasche eingeschenkt hatte, setzte sie sich mir gegenüber.

Sie roch frisch nach Lavendel oder Aprikose oder etwas Ähnlichem. Egal, warum wir hier waren – Abendessen, Techtelmechtel, Informationsveranstaltung über Cavello –, mir gefiel es schon jetzt besser, als es sollte.

Sie lächelte. »Äh, na ja, ist schon ein bisschen komisch, oder?«

»Ich habe mit laufendem Motor vor der Tür geparkt, für den Notfall.«

»Falls ich verrücktspiele?«

»Falls mir Ihre Paella nicht schmeckt.«

Andie lachte. »Schießen Sie los«, forderte sie mich auf

und neigte ihr Glas in meine Richtung. »Ich denke, es sind gute Neuigkeiten, oder?«

»Stimmt.« Wir stießen miteinander an. »Diesmal ist Cavello geliefert.« Plötzlich schien es mir überhaupt nicht angebracht, über mein Treffen mit Cavello zu reden. Bisher verband uns nur dieser furchtbare Prozess. In der Pause, die entstand, nahmen wir noch einen Schluck Wein. Schließlich lächelte Andie und ließ mich vom Haken.

»Wir müssen nicht darüber reden. Wir können uns über Ihre Studenten unterhalten. Oder was im Irak passiert. Oder, was Gott eigentlich verhüten möge, über die Yankees.«

Beim Essen erzählte ich ihr schließlich doch mehr von meiner Begegnung mit Cavello. Ich glaube, es gab ihr ein gutes Gefühl, zu wissen, dass das Schwein wenigstens für irgendetwas bezahlen musste. Und der Paella musste ich zehn Punkte geben. Sie entsprach genau meinem Geschmack.

Anschließend half ich ihr beim Abräumen und stellte das Geschirr in die Spüle, bis sie mich aufhielt und sagte, das werde sie später machen. Schließlich kochte sie Kaffee.

Andie hatte mir den Rücken zugekehrt. Wir redeten über ihre Schauspielerei, als ich ein Foto auf dem Tresen bemerkte. Sie und ihr Sohn. Sie hatte ihren Arm um seine Schultern gelegt, beide lächelten breit. Liebe. Mutter und Sohn, die nicht glücklicher sein konnten.

Als ich wieder aufblickte, hatte sie sich zu mir gedreht. »Ich will Sie nicht vor den Kopf stoßen, Nick, aber warum kommen Sie immer wieder her? Was wollen Sie mir mitteilen?«

Ich wurde verlegen. »Ich weiß nicht.«

»Sie wollen sagen, dass es wehtut? Ich weiß, dass es

wehtut.« Ihre Augen glänzten. »Sie wollen sagen, Sie wünschten, Sie hätten etwas dagegen tun können?«

»Ich weiß nicht, was ich sagen möchte, Andie. Aber ich weiß, dass ich herkommen und Sie sehen wollte.«

Und ich wollte auch einfach meine Arme ausstrecken und sie festhalten. Ich glaube nicht, dass ich jemals einen Menschen so sehr in die Arme nehmen wollte wie sie. Vielleicht wollte sie es auch. Doch sie stand einfach nur da, die Hände auf dem Tresen.

Schließlich begann sie zu lächeln. »Der Motor läuft noch, hm?«

Ich nickte. In der letzten Minute war die Temperatur in der Küche ziemlich angestiegen. »Verstehen Sie das nicht falsch, aber ich glaube, ich werde auf den Kaffee verzichten.«

»Hey.« Andie seufzte. »Wie Sie meinen.«

Nachdem ich meine Jacke vom Stuhl am Esstisch geholt hatte, begleitete mich Andie zur Tür. »Es war alles ganz toll«, meinte ich. »Wie in Ihrer Werbung.« Ich hielt einen Moment ihre Hand.

»Es ist, weil ich mich in Ihrer Nähe wohl fühle. Deswegen bin ich hergekommen. Sie bringen mich zum Lachen. Seit Monaten hat das niemand geschafft.«

»Sie haben ein hübsches Lächeln, Nick, wenn Sie es zulassen. Hat Ihnen das schon mal jemand gesagt?«

Ich wandte mich zum Gehen. »Schon lange nicht mehr.«

Sie schloss die Tür hinter mir. Ein Teil in mir wollte sagen: Scheiß drauf, Nick, und kehr um. Ich wusste, dass sie immer noch an der Tür stand, spürte sie beinahe auf der anderen Seite.

»Was geschehen ist, ist geschehen, Nick«, hörte ich sie.

»Sie können die Welt nicht verändern, nur weil Sie sie so haben möchten.«

Ich drehte mich um und legte meine Handfläche an die Tür. »Ich kann es aber versuchen.«

58

Mit starrem Gesicht nahm Richard Nordeschenko die Karten vom Tisch. Zwei Dreier. Der Spieler ihm gegenüber in schwarzem Hemd und Kaschmirjackett, dessen gut aussehender Begleiter ihm über die Schulter blickte, warf zweitausend Dollar in den Pot. Ein weiterer Spieler nach ihm erhöhte.

Nordeschenko beschloss mitzugehen. Er war an diesem Abend spitze. Ganz eindeutig. Morgen begann seine Arbeit. Dies würde sein letztes Spiel sein, egal, ob er gewann oder verlor.

Der Geber drehte drei Karten um: eine Zwei, eine Kreuz-Neun und eine Vier. Keine Verbesserung – wahrscheinlich für niemanden. Kaschmirjackett zwinkerte seinem Freund zu. Er hatte schon den ganzen Abend den Pot hin und her geschoben. »Viertausend.« Nordeschenko vermutete, er würde mit vier Kreuzen auf einen Flush spielen.

Doch zu seiner Überraschung erhöhte der andere Spieler nach ihm ebenfalls. Er war kompakt gebaut und schweigsam, trug eine dunkle Brille, hinter der man schwer seine Reaktionen erkennen konnte. Trotz seiner großen Hände schob er flink seine Chips über den Tisch. »Ich erhöhe um viertausend«, sagte er und rückte zwei Stapel mit schwarzen Chips im Pot zurecht.

Die richtige Taktik, dachte Nordeschenko. Den dritten Spieler verdrängen – in diesem Fall ihn selbst. Doch Nordeschenko wollte sich nicht verdrängen lassen. Er hatte so ein Gefühl. An diesem Abend hatte er sich bisher immer auf sein Gefühl verlassen können. »Ich bin dabei.« Er stapelte acht schwarze Chips auf und schob sie in den Pot.

Der Geber drehte eine weitere Vier um. Jetzt war ein Paar dabei. Der Kerl, der auf einen Flush aus war, prüfte seine Karten. Der Kompakte machte den Einsatz. Weitere viertausend. Nordeschenko erhöhte wieder. Zu seiner Überraschung blieb Kaschmirjackett dabei.

Jetzt lagen mehr als vierzigtausend Dollar im Pot.

Der Geber drehte die letzte Karte um. Eine Kreuz-Sechs. Nordeschenko konnte nicht erkennen, wie sie irgendjemandem etwas nutzte, doch er erinnerte sich, dass zuvor schon einmal die Konstellation genauso gewesen war. Adrenalin pumpte durch sein Blut.

Der Mann mit dem Freund blähte die Wangen auf. »Achttausend!« Die wenigen Zuschauer murmelten. Was hatte er vor? Den ganzen Abend schon hatte er den Pot aufgeblasen. Jetzt warf er sein gutes Geld dem schlechten hinterher.

Der Kompakte sortierte seine Chips. Nordeschenko vermutete ein Paar bei ihm. Ein höheres Paar. Eindeutig hielt er seine Karten für die besten am Tisch. »Achttausend.« Er nickte, schichtete zwei gleiche Stapel mit jeweils acht Chips auf. »Und acht weitere.«

Jetzt wurde das Murmeln zu einem Keuchen. Nordeschenko hielt seine aneinandergelegten Hände an seine Lippen, bevor er kräftig den Atem ausstieß. Der Kompakte erwartete eindeutig, dass Nordeschenko einpackte. Und in neunzig Prozent der Fälle hätte er genau das getan. Er hatte genug eingeheimst. Warum sollte er alles zurückgeben?

Aber an diesem Abend spürte er seine Kraft. Bald würde er sein Leben aufs Spiel setzen. Alles Geld der Erde könnte dann bedeutungslos werden. Das gab ihm Freiheit. Abgesehen davon war er fast sicher, den Tisch richtig eingeschätzt zu haben.

»Sollen wir die Sache interessanter machen?«, fragte er. »Hier sind Ihre achttausend.« Er blickte zu Kaschmirjackett. »Und Ihre«, sagte er, nickte dem Mann mit Sonnenbrille zu und schichtete einen weiteren Stapel mit schwarzen Chips auf. Anschließend zog er eine Schau ab, indem er den Einsatz aufs Doppelte erhöhte. »Und weitere sechzehntausend.«

Diesmal war nicht einmal mehr ein Keuchen zu hören – nur Stille. Hunderttausend Dollar lagen in der Mitte des Tisches!

Nerven waren das, was einen auszeichnete, wenn man unter Beschuss geriet. Nerven und die Fähigkeit, eine Situation einzuschätzen. Sie zu riechen. Das war es, was ihn zum Besten seiner Zunft machte. Nordeschenko blickte auf die Sonnenbrille des Mannes. Unentschlossenheit? Angst?

Kaschmirjackett ließ sich nach hinten sinken und kam sich ganz sicher wie ein Idiot vor. Am besten warf er seine Karten ab, ohne sie zu zeigen und als völliger Depp dazustehen. »Adios«, verabschiedete er sich vom Spiel.

»Sie bluffen«, sagte der Kompakte und schluckte, während er Nordeschenko durch seine Sonnenbrille beobachtete.

Nordeschenko zuckte mit den Schultern. »Finden Sie's heraus.« Er war sicher, dass der Mann nur die entsprechenden Chips in die Mitte zu schieben brauchte.

»Ich passe.« Der andere stöhnte und drehte seine Karten um. Zwei Sechser.

Nordeschenko drehte sein niedrigeres Paar um. »Sie hatten Recht.«

Jetzt wurden die Umstehenden wieder laut. Der Geber schob den Berg aus Chips zu Nordeschenko. Er hatte mehr als siebzigtausend Dollar gewonnen!

Aber nicht nur das – er hatte jeden Hinweis, jede Eigenart richtig gedeutet. Das war ein gutes Zeichen. Für morgen.

Morgen begann das echte Spiel.

59

Um zehn Uhr vormittags wurde Dominic Cavello mit Handschellen in den Gerichtssaal von Richter Robert Barnett geführt.

Er war von vier US-Marshals umringt, weitere standen entlang den Wänden. Dieser Termin diente der Beweisaufnahme. Cavellos Anwälte hatten einen Antrag gestellt, um alle Beweise zu den Morden an Manny Oliva und Ed Sinclair für unzulässig zu erklären. Doch sie wussten, der Richter würde diesen Antrag als das erkennen, was er war – eine Hinhaltetaktik.

Cavello trat wie immer großspurig auf, als er in den Saal geführt wurde. Er zwitscherte Joel Goldenberger ein fröhliches Hallo zu, fragte ihn, wie es ihm mit seiner Frau und seinen Kindern gehe. Zu einem der Wachmänner machte er eine Bemerkung über die Mets, was für eine tolle Mannschaft sie in diesem Jahr doch aufgestellt hätten. Als er mich hinten im Saal erblickte, zwinkerte er mir wie einem alten Freund zu. Er vermittelte das Bild eines Trottels, der hier wegen eines Verkehrsvergehens vorgeführt wurde, nicht das eines Menschen, der sich einer kurzen Unterbrechung seiner Isolationshaft in Marion erfreute, wo er höchstwahrscheinlich den Rest seines Lebens verbringen würde.

Die Tür zum Gerichtssaal wurde geöffnet, und Richter Barnett trat ein. Es hieß, mit ihm wäre nicht zu spaßen. An der Uni hatte er Football gespielt und in Vietnam als Kampfpilot gedient. Presse oder freier Zutritt oder die Mätzchen von Cavellos Anwälten waren ihm scheißegal.

Nach dem elften September hatte er in einigen Prozessen zum Heimatschutz den Vorsitz geführt und jedes Mal die zulässige Höchststrafe verhängt. Wir hätten keinen besseren Richter bekommen können.

Rasch bedeutete er den Anwesenden, sich zu setzen. »Ich habe mir die Anträge angesehen«, begann er und rückte seine dicke Brille zurecht, »und ich sehe im Antrag der Verteidigung keine Veranlassung, diesen Prozess noch länger zu vertagen. Mr. Cavello.«

»Euer Ehren.« Cavello erhob sich langsam, ohne eine Reaktion auf den Beschluss zu zeigen.

»Sie werden sich ab Montagmorgen zehn Uhr wegen der Anklagepunkte der Staatsanwaltschaft zu verteidigen haben. Sie haben per Gesetz das Recht, bei der Auswahl Ihrer eigenen Geschworenen anwesend zu sein, die in diesem Gerichtssaal stattfinden wird. Doch dieses Verfahren wird völlig geheim ablaufen. Nach der Auswahl werden keine Namen bekannt gegeben. Die Geschworenen werden umgehend auf die Militärbasis von Fort Dix in New Jersey gebracht, wo, wie Sie bereits wissen, Ihre Verhandlung stattfinden wird. Sie, Mr. Cavello, werden ebenso wie die Geschworenen dort festgehalten. Die gesamte Verhandlung wird hinter verschlossenen Türen stattfinden.«

Richter Barnett blickte streng auf ihn hinab. »Und, Mr. Cavello –«

»Ja?«

»Ich warne Sie nur einmal. Bei der kleinsten Unterbrechung, und dabei reicht auch schon, dass Sie ein Glas Wasser umstoßen, werden Sie Ihren eigenen Prozess vom Gerichtsfernsehen aus beobachten. Haben Sie das verstanden?«

»Nicht mal im Traum würde ich daran denken, Euer Ehren«, antwortete Cavello.

»Das habe ich Sie nicht gefragt, Mr. Cavello«, entgegnete Richter Barnett mit scharfer Stimme. »Ich habe gefragt, ob Sie das verstanden haben.«

»Natürlich.« Cavello verbeugte sich respektvoll. »Völlig, Euer Ehren.«

60

Als das Telefon klingelte, erstarrte Monica Ann Romano auf dem Wohnzimmersofa. Sie wollte nicht rangehen.

Sie wusste bereits, wer es war. Wer sonst rief Sonntagabend so spät noch an? Sie bildete sich ein, er würde verschwinden, wenn sie nicht reagierte. Alles würde so werden, wie es war, bevor sie den besten Sex ihres Lebens gehabt hatte.

Sie blieb sitzen und ließ das Telefon klingeln.

»Würdest du bitte rangehen!« Sie und ihre Mutter saßen vor dem Fernseher, und das Klingeln war lauter als der Ton.

Schließlich erhob sich Monica und wickelte beim Gehen die Schnur ab, bis sie im Flur angekommen war. Ihre Hände zitterten. »Hallo?«

»Hallo, meine Liebe.« Die Stimme am anderen Ende ließ ihr Blut gefrieren.

Wie hatte sie nur in dieses Chaos geraten können? Wie hatte sie nur so erbärmlich dumm sein können zu glauben, er wäre an ihr interessiert? Sie sollte zur Polizei gehen. Sie sollte einfach auflegen und sofort die Polizei anrufen. Sie würden es verstehen, und auf der Arbeit würde man ihr immer noch vertrauen. Wenn es nur nicht um ihre Mutter ginge, sagte sie sich immer wieder, würde sie es tun. Ja, dann würde sie es tun!

»Was willst du?«, fragte sie schroff.

»Vorher hast du dich gefreut, meine Stimme zu hören, Monica«, sagte der Anrufer. »Ich fühle mich verletzt. Was soll ich schon wollen? Ich will dasselbe wie du, Monica.

Ich will, dass ihr beide, du und deine Mutter, noch lange gesund und munter seid.«

»Spiel nicht mit mir«, blaffte Monica. »Sag mir einfach, was ich tun soll.«

»In Ordnung.« Er schien seinen Spaß zu haben. »Wie wär's, wenn wir uns morgen früh, bevor du zur Arbeit gehst, auf einen Kaffee treffen? Das Café gleich auf der anderen Seite vom Platz, wo wir uns das erste Mal gesehen haben. Sagen wir Punkt acht. Dann kläre ich dich darüber auf, was passieren wird.«

»Das war's dann aber«, verlangte Monica. Ihr Magen zog sich zusammen. »Du hast versprochen, dass es bei dieser einen Sache bleibt.«

»Wenn du ein braves Mädchen bist, wirst du nie wieder meine Stimme hören. Aber, Monica«, sagte Karl auf eine Art, wie man sonst mit Kindern redet, »komm nicht auf dumme Gedanken. Ich werde tun, was ich gesagt habe. Das verspreche ich. Wenn ich nicht darauf vertrauen würde, dass du ein braves Mädchen bist, würde ich es genau jetzt tun. Geh mal ins Wohnzimmer zurück. Na geh schon.«

Monica rannte ins Wohnzimmer, wo ihre Mutter vor dem Fernseher saß.

Ein Licht leuchtete durchs Fenster. Scheinwerfer. Dann ertönte dreimal hintereinander eine Hupe. Monica zitterte so heftig, dass sie glaubte, ihre Knochen klappern zu hören.

61

Für den Montagmorgen wurden die schärfsten Sicherheitsvorkehrungen getroffen, die ich für eine Gerichtsverhandlung je gesehen hatte. Der Pate, Teil 2.

Es war mehr eine Machtdemonstration der Polizei. Dutzende von Beamten, einige in Kampfausrüstung, standen mit Automatikwaffen an den Absperrungen rund um den Foley Square. Die Reihe der potenziellen Geschworenen erstreckte sich bis vor die Tür, Polizisten patrouillierten auf und ab, prüften Ausweise, öffneten Taschen, führten Sprengstoffhunde an den Wartenden vorbei. Entlang der Worth Street standen etwa ein Dutzend Fernsehübertragungswagen.

Alles lief nach Plan und entsprach genau meinen Vorstellungen. Doch angesichts der mehreren parallel verlaufenden Gerichtsverhandlungen und der vielen Anwälte, Zeugen, Geschworenen und Mitarbeiter gab es tausend Dinge, die schieflaufen konnten.

Automatisch warf ich einen Blick ins Sicherheitsbüro des Gerichts, das im Erdgeschoss lag. Sicherheitsbeamte starrten auf Monitore, mit denen sie alle Stockwerke im Blick hatten. Eingänge, Fahrstühle, die Parkgarage im Untergeschoss und die Flure, über die Cavello vom und zum Manhattan-Bezirksgefängnis gebracht werden würde. Ich versuchte mir einzureden, dass nichts passieren würde. Alles würde laufen wie geplant.

Ich war auf dem Weg zurück zum Gerichtssaal, als ich in der Eingangshalle meinen Namen hörte. »Nick! Nick!«

Es war Andie, die von zwei Wachen zurückgehalten wurde. Sie winkte. »Nick, die lassen mich nicht rein.«

Ich ging zum Eingang. »Ist in Ordnung«, sagte ich den Wachen und zeigte meinen Ausweis. »Ich übernehme die Verantwortung. Sie gehört zu mir.«

Ich zog sie durch den Menschenpulk. »Sie hatten Recht. Ich muss dabei sein, Nick. Ich konnte nicht wegbleiben. Wenn nicht meinetwegen, dann wegen Jarrod.«

»Sie brauchen das nicht zu erklären, Andie. Kommen Sie einfach mit.«

Ich führte sie in einen der Fahrstühle, wo ich den Knopf für den siebten Stock drückte. Wir waren nicht alleine – ein paar Anwälte, eine Gerichtsstenografin. Die Fahrt dauerte unendlich lange. Ich drückte Andies Hand. »Hmm«, machte sie. Mehr nicht.

Als sich die Türen im siebten Stock endlich öffneten, zog ich Andie zur Seite und ließ die anderen vorgehen. Dann nahm ich sie in die Arme, wie ich es schon neulich abends hatte tun wollen. Beinahe hätte ich sie sogar geküsst. Es erforderte Mut, hier zu sein. Hier aufzutauchen. Und jetzt spürte ich, wie ihr Herz gegen meine Brust schlug. »Ich bin so froh, dass Sie hier sind, Andie.«

Ich zeigte einem Wachmann, der vor dem Gerichtssaal stand, meinen Ausweis. Der Saal war noch fast leer. Ein paar Marshals plauderten miteinander, ein junger Assistent der Staatsanwaltschaft legte Formulare auf die Tische der Anwälte.

Plötzlich verzog Andie ängstlich ihr Gesicht. »Jetzt, wo ich hier bin, weiß ich nicht, ob ich das schaffe.«

»Wir bleiben da hinten«, beruhigte ich sie und ging mit ihr in die letzte Reihe der Zuschauerplätze. »Wenn er reinkommt, sind wir zusammen. Vielleicht winken wir sogar.«

»Ja, oder zeigen ihm den Mittelfinger.«

Ich drückte ihre Hand. »Es wird nichts passieren. Die Beweise sind noch stichhaltiger als vorher. Er wird bald eintreffen, und wir werden zwölf Personen auswählen. Dann werden wir ihn einsperren bis zu dem Tag, an dem er stirbt.«

62

Monica Ann Romano glaubte zu wissen, was das kleine Päckchen enthielt, das er ihr gegeben hatte, und bei dem Gedanken musste sie sich beinahe übergeben.

Sie hatte es von dem Mann entgegengenommen, dem sie einmal vertraut hatte. Jetzt ging sie nervös über den Platz und zeigte an den Absperrungen auf dem Weg zum Gericht ihren Ausweis. Es war die nervenaufreibendste Sache, die sie je in ihrem Leben getan hatte. Bei weitem.

Schließlich stellte sie sich in die Schlange der Mitarbeiter. Jede Tasche wurde geöffnet. Auch die der Anwälte und ihrer Assistenten. Monica wusste, wer an diesem Tag im Gericht war: Dominic Cavello.

»Heute ist mächtig was los«, säuselte Mike, ein Wachmann mit riesigem Schnurrbart, der Monica in der Eingangshalle durch die Menschentraube zu der Schlange führte, die speziellem Personal vorbehalten war.

»M-hm.« Monica nickte nervös und grüßte einige vertraute Gesichter mit einem Lächeln.

Der Typ vor ihr, ein Anwalt mit Bart und langem Haar, öffnete seinen Aktenkoffer. Monica war die Nächste. Pablo, der sie immer wegen der Mets aufzog, lächelte, als er sie erblickte. Ihr Herz schlug bis zum Hals, das Päckchen in ihrer Tasche schien sie nach unten zu ziehen. Was war, wenn er es sich genauer ansehen wollte?

Der Anwalt vor ihr schloss seinen Koffer und ging weiter. Jetzt gab es nur noch sie und Pablo. Konnte er ihr Herz schlagen hören? Ohne zu atem trat sie an die Absperrung.

»Wie war dein Wochenende?« Pablo spähte oberflächlich in ihre Handtasche. »Hast du das Spiel der Mets gesehen?«

»Klar.« Monica nickte und schloss die Augen, weil sie erwartete, dass gleich ein Alarm lospiepsen würde. Das Signal für das Ende ihres Lebens.

Es piepste nicht. Nichts passierte. Sie ging weiter. Genauso wie an den anderen Tagen. Erleichtert atmete sie auf. Gott sei Dank.

»Wir sehen uns zum Mittagessen«, sagte Pablo. Sie war schon weitergegangen, als er ihr noch einmal hinterherrief: »Hey, Monica.«

Monica Ann Romano erstarrte, bevor sie sich langsam umdrehte.

Pablo blinzelte ihr zu. »Schicker Hut.«

63

Der Anwalt und der Staatsanwalt hielten sich bereits im Gerichtssaal auf, ebenso wie Cavello. Richter Barnett blickte auf die nervöse Gruppe der potenziellen Geschworenen, die hereingeführt worden waren. »Ich bezweifle, dass irgendjemand hier im Saal nicht weiß, warum wir hier sind«, begann er.

Alle Geschworenen hatten eine Nummer erhalten, und alle Augen schienen auf den hageren, grauhaarigen Mann gerichtet zu sein, der mit überkreuzten Beinen vor ihnen saß. Dann blickten sie zur Seite, als hätten sie Angst, ihn allzu lange anzusehen. Das ist Cavello, schienen ihre Blicke zu sagen.

Ich drehte mich zu Andie, die kurz zuvor hatte zusehen müssen, wie das Schwein hereingeführt worden war. Cavellos Handschellen waren abgenommen worden, dann hatte er sich im Gerichtssaal umgeblickt. Er schien Andie sofort entdeckt zu haben, als hätte er gewusst, dass sie hier war. Respektvoll hatte er ihr zugenickt.

Doch sie hatte seinem Blick standgehalten. Sie schien ihm sagen zu wollen: Du kannst mir nicht mehr wehtun. Sie wollte ihm nicht die Freude gönnen, vor ihm zurückzuschrecken. Sie umklammerte das Geländer mit ihren Händen, bis sie schließlich den Blick senkte. Als sie ihn wieder hob, ließ sie ihn zu mir wandern, und ein leichtes Lächeln zog über ihr Gesicht. *Mit mir ist alles in Ordnung. Mir geht es gut – für ihn aber ist es aus.*

»Ich bezweifle auch, dass irgendjemand von Ihnen hier sein möchte«, fuhr Richter Barnett fort. »Einige von Ihnen haben vielleicht das Gefühl, nicht hierher zu gehören. Einige haben vielleicht sogar Angst. Aber eins müssen Sie sich vor Augen halten: Wenn Sie gewählt werden, ist es Ihre gesetzliche und moralische Pflicht, an der Verhandlung teilzunehmen. Zwölf von Ihnen werden als Geschworene dienen – und sechs weitere als Ersatz. Meine Pflicht hingegen ist es, Ihnen die Angst und das Unbehagen angesichts des letzten Prozesses des Angeklagten zu nehmen.

Aus diesem Grund werden Ihre Namen und Adressen sowie Informationen über Ihre Familie oder Ihre Tätigkeit nicht bekannt gegeben – nicht einmal den Mitgliedern dieses Gerichts. Die gewählten Geschworenen werden die nächsten sechs bis acht Wochen in der Militärbasis Fort Dix in New Jersey, wo der Prozess stattfindet, eingesperrt.

Ich weiß, niemand ist scharf darauf, sein Leben hinter sich zu lassen und so lange Zeit von Familie und Freunden getrennt zu sein. Aber der Angeklagte muss vor Gericht gestellt werden – das ist unsere einzige Pflicht. Es wird eine Jury ausgewählt, und er wird vor Gericht gestellt. Wer sich weigert, seine oder ihre Pflicht zu erfüllen, wird wegen Missachtung des Gerichts belangt.«

Der Richter nickte seinem Gerichtsdiener zu. »So, gibt es hier jemanden im Gerichtssaal, der oder die meint, aufgrund besonderer Umstände oder einer Behinderung nicht seine Pflicht erfüllen zu können?«

Praktisch alle Hände schnellten gleichzeitig in die Höhe.

Fast alle anderen Anwesenden mussten ein Lachen unterdrücken. Selbst Cavello lächelte.

Die Geschworenen wurden der Reihe nach an den Richtertisch gerufen. Alleinerziehende Mütter. Inhaber von kleinen Unternehmen. Leute, die anführten, schon ihren Urlaub bezahlt zu haben, oder ein ärztliches Attest vorlegen konnten. Ein paar Anwälte, die behaupteten, sie müssten per se freigestellt werden.

Doch Richter Barnett blieb hart. Ein paar ließ er gehen, die diskret die Fäuste ballend oder breit grinsend den Gerichtssaal verließen. Andere kehrten bedrückt auf ihre Plätze zurück.

Schließlich blieben noch einhundertfünfzig Personen, von denen keiner sehr erfreut aussah.

Cavello würdigte sie keines Blickes. Er trommelte, stur geradeaus starrend, mit den Fingern auf dem Tisch. Ständig musste ich an die Worte denken, die er mir am Tag, als der Geschworenenbus in die Luft geflogen war, aus seiner Gefängniszelle hinterhergerufen hatte.

»Ich werde heute Nacht schlafen wie ein Baby … Zum ersten Mal seit einem Monat brauche ich mir wegen dieser dämlichen Verhandlung keine Sorgen zu machen.«

»Mr. Goldenberger, Mr. Kaskel«, sprach der Richter die beiden Anwälte an. »Ich bin sicher, Sie möchten diesen tapferen Menschen ein paar Fragen stellen.«

64

Richard Nordeschenko war unbemerkt ins Gericht gelangt. Es war nicht schwierig gewesen, von Reichardt eine Standardbenachrichtigung für Geschworene zu bekommen und Datum und Namen an seine Bedürfnisse anzupassen. Mit diesem Schreiben hatte er sich in die Reihe der mürrisch aussehenden Geschworenen gestellt und, als wäre es die normalste Sache der Welt, das Gericht durch den Vordereingang betreten.

Eine Zeit lang saß er in dem überfüllten Geschworenenzimmer, wo er eine Zeitschrift durchblätterte und auf die Nummern lauschte, die aufgerufen wurden. Viele der Anwesenden plapperten nervös über Was-wäre-wenn-Szenarien – wenn sie für Cavellos Prozess ausgewählt wurden. Alle glaubten, sie hätten eine idiotensichere Entschuldigung.

Nordeschenko kicherte leise in sich hinein. Niemand von ihnen würde eine Entschuldigung brauchen.

Um Viertel nach zehn blickte er auf seine Uhr. Nezzi würde mit dem gestohlenen Cateringwagen in die Tiefgarage fahren. Was solche Dinge anging, gab es keinen Besseren als Nezzi. Doch man wusste nie, was bei einem solchen Auftrag alles schiefgehen konnte, besonders wenn er so komplex war wie dieser.

Am Abend zuvor hatte Nordeschenko einen langen Brief an seine Frau und seinen Sohn geschrieben. Er hatte ihn in seinem Hotelzimmer liegen lassen, falls er nicht mehr dorthin zurückkehrte.

Im Brief hatte er zugegeben, nicht unbedingt der gute Mensch zu sein, für den sie ihn immer hielten, und dass die Dinge, die ihnen über ihn zu Ohren kommen konnten, möglicherweise stimmten. Er hatte geschrieben, es habe ihn traurig gemacht, in all den Jahren so viel vor ihnen geheim halten zu müssen. Doch keiner sei in seinem Leben nur gut oder nur schlecht. Das Gute in seinem Leben seien seine Frau und sein Sohn. Er liebe sie beide sehr. Er hatte versucht, den Brief mit einem Witz darüber zu beenden, dass sein Sohn ganz nach dem Vater schlage, weil er Poker mittlerweile lieber spiele als Schach.

Und unterschrieben hatte er mit »Euer Euch liebender Ehemann und Vater, Kolya Remlikov«.

Mit Nordeschenkos richtigem Namen.

Einem Namen, den beide nicht kannten.

Um genau 11:40 Uhr legte er seine Zeitschrift zur Seite und ging in den zweiten Stock hinauf, wo vor allem das Verwaltungspersonal saß. Er betrat die Herrentoilette, die neben den Fahrstühlen lag. Ein kräftiger Schwarzer mit einem dicken Leberfleck auf der Wange wusch sich gerade die Hände. Nordeschenko ließ das Wasser laufen und wartete.

Als der Schwarze gegangen war, nahm Nordeschenko die Abdeckung des Müllbehälters ab und kramte in den zusammengeknüllten Papierhandtüchern nach dem sorgfältig verpackten Päckchen, das er dort, wie er wusste, finden würde. Ha, da war es, genau wie Reichardt gesagt hatte.

Nordeschenko trat in eine Kabine und wickelte das Päckchen auf: eine 9 mm Heckler und Koch, seine Lieblingswaffe. Nachdem er nachgesehen hatte, ob das Magazin voll war, schraubte er den Schalldämpfer auf.

Er wusste, dass der neue Richter ein Pedant war, was Regeln anging, und das Gericht immer kurz vor halb eins in die Mittagspause entließ. Es hieß, dass die Anwälte darauf achteten, um diese Uhrzeit keine wichtigen Themen mehr anzuschneiden.

Nur noch ein paar Minuten.

Aus seiner Tasche zog Nordeschenko ein winziges Mobiltelefon heraus. An der Sicherheitskontrolle hatte er wie alle anderen auch eins vorgezeigt, aber ein anderes. Dieses hier hatte er versteckt. Keine Nachrichten. Das hieß, Nezzi war weg und alles vorbereitet.

Er prüfte den Code, der alles in Gang setzen würde. Jetzt brauchte er nur noch die Senden-Taste zu drücken.

Nordeschenko verließ die Kabine und warf einen letzten Blick in den Spiegel. Sein rasendes Herz begann, sich wieder zu beruhigen. *Remi, immer mit der Ruhe. Du weißt, wie die Menschen reagieren werden. Du kennst die menschliche Natur besser als sonst jemand. Das Überraschungsmoment ist auf deiner Seite. Genauso wie schon ein Dutzend Mal vorher. Die Dinge werden sich entwickeln wie geplant.*

Mit seinen frisch gefärbten Haaren, dem falschen Bart und der Brille kam ihm der Gedanke, dass er in den nächsten Minuten genauso sterben könnte, wie er es immer befürchtet hatte: unerkannt. Mit dem Namen eines anderen. Die Fingerabdrücke würden überprüft werden, aber selbst dann führte die Spur ins Leere. Nur ein Sergeant der russischen Armee, ein Deserteur. Es könnte Wochen oder Monate dauern, bis jemand von seinem Tod erfahren würde.

Natürlich musste Nordeschenko darüber lächeln, schließlich konnte er genauso gut überleben. Er entsicherte die Heckler und schob sie in seine Tasche.

Es war, als würde er sein ganzes Geld in die Mitte des Tisches schieben. In diesem Fall seinen Lohn in Höhe von zweieinhalb Millionen Dollar.

Sicher war man erst, wenn man die letzte Karte umdrehte.

65

Auch Dominic Cavello schielte auf die Uhr im Gerichtssaal, versuchte, das Geplapper um sich herum auszuschalten, das, wie er wusste, in wenigen Augenblicken nichts mehr mit dem Rest seines Lebens zu tun haben würde. Dann nämlich, wenn sich Richter Barnett zu seinem Mikrofon vorbeugen und den, der gerade sprach, mit der Frage unterbrechen würde, ob dies nicht ein guter Zeitpunkt sei, um eine Pause einzulegen.

Und wie auf Kommando unterbrach der Richter um 12:24 Uhr die Befragung des Staatsanwalts. »Mr. Goldenberger …«

Cavello spürte, wie sein Puls anstieg. Sayonara, kicherte er. Das Spiel ist aus. Der kleine Dom geht jetzt nach Hause.

Der Richter wies die potenziellen Geschworenen an, sich um genau vierzehn Uhr wieder im Gerichtssaal einzufinden. Daraufhin strömten sie langsam nach draußen. »Marshals«, rief er, »Sie können jetzt den Angeklagten übernehmen.«

Cavello erhob sich. Ihm war es scheißegal, was als Nächstes passierte. Eher noch machte er den Marshals die Arbeit mit einem »Also gut, Leute« leicht. Die beiden gleichen Männer, die ihn am Vormittag gebracht hatten, sollten ihn zurück ins Gefängnis führen. Der breitschultrige Typ mit dickem Schnurrbart hielt die Handschellen hoch. »Tut mir leid, Dom.«

Cavello streckte die Hände aus. »Kein Problem, Eddie, ich bin ganz dein.«

Er kannte alle ihre Namen, wusste einiges aus ihrem Privatleben. Der Schwarze war während der Operation Wüstensturm Panzerkommandeur gewesen, der mit dem Schnurrbart hatte einen Sohn, der in Wisconsin Football spielte. Er ließ die Handschellen fest um Cavellos Handgelenke zuschnappen.

»Jesses, Jungs, könnt ihr auf einen ehrlichen Bürger nicht ein bisschen Rücksicht nehmen? Hey, Hy«, rief er seinem Anwalt zu, »essen Sie ein leckeres Steak auf mich. Wir sehen uns um zwei.«

Die Marshals führten ihn durch den Seiteneingang zum Fahrstuhl im Flur. Von dort ging es zum Gefängnis, das ein paar Straßenblocks entfernt lag. Cavello hatte diesen Weg schon so oft zurückgelegt, dass er ihn wahrscheinlich auch im Schlaf finden würde.

»Weißt du, was das Schlimmste daran ist, den Rest seines Lebens im Knast zu sitzen?« Auf dem Weg in den Flur zwinkerte er dem Marshal mit dem Schnurrbart zu. »Das Essen! Besonders in diesem Saustall Marion. Weißt du, was einen da bei der Stange hält?« Er stupste ihn mit dem Ellbogen. »Das Todesurteil. Ja, genau. Die Todesspritze.« Cavello lachte. »Das ist das Einzige, was einem noch Hoffnung gibt.«

Eine dritte Wache mit einem Funkgerät in der Hand hielt ihnen die Fahrstuhltür auf. »Sie sind auf dem Weg!«, bellte er in sein Gerät. Eddie und der Schwarze begleiteten ihn hinein.

Der Schwarze drückte auf »U« für Untergeschoss. Cavello wusste, dass sich der Fahrstuhl in keinem anderen Stockwerk von außen anhalten ließ, wenn die Taste für den Keller gedrückt wurde, sondern nur noch von innen. Die Tür schloss sich hinter ihnen.

Cavello drehte sich zu dem schwarzen Marshal, der nie viel redete. »Magst du Pizza, Bo? Schwarze essen doch Pizza, oder?«

»Ja, ich mag Pizza, Dom«, brummte der Schwarze.

»Klar, alle Polizisten mögen Pizza.« Cavello seufzte. »Hey, wisst ihr, was wir tun sollten? Diese Sache hier sausen lassen. Wie wär's, wenn wir im Erdgeschoss anhalten und für ein, zwei Stunden einen Abstecher in mein altes Viertel in Brooklyn machen? Ich zeige euch, was echtes italienisches Essen ist. Kommt schon, bis um zwei bringe ich euch wieder zurück. Wird keine Sau merken, dass wir weg waren.«

Die Ziffern der Stockwerksanzeige im Auge, stupste er Eddie an, als der Fahrstuhl losfuhr.

»Das wär echt der Knüller, Eddie. Die ganze freie Welt sucht nach uns – während wir gemütlich im Pritzie's bei Kalbfleisch mit Paprika und einem Bier sitzen. Und? Was sagst du?«

Der stämmige Marshal grinste. »Hört sich nach einem Plan an, Dom.«

»Ja, danach hört es sich an«, meinte Cavello immer noch mit Blick auf die Anzeige. »Nach einem Plan.«

217

66

Andie wartete draußen im Flur auf mich. Sie meinte, sie habe genug gesehen und wolle gehen. Ich fuhr mit ihr und ein paar der potenziellen Geschworenen nach unten in die Eingangshalle. Eine seltsame Stimmung herrschte zwischen uns. Als ich ihr sagte, dass ich sie für ziemlich tapfer hielt, gab sie mir rasch einen Kuss auf die Wange.

»Danke, Nick. Das war eine gute Idee.«

Auf dem Weg zurück nach oben schob ich meinen Kopf in den Sicherheitsraum mit den Monitoren, um mich wegen Cavello zu erkundigen. Er wurde gerade ins Untergeschoss gebracht. Ich blickte einem der Beamten über die Schulter und sah, wie Cavello mit den Wachmännern plauderte, während er in den Fahrstuhl geführt wurde. Alles war unter Kontrolle. Der Sicherheitschef stand mit allen Stationen entlang des Weges in engem Kontakt. »Cavello wird abtransportiert«, berichtete er.

Plötzlich zitterte die Erde unter uns wie bei einem Erdbeben! Kaffeetassen, Stifte und Klemmbretter fielen scheppernd auf den Boden.

»Gott, da ist was passiert.« Einer der Agenten deutete auf einen der Monitore. »In der Garage! Da unten ist irgendwas explodiert! Verdammte Scheiße!«

Wir drängten uns um den Monitor, doch grauer Qualm behinderte die Sicht, bis alles vollständig schwarz wurde.

Einer der in der Garage stationierten Wachleute meldete sich per Funk. »Hier unten gab's eine Explosion. Die

Garage brennt. Es könnte Verletzte geben, aber ich kann nicht viel erkennen. Hier ist alles voller Rauch.«

Der Captain griff zum Mikrofon. »Hier ist Meacham. In der Garage gab es einen Vorfall! Eine Art Sprengkörper wurde gezündet. Ich brauche sofort das Sondereinsatzkommando, Verstärkung und medizinische Versorgung. Und ich will, verdammt noch mal, wissen, was da los ist.«

Ich brauchte nicht auf den Monitor zu blicken. Ich wusste, was los war.

Die Bildschirme wurden auf unterschiedliche Kamerapositionen geschaltet, um einen Überblick zu bekommen. Ich packte Meacham an der Schulter. »Captain, es geht nicht um die Garage. Es geht um Cavello! Setzen Sie alle Agenten in Alarmbereitschaft. Er ist auf dem Weg nach unten!«

Ich rannte zum anderen Ende der Konsole, wo der Fahrstuhl überwacht wurde.

Meine Güte, nein!

Erschreckt riss ich die Augen auf, konnte nicht glauben, was ich da sah – wusste aber, dass es wieder passierte.

Ich rannte zur Tür.

67

Cavello stand immer noch mit den Wachen im Fahrstuhl und riss Witze, was das Zeug hielt, schielte aber ständig auf die Stockwerksanzeige: 6, 5, 4 ...

Jetzt!

In diesem Moment stürzte er auf die Schalttafel zu und drückte mit dem Daumen fest auf das wärmeempfindliche Feld für den zweiten Stock.

»Was soll das?« Der Fahrstuhl blieb ruckartig stehen, und die Tür wurde geöffnet. Der schwarze Marshal packte Cavello und drückte ihn gegen die Wand. Jemand anderes trat ein.

Der Marshal riss den Mund weit auf. »Was soll ...«

Der erste Schuss traf ihn zwischen die Augen und schleuderte ihn gegen die Fahrstuhlwand, wo er, während er nach unten sank, eine dunkelrote Spur hinterließ.

Der nächste Schuss traf Eddie in die Brust. Zwei pflaumenfarbene Kreise bildeten sich auf seinem weißen Hemd. Eddie stöhnte mit tiefer Stimme und ließ Cavello los, während er in sich zusammensackte. »Ich habe Kinder«, sagte er mit Blick auf den Schützen.

»Tut mir leid, Eddie«, sagte Cavello nur. Zwei weitere gedämpfte Schüsse, und der Wachmann schwieg.

»Los«, schnauzte der Israeli. Er drückte die Taste fürs Erdgeschoss und warf Cavello einen Beutel zu. »Wir haben nicht viel Zeit.«

Im Beutel befanden sich eine Damenperücke und ein Regenmantel. Der Israeli stülpte die Perücke über Cavellos Kopf und hängte den Mantel locker über dessen Schultern, um die Handschellen so gut wie möglich zu verbergen. Ihm blieben nur wenige Sekunden, mehr nicht, während die Aufmerksamkeit auf die Explosion in der Garage gelenkt wurde.

Cavello zog die Perücke nach unten. »Sitzt alles?«

»Hoffen wir's«, meinte Nordeschenko und stellte sich hinter Cavello, um die Waffe zu verbergen. »Bist du bereit? Sicherheit gibt es nicht.«

»Egal, was passiert«, erwiderte Cavello, »besser als lebenslänglich ist es allemal.«

»Mag sein«, stimmte der Israeli zu.

Im Erdgeschoss glitten die Fahrstuhltüren wieder zur Seite. Menschen warteten, um nach oben zu fahren.

»Der ist kaputt. Nehmen Sie einen anderen«, brummte Nordeschenko und schob Cavello an ihnen vorbei. Die beiden eilten den langen Flur entlang zum Seitenausgang, der auf die Worth Street führte.

Hinter ihnen hatte man die Leichen im Fahrstuhl entdeckt. Schreie gellten durch die Eingangshalle. »Beeil dich!«, drängte Nordeschenko, ohne sich umzudrehen. »Oder wir sterben beide hier. Ich bin allergisch gegen Gefängnisse.«

Es waren noch etwa vierzig Meter bis zum Kontrollpunkt am Ausgang, doch es schienen weit mehr zu sein, als sie sich, die Schreie hinter sich ignorierend, ihren Weg zwischen den Umherstehenden bahnten. Nordeschenko entdeckte Reichardt und zwei von Cavellos Männern, die als Presseleute am Eingang standen. Er klappte den Kragen von Cavellos Regenmantel nach oben und eilte auf sie zu.

Noch fünfzehn Meter, mehr nicht.

Ein Funkgerät knackte. »Da ist was passiert!«, rief einer der Wachleute. »Macht die Schotten dicht, sofort!«

Reichardt zog ein dunkles Metallteil unter seinem Mantel hervor, dann brach das Chaos aus. Schüsse aus einer Automatikwaffe ratterten durch die Eingangshalle. Ein Wachmann ging zu Boden, noch bevor er nach seiner Waffe greifen konnte, eine blonde Polizistin fummelte hektisch an ihrem Halfter, als Reichardt sie mit einer Salve seiner Automatikwaffe gegen die Marmorwand schleuderte. Sie war schon tot, noch bevor sie am Boden lag.

Nordeschenko und Cavello erreichten rennend den Ausgang.

»FBI! Alles auf den Boden!«, rief jemand.

Nordeschenko drehte sich um. Am Ende des Flurs stand ein Mann, in der ausgestreckten Hand eine Waffe, während er versuchte, an der Menge vorbei einen Schuss abzugeben. Scheiße. Nordeschenko drückte Cavello fest an sich. Eine Kugel pfiff an seinem Gesicht vorbei, bohrte sich in die Brust von einem von Cavellos Ganoven. Reichardt erwiderte das Feuer. Der Lärm war ohrenbetäubend. Die Umstehenden schrien und suchten Schutz.

Nordeschenko deckte Cavello mit seinem eigenen Körper – das war seine Aufgabe –, als er sich durch die Tür schob. Sie waren draußen!

Um sie herum herrschte das reine Chaos. Polizisten eilten auf den Eingang der Tiefgarage zu. Die Explosion hatte die gewünschte Wirkung erzielt. Dunkle Rauchwolken stiegen nach oben.

Ein junger Polizist kam auf sie zugerannt, unsicher, was er tun sollte. »Wir sind verletzt«, sagte Nordeschenko. »Schauen Sie.« Als sich der Polizist vorbeugte, hielt Nordeschenko ihm die Mündung seiner Heckler an die Brust und drückte ab. Stöhnend brach der junge Mann zusammen.

Vor ihnen quietschten die Reifen eines schwarzen

Bronco. Die hintere Tür wurde aufgestoßen, und Nordeschenko, Cavello und Reichardt sprangen geduckt hinein.

Nezzi saß am Steuer. Ohne überhaupt richtig gestanden zu haben, preschte der Bronco weiter.

Ein Lieferwagen hinter ihnen fuhr los und blieb plötzlich mitten auf der Straße stehen. Eventuelle Verfolger waren blockiert.

Die Ampel an der Kreuzung war grün. Nezzi bog auf die St. James Plaza, jagte zwei Blocks weiter bis über den Chatham Square, fuhr nach rechts über die Catherine Street nach Chinatown hinein und wieder nach rechts auf die Henry Street, wo er in einer Parklücke hielt.

Nordeschenko, der immer noch Cavello deckte, sprang aus dem Wagen, riss die Schiebetür eines blauen Minivans auf und schob Cavello hinein. Er selbst setzte sich ans Steuer. Reichardt und Nezzi stiegen auf der anderen Straßenseite in einen beigefarbenen Acura. Nordeschenko winkte zum Abschied.

Zum ersten Mal, seit das Chaos ausgebrochen war, spürte Nordeschenko so etwas wie Optimismus. Niemand folgte ihnen. Niemand schoss auf sie.

Die beiden Fahrzeuge setzten sich in Bewegung.

Einen Block weiter rasten drei Polizeiwagen mit Blaulicht in der entgegengesetzten Richtung an ihnen vorbei. Nordeschenko gestattete sich ein Lächeln. Eines Tages würde man ein Expertengutachten über diese Flucht erstellen.

»Haben wir's geschafft?«, fragte Dominic Cavello hinter ihm und hob den Kopf.

»Für den Moment ja«, antwortete Nordeschenko. »Jetzt müssen wir dich nur noch von dieser Insel runterschaffen.«

68

Ich rannte nach draußen und konnte nur hilflos mit ansehen, wie der schwarze Bronco losbrauste. Es gab keine Möglichkeit, ihn aufzuhalten. Er bog um die Ecke, verschmolz mit dem Verkehr und verschwand.

Jeder Muskel meines Körpers schien zu schrumpfen und seinen Dienst zu versagen. Noch nie in meinem Leben hatte ich mich so nutzlos gefühlt. Zwei Polizeiwagen rasten hinterher, mussten sich an einem Lieferwagen vorbeiquetschen, der die Straße blockierte. Aber es war zu spät.

Ich rannte ins Gericht zurück und hielt einem verblüfften Polizisten meinen Dienstausweis vor die Nase, als ich zu seinem Funkgerät griff. »Hier ist Special Agent Nicholas Pellisante vom FBI. Dominic Cavello ist gerade aus dem Gerichtsgebäude am Foley Square geflohen. Er fährt in einem schwarzen Bronco mit unbekanntem Kennzeichen auf der Worth Street nach Osten Richtung Chinatown. Die Verdächtigen haben das Feuer eröffnet, es gibt mehrere Verletzte.«

Ein Polizist lag tot auf dem Bürgersteig. Er konnte nicht älter als fünfundzwanzig sein. Besucher des Gerichts rannten erschreckt nach draußen. Die meisten hielten die Hände vors Gesicht. Wollten sie verbergen, wie schockiert sie waren?

Ich rannte wieder hinein. Sanitäter kümmerten sich bereits um eine der am Boden liegenden Wachen. Meacham, der Captain, war auch da, aschfahl im Gesicht. Die Gerüchteküche unter den Polizisten brodelte bereits.

Ich spürte den Drang, das Funkgerät gegen die Wand zu schmettern.

Ich wusste nicht, wo ich sonst hingehen sollte außer zurück in den Sicherheitsraum. Special Agent Michael Doud war vor Ort für die Sicherheitsmannschaft des FBI zuständig, und er spielte bereits die Bänder von der blutigen Szene im Fahrstuhl zurück.

»Ich habe das Fluchtauto gesehen«, berichtete ich. »Schwarzer Bronco, das Kennzeichen konnte ich nicht erkennen. Zwei Marshals wurden draußen erschossen.«

Doud atmete tief durch. »Ich bin mit dem Büro des Bürgermeisters verbunden. Und dem Polizeichef. Alle Tunnel und Brücken, die aus Manhattan rausführen, werden gesperrt. Es wurde höchste Alarmstufe verhängt. Es dürfte unmöglich sein, dass sie von der Insel verschwinden.«

»Darauf würde ich nicht wetten«, meinte ich und biss die Zähne aufeinander.

Ich setzte mich und knallte mit der Faust auf den Tisch. Plötzlich spürte ich, wie alle Kraft aus meinem Körper zu weichen schien. Was war los? Ich legte meine Hand auf meine Brust. Sie fühlte sich warm und glitschig an.

Jesses, Nick.

Ich blutete wie ein abgestochenes Schwein.

69

Doud sah mich an, und gleichzeitig senkten wir unsere Blicke auf das Blut, das vor mir auf den Boden tropfte.

»Dieses Dreckschwein«, sagte ich und öffnete meine Jacke. Ein riesiger Blutfleck prangte auf meinem Hemd.

»Hol sofort die Sanitäter her!«, rief Doud einem der Sicherheitsbeamten zu.

»Gute Idee.« Ich nickte und ließ mich nach hinten gegen die Wand sinken.

Aus dem Funkgerät ertönte eine Stimme. »Ich glaube, wir haben sie.« Es war die offene Leitung des Krisenzentrums im Rathaus. Ein schwarzer Bronco war gesehen worden, der von der Tenth Avenue abgebogen war, um in den Lincoln Tunnel Richtung New Jersey zu fahren.

»Wir haben den Zugang sperren lassen«, erklärte der Mitarbeiter aus dem Krisenzentrum. »Die Hafenbehörden haben dort eine Sondereinheit eingesetzt.«

Über die Telefonleitung empfingen wir die Videoaufnahmen aus dem Krisenzentrum. Über uns erschien eine Weitwinkelaufnahme vom Tunnel. Der schwarze Bronco war etwa das zehnte Fahrzeug in der Reihe. »Da ist er!« Die Kamera holte das Bild näher heran. Der Verkehr wurde auf zwei Spuren zusammengeführt.

Ich presste meine Hand gegen den Brustkorb, hatte aber nicht dic Absicht, mich von hier wegzubewegen. Ich konnte den schwarzen Bronco erkennen. War es derselbe? Jedenfalls sah er genauso aus.

»Das verdächtige Fahrzeug hat Nummernschilder aus

New Jersey. EVS-drei-sechs-neun«, wurde über Funk gemeldet.

Eine Sekunde lang war ich vom Geschehen genauso in den Bann gezogen wie alle anderen auch. Ich hoffte einfach, dass wir das richtige Fahrzeug im Visier hatten. Ein Gedankenblitz jagte mir durch den Kopf, und ich schnappte mir das Mikrofon vom Tisch.

»Hier ist Special Agent Pellisante. Diese Leute haben wahrscheinlich Automatikwaffen und Sprengstoff dabei. In dem Wagen könnte sich eine Sprengfalle befinden, und vielleicht sitzt Cavello gar nicht mehr drin. Die Sondereinheit sollte alles daransetzen, um den Wagen zu isolieren.«

Meine Wunde war vergessen. Ich trat näher an den Monitor und beobachtete, wie die Mannschaft der Hafenbehörde den schwarzen Bronco einkreiste und andere Fahrzeuge vorbeifahren ließ. Es war eine knifflige Angelegenheit, viele – Hunderte – unschuldige Menschen waren betroffen.

Schwarz gekleidete Männer mit Helmen schlichen ins Sichtfeld der Kamera. Der Bronco war nur noch vier Fahrzeuge vom Tunneleingang entfernt, während sich die Polizisten mit gezogenen Waffen näherten. Die Scheiben des Bronco waren schwarz gefärbt. Man konnte nicht hineinschauen, aber wer herausschaute, musste sehen, dass die Polizisten auf sie zukamen.

Der Bronco rückte bis zum Tunneleingang vor, der plötzlich von einem Polizeiwagen versperrt wurde.

Aus allen Richtungen näherten sich Mitarbeiter des Sondereinsatzkommandos dem verdächtigen Fahrzeug.

Auf dem Bildschirm konnte ich das Geschehen genau beobachten. Der Bronco war von mindestens zwanzig schwer bewaffneten Polizisten umgeben.

Die vorderen Türen des Bronco wurden geöffnet. Ich trat näher an den Monitor. »Lass es ihn sein«, flehte ich mit geballten Fäusten. »Lass es ihn sein.«

Die Insassen des Bronco stiegen mit erhobenen Händen aus – ein ganz in Schwarz gekleideter Mann, dann eine Frau mit Schlapphut. Ein kleiner Junge, der sich weinend an die Frau klammerte.

»Verdammte Scheiße!«, hörte ich eine Stimme aus dem Funkgerät. Aber das Bild brauchte keinen Kommentar oder Untertitel.

Es war der falsche Wagen. Wir hatten Dominic Cavello verloren.

70

Ich blieb im Sicherheitsraum des Gerichts, bis die beiden Sanitäter, die sich redlich bemühten, mich so gut wie möglich zu verarzten, keine Verantwortung mehr für meine Gesundheit übernehmen konnten. Aber ich wollte nicht eher gehen, bis ich das Band gesehen hatte. Das Band mit dem Mann im Fahrstuhl – demjenigen, der Cavello befreit hatte.

Ich sah es mir mindestens ein Dutzend Mal an.

Er war mittelgroß, nicht besonders gut gebaut. Ich konnte nicht sagen, ob er alt oder jung war. Ich suchte nach besonderen Merkmalen. Er trug einen Bart, den ich für falsch hielt. Dunkles, kurzes Haar, Brille. Doch dieser Kerl wusste genau, was er tat. Er zögerte kein einziges Mal, auch nicht eine Sekunde. Er war Profi, nicht nur irgendein Mietsöldner. Er hatte uns eiskalt erwischt, trotz des Aufgebots an New Yorker Polizisten und zwei Dutzend FBI-Agenten.

»Könnten Sie das Gesicht etwas näher heranholen?«, fragte ich den Techniker, der das Videogerät bediente.

»Sofort.« Ein Tastendruck, und das Gesicht vergrößerte sich.

Ich erhob mich, trat näher an den Bildschirm. Das Bild wurde grobkörnig, schwenkte auf eine Nahaufnahme der eiskalten Augen, als der Mörder in den Fahrstuhl trat. Sicheres, sachliches, effizientes Auftreten. Ich brannte mir das Abbild dieser Augen in mein Gehirn. Der Techniker ließ den Film ganz langsam vorlaufen, ein Bild nach dem anderen. Plötzlich die Schüsse. Zwei Marshals starben.

»Schick das rüber zur Polizei und zum Krisenzentrum«, wies Doud den Techniker an. »Ich will, dass dieses Bild zu jeder Brücke, zu jedem Tunnel und zu jedem Polizisten auf der Straße geschickt wird.«

»Das ist Zeitverschwendung«, sagte ich und lehnte mich gegen den Tisch. »Jetzt sieht er schon wieder ganz anders aus.«

»Haben Sie eine bessere Idee?«, schnauzte mich Doud frustriert an.

»Könnte sein. Vergleichen Sie den Film mit Cavellos erster Gerichtsverhandlung. Gehen Sie jeden einzelnen Tag durch, wenn es sein muss. Retuschieren Sie den Bart und die Brille weg. Ich wette, er war da.«

Die Sanitäter zerrten mich sprichwörtlich aus dem Raum. Draußen wartete ein Krankenwagen. Ein letztes Mal blickte ich hinauf zum Bildschirm. Ich wollte sicher sein, dass ich diesen Mann erkannte, wenn ich ihn wiedersah.

Für mich bestand kein Zweifel: Dies war der Mann, der den Bus der Geschworenen in die Luft gejagt hatte.

71

Als mich der Anruf erreichte, lag ich im Krankenwagen auf dem Weg ins Bellevue Hospital.

Mein Oberkörper war nackt, eine Kanüle steckte in meinem Arm, an meiner Brust waren EKG-Sensoren befestigt. Mit eingeschalteter Sirene kämpften wir im Zickzackkurs gegen den Verkehr an. Ich bat einen der Sanitäter, mir mein Handy aus der Jackentasche zu reichen.

»Ich hab's gerade gehört«, sagte Andie gleichzeitig ungläubig und traurig. »O Gott, Nick, ich habe es gerade in einem Café gesehen, es läuft schon in den Nachrichten.«

»Es tut mir leid, Andie.« Aber es tat mir mehr als leid. Wie oft konnte ich ihr diese Worte noch sagen?

»Verdammt, Nick, die gesamte Polizei von New York war dort.«

»Ich weiß.« Als einer der Sanitäter versuchte, mir mein Handy wegzunehmen, schob ich ihn zur Seite. Die Wunde tat mittlerweile gar nicht mehr so weh. Aber die Wut und die Enttäuschung wurden immer unerträglicher.

»Dieses Schwein hat meinen Sohn getötet, und jetzt ist er frei.«

»Er ist nicht frei«, widersprach ich. »Wir kriegen ihn. Ich weiß, wie sich das anhört, aber wir kriegen ihn.« Das Krankenhaus war nicht mehr weit entfernt. »*Ich* kriege ihn.«

Einen Moment lang antwortete Andie nicht. Ich wusste nicht, ob sie mir glaubte, aber in diesem Moment war mir das egal. Weil ich meinte, was ich gesagt hatte.

Ich kriege ihn.

231

Ich hatte das Gefühl, gleich in Ohnmacht zu fallen, als ich mich von Andie mit einem undeutlichen »Tschüss« verabschiedete. Der Krankenwagen hielt an der Notaufnahme.

Ich hatte ihr nicht erzählt, dass ich angeschossen worden war.

72

Richard Nordeschenko lenkte den silberfarbenen Voyager in eine der Spuren, die über die George-Washington-Brücke führten. Der Verkehr staute sich, was Nordeschenko nicht überraschte. Er hatte die Nachrichten im Radio gehört – auf jedem Sender wurde über ihre Geschichte berichtet.

Überall blitzten die Blaulichter der Polizei, jedes Fahrzeug wurde überprüft, jeder Kofferraum geöffnet. Last- und Lieferwagen wurden auf die Seite gewunken, ihre Fracht durchsucht. Nordeschenko blickte zum Himmel hinauf. Über ihm schlugen die Rotorblätter eines Polizeihubschraubers. Das war nicht gut.

Sie hatten die Fahrzeuge schon zweimal gewechselt. Er hatte sich den Bart und die Brille abgenommen, die er im Gericht getragen hatte. Es gab also nichts, worüber er sich Sorgen machen musste, oder? Also immer mit der Ruhe. Cavello war sicher im Hohlraum unter dem Rücksitz versteckt. Selbst wenn man den Bronco bereits gefunden hatte, was zählte das schon? Alles lief nach Plan. Niemand konnte ihn mit dem Fahrzeug in Verbindung bringen, das er gerade fuhr. Solange niemand Cavello entdeckte.

Die hohen Stahltürme der Brücke waren schon aus ein paar Hundert Metern Entfernung sichtbar. Polizisten kamen zu Fuß in die Richtung ihres Wagens. Es war ein typischer Einsatz unter Alarmstufe rot. Sondereinsatzkommandos und Sprengstoffhunde. Vielleicht gut ausgebildet, aber ohne praktische Erfahrung.

»Wie viel Verspätung haben wir?«, fragte Cavello mit

233

schroffer Stimme. »Wie sieht's da oben aus? Ist alles okay?«

»Entspann dich. Du solltest dich geehrt fühlen. All das hier wird nur deinetwegen veranstaltet.«

»Es ist eng hier. Und heiß. Ich liege hier schon über eine Stunde.«

»Nicht so eng wie in der Einzelzelle im Bundesgefängnis, oder? Jetzt sei bitte still. Wir müssen noch einen Kontrollpunkt passieren.«

Zwei Polizisten mit schusssicheren Westen und Automatikgewehren traten an den Voyager. Einer von ihnen tippte mit dem Gewehrlauf an die Scheibe. »Führerschein und Fahrzeugpapiere, bitte. Und öffnen Sie den Kofferraum.«

Nordeschenko reichte dem Beamten die Dokumente, die ihn als Bewohner der LI Barrow Street in Bayonne auswiesen. Und der Wagen war auf den Lucky-George-Wartungsdienst gemeldet.

»Schon was Neues?«, fragte Nordeschenko ihn. »Ich habe in den Nachrichten gehört, was passiert ist.«

Der Beamte prüfte die Dokumente, ohne zu antworten. Der andere hatte hinten die Klappe geöffnet und spähte hinein. Dort waren nur ein großer Industriestaubsauger, ein Teppichreinigungsgerät und ein paar Reinigungsmittel in einem Kunststoffbehälter zu sehen. Trotzdem hielt Nordeschenko den Atem an, als der Polizist anfing herumzustöbern.

Nordeschenko hatte sich eine Pistole an sein Fußgelenk gebunden. Bei einem Probelauf am Tag zuvor hatte er beschlossen, was er tun würde: die Beamten umnieten, auf der entgegengesetzten Spur, wo der Verkehr noch lief, einen Fahrer aus seinem Wagen zerren und abhauen. Cavello wäre auf sich selbst gestellt.

»Was ist das?«, bellte einer der Polizisten. Er schob die Geräte zur Seite und öffnete ein Fach.

Nordeschenko wollte schon zur Waffe greifen, tat es aber nicht. Noch nicht. Aber sein Herz blieb fast stehen. *Erledige die beiden und hau ab.*

»Hier drin müsste ein Ersatzreifen liegen«, stellte der Polizist fest. »Das ist Vorschrift. Was ist, wenn diese Schrottkiste liegen bleibt?« Er deckte das Fach wieder ab.

»Sie haben Recht.« Langsam entspannte sich Nordeschenko wieder. »Ich werde es meinem Chef sagen. Ich sage ihm, dass wir Ihnen eine Teppichreinigung schulden.«

Der Polizist reichte Nordeschenko den Führerschein zurück, als sein Kollege die Heckklappe wieder zuschlug. »Sie schulden mir einen Scheißdreck«, meinte er. »Besorgen Sie sich einfach einen Ersatzreifen.«

»Wird gemacht. Ich hoffe, Sie schnappen ihn«, verabschiedete sich Nordeschenko, ließ das Fenster nach oben surren und fuhr los. Minuten später, als er den Kontrollbereich verlassen hatte, kam er zügiger voran. Er überquerte die Brücke, und sobald er das Schild sah, das New York von New Jersey trennte, beruhigte er sich auch wieder.

»Herzlichen Glückwunsch. Wir haben's geschafft«, rief er nach hinten. »Morgen um dieselbe Zeit bist du außer Landes.«

»Gut.« Cavello wand sich aus seinem Versteck. »Davor gibt es eine Planänderung. Ich muss mich noch um was kümmern. Um ein Versprechen, das ich einlösen will.«

73

Auf Cavellos Anweisung hin fuhren sie Richtung Westen nach Paterson in New Jersey, entlang einer Allee, vorbei an Mittelklassehäusern. Nordeschenko hielt vor einem bescheidenen, aber hübschen, grauweißen Haus im viktorianischen Stil. Es war April, doch auf der kleinen Wiese vor dem Haus stand immer noch eine Weihnachtskrippe.

»Warte im Auto«, wies Cavello ihn an und steckte die Waffe, die er ihm abgenommen hatte, in seinen Hosenbund.

»Dafür werde ich nicht bezahlt«, wandte Nordeschenko ein. »Das sind genau die Sachen, die uns umbringen können.«

»In diesem Fall«, sagte Cavello, öffnete die Tür und schlug den Mantelkragen hoch, »geht das auf Kosten des Hauses.«

Er ging seitlich ums Haus herum und öffnete ein Gatter, das in den Garten führte.

Er hielt seine Versprechen. Das machte ihn zu dem, was er war. Die Leute wussten: Wenn der Elektriker etwas versprach, wurde es immer erledigt.

Vor einer mit Maschendraht umzäunten Veranda blieb er stehen. Im Haus lief ein Fernseher. Ein Kinderkanal. Er lauschte dem Gesang und dem fröhlichen Klatschen. Von hinten erkannte er den Kopf einer Frau. Sie saß auf einem Stuhl.

Cavello stieg die Stufen hinauf und öffnete die Gittertür. Er musste lachen. Niemand in diesem Viertel brauchte eine

Alarmanlage. Hier war alles geschützt. Von ihm! Wer hier in dieser Gegend irgendwas anstellte, war für den Rest seines Lebens auf der Flucht.

»Rosie, wie möchtest du deinen Tee?«, fragte eine Stimme.

»Mit ein bisschen Zitrone«, antwortete die Frau auf dem Stuhl. »Im Kühlschrank müsste noch welche sein.« Dann: »Hey, schau mal dieses Lämmchen, Stephie. Wie macht ein Lämmchen? *Mäh … mäh.*«

Cavello trat ein. Als die Frau ihn erkannte, wurde sie kreidebleich. »Dom!«

Auf ihrem Schoß saß ein kleines Mädchen, nicht älter als ein Jahr.

»Hallo, Rosie«, grüßte Dominic lächelnd.

Panik machte sich auf ihrem Gesicht breit. Sie war Anfang fünfzig, hatte die Haare aufgesteckt und trug ein geblümtes Unterhemd, um den Hals ein Medaillon mit dem Heiligen Christopherus. Sie zog das Kind nahe an sich heran. »Ich habe gehört, dass du geflohen bist. Was machst du hier, Dom?«

»Ich habe Ralphie was versprochen, Rosie. Ich halte immer meine Versprechen, das weißt du.«

Hinter ihnen kam eine Frau mit einem Tablett mit dem Tee ins Zimmer. Cavello streckte die Hand aus und jagte ihr mit der schallgedämpften Pistole eine Kugel genau ins rechte Auge.

Als die Frau nach hinten kippte, fiel das Tablett laut scheppernd auf den Boden.

»Heilige Mutter Gottes.« Ralph Denunziattas Schwester schnappte nach Luft und drückte das Kind fest an ihre Brust.

»Das ist aber ein hübsches Kind, Rosie. Ich glaube,

es hat was von Ralphie mit diesen fetten, kleinen Wangen.«

»Sie ist meine Enkelin, Dom.« Rosie Scalpias Augen waren voller Panik. Sie blickte zu ihrer Freundin, die tot auf dem Teppich lag. Blut sickerte aus ihrem Auge. »Sie ist erst ein Jahr alt. Tu, weswegen du hergekommen bist, aber tu ihr nichts an, Dom. Sie ist Simones Tochter, nicht Ralphies. Bitte, tu, was du tun musst, aber lass meine Enkelin aus dem Spiel.«

»Warum sollte ich deiner kleinen *nipotina* was antun, Rosie?« Cavello trat näher. »Es ist nur so, dass ich deinem kleinen arschgesichtigen Bruder etwas versprochen habe. Und daran können wir nichts ändern.«

»Dom, bitte.« Das Entsetzen stand ihr ins Gesicht geschrieben. »Bitte!«

»Das Problem ist, Rosie, auch wenn ich deiner kleinen Enkelin ein langes, gesundes Leben wünsche, nachdem ich die Sache hier in Ordnung gebracht habe« – er richtete die Waffe auf Rosies Gesicht –, »die Wahrheit ist, Schätzchen, du wirst es nie erfahren.«

Er drückte den Abzug, und Knochensplitter von Rosies Stirn spritzten samt Teilen ihres Hirns über den Vorhang.

Ralph Denunziattas kleine Großnichte begann zu schreien.

Cavello kniete nieder und drückte seinen Finger in den Bauch des Mädchens. »Nicht weinen. Du bist aber ein hübsches Ding.« Auf dem Herd in der Küche begann der Kessel zu pfeifen. »Das Wasser kocht, hm? Komm her.« Als er das Kind aus den Armen seiner toten Großmutter hob, hörte es auf zu schreien. »Braves Mädchen.« Er streichelte ihren Rücken. »Komm, jetzt machst du mit deinem Onkel einen kleinen Spaziergang.«

238

74

Auf eigenen Wunsch wurde ich am gleichen Tag wieder aus dem Krankenhaus entlassen, allerdings mit einem dicken Verband über meinen Rippen, einem Fläschchen Vicodin und der Anweisung des Arztes, gleich nach Hause zu gehen und mich hinzulegen.

Ich hatte tierisches Glück gehabt. Die Wunde brannte zwar höllisch, aber die Kugel hatte nur einen Kratzer hinterlassen.

Zwei Agenten der Abteilung Interne Ermittlungen ließen sich nach meiner Behandlung Bericht erstatten. Sie löcherten mich über die Ereignisse im Gericht ab dem Moment, in dem ich auf den Bildschirmen erkannt hatte, was gerade passierte, bis ich hinaus in die Eingangshalle gerannt war. Ich hatte meine Waffe leer geschossen. Einer von Cavellos Männern war tot. Und was die Sache besonders unangenehm machte: Ich war gar nicht im aktiven Dienst.

Aber schlimmer als das Brennen der Wunde war, dass es auch nach fünf Stunden noch kein Anzeichen von Cavello oder dem schwarzen Bronco gab. Wir hatten die Fluchtwege so gut wie möglich blockieren und Cavellos Kontakte beschatten lassen. Aber irgendwie hatte sich dieser Hurensohn trotz der besten Sicherheitsvorkehrungen, die je für einen Prozess getroffen worden waren, aus dem Staub gemacht.

Gegen meinen Widerstand hatte mich eine Krankenschwester im Rollstuhl bis vor die Tür des Krankenhauses gefahren, wo ich etwas steif in ein wartendes Taxi stieg.

»West 49th und 9th«, sagte ich und stieß die Luft aus,

während ich meinen Kopf gegen den Sitz lehnte und die Augen schloss. Immer wieder sah ich vor meinem geistigen Auge, wie der Bronco losbrauste und im Verkehr verschwand. Und mich, unfähig, etwas zu tun. Wie hatten sie diese Sache nur durchziehen können? Wer war der Schütze im Fahrstuhl? Wie hatten sie angesichts der vielen Kontrollen die Waffe ins Gericht schmuggeln können?

Ich hämmerte so fest mit dem Handballen gegen die Trennwand zum Fahrer, dass ich schon glaubte, mir die Hand gebrochen zu haben.

Der Fahrer, ein Sikh mit Turban, drehte sich um. »Bitte, Sir, das ist nicht mein Taxi.«

»Entschuldigung.«

Aber so leid tat es mir gar nicht. Ich stand völlig unter Druck, und die Energie, mit der mein Blut pulsierte, gab mir das Gefühl, gleich zu explodieren. Wir waren auf die 45th Street abgebogen, fuhren quer durch die Stadt. Mir wurde klar, was mir wirklich Angst machte: nach Hause in die leere Wohnung zurückzukehren und die Tür hinter mir zu schließen. Die Stapel von Beweisen, die nur noch wertloses Papier waren. Allein zu sein.

Ich war kurz davor, aus der Haut zu fahren. Ehrlich, ich hatte das Gefühl, dass es gleich so weit sein würde.

Wir bogen auf die 9th Avenue ab. Von der Ecke aus sah ich bereits das braune Sandsteingebäude. Dieser nervöse Druck in meinem Brustkorb nahm zu.

Ich klopfte an die Glasscheibe. »Ich habe meine Meinung geändert«, sagte ich. »Fahren Sie weiter.«

»Okay.« Der Fahrer zuckte mit den Schultern. »Wohin jetzt?«

»West 183rd, in der Bronx.«

75

Ich drückte mehrmals auf die Klingel – drei, vier Mal – und klopfte an die Tür.

Schließlich eine Frauenstimme von innen: »Ja, Moment, ich komme … eine Sekunde.«

Andie öffnete die Tür. Sie trug einen Bademantel, darunter ein pinkfarbenes, geripptes Unterhemd. Ihr Haar war feucht, wahrscheinlich von der Dusche. Überrascht starrte sie mich an.

Mein linker Arm hing schlaff nach unten, meine Kleider waren verknittert. Und vermutlich blickten meine Augen wild und verstört.

»Liebe Güte, Nick, ist alles in Ordnung?«

Ich gab keine Antwort, weil ich in diesem Moment nicht antworten konnte. Stattdessen schob ich Andie rückwärts hinein und drückte sie gegen die Wand, wo ich sie so heftig küsste, wie ich konnte. Jedenfalls mit der Kraft, die mir geblieben war …

Und auf einmal erwiderte sie den Kuss ebenso leidenschaftlich. Ich zerrte den Bademantel von ihren Schultern, schob meine Hand unter ihr Hemd. Sie stöhnte, strömte nach dem Duschen einen süßlich-zitronigen Duft aus. Ich atmete tief ein.

»Jesses, Pellisante.« Sie schnappte nach Luft, ihre Augen waren weit aufgerissen und leuchteten wie Taschenlampen. »Du lässt einem Mädchen auch gar keine Zeit zum Atmen. Irgendwie gefällt mir das.«

Sie begann, mein Hemd aus der Hose zu ziehen, und öffnete den Gürtel.

Ich zuckte zusammen – vor Schmerz. Ich hatte das Gefühl, als würde jemand mit Schmirgelpapier über die Wunde kratzen.

»Nick, was ist los?«

Ich drehte mich von ihr fort und lehnte mich neben sie an die Wand. »Ich hab heute was abbekommen … im Gericht.«

Andie hob sachte mein Hemd an, bis sie den großen Verband entdeckte. »Was ist passiert?«

»Eine Kugel ist passiert.« Ich zog die Nase hoch und stöhnte frustriert.

»Eine Kugel!« Andie schien das nicht lustig zu finden. »Nick, du wurdest angeschossen?«

»Ja, zu dumm, nicht?«

Sie führte mich zum Sofa, wo ich mich langsam hinsetzte – oder vielmehr zusammensank. Vorsichtig öffnete sie die restlichen Knöpfe meines Hemdes. »O Gott, Nick.«

»Eigentlich ist das nur ein Kratzer. Es sieht schlimmer aus, als es ist.«

»Oh, klar, jetzt verstehe ich«, sagte sie nickend. Sie hob meine Füße auf den Beistelltisch. »Du warst auf dem Weg ins Krankenhaus, als ich dich angerufen habe. Nick, was tust du hier? Was hat der Arzt gesagt?«

»Er hat gesagt, ich soll direkt nach Hause fahren und die Sache locker nehmen.« Ich verzog mein Gesicht zu einem reumütigen Lächeln.

»Und wieso bist du stattdessen hergekommen?«

»Vielleicht, weil du es sexy finden könntest. Oder mich bemitleidest?«

Andies skeptischer Blick brannte ein Loch in meine Augen. Sie öffnete mein Hemd, fuhr mit der Hand am Rand des Verbands entlang und zuckte mit den Schultern. »Ich weiß nicht … vielleicht ist es tatsächlich ein bisschen sexy.«

»Siehst du!«

»Du bist verrückt.« Sie zog mir die Schuhe aus und schob ein Kissen hinter meinen Kopf. »Kann ich dir irgendwas bringen?«

»Nein. Ich bin mit Schmerzmitteln vollgepumpt.« Ich zog sie zu mir. »Ich brauche dich.«

»Ach, jetzt verstehe ich. Wenn du auf Drogen bist, klopfst du an irgendeine Tür, wo du denkst, du kriegst jemanden rum.«

Ich zuckte mit den Schultern. »Und? Hatte ich Recht?«

Sie beugte sich vor und küsste mich zärtlich aufs Gesicht, mit dem nächsten Kuss streifte sie meine Lippen. »Vielleicht. Eine Flasche Wein hätte es aber auch getan. Du hättest nicht losziehen und dich anschießen lassen müssen.«

»Verdammt.« Ich stöhnte enttäuscht. »Warum habe ich nicht vorher daran gedacht?«

Ich drückte sanft meinen Daumen in ihren Nacken. »Ich konnte nicht nach Hause, Andie. Im Moment will ich nicht dort sein.«

Sie nickte und strich sich ihr Haar aus dem Gesicht. »Bleib einfach hier. Wir brauchen ja nichts zu tun.« Sie legte ihren Kopf an meine Schulter.

Ich schloss die Augen, verbannte die Schrecken der heutigen Ereignisse und meine Wut, dass ich mit ansehen musste, wie Cavello geflohen war. Die Wunde schmerzte höllisch. Und, ehrlich gesagt, ich wusste nicht, warum ich hergekommen war. »Gott sei Dank«, flüsterte sie. »Gott sei Dank ist dir nichts Ernstliches passiert.«

»Einen Trost gibt's ja – diese Mafia-Scheißer sind fies wie Sau, aber schlechte Schützen.«

»Mach bitte keine Witze. Immerhin hat jemand versucht, dich umzubringen.«

Also hielt ich den Mund – und spürte eine Träne. Ihre Träne, die auf meiner Brust landete.

»Cavello ist verschwunden«, sagte ich. »Ich kann es nicht glauben, aber wir wissen nicht, wo er steckt.«

»Ich weiß«, flüsterte sie.

Eine Zeit lang blieben wir so sitzen. Der Nebel in meinem Kopf wurde immer stärker. Vielleicht vom Vicodin. Vielleicht vom Stress dieses Tages. »Ich werde dich nicht enttäuschen, Andie. Das weißt du, oder? Wir werden einen Weg finden, ihn zu schnappen. Das verspreche ich, koste es, was es wolle.«

»Ich weiß«, wiederholte sie.

Diesmal hatte ich das Gefühl, dass sie mir glaubte.

76

Am nächsten Morgen wachte ich, in eine Decke gehüllt und mit Kissen unter dem Kopf, auf Andies Sofa auf. Ich musste los.

Ich warf einen Blick ins Schlafzimmer – Andie lag in ihrem Bett. Ich überlegte, eine Nachricht zu hinterlassen, doch ich setzte mich auf den Bettrand und strich über ihr Haar. Sie öffnete die Augen.

»Ich muss gehen.«

»Wohin?«, wollte sie wissen und schob unter der Decke ihre Hand auf meine zu.

»Ich habe dir gestern Abend was versprochen. Das muss ich einlösen.«

Andie nickte mit glänzenden Augen. »Komm her.«

Ihre verschlafene Stimme klang verführerisch, und plötzlich tat die Wunde gar nicht mehr weh. Kurz überlegte ich, mich auszuziehen und zu ihr ins Bett zu schlüpfen.

»Du hast was bei mir gut«, meinte ich und drückte ihre Hand.

»Da wird mir schon was einfallen. Wie geht's deiner Wunde?«

»Besser. Ich brauchte nur etwas Zuwendung.« Ich hob meinen Arm. Aber nicht allzu weit.

»Was wirst du tun, Nick?« Ihr Blick wurde etwas ernster.

Ich wusste, was ich als Erstes tun würde. Es war unmöglich, mich weiter im Abseits zu halten. »Den Unterricht schmeißen.« Ich lächelte, drückte zum Abschied ihre Schulter, stand auf und ging zur Tür.

»Pellisante«, rief sie mir hinterher.

»Ja?«

»Tu mir einen großen Gefallen. Versuche, dich nicht erschießen zu lassen. Auch nicht anschießen.«

»Wir sehen uns später.« Ich lächelte.

Ich fuhr nach Hause, um zu duschen und frische Kleider anzuziehen. Der Forschungsurlaub war gestrichen. Ich ging Richtung Javits-Messehallen, und als ich im Taxi saß, rief ich meine FBI-Kollegen an.

Von Cavello keine Spur. Das schockierte mich nicht. Ich wusste, dass er angesichts der perfekten Planung seiner Flucht nur schwer zu finden sein würde.

Doch wir hatten sein Fluchtfahrzeug gefunden. Der schwarze Bronco hatte in der Henry Street keine vier Blocks vom Gerichtsgebäude entfernt gestanden. Er war zwei Tage zuvor vom Parkplatz eines Einkaufszentrums in Staten Island gestohlen worden. Und auch die Nummernschilder waren geklaut. Wir hatten praktisch die gesamte Ostküste abriegeln lassen. Jeden Flughafen und jede Brücke. Jeden Hafen von Boston bis Baltimore.

Aber Cavello konnte mittlerweile überall sein.

»Da gibt's noch was anderes, Nick.« Ray Hughes stieß die Luft aus. »Ralph Denunziattas Schwester wurde gestern Abend tot aufgefunden. Sie wurde bei sich zu Hause erschossen – genau zwischen die Augen. Eine Nachbarin, die offenbar zu Besuch war, wurde auch erschossen.«

»O Gott!«

»Neun Millimeter. Dasselbe Kaliber, das im Gericht verwendet wurde. Wir warten auf den ballistischen Bericht. Aber es kommt noch schlimmer.«

»Schlimmer? Was kann denn noch Schlimmeres kommen?«

246

»Es war noch ein Kind da. Die Polizei fand Denunziattas einjährige Großnichte in der Küche.«

»Ach, komm schon, Ray.«

»Sie lebt. Aber hör dir das an: Sie hat schwere Brandwunden an Gesicht und Händen. Von kochendem Wasser, Nick. Was für einem durchgeknallten Monster jagen wir eigentlich hinterher? Auf den Latz der Kleinen war eine Nachricht geschrieben. Die Schriftsachverständigen schauen sich die Sache gerade an.«

Die Wut, die sich in mir aufbaute, brachte mich wieder schier zum Platzen. »Was steht auf dem Latz?«

»Da steht: ›Ich halte meine Versprechen.‹«

77

Ich kochte förmlich vor Wut.

Zu Hause nahm ich die geplante Dusche. Die ganze Zeit über dachte ich an Ralphies Schwester und dieses arme, kleine einjährige Mädchen. Als reichten all die anderen Dinge, die mich nahe an einen Ausbruch brachten, nicht bereits aus, kam jetzt auch noch dieser Horror dazu. In mein Handtuch gewickelt, saß ich da und betrachtete die Fotos von diesem Tier Cavello, die ich an die Küchenwand gehängt hatte. Die Stapel sinnlos angesammelter Beweise.

Bis ich es nicht mehr aushielt.

Ich zog mich an und holte meinen Saab von der Eleventh Avenue. Aber ich hatte nicht vor, ins Büro zu fahren.

Richtiges oder »angemessenes« Verhalten war mir ab jetzt egal.

Ich fuhr durch den Lincoln Tunnel und nahm auf der anderen Seite des Flusses die Route 3 nach Secaucus in New Jersey. Secaucus war die »Achselhöhle des Universums« – kilometerweit nur Autoschalter, kastenförmige Einkaufszentren und Schnellrestaurants, eingezwängt zwischen einem giftigen Sumpf und der gebührenpflichtigen Schnellstraße.

Nach etwa fünf Kilometern auf der Route 3 hielt ich vor einem düsteren, zweistöckigen Gebäude aus Schlackenstein, das ich sehr gut kannte. Vereinigte Arbeiter der Bauelektriker von New Jersey.

Local 407. Cavellos Laden.

Ich öffnete die Glastür und trat direkt auf die verblüffte

248

Empfangsdame zu, der ich meine FBI-Marke vor die Nase hielt. »Ich werde zu Frankie Delsavio hinaufgehen.«

Die Dame sprang auf. »Entschuldigen Sie, Sir, Sie können nicht einfach ...«

Ich wartete nicht, bis sie ihren Satz beendet hatte.

Zwei breitschultrige Männer, die dies als Teil ihrer Arbeitsplatzbeschreibung betrachteten, sprangen von ihren Stühlen auf und stellten sich mir in den Weg.

»Versuch's erst gar nicht«, drohte ich, als einer von ihnen seinen Arm ausstreckte. Vielleicht war das Funkeln in meinen Augen doch etwas zu deutlich. »Kapiert?«

»Mr. Delsavio ist nicht im Haus«, grunzte der Schläger, der aussah, als wäre er beim Vorsprechtermin für *Die Sopranos – der verdammte Riese* durchgerasselt.

Ich hielt ihm meinen Ausweis vors Gesicht. »Ich sage es nur einmal: Geh mir aus dem Weg.«

Angetrieben von reinem Adrenalin eilte ich die Treppe hinauf. Wahrscheinlich wussten schon alle im Haus Bescheid. FBIler platzten hier nicht alleine herein, ohne Verstärkung.

Im ersten Stock befanden sich die Büros der Gewerkschaft. Cavellos Leute, die gemütlich die Aufträge verteilten, taten nichts anderes, als Geld einzukassieren. Gefolgt von den beiden Deppen am Empfang, stürmte ich den Flur entlang. Ein paar Sekretärinnen hoben verwundert die Köpfe.

Ein anderer Kerl versperrte mir den Weg. Mit Sonnenbrille, den Kragen seines offenen Hemds über den Polyesteranzug gestülpt. »'tschuldigung, Sir!« Er schlug seine Jacke zurück und zeigte mir seine Waffe. Ich wartete nicht, bis er sie zog. Ich zog meine.

Während ich diesen Ganoven gegen die Wand schob,

hielt ich ihm zuerst die Mündung, dann meinen FBI-Ausweis unter die Nase. »Hier drauf steht: Ja, ich kann.«

Die Leute hinter ihren Schreibtischen erhoben sich. Die beiden Schläger aus der Eingangshalle hatten ihre Waffen gezogen.

»Dies ist ein rechtmäßiges, privates Unternehmen«, erklärte der Kerl an der Wand. »Das Büro unseres Firmenanwalts liegt am Ende des Flurs. Sie sind ohne Termin oder berechtigte geschäftliche Absicht hier. Zeigen Sie mir eine Vorladung oder einen Haftbefehl, Special Agent, oder verschwinden Sie.«

Ich drückte meine Waffe in seine Wange. »Ich habe darum gebeten, mit Frank Delsavio sprechen zu dürfen.«

»Wie Ihnen bereits gesagt wurde« – und dabei blickte er mir direkt in die Augen –, »ist Mr. Delsavio nicht im Haus. Sie können nicht mit ihm sprechen, wenn er nicht hier ist.«

Genau in dem Moment wurde am Ende des Flurs eine Tür geöffnet, und ein untersetzter Mann mit rötlichem Gesicht und sorgfältig über die Glatze gekämmtem Haar in kurzer Nylonjacke und offenem Karohemd kam heraus.

»Agent Pellisante«, grüßte mich Frank Delsavio mit krächzender Stimme. »Sallie, warum hast du nicht gesagt, dass Agent Pellisante hier ist? Ich bin gerade erst zurück. Kommen Sie in mein Büro. Wahrscheinlich hat niemand bemerkt, dass ich wieder hier bin.«

78

»Sind Sie immer noch Special Agent?« Delsavio grinste. »Oder sollte ich Sie vielleicht Professor nennen? Ich habe gehört, Sie unterrichten jetzt.«

Frankie war Dominic Cavellos Langzeit-Nummer-zwei, doch während der Abwesenheit seines Chefs hatte er das Sagen. Auf dem Familienorganigramm war er als der Unterboss bekannt und seit dreißig Jahren mit einer von Vito Genoveses Nichten verheiratet. Königswürde im Cosa-Nostra-Stil. Aber er war nicht unbedingt einer der fünf römischen Adoptivkaiser. Wahrscheinlich hatte er zehn bis zwanzig Morde in Auftrag gegeben, auf die wir ihn nicht festnageln konnten.

Ich folgte Frank in dessen Büro. Sein billiger Sperrholzschreibtisch war übersät mit Familienbildern. An den Wänden hingen ein paar miese Fotos von Italien und ein signiertes von Derek Jeter beim Essen in einem von Frankies Restaurants. In einer Ecke standen ein paar Zeichenrollen mit Bauplänen. Ich lächelte. Ich war mir nicht sicher, ob Frankie Delsavio überhaupt jemals in die Nähe einer Baustelle gekommen war.

»Sie müssen mich schon entschuldigen.« Er bedeutete mir, Platz zu nehmen. »Ich war ein paar Tage nicht hier. Musste runter nach Atlantic City und eine Baustelle überprüfen. Also«, er grinste affektiert, »wie läuft's denn mit dem Prozess?«

»Leck mich, du Kakerlake.« Ich packte ihn am Kragen, zog ihn aus seinem Ledersessel und drückte ihn gegen die Wand. »Ich will wissen, wo er ist.«

Ein paar Bücher und andere Sachen fielen zu Boden. Das Grinsen auf Frank Delsavios Gesicht verschwand. Dieser hier war kein kleiner Mann, und niemand, nicht einmal die Polizei, schubste ihn in der Gegend herum.

»Ich habe Sie als Freund eingeladen, Nicky Smiles. Da draußen sind ungefähr zwei Dutzend Leute, die nicht viel in ihrem Leben zu tun haben. Sie können Ihnen Ihren Kopf wegpusten. Sie sind nicht einmal im aktiven Dienst, Pellisante. Sind Sie sicher, dass Sie das hier wollen?«

»Ich habe mich nach Cavello erkundigt«, erinnerte ich ihn und drückte ihn noch fester gegen die Wand.

»Woher soll ich denn das wissen, Nicky. Ich habe doch gesagt, dass ich eine Zeit lang weg war. Abgesehen davon erzählt mir der Boss nicht von jeder kleinen Entscheidung, die er trifft.«

»Jede kleine Entscheidung.« Ich lächelte, während ich innerlich kochte. »Weißt du, Frankie, warum ich deinen beschissenen Laden nie geschlossen habe? Der einzige Grund war, weil du der Einzige bist, der hier Sinn für Humor hat. Ansonsten würdest du bereits auf deinen Prozess warten, so wie er. Aber ich werde dich einlochen, Frankie. Ich könnte es schon morgen tun. Wir haben genug Beweise, das schwöre ich. Wir werden dieses ganze Unternehmen hier dicht machen. Ihr werdet alle eure BMWs verlieren, eure fett bezahlten Jobs.«

»Wissen Sie, was ich glaube, Nicky?« Den Blick auf mich gerichtet, schüttelte er lächelnd den Kopf. »Ich glaube, im Moment haben Sie nicht die Macht, das zu tun. Ich glaube nicht einmal, dass Sie offiziell an diesem Fall arbeiten. Der einzige Grund, warum ich Sie hereingelassen habe, war der Respekt vor Ihrer letzten Position. Jetzt wäre ich Ihnen dankbar, wenn Sie mein Hemd losließen – bevor ich

252

unseren Anwalt hereinrufe und er Sie und das FBI mit einer Klage wegen Belästigung drankriegt. Das käme sicher nicht gut an bei Ihren Studenten.«

»Wir reden hier nicht darüber, zur Tagesordnung zurückzukehren, Frankie.« Ich packte noch fester zu. »Das hier ändert sich nicht. Das ist wie Bin Laden. Du wirst dich hüten, dich mit irgendwas in der Art zu beschäftigen. Ich gebe dir eine Woche, dann tue ich, was ich versprochen habe. Ich mache den Laden hier dicht.« Ich ließ sein Hemd los, blickte ihn aber immer noch an. »Es war ein einjähriges Kind, das dein Boss verbrüht hat, Frankie. Hätte deine Enkelin sein können.«

Delsavio rückte seinen Hemdkragen wieder zurecht. »Ich weiß nicht, wo Dominic Cavello steckt. Und das ist die Wahrheit. Und nur so nebenbei bemerkt, Nicky: Es besteht nicht die geringste Chance, dass es meine Enkelin hätte sein können. Weil ich ihn nie verpfeifen würde.« Dann grinste Delsavio und zuckte mit den Schultern. »Aber wenn er zufällig anruft oder mir eine Postkarte schickt, verspreche ich, dass Sie der Erste sind, dem ich Bescheid gebe. Noch vor seiner Frau und seinen Kindern, Nicky Smiles.« Er grinste. »Soll ich ihm was ausrichten, wenn er sich meldet?«

»Nur eine Kleinigkeit.« Ich strich Delsavios Jackett glatt. »Sag ihm, ich würde meine Versprechen auch halten.«

79

Eine Stunde später stand ich vor dem stellvertretenden Direktor Michael Cioffi, der das FBI-Büro in New York leitete. »Ich will wieder zurück«, sagte ich.

Cioffi war mein Chef. Er war derjenige, der mir nach meinem Angriff auf Cavello eine Auszeit verordnet hatte. Abgesehen von den politisch Orientierten in Washington war er der Ranghöchste beim FBI.

»Nick.« Er lehnte sich zurück. »Niemand macht Sie für das verantwortlich, was gestern passiert ist.«

»Darum geht es nicht, Mike. Es geht um Cavello. Und ich weiß beim FBI mehr über ihn als sonst jemand. Abgesehen davon wissen wir beide, dass ich für die Professorenlaufbahn ein bisschen zu spät dran bin.«

Cioffi lächelte. Er erhob sich und trat ans Fenster. Von dort aus hatte man einen Blick auf Ground Zero, den riesigen, leeren Platz. Dahinter erhob sich die Freiheitsstatue. »Wie geht's den Rippen?«

»Null Problemo.« Ich hob meine Arme. »Ich kriege ein dickes, fettes Lob, weil ich im Dienst verwundet wurde, und brauchte nicht mal über Nacht im Krankenhaus zu bleiben.«

»Genau das ist das Problem, Nick.« Cioffis Lächeln war diesmal angespannt, während er sich mit den Händen auf dem Fenstersims abstützte. »Eigentlich waren Sie gar nicht im Dienst. Ray ist schon seit Monaten damit beauftragt. Und im Moment ist die Kacke richtig am Dampfen.«

Ich erhob mich ebenfalls. »Es geht doch nicht um Ray,

Mike. Ich will ihm seinen Posten nicht streitig machen, sondern für ihn arbeiten. Teilen Sie mich wieder ein. Sie brauchen mich.« Ich blickte den Chef an, unter dem ich acht Jahre lang gedient hatte. »Ich brauche es, Mike.«

Cioffi blickte mich streng an. Ich wurde nicht schlau aus ihm. Er ging zu seinem Schreibtisch, wo er nach einer Akte griff, die wie ein Einsatzbericht aussah. »Ich habe gehört, Sie haben heute Morgen einem Gewerkschaftsbüro in New Jersey einen Besuch abgestattet. Sie sind nicht im aktiven Dienst, Nick. Sie können nicht einfach frei Schnauze herumlaufen. Wir haben Leute auf diesen Fall angesetzt, Nick. Es geht nicht, dass hinter deren Rücken gepfuscht wird.«

»Das verstehe ich, Mike. Deswegen will ich wieder zurück.«

Cioffi setzte sich. Ich wartete lediglich auf ein Nicken, doch er stieß nur lange und nachdenklich die Luft aus. »Ich kann nicht.«

»Sie können was nicht?« Hätte er eine Waffe gezogen und mir ein paar Hohlspitzgeschosse in die Brust gejagt, hätte ich sicher kein verdutzteres Gesicht gemacht.

»Mike?«

»Sie sind einer der Besten, die ich habe, Nick. Aber Sie haben zu wenig Abstand zu diesem Fall. Viel zu wenig. Sie sind viel zu emotional. Das hier ist keine Hexenverfolgung, Nick, sondern eine FBI-Ermittlung. Die Antwortet lautet nein.«

Mein Unterkiefer sank nach unten. Ich saß da, während sich die Worte einzeln in mein Hirn bohrten.

»Ich teile Sie einer anderen Aufgabe zu, wenn Sie wieder dabei sein wollen. Wall Street, Antiterror, egal was, Nick. Aber nicht für diesen Fall.«

Nicht für diesen Fall. Ein Schlag in die Magengrube. Jahrelang hatte ich diesen Bastard gejagt, hatte bei seiner Verhaftung zwei Männer verloren. Ich wollte keine andere Aufgabe. Verständnislos starrte ich Cioffi an. »Bitte, Mike ...«

»Nein.« Cioffi schüttelte wieder den Kopf. »Es tut mir leid, Nick, Sie sind draußen. Meine Entscheidung ist endgültig.«

80

Richard Nordeschenko hatte Washington, D.C., mit dem Flugzeug verlassen. Direkt vor der Nase der allmächtigen US-Regierung. Über London nach Tel Aviv. Dann war er an der Küste entlang nach Haifa gefahren.

Die Akazien blühten, als er in seinem auf seine Bedürfnisse angepassten Audi S6 das Karmelgebirge zu seinem Haus hoch über dem Mittelmeer hinauffuhr. Vor der Ausreise aus den Staaten hatte er seine Zusatzausweise verbrannt, weil er sie nie wieder brauchen würde.

»Vater!«, rief Pavel fröhlich, als Nordeschenko durch die Tür trat. Er war zwei Tage früher als erwartet zurück. Seine Frau Mira kam aus der Küche gerannt. »Richard! Bist du das?«

»Ja, ich bin's«, antwortete Nordeschenko. Er nahm beide fest in seine Arme. Noch vor drei Tagen war ungewiss, ob er sie je wiedersehen würde. »Ist das schön, wieder zu Hause zu sein.«

Das war es tatsächlich. Der Blick durch die Glastür auf das türkisfarbene Mittelmeer war wie ein Willkommensgruß, wie ein Stimmungsaufheller für ihn. Ebenso wie die zärtliche Umarmung seiner Familie. Er würde sie nie wieder täuschen. Er hatte so viel Geld, wie er brauchte – seine Karriere war zu Ende. Und schließlich war diese Art von Arbeit eher für junge Männer geeignet.

»Vater, schau mal.« Pavel zog ihn an der Hand. »Ich habe eine Verteidigung gegen Kasparows Spanische Eröffnung gefunden. Ich habe sie geknackt!«

»Was wir doch für einen Einstein großgezogen haben«, witzelte er mit Mira.

»Nein, was für einen Kasparow«, korrigierte ihn Pavel.

Der Junge zerrte ihn ins Zimmer. Nordeschenko war erschöpft. Nicht nur vom Flug. Er hatte Cavello in einem sicheren Haus in der Nähe von Baltimore abgesetzt. Das Schwein sollte in eine Kiste gepackt und auf einen Frachter verladen werden. Und wohin? Nordeschenko fand das Ziel einigermaßen belustigend. Selbst Interpol würde nicht auf die Idee kommen.

Er war glücklich, dass sich ihre Wege getrennt hatten. Dieses bösartige Tier tötete aus Sport, nicht fürs Geschäft oder aus Notwendigkeit. Es lag in seiner Natur. Damals in Russland hätte man auf ihn gespuckt und ihn einen Teufel genannt. Nun ja, Nordeschenko hatte seine Arbeit erledigt. Er hoffte, dieses Stück Dreck nie wieder in seinem Leben sehen zu müssen.

»Schau mal, Vater.« Pavel zog ihn zum Schachspiel, wo er einen damenseitigen Läufer anhob.

Nordeschenko nickte, allerdings nur zum Schein. Er war so unglaublich erschöpft. In den Figuren auf dem Brett erkannte er nur ein Durcheinander. Auch Schach war was für junge Männer. Doch er lächelte und wuschelte seinem Sohn im Haar. »Schau in der Tasche nach. Ich habe dir was mitgebracht«, sagte er.

Hastig öffnete der Junge die Verpackung und riss die Augen weit auf.

World Championship Poker. Pavel brach in helle Freude aus. »Komm«, sagte er und schob das Schachbrett zur Seite. »Wir spielen.«

»Mein kleiner Einstein will Poker spielen? Okay. Höchstens drei Spiele, bis einer gewonnen hat. Dann werde ich ungefähr eine Woche lang schlafen!« Als Nordeschenko einen Stuhl an den Tisch zog, erinnerte er sich an den großen Bluff, den er in New York abgezogen hatte und der schon eine Ewigkeit zurückzuliegen schien. »Und ich kann dir eine ziemlich gute Geschichte vom Pokern erzählen, Pavel.«

Seine Füße fühlten sich doppelt so dick an, wie sie waren. »Ich will nur noch schnell die Schuhe ausziehen.«

81

Eine ganze Woche lang verließ ich meine Wohnung kein einziges Mal. Immer wieder ließ ich das Band von Cavellos Flucht laufen. Die Szene im Fahrstuhl. Ich hatte sogar die Zeit gemessen – genau siebenundvierzig Sekunden. Ich sah es mir immer wieder an. Dann spulte ich es zurück. Und dann noch einmal. Und noch einmal.

Ab und zu klingelte das Telefon – der Arzt, der sich nach mir erkundigte; mein Abteilungsleiter vom College; das FBI, weil immerhin noch eine Untersuchung lief. Und Andie, die mich ein paarmal auf dem Handy anrief.

Schließlich ging ich nicht mehr ran, auch nicht ans Handy. Sah mir nur noch die Aufnahme an. Jedes Mal war es dasselbe. Cavello streckt die Hand aus und drückt den Knopf. Die beiden Marshals versuchen, ihn zu packen. Die Türen gleiten zur Seite. Der Mann mit Bart tritt ein und überrascht die Marshals. Keine Zeit, um zu reagieren. Er erledigt die beiden Marshals und zieht Cavello die Verkleidung über. Nur ein paar Sekunden später sind sie weg.

Ich konzentrierte mich auf den Kerl mit dem Bart. Holte sein Gesicht nah heran. Ich versuchte, mir jede Falte, jeden Gesichtszug zu merken. Dann blätterte ich die Fotos durch, die ich vom Heimatschutz erhalten hatte. Ich wusste nicht, wonach ich suchte. Aber irgendetwas mussten mir diese Bilder verraten.

Cavello war fort. Wahrscheinlich schon außer Landes. Man konnte aus Newark oder Baltimore mit einem Frachter verschwinden; man konnte auf irgendeinem Landestreifen in Mexiko in einen Privatjet steigen, ohne einen Flugplan einreichen zu müssen. Reisepässe ließen sich fälschen.

Immer wieder rief ich mir in Erinnerung, dass ich seit dreizehn Jahren beim FBI war. Es war meine Welt, mein Leben. Den Eid, den ich geschworen hatte, das Gesetz zu wahren – es war ein heiliger Eid.

Aber etwas, das Andie gesagt hatte, gab mir zu denken.

»Du kannst die Welt nicht verändern, nur weil du sie so haben möchtest«, hatte sie mir durch die Tür zugeflüstert.

Draußen war es wieder dunkel geworden. Ich nahm einen Schluck von meinem Bier und spulte das Band zurück.

Ich erinnerte mich, was ich ihr durch die Tür geantwortet hatte.

Ich kann es aber versuchen.

82

Ich zuckte zusammen, als es klingelte. Ich überlegte, einfach nicht zu reagieren. Beweg dich nicht, wer auch immer das ist, er geht wieder weg. Langsam nahm ich einen Schluck von meinem Bier.

Es wurde weiter geklingelt. Hartnäckig. Lästig. Nervenaufreibend.

»Nick. Jetzt mach schon auf. Sei kein Trottel.« Es war Andie.

Vielleicht schämte ich mich, sie zu sehen, weil ich ihr ein Versprechen gegeben hatte, das sich jetzt als leer erwies. Vielleicht hatte ich Angst, ihr noch mehr Schmerzen zu bereiten, sie mit hineinzuziehen, nachdem mir klar war, was ich tun wollte.

Sie klingelte weiter. »Nick, bitte. Du bist echt ein Wichser.«

Vielleicht weil ich wusste, dass ich mich Andie gegenüber nicht einfach wieder abgrenzen konnte, sobald ich die Tür öffnete. Vielleicht war es das, was mir ein bisschen Angst einjagte. Vielleicht auch ganz viel Angst.

Aber sie klebte an diesem verdammten Klingelknopf.

Ich hielt das Band an und ging in den Flur. Einen Moment blieb ich an der Tür stehen, unsicher, was ich tun sollte. Da klingelte sie wieder.

»Hey!«, rief ich schließlich und schob den Riegel zurück. »Ich bin ja schon da.«

Sie trug einen grünen Kapuzenpullover und Jeans. »Du siehst furchtbar aus«, meinte sie nur.

»Danke.« Ich ließ sie eintreten. »Wie …?«

»Du siehst aus, als hättest du seit einer Woche dieselben Klamotten an«, fiel sie mir ins Wort. »Und dich zu rasieren würde auch nichts schaden.«

»Wie hast du mich gefunden?«

Mit aufmerksamem Blick betrat sie meine Wohnung. »Meinst du, es gibt noch einen Agent Pellisante, der angeschossen ins Bellevue Hospital gebracht wurde? Du hast mich nicht zurückgerufen.«

»Du wärst eine gute Polizistin«, sagte ich und schlurfte ins Wohnzimmer.

»Du bist ein mieser Freund.«

»Du hast Recht. Entschuldige.«

»Entschuldigung nicht angenommen. Das hier könnte eine hübsche Wohnung sein.«

Sie zog ihren Mantel aus und hängte ihn samt ihrem Schal über einen Stuhl. Ich setzte mich auf die gepolsterte Armlehne des Sofas.

»Nachdem ich neulich von dir weggegangen bin, war ich beim FBI. Ich wollte mich wieder an den Ermittlungen beteiligen.«

»Okay.«

»Man sagte mir, ich sei draußen. Vom Fall abgezogen. Keine Chance, jemals wieder mitmachen zu dürfen.«

Andie blickte mich schockiert an. »Warum?«

»Zu emotional, hieß es. Zu wenig Abstand. Sie geben mir jeden anderen Fall, den ich haben will. Nur nicht diesen.«

»Das kommt mir ziemlich unfair vor. Was wirst du jetzt tun?«

Ich schaute zu ihr auf. Zu ihren mitfühlend blickenden Augen. Zum Pullover, der sich mit ihren Atemzügen ausdehnte und wieder zusammenzog. »Ich weiß es wirklich nicht, Andie.«

»Weißt du was?« Sie stellte sich direkt vor mich, legte ihre Hände um mein Gesicht. »Du bist tatsächlich viel zu emotional, Pellisante. Und hast zu wenig Abstand.«

Sie strich mit ihren Lippen über meine Wange. Über meine Augen, über meine Lippen. Ich zog sie zu mir heran. Ihr Mund war weich und warm, schmeckte köstlich. Diesmal war sie es, die mich leidenschaftlich küsste. Meine Hand glitt unter ihren Pullover. Über ihren BH. Jeder Nerv in meinem Körper war angespannt und erregt. Meine Nackenhaare stellten sich auf. Andie hatte sehr weiche Haut, sehr hübsche Brüste.

Sie knöpfte mein Hemd auf, während sie mich küsste. Ein Knopf riss ab. Sie ließ ihre Zunge über meine Schultern und meine Brust gleiten, leckte entlang der Narbe. Schließlich zog sie ihren Pullover über ihren Kopf. War es falsch? Sollten wir uns lieber zurückhalten? Nein, es spielte keine Rolle mehr.

Ich öffnete ihre Hose, während ich sie zum Sofa zog. Sie mühte sich mit meiner Hose ab, ihr Haar fiel über mein Gesicht, als sie mich wieder küsste.

»Ich glaube, wir brauchen einander, Nick«, flüsterte sie und berührte meine Wange mit ihren Lippen. »Egal, warum, es ist einfach so.«

Ich befreite mich von meiner Hose und legte mich wieder aufs Sofa, zog ihren weichen Körper auf meinen. Schließlich war ich in ihr, und es fühlte sich alles andere als falsch an. Wir begannen, uns gegeneinander, miteinander zu bewegen.

»Da will ich dir gar nicht widersprechen. Ich bin froh, dass du gekommen bist.«

»Noch nicht ... aber gleich.«

83

Das erste Mal taten wir es wie zwei ausgehungerte Menschen, die nicht genug voneinander bekommen konnten. Die seit langem mit niemandem mehr zusammen gewesen waren. Was zufällig auch der Wahrheit entsprach. Hemmungslos, wild und verschwitzt legten wir ein halsbrecherisches Tempo an den Tag, Fleisch klatschte auf Fleisch. Ich glaube, wir kamen ungefähr gleichzeitig, umklammerten unsere Hände, blickten einander in die Augen und verliebten uns vielleicht bereits.

»Oh, Jesses.« Erschöpft, mit schweißnassem Körper und feuchtem Haar brach Andie auf mir zusammen. »Das war schon lange überfällig, oder?«

»Ja«, keuchte ich. »Überfällig.«

Das zweite Mal war um einiges sanfter. Wir zogen mit einer Flasche Prosecco ins Schlafzimmer um, im CD-Spieler lag eine Tori Amos. Diesmal ging es langsam und viel romantischer zu, zumindest was meiner Vorstellung von Romantik entsprach.

Es war wie ein langsamer Tanz. Beinahe fanden wir diesen perfekten Rhythmus. Beide waren wir glitschig nass. Ich liebte es.

Beim dritten Mal griffen wir auf die Methode von *numero uno* zurück. Hatten uns nicht mehr unter Kontrolle. Es war die heißeste Nummer. Vielleicht die beste. Ich glaube, wir hatten uns beide schon viel zu lange danach gesehnt.

Beim vierten …

Ja gut, ein viertes Mal gab es nicht. Wir waren beide leer und erschöpft. Ineinander verschlungen, lagen wir einfach da, Andies Herz pochte gegen meine Brust. Auch das liebte ich.

»Nicht, dass du den falschen Eindruck bekommst«, flüsterte sie. »So einfach bin ich nicht rumzukriegen. Normalerweise gebe ich frühestens nach der zweiten Verhandlung auf.«

»Ich auch«, erwiderte ich schwer atmend. »Sofern wir nicht vorher zu einer einvernehmlichen Lösung gekommen sind.«

Erschöpft, wie ich war, strengte es mich schon an, nur ihr Haar mit einem Finger zu streicheln.

»Ich habe das vorhin ernst gemeint«, flüsterte sie nach einer Weile. »Ich weiß, wie sehr du dir Cavello schnappen willst. Und ich weiß, wie sehr es nach dem, was neulich passiert ist, wehtut. Ich weiß, wie es sich anfühlt, wenn einem das, was man in seinem Leben am liebsten hat, genommen wird.«

»Ich weiß, dass du das tust«, sagte ich und zog sie eng an mich.

»Ich will damit sagen, dass das, was zwischen uns passiert, auch ohne das passiert wäre, Nick. Okay?«

»Andie, ich werde mich nicht wieder ins Büro vom FBI setzen und mich mit der Hinterziehung von Unternehmenssteuern beschäftigen. Ich kann nicht. Ich werde mir Cavello schnappen. Mit der Hilfe des FBI oder ohne. Für dich, für mich … das ist egal. Ich finde nicht eher Ruhe, bis die Sache erledigt ist.«

»Und ich?« Sie zuckte mit den Schultern. »Bin ich auch irgendwie darin verwickelt?«

»Du?« Ich stützte mich auf dem Ellbogen ab und lächelte.

»Ja, ich glaube, irgendwie sind wir im Moment ineinander verwickelt.«

»Das meine ich ernst. Was passiert denn jetzt?«

»Jetzt?« Ich wusste keine Antwort. Diese unglaubliche Anziehungskraft zwischen uns machte mir Angst. Eigentlich hatte ich das Gefühl, wieder zum Leben zu erwachen. Plötzlich waren wir wieder bei der Sache, als meine Hände sie streichelten und Andie ihre Fingernägel immer weiter abwärts kreisen ließ.

»Jetzt« – ich legte mich auf sie –, »glaube ich, kommt die Nummer vier.«

84

Andie und ich schliefen in den nächsten Tagen noch mehrmals miteinander. Aus vier wurden sieben, aus sieben wurden zehn Tage, aber keiner von uns zählte sie wirklich oder tat etwas anderes derart Rationales. Ein paarmal zogen wir uns sogar an und gingen raus, um etwas zu essen oder einen Kaffee zu trinken. Aber mehr als eines Blickes bedurfte es nicht. *Dieses Blickes.* Und schon rannten wir wieder nach Hause.

Vielleicht brauchten wir beide diesen Kitzel. Nachdem wir uns mit dem Auftauen lange Zeit gelassen hatten, konnte ich kaum meine Hände von Andie lassen. Ich konnte es nicht abwarten, Andie neben mir zu spüren, mit ihr zu verschmelzen. Ich wollte nicht von ihr getrennt sein. Cavello konnte eine Weile warten, nur dieses eine Mal. Es war, als hätte jemand den Hahn weit aufgedreht, um das Wasser ungehindert fließen zu lassen. Wir brauchten es beide. Aber die Atempause währte nicht lange.

Seit Tagen war ich nicht mehr ans Telefon gegangen. Wenn jemand anrief, hörten wir über den Anrufbeantworter zu und taten so, als käme die Stimme von einem Ort, der Millionen von Kilometern entfernt war.

Bis dieser eine Anruf kam. Die Stimme ließ mich vor Überraschung erstarren.

»Hey, Pellisante.« Dieser affektierte Jersey-Akzent war ungefähr das Letzte, was ich erwartet hatte.

Ich wirbelte herum und griff zum Telefon. »Frankie?«

»Nicky Smiles.« Frank Delsavio tat, als redete er mit einem verloren geglaubten Freund. »Erinnern Sie sich an die

Postkarte, über die ich geredet habe? Von unserem gemeinsamen Freund?«

»Ich weiß, von wem du redest, Frank.«

»Na, es ist so weit. Ich habe eine bekommen. Ist das nicht gut?«

Ich erhob mich. »Wo ist er, Frank?« Es war mehr eine Forderung als eine Frage.

»Wo er ist?« Delsavio gluckste, als fände er es lustig, mich hinzuhalten. »Er ist am Ende der Welt, Nicky. Er hat gesagt, das soll ich Ihnen sagen.« Dieser Wichser begann zu lachen. »Das soll ich Ihnen sagen – am Ende dieser verdammten Welt, Nicky Smiles.«

Vielleicht wusste er es. Vielleicht wusste er, dass ich nicht mehr dabei war, dass ich ihn nicht packen konnte, egal, was er sagte oder tat. Ich ballte meine Hände zu Fäusten und spürte, wie das Blut durch meine Adern pulsierte.

»Ich habe ihm gesagt, Sie müssten es wissen und es sei dringend«, fuhr Frank Delsavio immer noch kichernd fort. »Er hat gesagt, ich soll Ihnen Grüße bestellen. Er wollte auch ganz sicher sein, dass ich es in genau diesen Worten sage: Am Ende der Welt. ›Komm und hol mich, Nicky Smiles.‹«

Teil drei

Der Aal

85

Man weiß nie, wann der Durchbruch kommt, dieser eine Hinweis, der den Fall von Grund auf ändert. Gewöhnlich ist es kein Aha-Erlebnis. Die Erkenntnis schleicht sich ein, wenn man mit jemandem redet, oder kurz vorm Einschlafen. Manchmal ist es einfach nur einer jener Momente. Ein Fleck am Sternenhimmel, der urplötzlich Gestalt annimmt und erstaunlich klar wird.

Bei mir setzte dieser Moment ein, als ich mir das Gerichtsvideo anschaute. Diese siebenundvierzig Sekunden, die ich so viele Male gesehen hatte.

Ein Kumpel aus meiner alten Abteilung, der C-10, hielt mich in Erinnerung an frühere Zeiten über die Ermittlungen auf dem Laufenden. Eine Gerichtsangestellte namens Monica Ann Romano war am Tag nach Cavellos Flucht ermordet aufgefunden worden. Laut Aussage ihrer Mutter war sie mit jemandem zusammen gewesen, den weder die Mutter noch Anns Freunde auf der Arbeit je gesehen hatten. Doch die Mutter wusste, dass er mit Akzent sprach. Die Polizei dachte, sie könnte erpresst worden sein, um die Waffe ins Gericht zu schmuggeln.

Der Fluchtwagen war auf der Suche nach Fingerabdrücken und DNS-Spuren auseinandergenommen worden. Auch im Haus, in dem Denunziattas Schwester ermordet worden war, war nichts zu finden gewesen. Das Viertel in Paterson in New Jersey war eingehend untersucht, das gesamte Material der Mautstellenkameras auf der I-95 unter die Lupe genommen worden.

Es war mitten in der Nacht, als ich es fand. Ich hatte nicht schlafen können.

Ich saß an meinem Schreibtisch am Rechner und ging die Gerichtsaufnahme vielleicht zum tausendsten Mal durch. Ich hatte das Gesicht des Kerls ausgedruckt, um es Ogilov zu zeigen und ihn mit dem unter Druck zu setzen, was mir zur Verfügung stand. Was so gut wie nichts war.

Ich ließ das Band zu Ende laufen. Meine Lider wurden schwer. Es war schon zwei Uhr durch, ich brauchte etwas Schlaf, aber wollte das Band trotzdem wieder zurückspulen.

Doch plötzlich hielt ich mitten in der Bewegung inne.

Ich blinzelte.

Es war tatsächlich dieses Aha-Erlebnis – Heureka! –, als hätte ich gerade ein Mittel gegen Krebs oder ein tödliches Virus gefunden. Da war es!

Ich beugte mich nach vorne und zoomte mit Hilfe der Fernbedienung auf den Komplizen mit dem Bart. Aber diesmal nicht auf sein Gesicht – oder die Waffe oder seine Armbanduhr, alles Dinge, die sich mir ins Gedächtnis eingebrannt hatten.

Auf die Schuhe dieses Hurensohnes.

Ich holte die Schuhe nahe heran, riss die Augen weit auf. An der Ferse befand sich gut erkennbar ein Logo.

Eine Art Kreis, der von einer Wellenlinie geteilt wurde.

Mein Gott, Nick! Warum hast du das nicht schon vorher bemerkt?

Ich kannte diese Schuhe.

Mein Herz begann zu rasen. Drei Jahre zuvor hatte ich eine Reise in den Nahen Osten gemacht, um Inspektoren auszubilden.

Die Schuhe wurden in Israel hergestellt. Für die israeli-
sche Armee. Für besonderen Halt.

Ich hatte sie sogar selbst getragen, als ich dort gewesen
war.

86

Cavellos Komplize musste Israeli sein. Endlich hatte ich etwas in der Hand.

Der Frust, dass mir dieser schwarze Bronco entwischt war, verblasste.

Der Morgen rückte näher. Ich trank noch eine Tasse starken Kaffee, um mich wach zu halten, dann ging ich die Bücher mit den Terrorverdächtigen vom Heimatschutz noch einmal durch. Endlich hatte ich etwas, worauf ich mich konzentrieren konnte. Die Nadel im Heuhaufen war etwas größer geworden. Die meisten Fotos zeigten Männer aus dem Nahen Osten, aber diese überblätterte ich. Ich suchte nach einem Europäer. Ich wusste ungefähr, wie groß und schwer der Mann war.

Drei Uhr wurde zu halb vier. Dann vier. Es waren unzählige Bücher, die ich durchsehen musste. Hunderte von Pakistanis, baskischen Separatisten, al-Qaida-Sympathisanten und Mitgliedern der FALN oder IRA. Alle standen irgendwie unter Terrorverdacht. Bei allen ging man davon aus, dass sie irgendwann das Land betreten hatten. Viele kannten sich mit Sprengstoffen aus. Aus vier Uhr wurde fünf, und ohne dass ich es merkte, begann es draußen zu dämmern.

An einem der Bilder blieb ich hängen. Vielleicht hatte ich es vorher übersehen, schon zigmal überblättert.

Der Mann hatte kurzes, graubraunes Haar und slawische Gesichtszüge. Ernste, graue Augen.

Russe – aber das war nicht das Einzige, das mich interessierte.

276

Er war Exmitglied der Spetsnaz-Brigade. Spezialeinheit der Armee. Er war in Tschetschenien stationiert gewesen. 1997 hatte er sich unerlaubt von der Truppe entfernt. Lange Zeit blieb er einfach verschwunden. Man ging davon aus, dass er zu den Rebellen übergewechselt war.

Remlikov, Kolya.

Ich zog die Akte heraus.

Er war in mehrere mafiaähnliche Morde in Russland und Europa verwickelt gewesen – an einem korrupten Polizeiinspektor in St. Petersburg, einem Verbrecher in Moskau, der als Zeuge ausgesagt hatte. Er wurde auch gesucht, weil man ihm wegen der in aller Öffentlichkeit durchgeführten Ermordung des venezolanischen Ölministers vor einem Jahr in Paris ein paar Fragen stellen wollte.

Aber nicht sein zugegebenermaßen viel versprechender Lebenslauf war das, was mir wirklich den Atem stocken ließ. Auch nicht der brütende Blick seiner dunklen Augen.

Es war, dass er verwundet worden war, in Tschetschenien. Sein rechtes Bein war von einem Granatsplitter getroffen worden. Es hieß, er hinke immer noch.

Ich dachte über diese Schuhe nach.

Ich hielt ein kleines Foto neben den Bildschirm.

Heiliger Strohsack! Es war weit hergeholt, aber es konnte sein.

Ich blickte zur Uhr – schon fünf durch. Hier würde nichts passieren, aber auf einer anderen Seite des Globus war es Zeit zum Mittagessen.

Ich zog die Schreibtischschublade auf und blätterte die Stapel von Visitenkarten durch, die ich mit Gummibändern zusammenhielt. Irgendwo hatte ich eine Nummer von der Antiterrorabteilung des russischen Geheimdienstes. Diese hatte ich verwendet, wenn ich mir einen Auftragsmörder ausliefern lassen wollte, der für die russische Mafia gearbeitet hatte und wieder nach Hause geflohen war. Hektisch durchsuchte ich die Karten, bis ich die richtige gefunden hatte. Lt. Yuri Plakhov. Inlandsgeheimdienst der russischen Föderation. Ich wählte die dreizehnstellige Nummer, betete, dass er an seinem Schreibtisch saß. Und mein Gebet wurde erhört.

»Plakhov, *vot*.«

»Yuri, hallo. Vielleicht erinnern Sie sich an mich.« Ich stellte mich vor und erklärte, wer ich war. Wie gut, dass ich diesen Anruf nicht vom FBI aus tätigen musste.

»Sicher erinnere ich mich an Sie, Inspector.« Yuri Plakhov sprach fließend Englisch. »Wir haben doch Ihren Mafioso aufgespürt, Federev, oder?«

»Gutes Gedächtnis, Yuri«, beglückwünschte ich ihn. »Jetzt hätte ich gerne, dass Sie jemand anderen in Ihren Akten aufspüren.« Ich nannte ihm den Namen.

»Rem-li-kov?«, wiederholte er gedehnt. »Das sagt mir was.« Er tippte den Namen ein. »Ist es bei Ihnen drüben nicht noch ein bisschen früh, Inspector?«

»Ja«, antwortete ich knapp. Ich hatte keine Lust zu plaudern.

»Hier ist er, Inspector. Remlikov, Kolya. Gesucht in Zusammenhang mit mehreren Morden in Russland und Europa. Ziemlich dicke Akte. Unter anderem steht er im Verdacht, ein ganzes Gebäude in Volgodonsk zum Einsturz gebracht zu haben, in dem ein Regierungsbeamter wohnte. Vierundzwanzig Menschen wurden getötet.«

Mein Adrenalinspiegel stieg auf ungeahnte Höhen an. »Wie finde ich diesen Mann, Yuri?«

»Leider kann ich Ihnen seine Mobilnummer nicht geben,

Inspector.« Plakhov kicherte. »Es ist klar, dass er mehrere Identitäten und Ausweise benutzt. Estländisch, bulgarisch. Er hieß Kristich, Danilov oder Mastarch. Wir glauben, er war letztes Jahr in Paris, als dieser venezolanische Ölminister getötet wurde. Die Spur verliert sich. Ich bezweifle, dass er sich in Russland aufhält. Es heißt, er ist hier als der *eh-oop* bekannt, der Aal. Sehr glitschig, verstehen Sie? Ich kann Ihnen eine Aufnahme von den Fingerabdrücken rüberschicken, wenn Sie möchten.«

»Gerne«, erwiderte ich. Der Aal. Ein schleimiger, widerlicher Aal. Die Puzzleteile fügten sich zusammen. »Wo könnte ich mit der Suche anfangen, Yuri?«

Er schwieg einen Moment, während er in seiner Datei weiter nach unten scrollte. »Vielleicht in Ihrem eigenen Außenministerium, Inspector. Nach dem zu urteilen, was ich hier sehe, könnten die Ihnen besser helfen als wir.«

Das Außenministerium. Unser Außenministerium. »Warum das?«

»Wegen Remlikovs letztem Aufenthaltsort. Man geht davon aus, dass er in Israel lebt, Inspector.«

87

Endlich hatte ich etwas, worauf ich mich konzentrieren konnte. Das Bartgesicht hatte einen Namen und eine Geschichte. Kurz nach dem Anruf kamen Remlikovs Fingerabdrücke per Fax, doch meine Augen waren einfach zugefallen.

Ich schlief bis um neun, dann rasierte ich mich und duschte, bevor ich einen ehemaligen FBI-Kollegen anrief und fragte, ob er sich gegen zehn mit mir treffen könnte.

Senil Chumra war ein molliger, liebenswürdiger Inder, dessen Büro nicht im offiziellen FBI-Gebäude in der Innenstadt lag, sondern in einem nichts sagenden Lagergebäude oben an der 18th Street und 10th Avenue mit Blick auf den Fluss. Chumra leitete einen Spezialbereich des FBI, den wir mit CAF bezeichneten.

Computer Assisted Forensics.

Diese Jungs konnten E-Mails aufspüren, in Computer eindringen, sich einen Weg durch kodierte Passwörter bahnen oder komplizierte Verschiebungen von Bargeld auf Auslandskonten nachverfolgen. Ich hatte mit ihm zusammengearbeitet, um die Zahlungen von Gewerkschaftsgeldern auf Cavellos Konto auf den Caymaninseln aufzuspüren. Ein anderes Talent von Senil war die Manipulation von Digitalbildern.

»Hallo, Nick.« Senil strahlte übers ganze Gesicht, als ich durch die Tür seines Labors trat. Die Techniker mochten es, wenn einer der so genannten berühmten Jungs bei ihnen auftauchte. »Hab dich schon eine Weile nicht gesehen. Wo hast du gesteckt?«

»Mir geht's ganz gut, Chummie«, log ich. »Viel zu tun.«
Diese Technikkönige hatten sich ihren eigenen Kokon ge-
sponnen, also bestand kaum die Chance, dass er wusste,
was mit mir los war – oder, in diesem Fall, nicht mit mir
los war. »Hast du die E-Mail bekommen, die ich dir geschickt habe?«

»Habe ich.« Er rollte vielleicht ein wenig enttäuscht hinüber zu seinem Mac-Bildschirm. »Hab's hier hochgeladen.«
Als Senil mit der Maus klickte, sprang Cavellos bärtiger
Komplize auf den Bildschirm. »Okay, Nick, was soll ich
für dich tun?«

»Ich möchte das Bild ändern, Chummie, um zu sehen,
ob es zu jemandem passt, den ich kenne.«

Er nickte, beugte sich zum Bildschirm vor und ließ seine
Fingerknöchel knacken. Nach einem weiteren Mausklick
erschien ein Gitter über dem Bild. »Schieß los.«

»Zuerst muss der Bart weg.«

»Das ist einfach.« Senil tippte ein paar Koordinaten ein,
woraufhin das Bild auf ein kleines Quadrat vom Gesicht
des Verdächtigen reduziert wurde. Mit dem Cursor mar-
kierte er die Umrisse des Barts.

»Woran arbeitest du derzeit?«, erkundigte er sich währenddessen. »Die Sache mit Cavello wurde für euch C-10-
Jungs ziemlich brenzlig. Was meinst du, hat er sein Gesicht verändert?«

»So was in der Art«, meinte ich, ohne auf seine Neugier
näher einzugehen. »Ist nur eine Ahnung.«

»Eine Ahnung.« Er seufzte und ließ das Thema fallen.
»Diesen Vorgang nennen wir ›Transplantation‹«, erklärte
er, während er den Bart um das Kinn herum wegradierte.
»Im Grunde genommen eliminieren wir einen Bereich –
eine Hauttönung, eine Narbe, in diesem Fall einen Bart …«

Und schon hatte der Verdächtige ein glattes Gesicht. »Dann geht's ans Transplantieren.« Senil kopierte ein Stück Haut, füllte damit den überarbeiteten Teil aus und glättete die Ränder. »Ausschneiden und einfügen.«

»Das ist gut«, sagte ich und beugte mich über seine Schulter. »Was meinst du, sollen wir versuchen, seine Haare zu verändern? Ganz kurz geschnitten, nur wenige Millimeter lang. Und ein bisschen dunkler.«

»Du meinst, so?« Er klickte auf ein Symbol, um ein Menü mit mehreren Frisuren zu öffnen. Daraus wählte er eine, die meiner Beschreibung am nächsten kam, und legte sie über das neu gestaltete Gesicht.

»Der Haaransatz muss noch ein Stück nach hinten. An den Seiten.«

Chummie begann, wieder mit dem Cursor herumzuspielen.

»Ja, genau so. Und, können wir jetzt noch die Brille entsorgen?«

»Schneller als in der Laserklinik.« Er grinste. »Und billiger.« Etwa eine Minute dauerte der Vorgang.

Die Brille verschwand.

»Eins a!«, rief ich. Das Bild haute mich fast um.

»Noch was, Nick? Wenn du nicht zufrieden bist, gib mir Bescheid. Ich lasse ihn so aussehen, wie du willst.«

»Nein, Chummie.« Ich klopfte ihm auf die Schulter. »Ich glaube, wir sind fertig.«

Ich nahm das Bild von Kolya Remlikov heraus, das Yuri Plakhov mir gefaxt hatte, und hielt es neben das veränderte Gesicht von Cavellos Komplizen.

»Bingo«, sagte Senil Chumra.

Die beiden Männer waren identisch.

88

Meine dreizehnjährige Laufbahn bei einer der bürokratischsten Ermittlungsbehörden der Welt sagte mir, ich solle direkt zum Javits-Gebäude fahren und das, was ich gefunden hatte, Cioffi auf den Schreibtisch werfen.

Es bestanden kaum Zweifel, dass Kolya Remlikov der Mann war, der Cavello befreit hatte.

Ich kam nur bis zur Ecke, wo ich mir ein Taxi nehmen wollte. Dann hielt mich irgendetwas zurück. Ich wusste nicht genau, was.

Vielleicht war es der Gedanke, Remlikov genau denjenigen zu übergeben, die ihn hatten laufen lassen. Oder das plötzliche Bewusstsein, wie schwierig es sich beweisen lassen würde – bestimmte Kanäle nutzen, ihn verhören. Welche Ermittlungsbehörden würden daran beteiligt werden? Würde man mich daran beteiligen? Eine undichte Stelle, und Remlikov würde verschwinden. Und mit ihm Cavello. Wo stünden wir dann?

Ich hatte so viele Jahre damit zugebracht, das Richtige zu tun. Plötzlich schien das Richtige nicht mehr ganz so richtig zu sein.

Ich winkte das Taxi weiter.

Ich ging zurück, lehnte mich einen Moment an die Hauswand und versuchte zu entscheiden, was das Richtige war. Und dann traf es mich wie der Blitz. Für einen Lehrer in Kriminalethik bist du gerade dabei, was ganz Dummes zu tun, sagte ich mir.

Ich suchte in meinem BlackBerry die Nummer von Steve

Bushnagel heraus und rief ihn an, um mich nach seinen Plänen fürs Mittagessen zu erkundigen. Steve war mittlerweile Partner in einer Rechtsanwaltskanzlei, beriet aber das FBI. Er war Experte auf den Gebieten Auslieferung und internationales Recht.

»Mittagessen? Wo?«, fragte Bushnagel.

»Schnell und billig«, antwortete ich. »Du bist eingeladen.«

»Wie schnell?«

»Spring in den Fahrstuhl. Ich stehe gleich vor der Tür.«

Als er durch die Tür des großen Glashochhauses auf der 6th Avenue trat, lehnte ich an einem Fahrzeug und hielt ihm zwei Hotdogs hin. »Ketchup oder Senf?«

»Ich will mich ja nicht unbedingt wie ein Rechtsanwalt aufführen – aber wie wär's mit beidem?«

Wir setzten uns an einer belebten Ecke auf eine Mauer. »Steve, ich möchte an jemanden rankommen, der nach Israel geflohen ist.«

»Rankommen?«

»Ich will, dass er zurückkommt.«

Bushnagel nahm einen Bissen. »Reden wir von einem Flüchtling oder einem israelischen Bürger?«

»Bürger, befürchte ich. Er lebt schon eine Weile dort.«

»Und diese Verbrechen, wegen denen du ihn hier haben willst, wurden in den Vereinigten Staaten verübt, nicht in Israel?«

»Wir unterhalten uns nur, Steve, ja?«

Er wedelte mit dem Hotdog in meine Richtung. »Ich versichere dir, für genauere Auskünfte bezahlst du mir nicht genug.«

Ich grinste. »Okay. Dann könnten wir noch über ein paar andere Sachen in Russland und Frankreich reden.«

»Hmpf«, machte Bushnagel. »Die Israelis sind kooperativ – bis zu einem gewissen Grad. Erinnerst du dich an Jonathan Pollard? Wir haben ihn 1985 wegen Spionage verhaftet – in den Augen der Israelis ungerechtfertigt. Zwanzig Jahre lang haben sie versucht, ihn zurückzubekommen. Und dieser Elektroniktyp, der nach Israel geflohen war? Der ›Verrückte Eddie‹, Eddie Antar? Du weißt, wie lange es gedauert hat, bis er ausgeliefert wurde. Natürlich kommt es darauf an, wovon wir hier tatsächlich reden.«

»Soll heißen?«

»In der Welt nach dem 11. September.« Bushnagel zuckte mit den Schultern. »Wollen die Israelis was von uns? Sind andere Regierungen beteiligt? Sieh mal, Nick, ich bin doch nicht zum Volltrottel mutiert, nachdem ich aus dem Staatsdienst ausgeschieden bin. Ich weiß, hier geht's nicht um Steuerhinterziehung. Sind die Beweise stichhaltig, gestattet man dir sicher, ihn zu verhören. Aber wie und wie lange, das steht in den Sternen. Wie dringend ist es denn?«

»Äußerst dringend.« Ich zuckte bedrückt mit den Schultern. »Und es ist inoffiziell.«

»Das ist es immer. Du musst aber auch die staatliche Seite mit einkalkulieren. Hat die Sache einen Vorteil für die Israelis? Zielen sie auf einen Handel mit uns ab? Wollen sie mit den Russen oder Franzosen verhandeln, bevor sie ihn ausliefern? Die Angelegenheit ist heikel, Nick – und ich glaube nicht, dass du speziell dieses Fach besonders gut beherrschst.«

Ich nickte.

»Angenommen, du kriegst ihn zu fassen. Es sind eine Menge Leute daran beteiligt. Aber was als Nächstes passiert, weiß niemand. Es besteht immer die Chance, dass getrödelt wird und der Kerl entwischt. Dann siehst du ihn nie wieder.«

Ich schüttelte den Kopf. »Das Risiko kann ich nicht eingehen.«

»Ich verstehe.« Bushnagel nickte. »Das Problem ist, eine andere Möglichkeit gibt es nicht.«

»In der realen Welt, ja.« Ich nickte und knüllte das Hotdogpapier zusammen.

Sicher überlegte Steve, warum ich zu ihm gekommen war. Er war schon vor langer Zeit aus dem Staatsdienst ausgeschieden, und es gab eine Menge Anwälte der Regierung, die mit einem solchen Fall umzugehen wussten. »Nur so am Rande gefragt, Nick« – er blickte mich forschend an –, »gibt es denn noch eine andere als die reale Welt?«

89

Ich fuhr mit dem Fingernagel über Andies Rücken nach unten.

»Nicht.« Sie erschauderte und rutschte nah zu mir heran. Ich hatte die ganze Nacht nachgedacht. Seit meinem Gespräch mit Steve Bushnagel. In der realen Welt, das wusste ich, hätte ich Remlikov verhaftet und das Verhör geleitet. Er hätte Cavello verraten, den ich mir geschnappt hätte. Das wäre meine Aufgabe gewesen. Allerdings war die »reale Welt« in letzter Zeit viel komplizierter geworden.

Wieder ließ ich meine Finger über Andies Rücken gleiten. Diesmal drehte sie sich zu mir um und stützte sich auf einem Arm ab. Sie merkte, dass etwas nicht stimmte. »Was ist denn los?«

»Könnte sein, dass ich eine Spur habe«, begann ich. »Zu dem Mann, der den Bus in die Luft gejagt hat.«

Andie setzte sich auf. Die Müdigkeit war aus ihren Augen verschwunden. »Wovon redest du, Nick?«

»Ich zeig's dir.«

Ich griff zu dem Schnellhefter, der auf dem Nachttisch lag, und breitete mehrere Schwarzweißfotos auf der Bettdecke aus: die Fotos vom Heimatschutz von Kolya Remlikov und diejenigen, die mir Yuri Plakhov geschickt hatte.

»Er heißt Remlikov«, erklärte ich. »Er ist Russe und ein bezahlter Mörder. Zudem ein besonders guter. Er hat einen sehr blutigen Lebenslauf. Ich glaube, Cavello ist über die Russenmafia an ihn geraten, und er lebt wahrscheinlich in Israel.«

287

Andie riss die Augen weit auf. Ich legte das Foto daneben, das Chummie in seinem Labor manipuliert hatte und den Mann im Fahrstuhl ohne Verkleidung zeigte. Andies Augen wurden noch größer. Sie nahm das Bild in die Hand und betrachtete lange das kantige, dunkelhäutige Gesicht.

»Wieso glaubst du, er wäre derjenige, der den Bus in die Luft gejagt hat?«

»Wegen dem hier.« Ich zog die beiden letzten Fotos aus der Mappe. Das erste war dasjenige, das ich Senil gegeben hatte. Aber das zweite hatte ich nach stundenlanger Suche in den Aufnahmen der Sicherheitskameras im Gericht entdeckt. Die Aufnahmen stammten nicht vom Tage der Flucht, sondern waren einige Zeit vorher aufgenommen worden.

Während Cavellos erstem Prozess.

»Lass die Koteletten und die Brille weg.« Ich legte ein aufbereitetes Bild daneben.

»O mein Gott!« Mit zusammengepressten Lippen griff sie danach. Sie wirkte verletzt und verblüfft. Dann füllten sich ihre Augen mit Tränen.

»Warum hast du sie mir vorenthalten?«, fragte sie, das Gesicht von mir abgewandt.

»Habe ich nicht. Ich habe diese Fotos erst heute bekommen.«

»Und was passiert jetzt? Gibst du sie deinen Leuten?«, fragte sie aufgeregt. »Sie werden ihn sich schnappen? So wird's doch laufen, oder?«

»Ich weiß nicht. Könnte sein, dass es nicht so einfach ist. Man muss mit den Israelis Kontakt aufnehmen. Die Regierungen schalten sich ein. Festgelegte Vorgehensweisen. Diese Art von Beweis ist höchst spekulativ. Fotos lassen sich manipulieren. Man weiß nie, was passieren wird.«

»Was heißt hier, du weißt nicht? Dieser Mann hat Bundesmarshals getötet, und er hat Cavello zur Flucht verholfen. Er hat einen vollbesetzten Geschworenenbus in die Luft gejagt. Er hat meinen Jungen getötet.«

»Ich weiß. Aber es ist kompliziert, Andie. Remlikov ist ausländischer Bürger. Es müssen andere Regierungen beteiligt werden. Andere Ermittlungsbehörden. Dann müssen die Israelis der Auslieferung zustimmen.«

»Was redest du da, Nick?« Panik zeigte sich in ihren Augen. »Sie können sich diesen Kerl holen. Sie wissen, wo er ist. Das sind deine Leute, Nick. Was meint denn das FBI dazu?«

Ich schüttelte den Kopf und wartete eine Sekunde, bevor ich weiterredete. »Das FBI weiß darüber noch nicht Bescheid.«

Sie blinzelte wie ein Boxer, der nach einem kräftigen Schlag wieder einen klaren Kopf bekommen wollte. »Was redest du da, Nick?«, fragte sie und sah mich an, um schon in meinem Blick eine Antwort zu finden.

»Ich meine, ein Mann wie er würde in der Sekunde verschwinden, in der er mitbekommt, dass jemand hinter ihm her ist. Und in dem Moment, in dem Cavello herausfindet, dass wir ihm auf der Spur sind, ist er ebenfalls weg.« Mein Blick war klar. »Wir haben Cavello zweimal verloren. Ein drittes Mal wird das nicht passieren.«

Ich glaube, in dem Moment war ihr klar, worauf ich abzielte. Die Zornesröte verschwand aus ihrem Gesicht. Als sie mich wieder ansah, hatte sie verstanden, was für eine Art von Mann ich war.

»Ich habe dir gesagt, ich würde ihn mir schnappen, Andie.«

Sie nickte. »Ich werde nicht weiter nachfragen, Nick. Du

sollst nur wissen, dass ich dabei bin, koste es, was es wolle. Hast du das verstanden?«

»Die Sache muss ich alleine durchziehen«, entgegnete ich. »In so eine Geschichte willst du sicher nicht verwickelt werden.«

»Doch.« Andie lächelte müde. »In diesem Fall hast du Unrecht. Ich weiß genau, was du zu tun hast, Nick. Und ich bin bereits darin verwickelt.«

»Aber anders.« Ich würde in ein anderes Land gehen müssen – und mich fernab aller Gesetze bewegen.

»Auch nicht anders als hier, Nick. In jeder Hinsicht.« Sie griff zu Remlikovs Foto. »Ich habe meinen Sohn verloren. Ich habe es auch auf Cavello abgesehen.«

»Du weißt, was da drüben passieren wird? Du weißt, wovon wir reden, Andie?«

Sie nickte. »Ja.« Dann legte sie ihren Kopf an meine Brust. »Ich weiß, was passieren wird, Nick. Ich bete, dass es passieren wird.«

»Wir brechen in zwei Tagen auf«, sagte ich.

90

Der schlanke Mann mit der Brille mit Schildpattgestell lehnte sich auf der Parkbank nach hinten und blickte mich an. »Diese Fingerabdrücke, die du mir geschickt hast – woher hast du sie?«

Charlie Harpering und ich waren alte Freunde. Wir saßen in Five Points, dem legendären Viertel aus *Gangs of New York,* auf einer winzigen Parkbank gegenüber vom Gericht. Charlie hatte viele Jahre beim FBI gearbeitet, bevor er zum Heimatschutz gewechselt war. Von ihm hatte ich all die Unterlagen erhalten.

»Ist doch egal, woher ich sie habe. Ich muss nur wissen, ob es eine Übereinstimmung gibt.«

Harpering sah mich lange und eindringlich an. Worum ich ihn bat – alle normalen Kanäle und Verfahren zu umgehen, um mir Informationen auszuhändigen, die er vielleicht seinem Chef nicht geben würde –, war viel, auch für einen Freund.

»Du weißt, dass ich damit meine wohlverdiente Pension aufs Spiel setze.«

»Vertrau mir.« Ich warf ihm ein breites Lächeln zu. »Die Rentenzeit wird viel zu sehr überbewertet. Das hier ist wichtig, Charlie. Gab es eine Übereinstimmung?«

Er stieß einen Seufzer aus, öffnete seinen Aktenkoffer und legte einen Ordner auf seinen Schoß. »Ja, es gab eine Übereinstimmung.«

Er öffnete den Ordner. Zuoberst lag eine vergrößerte Aufnahme der Fingerabdrücke, die mir Yuri Plakhov gefaxt hatte.

»Sie gehören einem Esten«, erklärte Harpering. »Stephan Kollich. Er kam am 12. April mit einem Handelsvisum über den John F. Kennedy Airport ins Land.«

Am 12. April. Cavello wurde sechs Tage später aus dem Gerichtsgebäude befreit.

Jetzt war ich mir völlig sicher. Remlikov war hier gewesen.

»Du siehst, er ist sieben Tage später wieder abgereist.« Harpering deutete auf eine Stelle weiter unten. Ein Tag nach der Flucht! »Nach London. Von Washington aus.«

»Und von dort aus wohin?«, wollte ich wissen.

»Mehr weiß ich auch nicht. Tut mir leid.« Er zuckte mit den Schultern. »Wahrscheinlich ist er unter einem anderen Namen weitergereist.«

»Danke, Charles.« Ich tippte ihm auf die Brust. »Hier.« Ich reichte ihm eine Einkaufstasche mit den Unterlagen, die ich von ihm erhalten hatte. »Ich werde sie nicht mehr brauchen.«

Er stellte die Tasche zwischen seine Beine. »Was, zum Teufel, hast du vor, Nick? Du weißt, ich habe das aus Freundschaft getan. Mit allen anderen Kollegen säße ich jetzt in einem FBI-Büro. Wer ist der Kerl?«

»Sagen wir, ich strebe einen Wechsel meiner Karriere an. Ich sage dir später, ob es gut oder schlecht war.«

Harpering zog die Nase hoch und ergab sich seinem Schicksal. »Ich verstehe, was du mit der Rente meinst. Dann kann ich dir genauso gut helfen, Nick – egal, wobei.«

»Was willst du damit sagen?«

Er nahm zwei weitere Blätter aus seinem Koffer und schob sie zur Akte. »Kollichs Visumsantrag. In Erinnerung alter Zeiten. Und nebenbei bemerkt, er wurde nicht in Tallinn in Estland gestellt, Nick, sondern in Tel Aviv.«

Ich blinzelte. »Jesses.«

»Und es kommt noch besser.« Harpering ließ die Akte auf meinen Schoß fallen. »Natürlich nur für den Fall, dass du versuchst, ihn zu finden. Viel Glück, Nick.« Harpering erhob sich. »Gib dem Schwein von mir einen Tritt in die Eier.«

Ich blickte auf meine neue Akte hinab. Auf dem Visumsantrag stand eine Adresse. Yehudi Street 225.

Haifa.

91

Richard Nordeschenko dachte auf der Terrasse mit seinem Sohn über einen Schachzug nach, als an der Haustür geklingelt wurde.

Weil Mira beim Einkaufen war, bat er Pavel, an die Tür zu gehen.

Nordeschenko genoss sein neues Leben. Er hatte sein Mobiltelefon ins Meer geworfen und den zwei Kontakten, denen er noch vertraute, gesagt, er arbeite nicht mehr. Endgültig.

Jeden Tag ging er im Mittelmeer schwimmen. Er holte seinen Sohn von der Schule ab und brachte ihn zum Schachspielen, abends führte er Mira in die schicken Läden und Cafés im Karmel-Center aus. Er versuchte zu verdrängen, dass er erst vor ein paar Wochen ungestraft bei einem Verbrechen davongekommen war, das die Titelseiten aller Zeitungen gefüllt hatte.

»Vater! Da ist ein Mann!«

Langsam stemmte sich Nordeschenko aus seinem Sessel und ging ins Wohnzimmer. Es hätte genauso gut ein Mossad-Agent sein können, den er dort stehen sah.

»Hallo, Remi.«

»Was machst du denn hier?« Nordeschenko schnappte nach Luft und wurde aschfahl im Gesicht. Reichardt war zu ihm nach Hause gekommen.

»Ich reise umher, Remi. Ein paar Sehenswürdigkeiten anschauen. Die Gastfreundschaft alter Freunde ausnutzen.«

Er wandte sich an Pavel. »Geh zurück zum Schachbrett, mein Sohn. Ich habe meinen Zug gemacht.«

Der Junge zögerte.

»Geh, habe ich gesagt«, wies Nordeschenko ihn in schärferem Ton an.

Pavel schluckte. »Ja, Vater.«

Als der Junge gegangen war, wandte sich Nordeschenko wieder dem Mann an der Tür zu. Er spürte, wie seine Anspannung zunahm. »Bist du wahnsinnig? Komm rein, schnell.« Er blickte über Reichardts Schulter auf die Straße. »Bist du sicher, dass dir niemand gefolgt ist?«

»Entspann dich, Remi«, beruhigte ihn Reichardt. »Ich bin über drei Länder eingereist. Ich bin schon so lange im Geschäft wie du. Du hast einen hübschen Sohn.«

»Hier heiße ich nicht Remi.« Nordeschenko blickte ihn streng an. »Ich heiße Richard.«

Reichardt trat ein und stieß angesichts des sensationellen Ausblicks einen bewundernden Pfiff aus. »Das Geschäft muss gut laufen, Richard.«

»Das Geschäft ist beendet«, meinte Nordeschenko. »Und damit eins schon mal klar ist: Meine Frau und mein Sohn ...«

»Keine Sorge«, wimmelte Reichardt ab. »Ich werde nicht zur Last fallen. Du hast gesagt, dies hier sei der ruhigste Ort der Welt. Es werden nur ein paar Tage sein. Bis sich die Welt beruhigt hat.«

Das war etwas, was Nordeschenko nicht gefiel. Es verletzte alle vereinbarten Regeln. Aber hatte er eine Wahl? Es gab keine Möglichkeit, ihn und Reichardt mit den USA oder auch miteinander in Verbindung zu bringen.

»Also gut«, räumte Nordeschenko ein. »Nur ein paar Tage.«

»Danke. Allerdings hast du eine Sache missverstanden, Remi.«

»Und die wäre?«, fragte Nordeschenko und schnappte sich eine von Reichardts Taschen.

»Unser Geschäft.« Reichardt seufzte. »Es ist nie zu Ende.«

92

Der Lautsprecher knackte. »Delta Flug 8976 nach Tel Aviv – das Flugzeug steht zum Einstieg bereit.«

Ich wartete an Flugsteig 77 und schaute mich suchend um. Mein Herz raste. Ein Blick auf meine Uhr. Ich musste an Bord, ob mit oder ohne Andie.

Wo steckte sie?

Vielleicht hatte sie es sich anders überlegt. Das wäre in Ordnung, sagte ich mir. Es wäre schlau von ihr, sich aus der Sache rauszuhalten. Es wäre schlau von ihr, mich das tun zu lassen, was getan werden musste.

»Alle Sitzreihen, Delta Flug 8976 nach Tel Aviv«, meldete die Stimme im Lautsprecher.

Ich hatte keinen konkreten Plan, hatte keine Ahnung, was ich nach der Landung tun sollte. Woher auch? Ich wusste lediglich, dass ich Kolya Remlikov finden und dazu bringen wollte, mir zu verraten, wo Cavello steckte. Ohne professionelle Höflichkeit, ohne Genfer Konvention. Ich würde ihm die Mündung meiner Waffe in den Mund stecken und den Hahn spannen. Ich würde ihm eine Kugel durch die Kniescheibe jagen, wenn es sein müsste. Er würde reden. Die Frage war nur: Und dann?

Eine schwarz gekleidete chassidische Familie eilte erleichtert an mir vorbei zum Einstieg. Sie schienen die Letzten zu sein. Ich blickte den Gang hinunter. Nichts. Ich hängte mir das Handgepäck über die Schulter, um an Bord zu gehen.

Es war doch besser so, oder?

Dann sah ich sie. Sie kam auf mich zugerannt, war immer noch ein gutes Stück entfernt.

Ich war erleichtert. Wem hatte ich eigentlich was vormachen wollen? Ich wünschte mir doch, dass sie mitkam.

Andie trug eine rote Lederjacke, ihr Haar steckte unter einer Kappe der Knicks – Jarrods Kappe –, über ihrer Schulter hing eine Reisetasche. Sie war unglaublich schön. Und tapfer. Auf einmal war mir klar, dass ich diese Sache nicht hätte alleine durchziehen können. Ich wollte sie bei mir haben. Sie gab mir das Gefühl, dass es richtig war, was ich tat.

»Eins lass uns klarstellen«, versuchte ich einen Witz zu reißen, als sie mich erreicht hatte. »Wenn das hier der Altar wäre, würden wir uns jetzt die Kosten für die Hochzeitsfeier zurückerstatten lassen.«

»Tut mir leid, Nick. Ich musste mich noch verabschieden. Von Jarrod.«

Das brachte mich schnell zum Schweigen.

Sie schüttelte reumütig den Kopf. »Eigentlich saß ich die letzte Stunde am Terminal neben dem Burger King.«

»Um es dir noch mal zu überlegen?«

»Ich weiß nicht, vielleicht. Aber über eins bin ich mir ganz sicher. Ich liebe dich, Nick.«

Ich stand da und blickte in ihre glänzenden Augen. Ich nickte und legte sanft meine Hand an ihre Wange. »Genau das habe ich auch gedacht. Dass ich dich liebe. Dass ich ohne dich nicht ins Flugzeug steigen könnte.«

»Mir war klar, dass du das neulich abends sagen wolltest, als du so rumgestottert hast.«

Der Lautsprecher unterbrach uns – der letzte Aufruf, an Bord zu gehen. Wir standen noch da, während die Angestellten begannen, den Schalter zu schließen.

»Und, was machen wir jetzt?« Ich zuckte mit den Schultern und trat unsicher von einem Bein aufs andere.

Andie kam mit ernstem Blick einen Schritt auf mich zu und ergriff meine Hand.

»Einsteigen. Wir verreisen gemeinsam, Nick. Ist das nicht aufregend?«

Teil vier

Haifa

93

Wäre ich mir meiner Liebe zu Andie DeGrasse nicht sicher gewesen, hätte der Flug nach Israel alle Zweifel ausgeräumt. Die meiste Zeit saßen wir Händchen haltend nebeneinander. Ich spürte einen stetigen Fluss von ihr zu mir. Sie schlief, den Kopf an meine Schulter gelehnt. Sie stärkte mir den Rücken. Sie gab mir den Mut, das zu tun, was ich für das Richtige hielt.

Unseren ersten Abend in Tel Aviv verbrachten wir beim Essen in einem ruhigen Café auf der Shenkin Street, wo wir gegen den Jetlag ankämpften. In unserem Hotelzimmer schliefen wir miteinander und versuchten, zumindest für einen Abend, zu vergessen, warum wir hier waren. Am nächsten Morgen wollten wir nach Haifa fahren.

Die Fahrt dauerte nur etwa eineinhalb Stunden. Entlang der Küste kamen wir durch mehrere Orte hindurch. Aber die Schönheit von Haifa überraschte mich. Die Stadt erstreckte sich malerisch am Abhang des Karmelgebirges. Ganz unten befanden sich der Hafen und die Altstadt mit ihren antiken, von Kreuzfahrern errichteten Steinmauern. Auf halber Höhe lag das geschäftige Zentrum mit den Bäckereien, Basaren und modernen Geschäften, und darüber wohnten die Reichen der Stadt.

Dort oben standen moderne Hotels, feudale Häuser mit traumhaftem Blick übers Mittelmeer und schicke Restaurants und Geschäfte auf Prachtstraßen.

Auch Kolya Remlikov wohnte hier oben.

Natürlich war Remlikov in Haifa unter einem anderen Namen gemeldet, der aber keine Rolle spielte. Wir brachten unser Gepäck ins Dan Panorama Hotel. Der Blick aus dem vierundzwanzigsten Stock war umwerfend.

»Es ist wunderschön«, schwärmte Andie und schaute aus dem Fenster.

»Das ist es.« Ich nickte und legte meine Hände auf ihre Schultern. »Denk aber daran, warum wir hier sind.«

»Aber deswegen können wir uns doch die Zeit gönnen, um im Mittelmeer zu schwimmen.«

»Geh ruhig.« Ich nahm ein paar Sachen aus meinem Koffer: ein Fernglas, eine Landkarte, meine Waffe, die registriert war. »Ich bin bald wieder da.«

»Nick.« Andie drehte sich mit besorgtem Blick zu mir. »Tu nichts ohne mich. Versprochen?«

»Immer mit der Ruhe.« Ich lächelte. »Ich gehe mich nur umschauen. Versprochen.«

Ich hatte einen Ford gemietet, der vor dem Hotel stand, und setzte mich ans Steuer, wo ich die Karte wieder zusammenfaltete. Ich hatte mir diese Route so oft im Voraus angeschaut und kannte den Weg schon auswendig.

Yehudi Street 225.

Ich fuhr den Berg auf dem Yefe Nof weiter hinauf, einem kleinen Weg, der am Hotel vorbeiführte. Dort oben lag das Karmel-Center – Parks, Museen, schicke Cafés. Von hier aus wand sich die Straße in immer enger werdenden Kurven mit Blick aufs Meer hinauf. Ich bog auf die Hayem, dann an der Vashar Street ab. Hier oben gab es teure Häuser mit spektakulärem Ausblick. Aber ich fuhr noch höher. Die Straße klebte an der felsigen Seite des Karmelgebirges. Das leuchtende Mittelmeer lag über dreihundert Meter unter mir.

Schließlich fand ich die Yehudi Street. Es war eine ruhige Wohnstraße mit umwerfendem Blick. Die Nummer

225, ein weißes, zeitgenössisches Flachdachhaus mit gepflasterter Einfahrt, lag weiter hinten. Wut stieg wieder in mir auf, als ich daran vorbeifuhr. Hinter der nächsten Kurve blieb ich an einer Stelle stehen, an der ich mich unbeobachtet glaubte. Dort stieg ich aus und blickte durchs Fernglas zum Haus zurück.

Das Haus war teuer. Für Mord bekommt man immer ein hübsches Sümmchen bezahlt. Es war keine Menschenseele zu sehen, weder vor noch im Haus. In der Einfahrt stand ein blauer Minivan, ein europäisches Modell.

Nachdem ich das Grundstück ein paar Minuten beobachtet hatte, war mir klar, dass ich besser weiterfahren sollte, weil in diesem reichen Viertel wahrscheinlich Polizisten ihre Runden drehten. Ich konnte zwar immer behaupten, ich wäre wegen der Aussicht hier, aber es war nicht gut, allzu lange hier herumzuhängen.

Plötzlich wurde das Garagentor geöffnet.

Ein weißer Audi fuhr rückwärts heraus. Ich holte ihn mit dem Fernglas heran. Die Scheiben waren getönt, aber die auf der Fahrerseite war nach unten gekurbelt.

Er war es! Remlikov! Er trug eine Sonnenbrille, doch ich erkannte ihn sofort. Mein Herz machte einen Satz, als hätte es einen Elektroschock verpasst bekommen.

Er saß nicht alleine im Wagen. Ich schwenkte das Fernglas ein Stück zur Seite. Es war ein Junge. Auf dem Beifahrersitz. Er sah aus wie zehn, vielleicht etwas älter. Als der Audi in der Einfahrt wendete, hatte ich einen perfekten Blick auf Remlikov.

Jetzt habe ich dich, Remlikov, du Schwein!

Der Audi bog auf die Yehudi Street und fuhr davon.

Ich blieb noch einige Minuten stehen und machte mir Notizen zum Haus. Ich wollte ihm noch nicht folgen. Das hatte ich Andie versprochen. Ich stieg wieder in meinen Wagen und fuhr ebenfalls los.

Als ich am Haus vorbeikam, hielt ich kurz vor dem Briefkasten an und zog die Klappe auf. Rasch siebte ich die Post durch und schnappte mir die unauffälligste Werbesendung, die ich finden konnte. Auch in Israel wurde man mit Werbung versorgt.

Als ich ins Hotel zurückkam, lag Andie auf dem Bett, wo sie gerade ein Nickerchen machte. Sie drehte sich zu mir. »Was hast du herausgefunden?«

»Ich habe mir das Haus angesehen. Es liegt ganz in der Nähe. Ich zeige es dir morgen.«

Andie setzte sich auf und nickte etwas zögernd.

»Und das hier.« Ich warf den Brief zu ihr aufs Bett, ein Werbeschreiben eines örtlichen Teppichreinigers. »Ein Andenken. Er heißt nicht Remlikov oder Kollich.

Er heißt Richard Nordeschenko.«

94

»Schau!« Nick deutete auf das moderne Haus mit den vielen Fenstern hundert Meter unter ihnen. »Das ist er! Das ist Remlikov.«

Andie spähte durchs Fernglas und entdeckte den Mann – dünn, dunkel, nicht allzu groß, nicht allzu Furcht einflößend. Wut schnürte ihr die Brust zu.

Sie hatte nicht gewusst, wie sie sich beim Anblick des Mannes fühlen würde, der ihren Sohn getötet hatte. Und jetzt, da es passierte und sie nur hundert Meter von ihm entfernt war, wusste sie: Es war nicht das, was sie wollte. Ihr Magen zog sich zusammen.

»Ich sehe ihn.« Andies Finger umklammerten das Fernglas noch fester. Nick hinter ihr drückte ihren Arm.

»Kommt er dir bekannt vor?«

»Nein.« Sie wünschte, er täte es. Sie wollte tiefen Hass für ihn empfinden. Abscheu. Irgendetwas. Das war also der Mann, der ihre Welt zerstört hatte? Wieder schüttelte sie den Kopf. »Nein, den habe ich noch nie gesehen.«

»Er wohnt dort mit seiner Frau und seinem Sohn.«

»Er hat einen Sohn?« Das hatte Andie nicht erwartet. Wusste seine Familie Bescheid über die abscheulichen Dinge, die er getan hatte? Wussten sie davon, während sie beim Essen zusammensaßen oder Ball spielten oder sonst etwas taten? Wie konnte jemand, der ein Kind hatte, solche grausamen Dinge tun?

»Er verlässt das Haus jeden Tag um diese Uhrzeit«, erzählte Nick, der durch sein eigenes Fernglas spähte. »Um vier Uhr. Er bringt seinen Sohn weg.«

»Nick.« Andie nahm das Fernglas herunter und blickte ihn mit tränennassen Augen an. »Ich glaube nicht, dass ich das tun kann. Ich müsste diesen Mann hassen. Ich müsste sehen, was er mir angetan hat. Ich weiß, was wir von ihm brauchen. Es ist nur so, dass … du Drecksau«, schimpfte sie in Richtung des Hauses, bevor sie den Blick abwandte.

»Tu einfach, was du tun musst«, sagte sie wütend. »Du hattest Recht. Du *hast* Recht.«

Plötzlich wurde das Garagentor wieder geöffnet. Nick blickte auf die Uhr. »Es geht los.«

Der Mann, der ihren Sohn getötet hatte, trat durch die Tür, die vom Haus in die Garage führte. Er trug ein weißes, kurzärmeliges Hemd, eine braune Hose und eine Sonnenbrille. Kurz blickte er sich um, dann stieg er in den Audi und startete ihn.

»Jeden Tag zur selben Zeit. Da ist der Junge.«

Andie drehte sich ein Stück und hob das Fernglas wieder an die Augen. Der Junge konnte nicht älter als elf oder zwölf sein. Etwas älter, als Jarrod gewesen war. Er ist unschuldig, sagte sie sich, egal, was der Vater getan hatte. »Wohin fahren sie?«

»Ich weiß nicht. Ich möchte ihnen folgen. Ist das in Ordnung für dich?«

Andie nickte. Dieser Wichser. Dieses Schwein. Wie konnte er den liebenden Vater spielen, wenn er wusste, was er getan hatte?

Der Junge ging auf den Wagen zu, der rückwärts aus der Garage fuhr.

Andie holte den Jungen mit dem Fernglas näher heran. Er trug ein Buch und etwas, das wie ein Laptop aussah. Der Umschlag des Buches war zu erkennen. Sie wusste nicht, warum sie sich dafür interessierte.

Schach.

Der Junge stieg ins Auto.

»Komm«, forderte Nick sie auf und warf sein Fernglas auf den Rücksitz. »Fahren wir. Ich will nicht allzu weit hinter ihnen zurückbleiben.«

Andie nickte und wollte schon das Fernglas weglegen, beobachtete aber noch einen Moment länger den Wagen, der die Auffahrt hinunterfuhr.

Als wäre sie in ein Becken mit eiskaltem Wasser gefallen, rief sie: »O mein Gott, Nick!«

Bei dem Schock über das, was sie gerade gesehen hatte, wurde ihr übel. Sie begann zu schwitzen, als die schrecklichen Bilder in ihrer Erinnerung aufblitzten. »O nein!«

»Was ist los?« Nick stellte den Schalthebel wieder auf Parken.

»Schau ins Haus!« Ihr Kiefer verkrampfte sich, und ihr Mund war so trocken, dass sie kaum sprechen konnte. »Siehst du den Mann?«

Nick nahm ihr das Fernglas ab.

Er sah einen Mann, der, die Hände in die Hüften gestemmt, in Trainingshose und weißem Guinness-T-Shirt neben dem Fenster stand und dem Wagen hinterherblickte.

»Das ist er!« Andie wurde kreidebleich im Gesicht. Sie sah in ihrer Erinnerung sein langes, blondes Haar. »Das ist der Mann, der von dem Transporter weggelaufen ist!«

95

Am nächsten Tag blieb Andie im Hotel, während ich Remlikov beschattete. Ich folgte ihm und seinem Sohn den Berg hinunter zum Schachunterricht auf der Hassan Street im Stadtzentrum.

In der Nacht hielt ich sie fest in meinen Armen. Der Anblick dieses Mannes hatte alle Erinnerungen zurückgeholt – den Bus, die Explosion, Jarrod. Ich sah in ihrem Gesicht denselben Schmerz wie am Tag in der Notaufnahme, an dem alles passiert war.

In dieser Nacht lag sie hellwach in der Dunkelheit, obwohl ich dachte, dass sie schlief. Ein- oder zweimal spürte ich, wie sie erschauderte, sich von mir abwandte und ihren Kopf ins Kissen drückte. »Es ist in Ordnung«, flüsterte ich und legte meine Arme um sie, um ihr Kraft zu geben. Doch ich wusste, dass es nicht in Ordnung war. Ich wusste, der Schmerz war wieder aufgebrochen. Dieses Gesicht aus der Vergangenheit hatte alles kompliziert gemacht.

In der nächsten Nacht lag ich kurz vor Morgengrauen wach im Bett und beobachtete, wie das erste Licht ins Zimmer drang.

»Weißt du, wie du es anstellen wirst?«, fragte Andie wie aus dem Nichts.

»Ja.« Ich drehte mich zu ihr.

Ich hatte einen Plan, hatte allerdings Angst, ihn ihr mitzuteilen. Ich wusste, sie würde ihn nicht gutheißen.

Wir mussten an Remlikov herankommen. Das Problem war, dass er nur selten das Haus verließ. Ich konnte nicht einfach mit gezückter Waffe dort hineinplatzen. Wir brauchten Remlikov lebend. Ich wusste, es gab nur eine Möglichkeit – ein Druckmittel.

Den Jungen.

Uns blieb nichts anderes übrig, aber ich wusste, wie schwierig es für Andie sein würde. Außerdem brauchte ich ihre Hilfe. Also erzählte ich ihr, was wir tun mussten – und dass es den Jungen betraf.

»Es wird gefährlich werden«, erklärte ich und stützte mich auf dem Ellbogen ab.

Ich wusste genau, um was ich sie bat. Der Junge war unschuldig, genauso wie es Jarrod gewesen war. Aber wir mussten über das, was Remlikov am meisten liebte, an ihn herankommen – genauso wie er das von ihr genommen hatte, was sie am meisten geliebt hatte.

»Nick.« Sie schüttelte den Kopf. »Das kann ich nicht tun.«

»Wir bitten ihn nicht um einen Gefallen, Andie. Wir erzwingen Informationen von einem Mörder, der uns beide töten könnte. Dies ist seine einzige verwundbare Stelle. Bevor wir herkamen, habe ich dir gesagt, wie schwierig es werden wird.«

»Weißt du, um was du mich da bittest? Du bittest mich, einer anderen Mutter dasselbe anzutun, was mir passiert ist.«

»Ich weiß, worum ich dich bitte, Andie.« Ich streckte meine Hand nach ihr aus. »Ich bin kein Mörder, Andie. Aber diese Leute sind es.«

Sie blickte mich an, als glaubte sie, ich wäre zu der gleichen Gewalt und Bosheit in der Lage wie diejenigen, die ihr den Sohn weggenommen hatten.

»Ich gebe dir mein Wort: Egal, was passiert, dem Jungen wird kein Leid zugefügt.«

»O doch, das wird es. Das wird es.«

Ich fuhr mit meiner Hand durch ihr Haar, strich ein paar Strähnen aus ihrem Gesicht. »Ich brauche dein Ja, Andie. Ich brauche deine Hilfe, um das zu tun.«

»Und wenn ich nicht ja sage?«

»Dann gehen wir. Wir steigen ins Flugzeug und fliegen wieder nach Hause. Wir werden Cavello vergessen.«

Andie sog die Luft ein und legte ihre Arme um ihre Knie. »Und wenn ich ja sage? Was passiert hinterher?«

»Wir lassen den Jungen wieder laufen, Andie. Wir lassen ihn laufen.«

Sie schüttelte den Kopf. »Ich meinte, mit Remlikov. Und dem Blonden.«

»Ich weiß es nicht.« Ich sagte die Wahrheit.

Sie nickte, und nach einer Weile ließ sie sich in meine Richtung kippen. »Ihm darf nichts geschehen«, verlangte sie. »Der Junge …«

»Natürlich nicht.« Ich umarmte sie. »Das verspreche ich.«

96

Pavel Nordeschenko war zwölf Jahre alt und hatte keine Lust mehr, sich ständig von seinem Vater in die Stadt fahren lassen zu müssen.

Andere Jungs in seinem Alter fuhren mit der U-Bahn. Manchmal, wenn sein Vater auf einer seiner vielen Reisen unterwegs war, ließ ihn seine Mutter mit dem Bus fahren. Dann verbrachte er ein paar Minuten in den belebten, engen Straßen der Altstadt, weit weg von dem weitläufigen Karmel-Center und seiner Straße mit dem unverbauten Ausblick aufs Mittelmeer.

Hier unten, wo Abhramovs Akademie lag, herrschte das pure Leben auf den Straßen! Sie waren erfüllt vom Geruch nach Lederwaren, Gewürzen und arabischen Bäckereien, vom Lärm der Händler, die ihre Waren im Basar feilboten.

Sein Vater war immer überängstlich. Wenn Pavel mit seinen Freunden ins Kino oder an den Strand gehen wollte, sagte Vater immer: »Man kann nie genug aufpassen.« Wovor hatte er solche Angst? Seine Mutter gewährte ihm manchmal einen freien Tag, aber sein Vater brachte ihn jeden Tag in die Akademie, als ginge er zum Religionsunterricht.

»Nächste Woche findet in Tel Aviv ein Turnier statt«, erzählte sein Vater, als sie gemächlich durch die überfüllten Straßen fuhren. »Würdest du gerne teilnehmen?«

Pavel zuckte mit den Schultern. Turniere bedeuteten Arbeit und mehr Zeit, um sich vorzubereiten.

»Es kommen auch Schachmeister aus anderen Ländern. Sergei denkt, du bist schon so weit. Was meinst du?«

»Na ja.« Pavel zuckte mit den Schultern. »Wenn er sagt, dass ich so weit bin.«

Sie bogen auf die Allenby Street. Die Bahai-Gärten standen in voller Blüte.

»In Caesaria gibt es ein Spielkasino. Auf dem Rückweg könnten wir anhalten. Man hat mir gesagt, dort wird auch gepokert. Genau wie bei den Amerikanern. Ich kenne dort einen Mann, der mir noch einen Gefallen schuldet. Er könnte dich reinlotsen. Nur zum Zuschauen, versteht sich.«

»Meinst du?«

»Ich weiß nicht.« Sein Vater unterdrückte ein Lächeln. »Ich bin bekannt dafür, dass ich hier und da ein paar Kontakte habe.«

Sie bogen auf die Hassan Street, wo vor allem Mopeds und kleinere Lastwagen fuhren. Und Taxis voller Touristen, die vom Hafen in die Innenstadt wollten.

Meister Abhramovs Akademie lag über einer Pita-Bäckerei, wo es immer nach süßem Teig roch. Hier, vor diesem baufälligen Haus, hielt Nordeschenko an.

»Streng dich an.« Sein Vater blinzelte ihm zu. »Es steht viel auf dem Spiel.«

Pavel griff zu seinem Laptop und Notizbuch und stieg aus. Wie auf Wolke sieben schwebte er durch die Haustür. Als er auf die Treppe zurannte, versperrte ein Mann seinen Weg.

»Ich fürchte, ich habe mich verlaufen«, sagte er. »Weißt du, wo die Haaretz Street ist?«

Der Mann war groß und sah gut aus. Er trug ein blaues Hemd und eine Khakihose, die Augen hatte er hinter einer Sonnenbrille versteckt. Er sprach Englisch wie ein Tourist. Vielleicht war er Amerikaner.

»Haaretz? Ich glaube, die ist gleich da hinten. Am Ende der Straße.«

»Kannst du sie mir zeigen?«, bat der Mann. »Ich bin nicht von hier.«

Abhramov erwartete ihn. Er hatte eineinhalb Stunden Unterricht, und der mürrische, alte Meister duldete kein Zuspätkommen.

»Gleich hier.« Pavel ging wieder nach draußen und deutete mit dem Finger in die entsprechende Richtung. »Ganz am Ende. Die Bäckerei. Sehen Sie sie?«

Das war eins der letzten Dinge, an die er sich erinnerte.

Außer an die Hand, die sich über seinen Mund legte, und den feuchten Lappen, der nach Chemikalien roch. Und an das Gefühl der völligen Schwerelosigkeit, als würde ihn jemand tragen.

Und an die Angst, dass sein Vater wütend sein würde, wenn er ihn abholen kam, er aber nicht da wäre.

97

»Mira, hör gut zu. Ich kann Pavel nicht finden!«

Nordeschenkos Herz raste. Der Schachlehrer hatte gesagt, Pavel sei nicht zum Unterricht erschienen. Das sei schon mehrmals passiert, aber immer nur, wenn Nordeschenko geschäftlich unterwegs gewesen war. Er durchkämmte die Straßen rund um die Akademie, kontrollierte alle Eisdielen, Bäckereien und Pavels Lieblingsplätze. Niemand hatte den Jungen gesehen.

»Er war nicht da, als ich ihn bei Abhramov abholen wollte. Ich habe gehofft, er hätte angerufen.«

»Was meinst du?« Seine Frau bekam Panik. »Er wartet doch immer dort. Er weiß, dass er sich nicht rumtreiben soll.«

»Er war nicht im Unterricht. Fällt dir ein, wo er hingegangen sein könnte? Irgendwas, wovon er gesprochen hat? Ein Freund?« Wie oft hatte er den Jungen ermahnt, vorsichtig zu sein.

»Nein!«, antwortete Mira aufgeregt. »Vielleicht hat er den Bus genommen. Ein- oder zweimal habe ich ihm das erlaubt.«

»Würde er uns nicht Bescheid geben?«

Im Lauf der Jahre hatte Nordeschenko schon öfter dieses dumpfe Gefühl gehabt, wenn ein Auftrag nicht klappte. Auch jetzt hatte er dieses Gefühl.

»Wir müssen die Polizei rufen«, verlangte Mira.

»Nein!« Die Polizei! Das war genau das, was er nicht tun konnte – die Aufmerksamkeit auf sich lenken. Jetzt, wo Reichardt bei ihm zu Hause war. Was wäre, wenn man ihn überprüfte? Er müsste erklären, wo im Ausland er gewesen war. Und wer sein Besucher war.

Nein, er musste nachdenken. »Du könntest Recht haben mit dem Bus. Ich werde die Strecke abfahren. Ich rufe dich von unterwegs noch mal an.«

Nordeschenko schaltete das Telefon aus und fuhr durch die Altstadt, um seinen Sohn in der Menge zu suchen. Das ist die Rache, dachte er. Für das, was ich getan habe.

Auf der Hassan Shukri in der Nähe des Memorial Parks überholte er einen Bus und zwang ihn zum Anhalten. »Ich suche nach meinem Sohn«, rief er dem Fahrer zu und pochte an die Tür. »Lassen Sie mich rein!«

Die Leute würden in Panik geraten, das wusste er. Man würde ihn für einen Terroristen halten. »Schauen Sie, ich bin nicht bewaffnet.« Er streckte seine Arme aus. Endlich öffnete der Fahrer die Tür.

»Pavel!« Nordeschenko sprang in den Bus und suchte die Sitzreihen ab.

Pavel war nicht da!

»Entschuldigen Sie, wir müssen weiterfahren«, drängte der Fahrer. Nordeschenko stieg wieder aus.

Mira hatte Recht. Sie sollten die Polizei anrufen. Es gab keinen anderen Ausweg. Schon eine Minute zu zögern könnte die Gefahr für seinen Sohn erhöhen. Reichardt würde abreisen müssen – sofort. Aber mit Sicherheit würde Mira ihn erwähnen. Die Polizei würde ihn überprüfen. Das war sehr schlecht!

Minuten später bog Nordeschenko in die Einfahrt seines Hauses. Er knallte die Autotür zu und rannte hinein. »Was gehört?«

»Nein.« Mira schüttelte panisch den Kopf.

»Wir stecken in Schwierigkeiten«, sagte Nordeschenko, dem bewusst wurde, dass er keine andere Wahl hatte.

Reichardt kam herein. »Was ist denn los?«

»Du musst verschwinden. Sofort. Pavel wird vermisst, und wir müssen die Polizei rufen.«

Reichardt riss die Augen weit auf. Nordeschenko wusste, was der Südafrikaner dachte. Das Gespräch würde auf ihren Besucher kommen, Nordeschenko würde dessen Anwesenheit und vor allem dessen plötzlichen Aufbruch erklären müssen.

Sie bekamen eine Gnadenfrist, als das Telefon klingelte.

Mira legte die Hand über den Mund. »Vielleicht ist er es.«

Nordeschenko rannte zum Telefon. Er wollte Reichardt nicht aus den Augen lassen. Er schluckte, als er den Hörer in die Hand nahm.

»Pavel?«

»Sie haben einen netten Jungen«, erwiderte eine Stimme am anderen Ende. »Ich werde Ihnen Anweisungen geben, und ob Sie Ihren Sohn je wiedersehen werden, hängt davon ab, wie Sie diese Anweisungen befolgen.«

»Was?«, brummte Nordeschenko. Also war es doch eine Art Entführung. Der andere sprach Englisch. Perfektes Englisch.

»Ich habe Ihren Sohn«, fuhr der Anrufer fort. »Die gute Nachricht lautet: Sie können ihn in wenigen Minuten gesund und munter wiederhaben. Die schlechte Nachricht lautet: Wenn Sie nicht genau das tun, worum ich Sie bitte, werden Sie ihn nie wiedersehen.«

»Wer ist da?«, wollte Nordeschenko wissen.

»Das spielt keine Rolle. Ich würde mich jetzt darauf konzentrieren, für welches Szenario Sie sich entscheiden.«

Nordeschenko nickte Mira aufmunternd zu. »Machen wir mit den guten Nachrichten weiter. Um Pavel zurückzubekommen.«

»Das ist schlau. Aber immer der Reihe nach. Ich glaube, es liegt weder in Ihrem noch in meinem Interesse, die Polizei einzuschalten. Sind wir uns in diesem Punkt einig?«

»Wir sind uns in keinem Punkt einig, außer dass Sie mir meinen Sohn zurückgeben. Ich will mit ihm sprechen.«

»Tut mir leid, das wird nicht passieren. Nur so viel: Er trägt Jeans, einen roten Pullover und Nike-Schuhe. Er hat ein paar Schachbücher dabei, und in seinem Geldbeutel steckt ein Foto von seiner Familie. Was den Rest angeht, müssen Sie mir vertrauen.«

»Sie haben keine Ahnung, mit wem Sie es zu tun haben«, drohte Nordeschenko.

»Oh, doch, das weiß ich. Mit Kolya Remlikov.«

98

Wäre jemand ins Haus gestürzt und hätte Nordeschenko mit einem Gewehr gegen die Wand gepustet, wäre er nicht weniger erstaunt gewesen. Seit zehn Jahren hatte diesen Namen niemand mehr verwendet.

Er hatte es mit einem richtig ernsten Gegner zu tun.

»Wenn Sie ihm was angetan haben, werden Sie für diesen Fehler den Rest Ihres Lebens bezahlen«, drohte Nordeschenko.

»Ihm was angetan?«, fragte der Amerikaner zurück. »Ich glaube, das ist eher Ihr Stil, Remlikov. Sie meinen, etwas in der Art, was Sie im Fahrstuhl vom Gericht in New York getan haben? Was Sie diesen beiden Marshals angetan haben?«

Auch der letzte Rest an Farbe wich aus Nordeschenkos Gesicht.

Wer konnte das sein? Wer hatte ihn aufgespürt? Selbst Cavellos Leute wussten nicht, wer er war. Das war schlimmer als eine Lösegeldforderung. Sein ganzes Leben wurde auseinandergenommen.

Nordeschenkos Mund wurde trocken wie Schmirgelpapier. »Wie viel wollen Sie?«, murmelte er.

»Wie viel wir wollen? Keinen Cent. Sie können Ihren Sohn zurückhaben und in Ihrem kaputten, verlogenen Leben so weitermachen wie bisher. Ich brauche lediglich eine kleine Information von Ihnen.«

»Information.« Nordeschenko befeuchtete seine Lippen. »Und das wäre?«

»Cavello«, antwortete der Anrufer.

Nordeschenko hatte das Gefühl, sein Herz würde stehen bleiben. Er hatte noch nie einen Kunden verraten. Er hatte noch nie mit jemandem verhandelt und diese Möglichkeit noch nie in Erwägung gezogen. Die Liste der Leute, mit denen er zusammenarbeitete, war heilig.

»Ich gebe Ihnen eine Stunde«, fuhr der Amerikaner fort. »Danach werden Sie Ihren Jungen nie wiedersehen. Ihre Identität und das Interpol-Dossier werden der israelischen Polizei ausgehändigt.«

»Und was ist, wenn ich Ihnen nicht helfen kann?«, fragte Nordeschenko. »Was ist, wenn ich es nicht weiß?«

»Dann würde ich anfangen, meine Sachen zu packen.«

Was konnte er tun? Sie wussten alles von ihm: seinen Namen, wie sie ihn erreichen konnten und dass er Cavello bei der Flucht geholfen hatte. Und sie hatten das, was ihm selbst das Wichtigste in seinem Leben war. »Okay«, stimmte er zu.

»Geben Sie mir Ihre Mobilnummer – ich werde Sie in einer Stunde anrufen. Fahren Sie den Berg runter und warten Sie auf meinen Anruf. Das Treffen wird kurzfristig sein. Und, Kolya, ich glaube, wir wissen beide, welche Tragödie es wäre, wenn die Polizei eingeschaltet wird.«

»Sie haben ganz schön Mut«, meinte Nordeschenko. »Wer auch immer Sie sind.« Doch er gab dem Mann seine Nummer.

»Das haben Sie schön gesagt, Kolya, nach dem, was ich von Ihnen gesehen habe.«

Die Verbindung wurde abgebrochen. Nordeschenko nickte Mira zu, um sie zu beruhigen, dann gab er Reichardt ein Zeichen.

»Komm, Reichardt. Es gibt Arbeit.«

99

Wir fuhren mit dem Wagen zu einem verlassenen Tabaklagerhaus, das ich im schäbigen Hadar-Viertel der Stadt entdeckt hatte. Und warteten. Der Junge schlief friedlich, und jedes Mal, wenn er sich rührte, ließ ich ihn am Äther schnuppern.

Im Lauf meiner beruflichen Laufbahn hatte ich ein paar Dinge getan, auf die ich nicht stolz war, aber nichts, was dem hier gleichkam. Der Junge war unschuldig, egal, was sein Vater angestellt hatte. Wir beobachteten ihn, wie er auf dem Rücksitz schlief. Andie saß neben ihm, seinen Kopf auf ihrem Schoß, und beruhigte ihn. Ein- oder zweimal strich sie über sein hellbraunes Haar.

Wir beide wollten den Austausch so schnell wie möglich hinter uns bringen.

»Wo werden wir ihn treffen?«, fragte Andie.

»Du meinst, wo ich ihn treffen werde? In den Bahai-Gärten. Sechs Uhr. Eine Stunde später findet dort ein Freiluftkonzert statt. Es wird gestopft voll sein.«

Andie nickte.

»Ich muss seinen Mund verkleben und seine Hände fesseln, Andie. Das muss sein. Er wird aufwachen. Ich will, dass er bei dir im Auto bleibt. Du kannst ihm sagen, dass er seinen Vater in ein paar Minuten wiedersehen wird. Wenn es so weit ist, rufe ich dich an. Du fährst los, und auf mein Zeichen lässt du ihn frei. Und dann verschwindest du so schnell wie möglich. Hast du das verstanden? Ich will nicht, dass du noch irgendwo in der Gegend bist, wenn die Sache erledigt ist.«

»Wohin?«

»Zurück ins Hotel.« Wir hatten am Morgen unsere Unterkunft gewechselt, waren von dem schicken Hotel in eine kleinere Pension in der Altstadt gezogen, wo wir unsere Ausweise nicht abzugeben brauchten. »Wir fliegen heute Abend von Tel Aviv.«

»Mit welchem Ziel?«

»Paris. Spätabends. Ich gehe davon aus, dass alles glattläuft.«

»Und anschließend?«

Ich öffnete die Wagentür. »Dieser Programmpunkt steht noch nicht fest.«

Der Junge bewegte sich. Die Wirkung des Betäubungsmittels ließ nach. Bald würde ich ihn aufwachen lassen. Ungefähr zum fünfzigsten Mal blickte ich auf meine Uhr. Die Stunde war vergangen. »Es ist Zeit.«

Andie lächelte tapfer.

Ich stieg aus und rief Remlikov auf seinem Handy an, um ihm unseren Treffpunkt mitzuteilen, wollte aber nicht, dass Andie zuhörte.

Als das erledigt war, setzte ich mich wieder ins Auto. »Erledigt.« Ich lehnte mich mit angewidertem Gesichtsausdruck zurück, als hätte ich Gammelfleisch gegessen.

»Du weißt, dass ich das hier in Ordnung finde, Nick. Wirklich. Es gibt nur eine Sache, die mir nicht richtig erscheint.«

»Ja, was?«

»Remlikov. Und der Blonde. Sie sind diejenigen, die Jarrod getötet haben. Kommen sie ungeschoren davon?«

»Das wussten wir, als wir hergekommen sind, Andie. Wir sind wegen Cavello hier. Er ist derjenige, der den Auftrag gegeben hat.«

323

Plötzlich hörte ich, wie sich der Junge bewegte. »Vater?«

Ich stieg aus und öffnete die hintere Tür. »Hier.« Ich warf Andie eine Baseballkappe zu. »Die lässt du die ganze Zeit über auf. Und die Sonnenbrille. Dann sieht der Junge nicht dein Gesicht. Jetzt wird's heikel, Andie. Ich möchte, dass du von jetzt ab ganz vorsichtig bist.«

»Ja, danke.« Andie nickte leicht.

Ich nahm das Seil und das Klebeband. Sie streichelte den Jungen, als wäre er ihr Sohn. »Es wird alles wieder gut.«

»Eine Sache noch.« Unsere Blicke begegneten sich, als ich ihr so nahe kam, dass wir uns beinahe umarmen konnten. »Nach dem Austausch wartest du eine Stunde, länger nicht. Wenn ich nicht in die Pension zurückkomme, fährst du nach Tel Aviv und nimmst den Flug.«

»Wenn was schiefläuft?«

»Das wirst du nicht erfahren. Du fliegst einfach ab, okay?«

Sie schüttelte den Kopf. »Ich verlasse dich nicht.«

»Glaub mir, wenn ich in einer Stunde nicht zurück bin, musst du dir darüber keine Sorgen mehr machen.«

100

Ich weiß nicht, wessen Idee es ursprünglich war, diese riesigen, sich über mehrere Terrassen erstreckenden, steilen Gärten am Berg Karmel anzulegen, die dem Bahai-Glauben geweiht sind. Aber wer es auch gewesen sein mochte, hatte gewusst, was es hieß, wenn man Bedarf an einem geheimen Treffpunkt hatte.

Die Gärten waren so gut besucht, dass man untertauchen konnte, ihre offene und weitläufige Anordnung der Terrassen verhinderte jedoch, dass sich unerwünschte Komplizen unbemerkt nähern konnten. Es gab mehrere Ausgänge, die auf dicht befahrene Hauptstraßen mündeten. Die Polizei patrouillierte regelmäßig, und an diesem späten Donnerstagnachmittag waren die Gärten so voll wie eine Wiese bei einem Freiluftkonzert.

Wenn die Sache klappt, versuchte ich meine Nerven zu beruhigen, könnte ich mir ja überlegen zu konvertieren.

Ein paar Minuten zu früh, um Viertel vor sechs, stellte ich mich auf der untersten Terrasse an die Statue, die einen gewissen Sayyid Ali Muhammad, auch Bab genannt, darstellte, wo ich mich mit Remlikov verabredet hatte. Ich hatte ihm nur dreißig Minuten Zeit gegeben, was nicht viel war, um sich vorzubereiten. Die Gärten bestanden aus achtzehn Terrassen. Er wusste nicht, ob ich weiter oben oder unten war. Da die Ben Gurion Street nur wenige Meter entfernt lag, würde es für Andie einfach sein, den Jungen aussteigen zu lassen und weiterzufahren.

Wie ich mich verdrücken konnte, stand auf einem anderen Blatt.

Ich hatte schon ein paarmal geheime Treffen vereinbart, aber immer im Vertrauen, dass mir jemand mit einem Abhörgerät und einem Heckenschützengewehr den Rücken deckte. Nie nackt auf ungeschütztem Terrain – und ohne mich mit dem kleinen Problem abplagen zu müssen, dass ich den Sohn eines kaltblütigen Mörders entführt hatte.

Menschen strömten herbei. Ein israelischer Folksänger trat zwei Terrassen über mir auf. Der Ort konnte nicht besser gewählt sein, sagte ich mir. Genau wie im Madison Square Garden. Sobald der Austausch stattgefunden hatte, brauchte ich nur in der Menge unterzutauchen und zu verschwinden.

Um fünf vor sechs nahm ich mein Handy heraus und rief Remlikov ein letztes Mal an. »Sind Sie da?«

»Ich bin da. Was ist mit meinem Sohn?«

»Gehen Sie zur Statue des Ali Muhammad in der Nähe vom Ausgang zur Ben Gurion Street. Kennen Sie die?«

»Kenne ich. Wie werde ich Sie erkennen?«

»Ich bin derjenige, der einen zwölfjährigen Jungen mit Klebeband über dem Mund hält. Keine Sorge. Ich werde Sie erkennen.«

Remlikov zog wenig begeistert die Nase hoch. »Ich brauche ein paar Minuten. Ich bin auf einer der oberen Terrassen.«

»Ihr Problem. In fünf Minuten bin ich weg.« Ich drückte die Austaste. Er würde kommen. Ich wollte ihm keine Gelegenheit lassen, sich vorzubereiten.

101

Ich muss zugeben, dass ich in den nächsten Minuten so angespannt und aufgeregt war wie noch nie in meinem Leben. Ich versuchte, mich auf die Menschen zu konzentrieren, die auf dem Weg zu den oberen Terrassen waren. Hin und wieder schlenderte ein Polizist mit der allgegenwärtigen Uzi vorbei.

Ein letztes Mal kontrollierte ich meine Glock und rückte meine Sonnenbrille zurecht. Versuchte, den Aufruhr in meinem Bauch zu dämpfen.

Eine Minute vor sechs. Komm schon, Remlikov. Jetzt oder nie!

Dann erblickte ich ihn in der Menge. Er trug ein offenes, gemustertes Hemd und eine schwarze Lederjacke. Ein paar Leute gingen zwischen uns vorbei, doch er hatte mich fest ins Visier genommen. Musste an dem Schachbuch liegen, das ich auffällig in der Hand hielt. Er kam direkt auf mich zu, nahm seine Sonnenbrille ab und blickte mir lange in die Augen. Ich hatte schon oft Berufskillern ins Gesicht gesehen. Ihr Blick war immer etwas stumpf, auch wenn sie lächelten. Remlikovs Augen waren mustergültig.

»Stellen Sie sich vor mich«, verlangte ich und drehte mich selbst mit dem Rücken zur Statue.

Ich wollte nicht von einem plötzlichen Hinterhalt überrascht werden.

Er blickte auf das Schachbuch. »Ich glaube, das gehört mir.«

Ich reichte es ihm.

»Und jetzt mein Sohn«, sagte er, als ginge es um eine Ware.

»Cavello«, erwiderte ich.

»Sie haben einen langen Weg auf sich genommen allein in der Annahme, dass ich seinen Aufenthaltsort kenne.« Er lächelte.

»Sie verschwenden kostbare Zeit. Ich verschwinde in zwei Minuten.«

»Zwei Minuten.« Er schürzte seine dünnen Lippen. »Das Risiko werde ich eingehen müssen. Keiner von uns will mit leeren Händen nach Hause gehen. Sie haben mich heute überrascht. Überraschung ist etwas, das ich schon lange aus meinem Leben verbannt habe. Ich wäre Ihnen sehr verbunden, wenn Sie mir sagen würden, wie Sie mich gefunden haben.«

»Die Sache in New York oder Ihren echten Namen?«

»Die Reihenfolge ist egal.« Er zuckte höflich mit den Schultern.

Ich blickte nach unten. Als ich den Kopf wieder hob, lächelte ich. »Ihre Schuhe.« Er trug sie immer noch. »Technisch nicht sehr anspruchsvoll, muss ich leider sagen. Aber ich habe gehört, in diesem Teil der Welt sind sie der Renner.«

»Meine Schuhe«, schnaubte Remlikov überrascht, dann verdrehte er die Augen und verlagerte sein Gewicht auf das kaputte linke Bein. »Meine Füße bringen mich noch um.« Er schüttelte den Kopf. »Selbst jetzt noch.«

»Sie sollten die Marke wechseln, wenn Sie vorhaben, im Geschäft zu bleiben.«

»Ich bin ausgestiegen«, erwiderte er.

»Sehr schlau. Sie machen einen auf Familie. So, was haben Sie jetzt für mich?«

»Sie haben nicht fertig erzählt. Allerdings habe ich den Eindruck, dass ich schon einiges verstehe. Wenn Sie in der Lage waren, meine Schuhe zu erkennen, müssen Sie so was wie die Aufnahmen einer Sicherheitskamera gesehen haben. Um sie mit mir und meiner Vergangenheit in Verbindung zu bringen und mich hier ausfindig zu machen, brauchten Sie eine Menge Hilfe. Ressourcen. Ressourcen der Regierung, da bin ich mir ziemlich sicher. Heimatschutz? FBI?«

»Das sind eine Menge Vermutungen für einen Menschen, der nur noch eine Minute Zeit hat«, gab ich mit einem Nicken zu bedenken.

»Aber nicht so hoch angesiedelt.« Remlikov lächelte. »Sie sind derjenige, der während der Flucht im Gericht auf uns geschossen hat.«

Ich nahm meine Brille ab, so dass wir uns direkt in die Augen schauen konnten. »Sie haben für diese Schweine auch eine Menge Geld bezahlt.«

»Aber wichtiger ist, warum ein amerikanischer Ermittler meinen Sohn entführen muss, statt mit einem Haftbefehl meine Tür einzubrechen, wenn er doch weiß, wo ich stecke. Und aus rein egoistischen Gründen würde ich gerne wissen, wie viele andere Leute noch über dieses Wissen verfügen.«

»Alles gute Fragen.« Ich beschloss, ihm noch ein paar Sekunden Aufschub zu gewähren. »Und zu welchem Schluss sind Sie gekommen?«

»Dass Sie ein verzweifelter Mensch sein müssen. Oder zu der aussterbenden Spezies gehören, die ihre Arbeit mit äußerster Leidenschaft betreibt.«

»Genug geplaudert. Jetzt müssen Sie mich überzeugen, warum ich Ihnen Ihren Sohn zurückgeben und Sie nicht auf der Stelle für das erschießen soll, was Sie in New York getan haben.«

Remlikov lächelte nachdenklich. »Weil ich etwas sehr Kostbares für Sie habe. Etwas, das uns beide umbringen könnte – und eines Tages wahrscheinlich auch tun wird.«

»Und was ist, wenn das nicht reicht?« Dieser Mann hatte so viele schreckliche Dinge getan. Er verdiente es, zu sterben oder zumindest den Rest seines Lebens im Gefängnis zu verrotten. Ich spürte den Drang, meine Waffe zu ziehen und ihn umzulegen – nachdem er mir gegeben hatte, was ich brauchte.

Wahrscheinlich dachte er dasselbe.

»Dann, weil Sie anders sind als ich.« Remlikov zuckte mit den Schultern. »Wie wäre diese Antwort?«

Ich wollte die Sache hinter mich bringen. Andie starb sicher vor Angst und fragte sich, warum es so lange dauerte. »Die Uhr läuft«, erinnerte ich ihn.

»Wonach Sie suchen, sitzt in Südamerika«, begann er. »Argentinien, glaube ich. Oder Chile. Ganz unten in der Nähe der Spitze. Cavello hat dort eine Ranch. Schafe, vermutlich.«

»Weiter«, drängte ich. Ich wusste, dass dies noch nicht alles war.

»Woher weiß ich, dass Sie mich nicht den Behörden verraten, sobald Sie Cavello haben?«

»Woher weiß ich, dass Sie ihn nicht warnen, sobald Sie Ihren Jungen haben?«

Wir blickten einander in die Augen. Remlikov lächelte. »Mein Sohn ist Schachspieler. Er hat ein natürliches Talent dafür, Pattsituationen zu vermeiden. Aber das wissen Sie natürlich bereits.«

»Ich spiele kein Schach.« Ich zuckte mit den Schultern.

»Aber ich glaube, da wir beide etwas über den anderen wissen, das am besten unter uns bleiben sollte, wäre es wohl gut, wenn wir uns nie wieder begegnen würden.«

»Das habe ich mir auch gerade gedacht.« Remlikov nickte. »Ich glaube, diese Ranch liegt in der Nähe einer Stadt, die sich Ushuaia nennt. Ziemlich weit unten an der Spitze. Das Wetter ist nicht so gut, wurde mir gesagt, aber die Abgeschiedenheit ist ihr Geld wert. Schon der Name ist vielsagend.«

Er nannte mir den Namen von Cavellos Ranch. Ich musste lächeln – und wusste, dass seine Information stimmte.

»Jetzt haben Sie, glaube ich, etwas für mich.« Nachdem die Geschäfte beendet waren, setzte Remlikov seine Sonnenbrille wieder auf.

102

Ich nahm mein Telefon heraus und drückte die grüne Taste. Andie reagierte sofort.

»Du kannst ihn jetzt bringen.«

Ich versuchte, meinen Blick nicht von Remlikov abzuwenden, um niemandem, weder ihm noch einem möglichen Komplizen, einen Hinweis zu geben. Meine Hände waren feucht, und Schweiß lief hinten an meinem Hemd hinab. Wir konnten nur warten und einander anstarren.

»Also, wer war es, wenn ich fragen darf?«

»Wer war wer?« Ich zuckte mit den Schultern. Ich dachte, er meinte Andie.

»Wer war im Bus? Der Grund, warum Sie Cavello unbedingt haben wollen.«

»Seien Sie froh, wenn ich Sie nicht gleich hier für das töte, was Sie getan haben.«

»Interessant«, schnaubte er. »Ich dachte das Gleiche über Sie.«

Er rieb die Fingerspitzen aneinander. Ich wusste, dieser Mörder würde mich nicht einfach ziehen lassen. Ich blickte mich um, suchte nach einer Deckung. Eine Gruppe junger Leute ging an uns vorbei, zwei Polizisten schlängelten sich durch die Menge auf uns zu. Aus dem Augenwinkel heraus sah ich unseren weißen Ford auf der Ben Gurion Street. Andie hielt an der vereinbarten Stelle und wartete auf mein Signal. Ich warf einen weiteren Blick auf die beiden Polizisten, meine Rückversicherung.

»Mein Sohn?«, drängte Remlikov. »Die Zeit ist doch um, oder?«

103

»Aber Sie müssen wissen, Remlikov, wenn Cavello nicht da ist, wo Sie sagen, werden alle Ermittlungsbehörden auf der Welt Ihren Namen und Ihre Fingerabdrücke bekommen. Dann wird es schwierig, einen auf Familie zu machen.«

»Und Sie müssen wissen, wenn mein Sohn auch nur einen Kratzer abbekommen hat, werde ich mich durch die Personalakten des FBI wühlen, bis ich Sie gefunden habe.«

Ich hob meinen linken Arm. Das Signal.

Die hintere Tür des Wagens wurde geöffnet, und der Junge stieg aus. Ich war mir sicher, dass Andie in unsere Richtung deutete. Er schirmte seine Augen vor der untergehenden Sonne ab.

Remlikov winkte ihm zu. »Pavel, hier!«

Der Junge rannte auf ihn zu. Als Remlikov mich ansah, fuhr Andie wieder los und verschwand im Verkehr.

»Ich meine, was ich sage, Remlikov. Ich wünschte, ich könnte Sie erschießen«, sagte ich.

Dann huschte ich um die Statue herum – vor den Augen der ahnungslosen Polizisten. Ohne die Aufmerksamkeit auf mich zu lenken, rannte ich los.

Ich mischte mich unter die Menschen, die auf dem Weg zu den oberen Terrassen waren. Offenbar wurde ich nicht verfolgt.

Ich verließ den Weg und rannte einen schmalen Hügel hinauf, wo mir die Bäume und Sträucher als Deckung dienten. Weiter unten entdeckte ich einen anderen Ausgang. Zur Allenby Street.

Diesen wollte ich nehmen. In ein Taxi steigen. Kurz darauf würde ich Andie in der Pension treffen. Wir hatten, was wir brauchten. In einer Stunde wären wir fort.

Ich blickte mich erst um, als ich die Kuppe erreicht hatte. Kniend nahm Remlikov seinen Sohn, der auf ihn zurannte, in seine ausgestreckten Arme und bedeckte sein Gesicht mit Küssen.

Dann blickte er den Hügel hinauf in meine Richtung. Ich wusste nicht, ob er mich sehen konnte. Aber es fühlte sich so an, obwohl Bäume die Sicht behinderten.

Endlich beruhigte sich mein Herz wieder. Ich hatte, was ich brauchte: Ich wusste, wo Cavello war, und Andie war sicher entkommen.

Ich hätte schreien können vor Freude. Wir hatten es geschafft! Diesmal würden wir gewinnen.

Doch in dem Moment wurde mein Kopf ruckartig nach hinten gezerrt, und ein Messer drückte sich tief zwischen meine Rippen.

»Tut mir leid, Kumpel, so läuft das nicht.«

Ich erstarrte.

»Ich werde dich das nur einmal fragen«, drohte die Stimme mit schwerem südafrikanischem Akzent, »und wenn du die Hoffnung hast, länger als die nächsten paar Sekunden zu leben, wirst du mir antworten. Wer hat das Kind abgesetzt?«

Er drückte die Klinge noch tiefer. Mir blieb die Luft weg. Als ich es schaffte, einen Blick auf sein Gesicht zu erhaschen, wusste ich, dass ich mächtig in Schwierigkeiten steckte.

Die Haare, die dem Typen übers Gesicht fielen, waren blond.

104

Ich war dreizehn Jahre lang beim FBI gewesen, hatte aber nur ein paarmal einen Nahkampf ausgetragen, und auch dann nur mit kleinen Fischen, nicht mit einem professionell ausgebildeten Mörder, der zweimal so groß wie ich war und mich, während er mir ein Messer zwischen die Rippen drückte, im Würgegriff hielt.

Ich war ihm hilflos ausgeliefert und konnte nicht einmal schreien. Was sollte ich tun? Ich konnte kaum denken. Der Kerl presste die Klinge so fest gegen meinen Brustkasten, dass ich nicht wusste, ob sie bereits ins Fleisch eingedrungen war.

»Ich kann dir dein Genick brechen, Freundchen, und du wirst auf Wolke sieben davonschweben, was ich empfehlen würde. Oder ich kann mit dir ein bisschen spielen.«

Oh, Gott!

»Tu dir also einen Gefallen, Kumpel. Wer war die Frau in dem Wagen?«

Mir fiel eine Sache aus einem Kurs in Selbstverteidigung ein, den ich vor Jahren beim FBI gemacht hatte. Dem natürlichen Drang entspräche es, zu kämpfen, sich freimachen zu wollen, doch jemand, der darin geübt war, einem die Luftröhre zu zerquetschen, würde nur noch fester zudrücken.

Geh mit ihm, hatte es geheißen. Nutze seinen Schwung aus. Also, was soll's, dachte ich. Ich wollte Andie nicht im Stich lassen.

Also lehnte ich mich mit meinem ganzen Gewicht ge-

335

gen Blondie, warf ihn vielleicht einen Schritt nach hinten. Ohne mich loszulassen, stolperte er rückwärts.

Aber meine Hand war frei, so dass ich in meine Jackentasche greifen konnte. Als ich den Griff meiner Glock umfasste, wusste ich nicht, ob sie auf ihn oder mich zielte. Wenn ich nicht rasch schießen würde, wäre es ohnehin egal.

Der Blonde seufzte. »Deine Entscheidung, Arschloch.«

Ich drückte den Abzug. Einmal, zweimal! Der Rückstoß schleuderte uns beide nach hinten, aber die Nähe zum Ziel dämpfte den Lärm. Ich wusste nicht, ob ich getroffen hatte. Mich oder ihn. Aber ich spürte das Messer nicht mehr. Auch keine Schmerzen im Bauch. Ich drückte noch zweimal ab.

»Scheiße!« Der Blonde schrie und stolperte rückwärts.

Ich sprang zur Seite, während er wild mit dem Messer herumfuchtelte. Als ich mich auf den Boden fallen ließ, sah ich, dass er am Oberschenkel verletzt war und Blut durch seine Jeans sickerte.

»Du bist tot, Mann!« Er blickte nach unten und funkelte mich mit animalischer Wut an.

Ich richtete die Waffe auf ihn, war aber unsicher, was ich tun sollte. Ich hatte nichts mehr, womit ich den Schall dämpfen konnte. Ein paar Leute kamen auf uns zu. Ich war FBI-Agent, kein kaltblütiger Mörder. Aber selbst als Agent wäre ich erledigt. Für den Rest meines Lebens würde ich erklären müssen, was ich hier eigentlich trieb – von einer israelischen Gefängniszelle aus!

»Dreh dich um«, rief ich. »Mach deine Jacke auf.«

Der Blonde schielte zu den Leuten, die auf uns zukamen. Langsam öffnete er seine Jacke. »Was hast du vor, Kumpel? Mich erschießen?«

Er musste bewaffnet sein, aber ich sah keine Pistole. Schlimmer war, dass diese Leute immer näher kamen und ich eine in der Hand hielt. Er wusste nicht, wer ich war. Er wusste nicht, wo Andie und ich wohnten. Aber er wusste, dass ich ihn jetzt, während diese Menschen den Hügel heraufkamen, nicht erschießen würde.

»Beweg dich.« Ich richtete die Waffe auf ihn. »Den Hügel runter. Los!«

105

Blondie gehorchte, aber nur langsam und wütend. Er warf einen Blick auf die sich nähernde Gruppe. Blut sickerte aus der Wunde an seinem Oberschenkel. Da ich ihn nicht getötet hatte, sah er wieder eine Chance für sich gekommen. Dieses Arschloch hatte mich perfekt eingeschätzt.

»Sag Remlikov, ich werfe alle Abmachungen über den Haufen, wenn ich nicht das finde, was ich suche.« Langsam ging ich rückwärts.

Vielleicht hundert Meter weiter unten befand sich ein Ausgang zur Ben Gurion Street. Dort strömten die Menschen ein und aus. Ich dachte mir, dass er, wenn ich dort untertauchte, nicht schießen würde, und wahrscheinlich konnte ich schneller rennen als er.

Ich preschte los, jagte zwischen Hecken und Bäumen als Deckung hindurch. Als ich mich umdrehte, humpelte er zur Kuppe hinauf, zog eine Waffe hinten aus seiner Jeans und ging in die Hocke.

Ich hörte keinen Knall, aber die Kugel pfiff an meinem Ohr vorbei und landete im Stamm eines nahe stehenden Baumes.

Er rannte mir hinterher. Das war der Wahnsinn. Im Bein dieses Kerls steckte eine Kugel Kaliber .40, aber er ließ sich davon nicht aufhalten.

Ich rannte nach unten zum Ausgang auf die viel befahrene Ben Gurion Street, wo ich ihn vielleicht abhängen konnte. Ich brauchte nur ein Taxi zu finden und zurück zum Hotel zu fahren. Mehr nicht!

Ein Junge und seine Freundin bogen gerade in den Park ein. Er trug Sandalen und ein Linkin-Park-T-Shirt, um seine Schulter hing eine Gitarre. Ich hörte, wie etwas an mir vorbeizischte. Direkt vor mir platzte die Schulter des Jungen auf, er wirbelte herum und schlug auf den Boden auf. Seine Freundin hob die Hände vors Gesicht und schrie.

»Alles runter! Alles runter!«, riefen die Leute.

Ich konnte es nicht glauben.

Eine unschuldige Person war verletzt. Die Sache war völlig außer Kontrolle geraten. Ich wusste, ich hätte die Sache dort oben beenden können. Ihn festhalten und die Polizei rufen können. Irgendwas Logisches und Normales tun. Um mich herum herrschte Chaos. Ich drehte mich zu dem blonden Killer. Er war weg! Polizisten kamen von der Ben Gurion Street auf uns zugerannt. Ich wusste nicht, was ich tun sollte. Meiner Einschätzung nach würde der Junge wieder gesund werden.

Ich rannte auf den Platz zu.

In der Menge Deckung suchend, wollte ich so viel Abstand wie möglich zwischen mich und meinen Angreifer bringen. Ich betete, dass die Polizei ihn sich schnappen würde. Doch plötzlich bemerkte ich sein blondes Haar und seine stechenden Augen – er folgte mir entlang der Mauer.

Ziellos eilte ich durch die Menge, suchte hektisch nach einem Taxi. Ich konnte mich noch aus der Affäre ziehen, brauchte nur unsere Pension zu erreichen. Wo diese lag, wussten die beiden nicht.

Ich rannte eine enge Straße mit Händlern hinab, fort vom Park. Hunderte kleiner Buden – Lederjacken, bestickte Hemden, Körbe, Gewürze –, umgeben von Einheimischen und Touristen.

Im Zickzack rannte ich von einer Straßenseite zur anderen, als ich mich umblickte, ob er noch hinter mir war. Ja, da war er noch! Er stieß Gestelle um, schob Menschen zur Seite, holte auf. Vom Park her ertönten Sirenen.

Dieser Wahnsinnige ließ sich einfach nicht aufhalten. Ich befand mich auf einer Straße ohne Taxis. Du weißt nicht, wohin du willst, Nick! Irgendwann würde ich stehen bleiben und mich ihm stellen müssen. Ich hätte ihn erschießen sollen, als ich die Gelegenheit dazu hatte.

Zwei weitere Kugeln zischten an meinem Kopf vorbei, warfen vor mir eine Bude mit bunten Stoffen um.

Ich duckte mich, rannte weiter. Das Ende der Straße war in Sicht. Das Problem war: Ich erreichte es schneller, als ich mir einen Plan ausdenken konnte. Die Straße mündete auf einen erhöhten Wendeplatz, vielleicht zwanzig Meter oberhalb einer belebten Straße. Ich saß in der Falle, konnte der Realität nicht mehr entkommen – Nick, du musst gegen dieses Schwein antreten!

An der Ecke drehte ich mich um, blieb stehen und überlegte, welche Möglichkeiten ich hatte: nach unten auf die belebte Straße springen oder mich ihm stellen. Ich griff nach meiner Waffe. Ich dachte an Andie, an das Bild, mit dem sie seit einem Jahr lebte – von dem Blonden, der vom Geschworenenbus davonrannte.

Dies war der Mann, der ihren Sohn getötet hatte.

Ich trat am Ende der Straße hinter eine Bude. Dies hier war zwar nicht Cavello, aber es war der Mann, der die Geschworenen in die Luft gejagt hatte. Ich hatte keinen richtigen Plan. Ich war jetzt weder Polizist noch auf der Flucht. Nur jemand mit einem besonders hohen Adrenalinspiegel. Jemand, der dabei war, sich einer Situation zu stellen.

Schließlich stolperte der Blonde auf den Wendeplatz.

»Waffe runter«, verlangte ich und richtete meine auf ihn.

»Waffe runter?« Grinsend blieb er stehen und blickte mich an. »Ich weiß nicht, wer du bist, aber jetzt bist du ein toter Mann.«

106

Als er begann, den Arm zu heben, drückte ich zweimal ab, und zweimal traf ich ihn. Er hielt sich an einer Bude fest, die zusammenbrach und ihn unter Stoffen begrub. Er versuchte aufzustehen. Hektisch zerrte er an den Stoffen und hob die Hand mit der Waffe.

»Du hast den Bus in die Luft gejagt!«, schrie ich.

Der Blonde zögerte. Ich hatte ihn überrascht. Dann verzog er seine Lippen zu einem Grinsen, als amüsierte ihn die Situation. »Genau.« Er zwinkerte, während er versuchte, seine Hand zu befreien. »Bumm!«

Ich warf mich auf ihn, rammte ihm meine Faust ins Gesicht. Er stolperte rückwärts gegen das Geländer. Ich packte ihn am Kragen, schlug mit all meiner Kraft auf ihn ein. Zähne knackten, Blut lief aus seinem Mund – aber er hielt sich immer noch auf den Beinen.

»Ich habe eine Nachricht für dich.« Ich schleuderte ihn gegen das Geländer. »Jag dich selbst in die Luft.«

Der Blonde versuchte, auf mich zu zielen, doch er kippte hintenüber und schoss ins Leere.

Unten landete er mit einem dumpfen Schlag auf einem parkenden Wagen.

Ich trat ans Geländer. Passanten schrien, wichen vor dem Wagen zurück. Ich war erschöpft, außer Atem, schnappte nach Luft. In dem Moment war es mir egal, ob man mich sah. Mir war es egal, dass ich Sirenen hörte und mich die Polizei finden konnte.

Aber was ich dort unten sah, war unglaublich.

Der Wahnsinnige öffnete die Augen, blickte zu mir he-

342

rauf. Er wollte einfach nicht sterben. Sein Haar und sein Hemd waren blutverklebt. Er rollte vom Wagen und stolperte mit weichen Knien rückwärts auf die Straße. Seine Waffe hielt er immer noch in der Hand, er hob den Arm.

In meine Richtung!

Wie angewurzelt blieb ich stehen und blickte zu ihm hinab. »Stirb, du Drecksau«, rief ich. »Stirb!«

Zwischen zwei Wagen ging er in die Hocke, hatte aber Mühe zu atmen. Dann trat er rasch heraus und, sein Gesicht zu einer Grimasse verzogen, zielte auf mich.

Ich hörte ein Hupen. Und das Quietschen von Bremsen. Durchdringend und markerschütternd laut.

Der Blonde drehte sich um, riss den Mund auf, ohne dass ein Schrei ertönte. Ungläubig blickte er seinem Schicksal entgegen.

Der Bus raste in ihn hinein, schleuderte ihn zwanzig Meter die Straße entlang. Seine Waffe flog durch die Luft und traf mit einem Knall auf den Asphalt, der wie ein Schuss klang.

Ich hörte Schreie, warf einen letzten Blick hinunter. Der Kerl war nur ein blutiger Haufen.

Diesmal wartete ich nicht auf eine Zugabe. Als die Leute nach oben blickten, stand niemand mehr am Geländer.

107

Minuten später klopfte ich an unsere Zimmertür. »Andie, lass mich rein!«

Als sie die Tür öffnete, brach ich fast auf der Schwelle zusammen. »Gott, Nick, ich wusste nicht, was ich tun sollte«, sagte sie und warf ihre Arme um mich. Dann bemerkte sie die Blutflecken auf meinem Hemd und die blauschwarzen Male an meinem Hals.

»Nick!«

»Es ist alles in Ordnung«, beruhigte ich sie. »Aber wir müssen sofort verschwinden!«

Ich zog mich rasch um. Wir schleppten unser Gepäck nach unten und bezahlten. Wenige Minuten später saß Andie am Steuer. Wir fuhren aus der Stadt hinaus und über die Küstenschnellstraße nach Tel Aviv, wo wir für zehn Uhr abends einen Flug gebucht hatten. Ich schloss die Augen, lehnte mich nach hinten und stieß erschöpft die Luft aus.

»Du hättest nicht warten sollen.« Ich drehte mich zu ihr.

»Was?«

»Ich sagte, eine Stunde. Ich war eine halbe Stunde zu spät. Ich hatte gesagt, du sollst losfahren. Du hättest nicht warten sollen.«

Andie starrte mich an, als hätte sie nicht verstanden, doch dann fing sie an zu grinsen. »Im Fernsehen lief *Braveheart* … irgendwie hatte ich die Zeit vergessen.«

Sie nahm eine Hand vom Lenkrad und klopfte mir auf den Arm. »Ich hatte dir doch gesagt, dass ich nicht ohne dich aufbreche, Nick.«

Als die Lichter von Haifa in der Dunkelheit verschwanden, war ich so leer und erschöpft wie selten in meinem Leben.

»Hat er geredet?«, fragte sie schließlich.

Ich zögerte einen Moment, bevor ich lächelte. »Ja, hat er.«

»Dann fliegen wir nach Paris?«

»Zwischenstation.« Ich nickte.

»Und anschließend?«

»Liebst du mich immer noch?«, fragte ich.

»Du hast mir eine Heidenangst eingejagt, Nick. Ich weiß nicht, was ich fühle.«

»Du hättest in meinen Schuhen stecken sollen.« Kurze Pause. »Nein, lieber nicht.«

Ich verzog meine Lippen zu einem Grinsen. Zu einem breiten, triumphierenden. Ich konnte nicht glauben, dass wir es geschafft hatten.

Schließlich lächelte auch Andie. »Ja, ich liebe dich immer noch. Also, wohin?«

Am Ende der Welt, hatte Cavello mich verspottet. *Komm und hol mich, Nicky Smiles.*

Genau deswegen musste ich grinsen. Weil ich wusste, dass Remlikov die Wahrheit gesagt hatte – nämlich wegen des Namens von Cavellos Ranch: *El Fin del Mundo.* Das Ende der Welt.

»Patagonien«, antwortete ich.

»Patagonien?« Andie blickte mich an. »Ich glaube, ich weiß gar nicht, wo das ist.«

»Keine Sorge, aber ich.«

Teil fünf

El Fin del Mundo

108

Das erbärmliche Jammern des jungen Mädchens hallte durch das große Steinhaus. Sie hieß Mariella und lag zusammengerollt auf dem Bett, das Kissen blutig, nachdem er sie ins Gesicht geschlagen hatte.

»Halt's Maul«, bellte Dominic Cavello, wickelte den Bademantel um sich und trat ans Fenster, wo er die Läden öffnete, um das letzte Tageslicht hereinzulassen. »Besser ich als irgendein unerfahrener Bauerntölpel, meinst du nicht? Oder vielleicht dein Vater, wenn er zu viel Bier gesoffen hat. Oder ist dein Vater schon dein Liebhaber?«

Ein brauner Dunstschleier hatte sich über das Tal gelegt. Der Winter ließ nicht mehr lange auf sich warten. Alles würde sich ändern. Die Weiden würden mit Schnee bedeckt sein, und monatelang würde der eisige Wind um ihre Ohren peitschen. Cavello fröstelte schon bei dem Gedanken daran.

Trotzdem war es das wert – alles, was er aufgegeben hatte, um frei zu sein. Er hatte die größte Ranch in dieser Gegend. Das Auslieferungsabkommen mit den USA stand auf wackligen Beinen und wurde, falls überhaupt, nur selten auf die Probe gestellt. Jeder, der in der örtlichen Regierung was galt, stand auf seiner Gehaltsliste. Er war sicher.

Und im Gefängnis von Marion gab es keine derartigen Köstlichkeiten wie die junge Mariella.

Ein paar Leibwächter mit Maschinengewehren lungerten am Zaun neben einem seiner Range Rover herum und tranken Kaffee. Als sie das Mädchen hörten, blickten sie hoch zu Cavello. Schwierig zu sagen, was sie dachten, aber das war Cavello ohnehin egal.

»Ich habe gesagt, du sollst aufhören zu flennen.« Er ging zum Bett zurück. »Du hörst dich wie eine Henne an. Ist es das, was du willst – bei den anderen Hühnern im Stall schlafen? Oder willst du vielleicht«, er band seinen Bademantel auf und spürte, wie er wieder zum Leben erwachte, »noch mal mit Daddy vögeln?«

Sie richtete sich auf und verfluchte Cavello auf Spanisch. Bei dem Schlag, den Cavello ihr mitten ins Gesicht verpasste, platzte ihre Lippe auf. Er ließ den Bademantel nach unten rutschen und drückte das Mädchen aufs Bett. Sie wehrte sich, doch er packte sie an den Handgelenken, betrachtete ihre perfekten Brüste, ihre junge Muschi. »Ja, ich glaube, das ist es, was du brauchst.«

Plötzlich hörte er, wie unten jemand rief, dann wurde laut an seine Schlafzimmertür geklopft.

»Wer ist da?«, schnauzte Cavello.

»Ich bin es, Lucha, Don Cavello.«

»Was willst du? Du weißt, ich bin beschäftigt.«

»Es gibt leider ein kleines Problem, Señor«, rief Lucha durch die Tür.

Lucha war auf der Ranch für die Sicherheit zuständig. Er überwachte die Männer unten, die nachts mit den Hunden patrouillierten. Alle Polizisten in Ushuaia standen auf Luchas Gehaltsliste. Er selbst war ein Expolizist aus Buenos Aires.

Cavello stemmte sich hoch, band seinen Bademantel wieder zu und öffnete die Tür. »Du machst mich sauer. Das ist keine gute Idee, Lucha. Was für ein Problem?«

»Der Vater des Mädchens. Er ist im Haus und will das Mädchen sehen, Don Cavello.«

»Zahl ihn aus.« Cavello zuckte mit den Schultern. »Lass ihm von Esteban ein oder zwei Tage freigeben. Ich bin jetzt beschäftigt.«

»Señor Cavello, diesmal ist es anders«, beharrte Lucha. »Das Mädchen ist fünfzehn.«

»Schwein, verdammtes!«, drangen die wütenden Schreie des Vaters von unten herauf.

Mariella huschte vom Bett. »Papa!«, rief sie. Cavello packte sie, doch sie machte sich frei und rannte zur Tür.

»Diese Sache lässt sich nicht so einfach erledigen, Don Cavello«, fuhr Lucha fort. »Wenn das bekannt wird, zieht das die Aufmerksamkeit auf Sie.«

Jeder konnte hören, dass der Landarbeiter ihn ein Schwein und seine Tochter eine Hure schimpfte.

»Bring ihn her«, befahl Cavello. »Ich werde selbst mit ihm reden.«

»Don Cavello?«

»Bring ihn her!«

Lucha nickte, und zwei seiner Männer zerrten den stämmigen Arbeiter herein. Voller Wut funkelte er Cavello mit seinen dunklen Augen an und spuckte auf den polierten Holzboden.

»Er sagt, er ist jetzt tot für die Welt, Don Cavello. Und Sie auch.«

Cavello blickte in die wütenden Augen des Arbeiters, während er Mariellas schlanken Rücken streichelte. »Er hat Recht, Lucha. Es ist falsch, ihn dieser Schande zu überlassen. Erfülle dem Mann seinen Wunsch.«

»Seinen Wunsch, Don Cavello?« Lucha war unsicher.

»Töte ihn. Erschieße ihn. Begrabe ihn.«

»Nein!«, fuhr das Mädchen auf. »Nein, Señor, nein!« Sie fiel auf die Knie und flehte ihn auf Spanisch an.

Lucha zögerte. Er wurde gut dafür bezahlt, Cavellos Wünsche zu erfüllen, und er würde tun, was getan werden musste. »Damit ist das eine Problem beseitigt, Don Cavello.« Er nickte in Richtung des Mädchens. »Aber was ist mit dem anderen?«

Cavello blickte enttäuscht zur wunderschönen Mariella. Er wusste, dass er so eine wie sie nicht mehr finden würde.

»Töte sie auch. Besser noch, ich töte sie selbst. Irgendwann.«

109

Die Reise von London nach Santiago de Chile auf der anderen Seite der Erde dauerte vierundzwanzig Stunden und drei Spielfilme. Dann noch viereinhalb Stunden mit der LAN, der chilenischen Fluggesellschaft, bis nach Punta Arenas, einem grauen, eisfreien Hafen am Fuß der Anden – und am Arsch der Welt. Wir hätten direkt nach Ushuaia fliegen können, aber falls Remlikov uns hereingelegt hatte, wollte ich nicht ausgerechnet dort ankommen.

Es war Herbst auf der südlichen Erdhalbkugel, und wir befanden uns ganz unten an der Spitze. Der Himmel war schiefergrau, und ein beständiger Wind schlug uns jedes Mal ins Gesicht, wenn wir vor die Tür traten. Wir brauchten einen Tag, um uns daran zu gewöhnen. Remlikov hatte gesagt, Cavellos Ranch liege in der Nähe von Ushuaia, zwölf Stunden entfernt.

»Wo, zum Teufel, liegt Ushuaia?« Andie blickte auf die Landkarte und kniff die Augen zusammen.

»Süden.«

»Ich dachte, wir sind im Süden.« Sie schnitt zynisch eine Grimasse.

Ich zeigte auf einen Fleck an der Spitze von Südamerika. »Ganz unten im Süden.«

Jahrelang war Ushuaia für sein abgelegenes Gefängnis bekannt gewesen. Ich hatte ein Buch von Bruce Chatwin über Patagonien gelesen. Er beschrieb ein sagenhaftes, geheimnisvolles Land. Magellan war dort vor Anker gegangen und war auf Indianer gestoßen, die nicht viel angehabt hatten und sich in diesem äußerst unwirtlichen Klima um Lagerfeuer scharten. Feuerland hatte er es genannt. *Tierra del Fuego.*

Als wir am zweiten Tag morgens startklar in unserem gemieteten Land Cruiser saßen, meinte Andie: »Ich kann nur sagen, wenn sich herausstellt, dass Remlikov ein Lügner ist, wird die Heimreise ziemlich lang.«

Die Strecke nach Südosten war vom Wetter stark gezeichnet und windig, aber so etwas wie diese Landschaft hatte ich noch nicht gesehen. Unsere Straße führte steil die Anden hinauf, aus den weitläufigen Ebenen ragten schroffe, gezackte Berge, dazwischen glitzerten massive Gletscher. Die felsige Kanalküste wand sich unregelmäßig durchs Gebirge, wie sie es schon vor Millionen von Jahren getan haben musste. Als hätte Gott sich nicht entscheiden können zwischen wunderschön und trostlos. Hinter fast jeder Kurve öffneten sich die Wolken aufs Neue und ließen einen Spalt des leuchtend blauen Himmels durchschimmern.

Schließlich überquerten wir die Grenze nach Argentinien. Die Straße wand sich um den Beagle-Kanal herum, Inseln und Halbinseln ragten ins graublaue Meer hinaus, das wirklich eiskalt aussah. Hin und wieder winkten uns Männer vom Straßenrand aus zu, wie sie, Schals über ihre verwitterten Gesichter gelegt, auf ihren Pferden saßen. Hier sah es so öde aus wie auf dem Mond.

Schließlich kamen wir an einer *cantina* vorbei, seit vielen Kilometern dem ersten Laden. Gauchos saßen davor, kräftig gebaute Bewohner vom Ort, die uns musterten und sich wahrscheinlich fragten, ob wir uns in der Jahreszeit geirrt hatten.

»Ich glaube, wir sollten lieber anhalten«, sagte Andie.

»Der nächste McDonald's ist wahrscheinlich ungefähr fünftausend Kilometer entfernt.« Das Fleisch in der *cantina* wurde auf offener Flamme gegrillt und mit einer grünen *chimichurri*-Soße und Gemüse auf Tortillas serviert. Nicht umwerfend, aber auch nicht schlecht. Wir machten ein Foto von einem Schild, auf dem in einem Dutzend Sprachen »Antarktis 1299 km« stand.

Ein junger Cowboy mit buntem Schal ließ Andie auf sein Pferd steigen. An ihr Lächeln würde ich mich bis zu meinem Tod erinnern. Ich hoffte, das wäre noch nicht so bald.

Andie blickte mich wehmütig an, als wir wieder in den Wagen stiegen. »Ich wünschte, Jarrod wäre hier, Nick. Er hat schon so viele Dinge verpasst.«

Am Stadtrand von Ushuaia gab es keine Ansichtskarten. Es war die letzte Haltestelle vor der Antarktis.

Die Stadt zog sich vom Meer aus einen fast senkrechten Berg hinauf. Von Haifa aus war dies das andere Ende der Welt, nicht nur geografisch gesehen. Der Ort sah aus wie eine Grube. Vom Industriehafen führten schmale Straßen voller Einheimischer den Hang hinauf, die mit allem handelten, von Pinguinpuppen bis zu Antarktis-T-Shirts. Überall streunten schäbige Hunde herum. Vor den niedrigen Häusern standen seltsame Körbe auf Pfählen. Im Vergleich zu der atemberaubenden Schönheit, der wir bisher auf dieser Reise begegnet waren, war dies hier ein Schlag ins Gesicht.

Wir fanden in der Nähe des Hafens ein bescheidenes Hotel namens La Bella Vista, das unser Reiseführer als ordentlich beschrieb. Ich blickte zu Andie und zuckte mit den Schultern. »Eigentlich hatten wir doch das Ritz gebucht.«

Das Bett in unserem Zimmer war einsfünfzig breit, an

der Wand hingen ein paar Bilder der Stadt, wie sie vor hundert Jahren ausgesehen hatte, sowie eine gerahmte See-karte der Antarktis, die hier so üblich war wie in Hotelzim-mern in Rom ein Bild vom Petersdom.

Wir traten hinaus auf den winzigen Balkon mit Blick auf den Kanal. Dunkle Wolken hingen tief am Himmel, und auf der anderen Seite des grauen Gewässers erhoben sich sanft die Berge aus der Ebene. Ein kalter, kräftiger Wind schlug uns ins Gesicht.

»Du kannst wirklich nicht behaupten, ich hätte dir keine interessanten Orte gezeigt.«

Andie legte ihren Kopf auf meine Schulter. »Nein, das kann ich von dir nicht behaupten.«

Wir wussten beide, dass der Spaß jetzt vorbei war.

110

Nach dem Frühstück am nächsten Morgen gingen wir an die Rezeption, um uns nach dem Weg zu erkundigen. Der Angestellte mit dem gewellten Haar begrüßte uns wie ein Liebespaar in den Flitterwochen. Er war scharf darauf, uns als Führer zu begleiten. »Möchten Sie die Pinguine sehen?«

»Keine Pinguine.« Ich zog unsere Karte heraus. »Wir suchen nach einer Ranch außerhalb der Stadt. Vielleicht können Sie uns helfen.«

»Ah, *la estancia*«, erwiderte er mit dem hier üblichen Namen für die ausgedehnten Farmen, die seit dem 19. Jahrhundert in Privatbesitz gewesen, jetzt aber in Nationalparks umgewandelt worden waren.

Ich reichte ihm die Karte. »Wir suchen nach einer ganz bestimmten. Sie heißt *El Fin del Mundo*.«

»*El Fin del Mundo*«, wiederholte der Angestellte und nickte. »Das Ende der Welt.«

»Sie kennen sie?«

»Nein.« Er schüttelte den Kopf. »Aber der Name passt.«

Wäre ich offiziell hier, hätte ich viele andere Möglichkeiten gehabt, um Cavello ausfindig zu machen. Aber leider hätte es dazu immer der örtlichen Polizei bedurft. Mit Sicherheit war die Privatsphäre hier unten ein behütetes Gut, und ich wollte keine Aufmerksamkeit auf uns lenken.

»Nördlich der Stadt gibt es viele *estancias*.« Der Angestellte nahm einen Stift in die Hand und kreiste ein Gebiet auf der Landkarte ein. »Hier, in der Nähe der Skipisten.

357

Oder hier.« Er kreiste ein anderes Gebiet weiter westlich ein. »Haben Sie ein Auto, Señor?«

Ich nickte. »Vierradantrieb.«

»Sie werden jedes Rad davon brauchen.« Er grinste, als hätte er einen Witz gemacht.

Wir verließen die Stadt Richtung Nordosten auf einer anderen Strecke als der, über die wir hergekommen waren. Die Straße führte eine Weile an der Küste entlang, vorbei an einsamen Inseln. In der Ferne säumten die Berge von Chile den Horizont.

Wir folgten der Küste, bis wir auf eine Straße abbogen, die steil hinaufführte.

»Lass mich raten«, sagte Andie mit gespielter Enttäuschung. »Du willst die Pinguine wirklich nicht sehen?«

»Nachdem wir Cavello gefunden haben«, grinste ich. »Ich werde dafür sorgen, dass uns noch etwas Zeit bleibt.«

Wir fuhren durch die Hochtäler oberhalb von Ushuaia. Hier waren die Ebenen grüner, die Berge steil und schroff. Wir kamen an einigen verwitterten Straßenschildern vorbei. »Bridges Estancia«. Ein anderes mit einem Pfeil deutete in die entgegengesetzte Richtung. »Chile«.

Die Landschaft war atemberaubend – gefrorene Wasserfälle, die in die Tiefe schossen, hohe Klippen, Felsspalten voll Eis.

Wir kamen an einem wunderschönen See vorbei, aus dem schroffe Gipfel, in bronzenes Licht getaucht, in Formen nach oben ragten, wie ich sie noch nie zuvor gesehen hatte.

Die nächsten zwei Stunden holperten wir über jede gekennzeichnete Straße, die wir finden konnten, und fuhren durch ein paar Holzgatter. Jedes Mal falscher Alarm.

Ich war sicher, hier oben eher dem *Bigfoot* als Cavello

zu begegnen. Auf dem Rückweg umrundeten wir die Berge und kamen durch den Feuerland-Park. Wir sahen den größten Eisblock, den man sich vorstellen konnte. Er war mindestens zehn Meter hoch und erstreckte sich kilometerlang in ein Tal zwischen zwei Gipfeln.

Wir fanden drei Ranches. Jede war groß und wunderschön in den Bergen gelegen, mit Blick auf die karge Küste und das Meer. Aber keine war die Ranch, nach der wir suchten.

Ich stöhnte völlig frustriert. Was hatte Remlikov mit »in der Nähe von Ushuaia« gemeint? Wir wussten nicht einmal, in welcher Richtung die Ranch lag.

Als wir gegen vier Uhr die Stadt erreichten, ging die Sonne bereits unter. Noch nie hatte ich eine so malerische Landschaft gesehen wie an diesem Tag, aber deswegen waren wir nicht hergekommen.

»Señor!« Guillermo, der Angestellte an der Rezeption, winkte uns zu, als wir das Hotel betraten. »Haben Sie es gefunden?«

»Wir haben das Ende der Welt gefunden.« Ich schnaubte frustriert. »Aber keine Ranch.«

»Ich habe meine Frau gefragt, Señor«, erzählte er aufgeregt. »Sie ist Holländerin. Sie arbeitet im *pasillo de ciudad*. Im Rathaus.«

Ich wartete, was er mir erzählen würde.

»*El Fin del Mundo*. Sie kennt die Ranch und weiß, wo sie liegt.«

Ich trat zu ihm an den Tresen, wo er meine Landkarte auffaltete und auf eine Stelle östlich der Stadt zeigte, die ganz woanders lag als dort, wo wir herumgegondelt waren.

»Hier. Sie gehört einer alten, hiesigen Familie. Das jeden-

359

falls steht in den Dokumenten. Aber meine Frau sagt, sie gehört einem Ausländer. Einem Amerikaner, ja?«

Ich klopfte Guillermo lächelnd auf die Schulter. »Einem Amerikaner, genau.«

111

Am nächsten Tag machten wir uns erneut auf die Suche.

Die Ranch befand sich also im Osten, nicht in der Nähe der anderen, schicken *estancias,* sondern in einem abgelegenen Tal. Wir wanden uns eine enge Straße hinauf, entlang schwungvoller, felsiger Abhänge und überhängender Gletscher. Straßenschilder gab es hier nicht – wir hielten uns an Guillermos Wegbeschreibung.

Auf einem Ziegenpfad, der der Beschreibung nach oberhalb der Ranch liegen musste, hielten wir an.

Andie und ich kletterten eine versteckt liegende Felsnase hinauf und spähten durch das Fernglas. Ich wusste, dass es Cavellos Ranch war, sobald ich sie sah.

»Er ist hier.«

Die Ranch wirkte nicht so einladend oder offen wie die anderen, die wir gesehen hatten. Kein Schild über einem Holztor verriet den Namen. Stattdessen saßen zwei Männer – oder vielmehr Soldaten – in einem Wachturm und spielten Karten.

»Sie sind ganz schön schlampig«, stellte ich fest. »Das ist ein gutes Zeichen, hoffe ich.«

Schafherden grasten auf den steilen Wiesen. Doch der Zaun, der sich vom geschlossenen Tor aus um die Ranch zog, diente nicht dazu, die Schafe am Ausbrechen zu hindern. Es war Stacheldraht, der Eindringlinge von außen fernhalten sollte.

Die Männer im Turm waren bewaffnet. An der Mauer lehnten zwei Automatikgewehre. Ich erblickte vier Wachen, die mit Hunden entlang des Zaunes patrouillierten. Mir wurde klar, dies hier war keine Ranch, sondern eine Festung.

El Fin del Mundo.

Die Ranch war so groß, dass wir von unserer Position aus weder das Haupthaus noch irgendwelche Wirtschaftsgebäude sahen. Und wie das Thema Sicherheit als Ganzes gelöst war, konnte ich auch nicht sagen. Also konzentrierte ich mich auf die Wachen am Tor. Das verdammte Ding konnte unter Strom stehen. Aber auf jeden Fall bemerkte ich mehrere Kameras.

Ich reichte Andie das Fernglas, die es nervös hin und her schwenkte. Ich war mir sicher, dass sie die Waffen im Wachturm nicht sah, sondern sich auf das Grundstück konzentrierte. Mit einem resignierten Achselzucken gab sie mir das Fernglas zurück.

»Hast du eine Ahnung, wie wir da reinkommen, Nick?«

Ich lehnte mich gegen einen Felsen, hob eine Hand voll Kies auf und ließ ihn auf den Boden rieseln.

»Wir werden nicht reingehen.«

112

Auch am nächsten Tag beobachteten wir Cavellos Ranch von dem schmalen Ziegenpfad aus, der etwa fünfhundert Meter entfernt lag. Wir versteckten den Wagen, in den wir uns immer wieder zum Schutz vor Kälte und Regen zurückzogen, ansonsten spähten wir nur hinüber zur Ranch und warteten.

Am dritten Tag war es endlich so weit.

Das Tor wurde geöffnet, und die Wachen im Turm erhoben sich. Ich holte mir die Szenerie mit dem Fernglas heran.

In der Ferne erschienen am Ende der Straße zwei schwarze Flecken. Ich sprang aus dem Wagen. »Nick? Was ist los?«, fragte Andie.

Ich antwortete nicht, hielt nur das Fernglas auf die sich nähernden, einige hundert Meter entfernten Fahrzeuge gerichtet. Zwei schwarze Range Rover. Die Wachen am Tor griffen zu ihren Gewehren und gingen in Habachtstellung.

Die Range Rover hielten am Tor der *estancia*. Die getönten Fenster verhinderten die Sicht. Eine der Wachen am Turm winkte und sagte etwas zum Fahrer im ersten Wagen.

Ich wusste, dass er da drin saß. Dominic Cavello. Ich spürte es in meiner Magengrube. Es war das gleiche furchtbare Gefühl, das ich hatte, als ich Manny und Ed tot am Strand gesehen hatte.

Dann fuhren die Fahrzeuge weiter, das Tal hinab zur Stadt.

»Ich weiß jetzt, wie wir es anstellen werden, Andie«, sagte ich, behielt aber die beiden Range Rover im Blick, die über die steile Bergstraße holperten. »Er kommt zu uns, nicht umgekehrt.«

113

Wir brauchten etwas Geduld. Das hatten wir von Anfang an gewusst. Zweimal die Woche verließ Cavello seine Ranch, immer am Mittwoch und Samstag, immer mit den beiden schwarzen Range Rovern und immer gegen Mittag. Cavello fuhr im ersten Wagen, während zwei seiner Wachen im zweiten folgten.

Am Samstag warteten wir am Stadtrand von Ushuaia und folgten dem kleinen Konvoi ins Zentrum. War dies unsere Chance?

Cavello kam zum Essen in die Stadt – immer in dieselbe *cantina* –, anschließend kaufte er sich ein paar Zeitungen und Zigarren und schob eine Nummer.

Wir hatten von einem Barmann und einer Kellnerin erfahren, dass der Amerikaner sein Mittagessen in der Bar Ideal einnahm, einem Café in der Nähe des Hafens. Dort saß er immer an einem Tisch am Fenster. Manchmal begrabschte er die kleine, heiße, blonde Kellnerin und flirtete mit ihr. Ein paarmal hatte man sie nach ihrer Arbeit gemeinsam in einem Hotel in derselben Straße verschwinden und nach etwa einer Stunde wieder herauskommen sehen.

Dann ging er wie ein befriedigter Bulle in einen Tabakladen, der ein paar Häuserblocks auf der Magellanes lag, seine beiden Leibwächter einige Schritte hinter ihm im Schlepptau. Dort kaufte er eine Kiste edler Zigarren. Kubanische Cohibas. Anschließend holte er sich in einem Zeitungsladen die *USA Today* und die *New York Times.* Er schien keine Angst zu haben. Wer sollte ihn auch erkennen? Hin und wieder setzte er sich in ein anderes Café, bestellte einen Kaffee, schlug die Zeitung auf und zündete sich eine Zigarre an. Auf seiner Ranch schien er wie ein wichtiger Mann von Händlern beliefert zu werden.

Als ich sah, wie er aus dem Wagen stieg, verkrampfte sich alles in mir. Die Wut und die Qualen von so vielen Morden, für die er verantwortlich war, drängten sich wieder schmerzhaft in mein Gedächtnis, doch ich konnte nur still dasitzen und zusehen.

Wie sollte ich es anstellen? Wie konnte ich trotz seiner Leibwächter an ihn herankommen? Wir hatten keinen Köder.

Wie konnte ich mich nähern? Und was würde passieren, wenn ich es tat?

An diesem Abend aßen wir in einem kleinen Café außerhalb der Stadt. Andie wirkte ausgesprochen wortkarg. Irgendetwas bedrückte sie – ebenso wie mich. Wir waren Cavello so nahe, und er lebte hier als freier Mann. Schließlich blickte sie mich an. »Wie werden wir die Sache hier durchziehen?«

Ich nahm einen Schluck von meinem chilenischen Bier. »Er wird gut bewacht. Ich weiß nicht, wie ich an ihn rankommen soll.«

Andie stellte ihr Bier ab. »Hör mal, Nick, wie wär's, wenn ich das täte?«

114

Andie hatte sich die Sache schon eine Weile durch den Kopf gehen lassen, hatte Cavello lange genug beobachtet, um es zu *wissen*. Schon im Gerichtssaal hatte sie dieses Gefühl gehabt, schon damals gewusst, wie sie sich ihm nähern könnte, sollte dies einmal nötig sein. So wie jetzt.

»Ich bin Schauspielerin, weißt du noch?«

Sie und Nick arbeiteten einen groben Plan aus.

Sie musste dafür sorgen, dass Cavello sie nicht erkannte, doch er hatte sie nur während der Gerichtsverhandlung gesehen – mit langem Haar, das von einer Spange im Nacken zusammengehalten war. Also besorgte sie sich in der Apotheke ein Mittel, um es blond zu färben. Anschließend flocht sie es wie die Indianerinnen zu Zöpfen und setzte eine Baseballkappe auf. Mit etwas Lippenstift und einer Sonnenbrille war selbst sie überrascht.

»Was denkst du?«

»Ich denke, wir sollten der Reihe nach vorgehen. Aber die Verkleidung ist gut.«

Es ging nicht mehr darum, eine Rolle zu spielen. Das hier war echt. Es ging um Leben und Tod.

Sie suchten einen Platz, an dem sie ihn ködern konnten. Aber weil die Leibwächter ständig in Cavellos Nähe waren, musste Nick schnell eingreifen können. Immerhin bestand auch die Möglichkeit, dass er zu spät kam. Dann würde Andie wahrscheinlich sterben. Und er auch.

Nick kaufte ein kurzes Messer mit gezackter Klinge, ein Fischermesser. Und eine Melone.

»Du stößt das Messer hier rein«, zeigte er ihr, führte ihren Daumen an die weiche Stelle unter ihrem Kinn und drückte gegen ihren Kehlkopf. »Damit ist er schachmatt gesetzt und hilflos. Er wird nicht schreien können. Er wird viel zu schockiert sein und viel zu stark bluten, um irgendwas tun zu können. Das Blut wird überall herumspritzen, Andie. Darauf musst du vorbereitet sein. Und du musst das Messer stecken lassen. Bis er tot ist. Glaubst du, du schaffst das?«

Sie nickte zögernd. »Das schaffe ich.«

Nick reichte ihr das Messer. »Wirklich? Zeig's mir.«

Es sah alles andere als geschickt aus, wie sie das Messer hielt. Bisher hatte sie ein solches Ding nur zum Kochen benutzt. Langsam führte sie es – allerdings mitsamt der Scheide – an die Stelle unter Nicks Kinn und drückte zu.

»Lass mich mit der Melone üben«, sagte sie.

»Übe an mir. Fester«, verlangte er.

Andie drückte das Messer mit mehr Kraft in Nicks Kehle.

Er packte ihr Handgelenk. »Schnell – genau so.« Andie zuckte zusammen, als er seine Hand nach oben schnellen ließ und seinen Daumen in dieselbe Stelle an ihrem Hals drückte.

Sie keuchte.

»Du musst in der Lage sein, genau das hier zu tun«, erklärte er und drückte noch fester zu. »Wenn er irgendwas dergleichen erwartet oder dich erkennt, wird er dasselbe mit dir tun.«

»Du tust mir weh, Nick.«

»Wir reden davon, einen Mann zu töten, Andie.«

»Das weiß ich, Nick!«

Er ließ sie los.

Sie hielt das Messer, bis sie sich daran gewöhnt und sich ihre Hand an den Griff angepasst hatte. Sie dachte an die vielen Male, an die vielen Träume, in denen sie Cavello dies hatte antun wollen.

Sie drückte das Messer noch tiefer in die Stelle, die Nick ihr gezeigt hatte.

Er bog den Kopf unter dem Druck nach hinten. »Fester. Mit einer einzigen Bewegung. Was ist, wenn wir keine andere Möglichkeit haben, Andie? Was ist, wenn ich dir nicht rechtzeitig helfen kann?«

Andie riss die Hand nach oben und rammte das Messer gegen Nicks Kehle. Mit schmerzverzerrtem Gesicht zuckte er nach hinten.

»Besser.« Er nickte und griff zur Melone. »Jetzt zeig es mir noch einmal. Ich will sehen, wie du mit aller Kraft in diese Melone stichst. Töte Cavello, Andie!«

115

Dominic Cavellos Mittwoch war richtig beschissen geworden.

Er freute sich immer auf den Mittwoch. Bis dahin hatte er immer schon genug davon, in dieser abgelegenen Ranch wie ein Gefangener zu leben.

Mittwoch war der Tag, an dem er Rita, diesem heißen Feger, die in der Bar Ideal arbeitete, die Besinnung raubte. Doch an diesem Tag war Rita nicht da. Diese Schlampe war in Buenos Aires bei irgendeinem Latinofamilienfest.

Also saß Cavello in der Bar herum und hielt sich, geil und frustriert wie er war, an einem warmen Bier und seinem Würstchen fest. Früher musste er nie alleine essen. Ständig war er von seinen Männern umgeben, von seinen Geschäftspartnern. Von Dutzenden, wenn er wollte, und dazu kam noch eine Auswahl an hübschen Körpern. Er hatte nur mit den Fingern zu schnippen brauchen. Jetzt aß er die ganze Zeit alleine.

Er könnte genauso gut im Gefängnis sitzen. Na ja, vielleicht doch nicht.

Cavello dachte darüber nach, wie er dieses kleine, süße Ding von der Ranch vermisste. Mariella. Was für eine Verschwendung! Er dachte an ihren satinweichen Arsch, an ihre Babytitten. Zumindest – und bei dem Gedanken musste er laut kichern – war er der Einzige, der sie genommen hatte.

Bald würde es anfangen zu schneien und monatelang nicht wieder aufhören. Dann wäre es noch schwieriger, Abwechslung zu finden. Er nahm einen Schluck von diesem beschissenen argentinischen Bier, hätte aber am liebsten den Tisch umgeworfen, so eingesperrt kam er sich vor. In Zeiten wie diesen hätte er zu Hause nur geschnippt und alle Frauen haben können, die er wollte. Egal wie alt. Oder jemandem eine Pistole in den Mund schieben und um Gnade flehen lassen. Ja, das hatte ihm Spaß gemacht. Zu Hause stünden ihm alle Möglichkeiten offen. Da wäre er Dominic Cavello. Der Elektriker.

Diese Inkas hatten keine Ahnung, wer er war.

Er stand auf, warf ein paar zerknitterte Scheine auf den Tisch und ging hinaus, wo er Lucha und Juan zunickte, die im Range Rover auf der anderen Straßenseite saßen. In seinem schwarzen Ledermantel, zum Schutz vor dem eisigen Wind leicht vorgebeugt, ging er den Hügel hinauf.

Verdammte Scheiße!

Während seine Leibwächter hinter ihm herfuhren, ging er weiter Richtung Magellanes. Zwei Hunde bellten, zerrten an Fleischstücken aus einem umgekippten Mülleimer. Bald würden sie einander anfallen und sich die Reste streitig machen. Solche Sachen waren es, die ihm jetzt Spaß machten. Er zog seine Waffe und erschoss einen der Hunde.

Schon besser.

Dann bog er auf die Magellanes ab. Was sonst konnte er noch tun, außer eine fette Cohiba zu rauchen und nach Hause zu fahren?

116

Andies Mobiltelefon vibrierte. Sie ging nicht ran. Sie wusste, was es bedeutete.

Sie drehte sich im Tabakladen zu dem kleinen Angestellten mit Schnurrbart, der kaum Englisch sprach. »Das hier sind die besten, sagen Sie? Das sind kubanische, ja?«

»Ja, Señora, die besten auf der Welt. In allen Preisklassen.«

Andie hielt nervös die beiden Zigarrenkisten vor sich. Montecristos und Cohibas. Sie wartete auf das Geräusch, auf das Klingeln der kleinen Glocke hinter ihr, wenn Cavello den Laden betrat. Ein Schauder lief ihr über den Rücken. Das ist nicht irgendein dummes Theaterstück, ermahnte sie sich. Du stehst hier nicht auf der Bühne. Beruhige dich und mache deine Sache richtig. Du musst perfekt sein.

Endlich hörte sie die Glocke und das Quietschen der sich öffnenden Tür. Andie spannte den Rücken an, drehte sich aber nicht um. Sie wusste, wer eingetreten war.

»Aber welche sind die besten?«, fragte sie weiter. »Es ist ein Geschenk für meinen Mann, und sie sind teuer. Ich drücke mich vielleicht nicht richtig aus, oder?«

»Señora, sie sind beide die besten«, betonte der Verkäufer. »Es ist eine Frage des Geschmacks.«

Sie blickte die beiden Kisten an. »Bitte.«

»Sie liegen bei keiner der beiden verkehrt«, meldete sich die Stimme hinter ihr zu Wort. »Aber wenn's um mein Geld ginge, würde ich die Cohiba nehmen.«

Andie hielt die Luft an und fürchtete sich beinahe,

sich umzudrehen. Aber sie tat es und stand einem Mann in schwarzem Ledermantel und Tweedmütze gegenüber. Cavello sah älter aus als in ihrer Erinnerung, sein Gesicht war hagerer. Aber er war immer noch der Mann, den sie hasste.

»Es ist wie die Wahl zwischen einem Brunello und einem Burgunder. Ich stehe auf Brunello, und in diesem Fall auf die Cohiba. Aber Frederico hat Recht, es ist eine Frage des Geschmacks.«

Der Verkäufer nickte. »Si, Señor Celletini.«

Aha, Celletini, dachte Andie. Sie reichte dem Verkäufer die Kiste Cohibas. »Ich werde diese hier nehmen.« Sie drehte sich wieder zu Cavello. »Danke für Ihre Rettung.«

»Das war keine Rettung. Selbst ein Kenner würde die Wahl schwierig finden.« Er trat näher auf sie zu. »Geschäfte oder Studienzwecke?«

»Bitte?«, fragte Andie.

»Zu dieser Jahreszeit ist es nicht üblich, hier unten einen amerikanischen Akzent zu hören. Die meisten Touristen sind schon wieder weg.«

Andie lächelte. »Geschäfte. Ich will für eine Expedition in die Antarktis anheuern, die nächsten Monat stattfindet.«

»Eine Forscherin.« Cavello spielte den Beeindruckten.

»Eher eine Köchin. Vielleicht auch eher ein Flüchtling als alles andere.«

»Das ist keine Schande.« Cavello lächelte. »Hier unten sind die meisten auf der Flucht.«

Andie schob langsam ihre Sonnenbrille nach oben, ließ ihn ihr Gesicht sehen. »Wovor sind Sie geflohen?«, fragte sie und befeuchtete ihre Lippen.

»Im Moment vor meinen Schafen. Ich habe eine Ranch zwanzig Minuten außerhalb der Stadt.«

»Schafe, hm?« Sie legte neckisch den Kopf zur Seite. »Mehr nicht?«

»Gut, Sie haben mich erwischt.« Cavello hob die Hände, als ergäbe er sich. »Eigentlich bin ich in einem Zeugenschutzprogramm. In Phoenix habe ich die falsche Abzweigung genommen und bin nach Süden gefahren. Also bin ich hier gelandet.«

»Ein Mann mit sehr schlechtem Orientierungssinn.« Andie hoffte, ihr Lachen klang echt. »Aber keine Sorge, Mr. Celletini, Ihr Geheimnis ist bei mir gut aufgehoben.«

»Frank«, sagte Cavello. Sein Blick wurde intensiver. Der geschickte Mörder, der Psychopath. Der Elektriker.

»Alicia.« Auch Andie konnte lügen. »Alicia Bennett.«

»Freut mich, Sie kennen zu lernen, Alicia Bennett.« Cavello streckte seine Hand aus. »Forscherin.«

Seine Hand war rau und schwielig. Andie versuchte, nicht zurückzuschrecken, und kramte rasch in ihrem Geldbeutel.

»Und was ist mit Ihnen?«, fuhr Cavello mit dem Geplänkel fort. »Wovor flüchten Sie?«

»Ich bin eine *Desperate Housewife*.« Andie kicherte.

»Sie müssen sehr verzweifelt sein, wenn Sie hierher kommen. Aber so sehen Sie nicht aus.«

»Ich habe diese Anzeige gesehen.« Andie zuckte mit den Schultern. »Dort stand, man käme ans Ende der Welt. Ich dachte, damit wäre Ushuaia gemeint, aber wenn ich kubanische Zigarren kaufen und mit einem Amerikaner übers Fernsehen reden kann, habe ich es vermutlich noch nicht gefunden. Also fahre ich weiter in den Süden.«

»Ihr Mann muss ein ziemlich vertrauensseliger Mensch sein, wenn er Sie alleine hierher fahren lässt, Alicia. Oder ist er es, vor dem Sie fliehen?«

Andie seufzte, als wäre ihr die Situation peinlich. »Eigentlich habe ich gelogen. Ich bin nicht verheiratet. Ich wollte dem Verkäufer gegenüber so tun, als wäre ich nicht ganz die Dumme. Die Zigarren sind fürs Schiff.«

»Die kaufen Sie schon so früh?« Cavello blickte sie an. »Das kleine Mädchen will wohl auf alles vorbereitet sein.«

Scheiße, dachte Andie, mein erster Fehler.

Der Verkäufer reichte ihr das Päckchen und das Wechselgeld.

»Mit den Cohibas haben Sie eine gute Wahl getroffen, Alicia. Und was das Ende der Welt angeht, könnte ich es Ihnen zeigen. Es ist gar nicht so weit weg, wie Sie denken.«

»Ach ja? Was meinen Sie damit?«

»Meine Ranch. Die heißt so. Das muss Schicksal sein, Alicia.«

»Ich glaube nicht ans Schicksal«, widersprach Andie mit einem Lächeln. Sie nahm ihr Päckchen unter den Arm und huschte an ihm vorbei, während er ihr die Tür aufhielt.

Andies Herz begann zu rasen. Immer mit der Ruhe, ermahnte sie sich, nur noch ein paar Sekunden. Du hast ihn an der Angel – also lass ihn nicht wieder los.

Cavello folgte ihr nach draußen. Ein Stück weiter die Straße entlang bemerkte sie zwei Leibwächter, die ziellos herumliefen, ohne besonders auf ihren Chef zu achten. Schlampig, genau wie Nick gesagt hatte.

»Samstags esse ich in der Bar Ideal immer zu Mittag«, sagte Cavello. »Sie liegt unten am Hafen. Wenn Sie Lust haben, können Sie mich begleiten.«

»Kommt darauf an«, rief Andie ihm zu, während sie rückwärts die Straße entlangging. Sie bemerkte das Funkeln in seinen Augen. Ja, sie hatte ihn an der Angel.

»Auf was?« Cavello folgte ihr ein paar Schritte.

»Darauf, womit Sie es geschafft haben, in dieses Zeugenschutzprogramm zu kommen, Mr. Celletino. Ich gehe nur mit einer bestimmten Art von Männern aus.«

»Ach so.« Cavello grinste und ging noch einen Schritt auf sie zu. »Mafiaboss. Passt das in Ihr Raster?«

117

Dann kam der Samstag.

Andie saß bereits im Café, als Cavello eintraf. Die beiden schwarzen Range Rover fuhren auf den Platz, und die Fahrertür des ersten wurde geöffnet. Cavello stieg aus, wie immer völlig von sich eingenommen.

Dies hier war kein Theaterstück, keine Rolle. Das wusste sie. Dieser Mann würde sie liebend gern umbringen, wenn sie ihm einen Anlass bot. Aber sie musste diese Sache durchziehen. Sie musste ruhig bleiben. Sie musste schauspielern.

Cavello sah ihr erfreut und vielleicht auch ein bisschen überrascht entgegen, als er an ihren Tisch trat. Wie beim letzten Mal trug er den schwarzen Ledermantel, die Sonnenbrille und die Tweedmütze. »Ich freue mich, Sie zu sehen, Alicia. Dann hat Sie meine letzte Beschäftigung doch nicht abgeschreckt.«

»Huch, ich dachte, das wären nur Spielchen.« Andie blickte ihn über ihre Sonnenbrille hinweg an. »Sollte ich etwa Angst haben?«

Diesmal hatte sie ihre Haare nicht zu Zöpfen geflochten, und unter ihrer hüftlangen Jeansjacke trug sie ein orangefarbenes T-Shirt, auf dem in kleinen Buchstaben »Ball Buster« stand. Cavello las die Aufschrift. »Vielleicht bin ich derjenige, der Angst haben sollte, Alicia. Darf ich mich setzen?«

»Sicher. Es sei denn, Sie wollen im Stehen essen.«

Er setzte sich und nahm seine Mütze ab. Sein Haar war etwas grauer geworden, doch sein Gesicht hatte sich seit dem Tag, an dem Andie ihn voller Hass im Gerichtssaal angesehen hatte, am Tag der Wiederaufnahme der Verhandlung, kaum verändert.

»Auf mich wirken Sie gar nicht so unheimlich«, meinte Andie. »Außerdem – wie kann jemand, der Schafe züchtet, so schlecht sein?«

Cavello lachte. Er konnte richtig charmant sein, wenn er wollte. »Wissen Sie, das versuche ich dem Justizministerium schon seit Jahren klarzumachen.«

Andie stimmte in sein Lachen ein.

Ein Kellner kam, der Cavello zu kennen schien.

»Die *empanadas* sind hier wie Felsbrocken. Aber die Margaritas sind die besten nördlich der Antarktis«, erklärte Cavello.

»Margarita«, bestellte Andie, ohne die Karte zu öffnen. Cavello nahm einen Absolut auf Eis.

»Also, warum sind Sie wirklich hier?« Andie zwirbelte ihr Haar. »Hier gibt's doch überall Schafe, oder? Sie sehen mir nicht nach einem Bauern aus, Frank.«

»Wegen des Wetters?« Cavello lächelte, bevor er fortfuhr. »Sagen wir, die Gegend hier kommt mir zugute. Trostlos. Einsam. Abgeschieden. Das sind die Pluspunkte.«

»Wissen Sie, so langsam kaufe ich Ihnen diese Sache mit dem Zeugenschutzprogramm ab.« Sie lächelte ihn verschmitzt an.

Der Kellner brachte die Getränke. Andie hob ihre Margarita, Cavello seinen Wodka.

»Auf das Ende der Welt«, prostete er ihr zu. »Und auf alle Hoffnungen und Erwartungen, die damit einhergehen.«

Andie blickte ihm ihn die Augen, als sie miteinander anstießen. »Hört sich nach einem Plan an.«

Sie nahm einen Schluck und blickte an ihm vorbei auf

den Platz. Irgendwo da draußen versteckte sich Nick und beobachtete sie. Das gab ihr Kraft. Ja, die brauchte sie jetzt.

»Was für Hoffnungen und Erwartungen haben Sie denn, Frank?«, fragte sie und blickte ihn wieder über ihre Sonnenbrille hinweg an.

»Eigentlich dachte ich gerade an Sie.«

»An mich?« Andie stellte nervös ihr Glas ab. »Was wissen Sie von mir?«

»Ich weiß, dass Leute nicht die ganze Strecke bis hierher zurücklegen, wenn sie glücklich sind. Ich weiß, Sie sind sehr attraktiv und scheinbar Neuem gegenüber aufgeschlossen. Ich weiß, dass Sie hier sind.«

»Sie sind ja echt ein Psychologe.«

»Ich denke, ich mag einfach die Menschen. Mag es, wie ihre Köpfe funktionieren.«

Als er sich nach ihr erkundigte, erzählte sie ihm die Geschichte, die sie und Nick sich zusammengesponnen hatten. Über ihre erste Ehe, die zerbrochen war, über ein Restaurant in Boston, in dem sie als stellvertretende Küchenchefin gearbeitet hatte und das pleite gegangen war, und dass es Zeit für eine Veränderung in ihrem Leben war. Für neue Abenteuer. Deswegen war sie hier gelandet.

Ein paarmal berührte sie Cavellos Arm, woraufhin er sich weiter zu ihr beugte. Sie wusste, wie das Spiel lief. Sie betete nur, dass er sie nicht bereits durchschaut hatte.

Cavello faltete die Hände vor seinem Gesicht. »Wissen Sie, Alicia, ich gehöre nicht zu den Menschen, die lange um den heißen Brei herumreden.«

»Nein, Frank.« Sie nahm einen Schluck von ihrer Margarita.

»Nein, Frank?« Er sah sie enttäuscht an.

Andie lächelte. »Nein, Frank, diesen Eindruck hatte ich überhaupt nicht.«

Auch Cavello grinste. Unter dem Tisch streifte sie sein Bein mit ihrem.

Das war alles so jämmerlich – und widerlich.

»Sie könnten sich meine Ranch anschauen. Sie ist nicht weit weg. Der Ausblick von dort gehört zu den schönsten.«

»Das wäre nett. Das würde mir gefallen. Und wann, dachten Sie?«

»Warum nicht heute Nachmittag? Nach dem Essen.«

»Keine schlechte Idee.« Andie zuckte mit den Schultern. »Ich habe aber eine andere Idee. Mein Hotel ist nur ein paar Blocks entfernt. Ich bin sicher, ich kann Ihnen einen ebenso hübschen Ausblick bieten.«

118

Ich saß im Land Cruiser auf der anderen Seite des Platzes und beobachtete Andie und Cavello. Als sich die beiden vom Tisch erhoben und zum Hotel gingen, begann mein Herz zu pochen – Andie hatte ihr Ziel erreicht.

Cavello nickte jemandem in dem ersten Range Rover zu, was, wie ich hoffte, heißen sollte: Nehmt euch den Rest des Nachmittags frei.

Hieß es aber nicht.

Die beiden Männer stiegen sofort aus. Einer war gedrungen, hatte eine Glatze und einen Schnurrbart, der andere war groß, hatte langes, schwarzes Haar und trug eine Adidas-Jacke. Sie folgten Andie und Cavello in zwanzig Metern Entfernung. Das war nicht gut.

Zum ersten Mal, seit Andie und ich diese Sache geplant hatten, schlug mir die Realität ins Gesicht. Ich wusste, für Andie musste schon eine einzige Berührung von Cavellos Hand eine Höllenqual sein, die sie kaum aushalten würde. Aber sich am ganzen Körper von ihm begrabschen zu lassen? Nun hatte ich noch das Problem mit den Leibwächtern am Hals, die Cavello offenbar zum Hotel begleiteten.

Ich umfasste den Griff meiner Glock, die geladen in meiner Jackentasche steckte, und stieg aus meinem Wagen.

Jetzt stellte sich nur noch eine Frage: Sollte ich die Kerle gleich hier erledigen?

119

Andie war ganz zappelig, als sie versuchte, den Schlüssel ins Schloss zu stecken. Cavello ließ sie kaum Luft holen. »Lass mich das machen«, flüsterte er in ihr Ohr.

Er nahm ihr den Schlüssel aus der Hand und drückte eine Sekunde später ihren Körper gegen die Wand, schob seine Zunge in ihren Mund.

Andie musste beinahe würgen.

Dann schob Cavello seine Hand unter ihr T-Shirt und griff nach ihren Brüsten.

O Gott, das war Dominic Cavello, Jarrods Mörder!

Andie schloss die Augen, als sie spürte, wie seine Hand nach unten in ihre Jeans und ihren Slip glitt.

Cavello ging ein Stück auf Abstand und grinste sie an. »Du bist total geil.«

»Ja, aber lass uns nichts überstürzen, Frank. Wir haben alle Zeit der Welt.

Er zog ihr die Jeansjacke aus und warf sie auf den Boden. »Weißt du, ich wollte dich gleich in dem Moment, als ich dich das erste Mal gesehen habe. Am liebsten hätte ich dich gleich in dem Tabakladen genommen.«

Andie wollte die Süße spielen. »Heißt das, die Fahrt auf deine Ranch ist gestrichen?«

Wieder lachte Cavello, zog sie zu sich heran und legte seine Hände wieder über ihre Brüste. Am liebsten hätte sie ihn gleich in dieser Sekunde getötet.

»Ich brauche noch einen Moment«, keuchte sie.

»Nicht jetzt.« Er zog ihr T-Shirt nach oben, leckte über

ihre Brüste und Schultern, rieb seine Hüfte gegen ihre. Mit einem kräftigen Ruck öffnete er ihren BH und fummelte an ihren nackten Brüsten.

»Bitte«, drängte sie, »ich muss ins Badezimmer.«

Cavello blickte ihr in die Augen. »Du willst doch nicht etwa kneifen?«

»Wer kneift hier?« Andie versuchte zu lachen, doch Cavello packte sie an den Handgelenken und warf sie aufs Bett. Er schien die Kontrolle über sich verloren zu haben. Sie versuchte, sich zu beruhigen, dachte aber ständig ans Messer und rutschte nach oben zum Kissen, unter dem es lag. Sie hatte damit in die Melone gestochen und würde es bei Cavello auch tun.

Cavello warf sich zwischen ihre Beine und zerrte an ihren Jeans.

»Nicht so hastig.« Andie tat, als wollte sie ihm helfen, und rutschte noch weiter nach oben, bis sie mit dem Kopf auf dem Kissen lag. Sie tastete nach dem Messer, streckte ihre Beine, stöhnte, als würde sie es genießen, von Cavello ausgezogen zu werden. Aber wo blieb Nick?

Ihre Finger ertasteten den Griff des Messers unter dem Kissen. Cavello musste ein Stück höher rutschen. Sie starrte auf die Stelle an Cavellos Hals, wo sie, wie Nick ihr gezeigt hatte, das Messer hineinrammen musste.

»Wie heißt dein Schiff?«, fragte Cavello unvermittelt.

Andie war überrascht. »Was? B-bitte?«, stammelte sie.

»Wie dein Schiff heißt, Alicia.« Er hielt ihre Handgelenke fest, so dass sie sich nicht mehr bewegen konnte. »Das, mit dem du in die Antarktis willst.«

Andie erstarrte, blickte ihm in die Augen. Mit pochendem Herzen versuchte sie, eine Antwort zu finden.

»Zu dieser Jahreszeit läuft kein Schiff aus. Erst wieder

im Frühjahr, nicht im Winter«, fuhr Cavello fort. »Du hast mich täuschen wollen, Alicia.« Er drückte eine Hand in ihre Kehle. »Ich glaube, es ist Zeit, dass du mir sagst, wer du wirklich bist.«

120

Sie waren schon sieben Minuten da oben. Länger konnte ich nicht warten, auch wenn der Leibwächter mit der Adidas-Jacke vor dem Hoteleingang eine Zigarette rauchte. Auch wenn der andere, der Glatzkopf mit dem Schnurrbart, Cavello und Andie nach drinnen gefolgt war.

Ich musste reingehen.

Fünf Sterne wären für das Pelicanos eindeutig zu viel gewesen. Es war ein verschlafenes, ruhiges Hotel mit winziger Eingangshalle und einem einzigen Angestellten hinter der Rezeption, und für die fünf Stockwerke musste ein enger Drei-Personen-Fahrstuhl reichen.

Ich konnte nicht riskieren, durch den Vordereingang zu gehen, weswegen ich um das Hotel herum zu einer schmalen Gasse schlich. Dort befand sich eine alte Feuerleiter, bei der der unterste Absatz im ersten Stock hing. Ich sprang hinauf, umklammerte das Gitter und zog mich nach oben, wo ich vor einem verschlossenen Flurfenster stand.

Ich holte mit dem Ellbogen aus und schlug die Scheibe ein. Glassplitter flogen über den Boden. Ich schob meine Hand durch, drückte das Fenster nach oben und kletterte, die Glock in der Hand, in den Flur.

Gleich neben dem Fahrstuhl führte eine enge Treppe nach oben. Dort war Andie, im zweiten Stock, und dort hinauf ging ich.

Auf dem Absatz zum zweiten Stock blieb ich stehen. Glatzkopf lehnte an der Wand, den Rücken mir zugekehrt, und blickte aus dem Flurfenster.

Ich glitt auf ihn zu, aber er musste mich gehört haben, weil er hektisch nach seiner Waffe griff.

Ich drückte die Mündung meiner Glock gegen seine Jacke und drückte ab. Zweimal – der Knall wurde durch seinen Körper gedämpft. Er zuckte zusammen und fiel gegen die Wand, während er immer noch nach seiner Waffe tastete. Ein roter Fleck breitete sich auf seinem Hemd aus.

Ich rannte den Flur entlang zu Zimmer 304, wo ich einen Moment vor der Tür stehen blieb. Ich hörte jemanden keuchen – Andie.

121

»Du hast meinen Sohn getötet!«

Cavellos Augen traten hervor, während er versuchte, den Sinn dessen, was sie gesagt hatte, zu erfassen. Und plötzlich fiel es ihm wie Schuppen von den Augen. Er griff nach der Hundemarke, die Andie immer um den Hals trug. Auf ihr stand Jarrods Geburtstag.

»Du bist vom Gericht! Du bist diejenige, deren Kind mit im Bus war!«

»Du Schwein!« Andie versuchte, sich aus Cavellos Griff zu befreien, doch er war stärker.

»Dir wird es gefallen«, meinte er. »Das wollte ich schon die ganze Zeit während der Gerichtsverhandlung. Gleich auf der Geschworenenbank.«

In dem Moment wurde die Zimmertür aufgebrochen. Cavello wirbelte herum.

»Runter von ihr!«, rief Nick, als er, die Waffe auf Cavello gerichtet, ins Zimmer stürmte.

Schockiert blickte Cavello in die Mündung der Waffe, bis er sein ungläubiges Lächeln nicht mehr zurückhalten konnte. »Nicky Smiles.«

»Du hast gesagt, ich soll dich suchen. Das habe ich getan.«

»Du hast dein Talent vergeudet, Nicky. All diese Jahre, in denen du fürs FBI gearbeitet hast.« Er blickte zu Andie. »Und du, du hast wirklich was verpasst.«

Wortlos schlug Andie mit der Faust so fest in sein Gesicht, wie sie konnte. »Was verpasst? Ich musste aufpassen, dass ich nicht kotze. Du hast meinen Sohn umgebracht!«

»Oh, das tut wirklich weh, Alicia, oder wie auch immer du heißt. Sag mal, Nicky, ist dieses kleine Rendezvous offiziell? Wie hast du mich gefunden?«

Cavello erhob sich vom Bett, rieb sich übers Kinn und bewegte es hin und her.

»*El Fin del Mundo*. Das war's. Remlikov hat dich verraten.«

»Remlikov?« Cavello blinzelte. »Wer ist das?«

»Nordeschenko«, antwortete Nick. »Es gibt vieles, wofür du büßen musst, Dom.«

»Na ja, ich denke, ich habe noch Zeit. Die Auslieferungsverhandlungen gehen hier nur schleppend voran. Ich muss schon sagen, ich fühle mich richtig geehrt, dass ihr einen so langen Weg auf euch genommen habt, um mich zu holen.«

Nicks Blick war eiskalt. »Was für eine Schnapsidee von dir zu glauben, dass irgendjemand gekommen ist, um dich zu holen?«

Cavello wurde leichenblass. »Du bist FBI-Agent, Pellisante.«

»Nicht mehr. Gut, was?«

Cavello zog die Nase hoch. »Oh, was soll ich sagen? Ich bin beeindruckt, Nicky Smiles.«

Mit einer gleichförmigen Bewegung griff Cavello zum kleinen Schreibtisch am Fenster und warf ihn auf Nick zu.

Nick drückte ab. Die Kugel bohrte sich in Cavellos Schulter.

Nick schaffte es gerade noch, dem Tisch auszuweichen, der gegen die Wand knallte. Cavello hechtete zum Fenster und schlug es mit der Faust ein, dann sprang er hindurch.

Nick und Andie rannten gleichzeitig zum Fenster. Unten lag Cavello gekrümmt auf dem Boden. Doch er stand wieder auf, eine Hand gegen die Schulter gepresst, und stolperte fort.

122

Ich polterte die Treppe am Ende des Flurs hinunter, bis ich mich an Cavellos anderen Leibwächter erinnerte, der immer noch die Hotelhalle bewachte. Das nächste Problem.

Im ersten Stock blieb ich stehen. Dort war der Fahrstuhl. Ich griff in die Kabine und drückte den Knopf fürs Erdgeschoss, schlich aber dem rasselnden Fahrstuhl über die Treppe hinterher.

Ich wartete, bis sich die Türen im Erdgeschoss öffneten.

Als ich hörte, wie der Fahrstuhl ratternd zum Stehen kam, trat ich mit gezogener Pistole vor.

Cavellos Leibwächter musste den Lärm aus dem zweiten Stock mitbekommen haben, weil er seine halbautomatische Pistole auf die sich öffnenden Türen gerichtet hielt. Ich drückte ab und jagte zwei Kugeln in das Logo seiner mintgrünen Trainingsjacke, so dass er in die leere Kabine stürzte. Dann rannte ich zum Vordereingang.

Draußen war von Cavello keine Spur zu sehen.

Ich rannte in Richtung Hafen, zurück zur Bar Ideal, wo die Range Rover standen.

Als ich um die Ecke zum Platz bog, sah ich Cavello, der auf die Wagen zuhumpelte.

Mit einem kurzen Blick nach hinten setzte sich Cavello in den ersten Range Rover, startete den Motor und legte den Rückwärtsgang ein. Beim Wenden rammte er ein Straßenschild und sorgte dafür, dass ein paar Passanten zur Seite springen mussten.

Ich rannte zu meinem Land Cruiser, der auf der anderen

Seite des Platzes stand, und fuhr ihm hinterher. Wenn er seine Ranch erreichte, wäre er für mich verloren. Die Folgen wären Papierkrieg und diplomatische Verhandlungen, die sich über Monate hinzögen, und ich müsste erklären, was ich damit zu tun hatte.

Abgesehen davon war ich nicht hierher gekommen, um ihn ein drittes Mal vor Gericht zu stellen.

Cavello jagte mit seinem Range Rover durch die Straßen der Stadt, schleuderte schwungvoll um enge Kurven, überfuhr alle Stoppschilder und roten Ampeln. Ich raste ihm nur wenige Wagenlängen hinterher.

Wir fuhren bis zum Ostrand der Stadt, in Richtung seiner Ranch. Cavello beschleunigte auf hundertdreißig Sachen. Ich hielt Schritt. Er überholte einen langsamen Lkw, zielte auf den engen Raum zwischen diesem und einem entgegenkommenden Bus, der laut hupend auf sich aufmerksam machen wollte, bis der Fahrer auf die Bremse trat. Cavello verpasste den Bus nur knapp, als er den Wagen zurück auf seine Spur riss.

Auch ich überholte den Lkw, tat alles, um mich auf der engen, verwitterten Straße nicht abhängen zu lassen. Der Zeiger auf dem Tachometer stieg auf fast hundertsechzig Stundenkilometer. Ich konnte erkennen, wie Cavello in den Rückspiegel schaute, als ich ihm immer näher auf die Pelle rückte. Sein Wagen begann auszuscheren. Ein- oder zweimal dachte ich, er würde von der Straße abkommen.

Plötzlich öffnete sich das Fenster auf der Fahrerseite von Cavellos Wagen, und eine Halbautomatik tauchte auf.

Ich trat mit aller Kraft auf die Bremse und duckte mich hinter dem Lenkrad, während die Kugeln von meinem Wagen abprallten.

Vor uns erblickte ich einen Wegweiser, und von rechts

mündete eine andere Straße auf unsere. Diese führte zum Dawson-Gletscher. Noch einmal gab ich Gas, holte Cavello ein und rammte ihn mit voller Wucht.

Diesmal konnte Cavello seinen Range Rover nicht mehr halten. Er machte einen Satz nach vorne und wirbelte um hundertachtzig Grad herum. Ich dachte, er würde umkippen, hoffte, er würde es tun. Doch er tat es nicht, sondern rutschte nur gefährlich an den Straßenrand und wirbelte Staub und Kies auf.

Auch ich drückte auf die Bremse. Als ich stehen blieb, blockierte ich Cavellos Wagen. Wir blickten uns in die Augen.

Sein einziger Ausweg war der Canyon. Bevor er die Straße nach oben weiterfuhr, jagte er mir eine Salve aus seiner Halbautomatik entgegen.

Du gehörst mir.

123

Es war eine felsige, nicht asphaltierte Bergstraße, die kaum für einen Wagen reichte. Ohne Geländewagen wäre keiner von uns beiden weiter als hundert Meter gekommen. Und es ging immer höher hinauf.

Mein Kopf knallte beinahe gegen den Wagenhimmel. Ich wusste nicht, ob er wusste, wohin er fuhr. Ich auf jeden Fall wusste es nicht, und ich hatte keine Vorstellung von diesem geheimnisvoll klingenden Gletscher und dem unbekannten Gebiet vor uns. Die Wände rechts und links des Canyon erhoben sich steil nach oben. Es war schwierig, mit Cavello Schritt zu halten, und jedes Mal, wenn ich über einen Höcker oder ein Schlagloch fuhr, umklammerte ich das Lenkrad wie einen Rettungsring.

Die Landschaft sah aus wie in einer urzeitlichen Welt. Die Vegetation schrumpfte bis zum Nichts, und vor uns schimmerten schneebedeckte Bergspitzen. Über uns ragten gefrorene Stromschnellen über die Felsen. Es war surreal.

Mit fast hundert Sachen polterten wir über die Straße. In jedem Moment konnte an einem der Wagen ein Reifen platzen. Das wäre der sichere Tod. Cavello schleuderte gefährlich um die Kurven, kratzte an Felsbrocken und Ästen entlang.

Ich musste die Sache zu Ende bringen.

Als Cavello um die nächste Kurve rutschte, drückte ich das Gaspedal durch und rammte ihn von hinten. Sein Range Rover brach aus, er versuchte, die Spur zu halten, dann drehten seine Reifen im Straßengraben durch.

Der Range Rover kippte zur Seite und blieb in einer dicken Staubwolke liegen. Ich trat auf die Bremse und sprang mit entsicherter Waffe aus dem Auto. In Cavellos Auto rührte sich nichts. Es sah übel aus.

Doch plötzlich wurde quietschend die Beifahrertür geöffnet. Ich konnte meinen Augen kaum trauen! Cavello, mit einer Kugel in der Schulter und mit wer weiß was für anderen Verletzungen, die er sich gerade zugezogen hatte, kletterte aus dem Wagen. Er hielt immer noch seine Waffe in der Hand und jagte einen Kugelhagel in meine Richtung. Ich ging hinter meinem Wagen in Deckung, in dem klirrend die Scheiben zerbarsten. Cavello schoss, bis das Magazin leer war.

»Das Ende der Welt, Dom«, rief ich ihm zu. »Für dich.«

124

Als ich auf ihn zuging, begann er, den Weg zum Gletscher hinaufzuhumpeln. Was war das bloß für ein Kerl?

»Es ist Zeit, die Schulden zu bezahlen, Dom. Erinnerst du dich an Manny Oliva? An Ed Sinclair?«, rief ich. Meine Stimme hallte von den schroffen Wänden wider.

Er zog sich auf allen vieren den Hang hinauf, rutschte wieder nach unten, richtete sich auf, griff nach Felsen und losem Geröll. Ich hielt mich etwa dreißig Meter hinter ihm.

Über einer Felsbank vor uns hing ein riesiger Eisblock. Er war zehn Meter hoch und unendlich breit. Atemberaubend. Hätte tausend Titanics zum Untergang gebracht. Und darauf strebte Cavello zu.

Er begann zu rutschen und fiel. Diesmal schrie er vor Schmerzen auf.

»Was ist mit Ralphies Schwester, Dom? Erinnerst du dich an sie? Oder an das kleine Mädchen, das du verbrüht hast? Wie alt war sie, ein Jahr?«

Cavello erreichte eine vielleicht sieben Meter tiefe Gletscherspalte. Es gab keinen Ausweg mehr für ihn.

Er drehte sich zu mir. »Was willst du denn von mir? Willst du, dass ich mich hinknie und bettle? Willst du hören, dass es mir leid tut? Es tut mir leid! Es tut mir leid!« Er verhöhnte mich und alles, wofür ich stand und woran ich glaubte.

Erschöpft keuchend zielte ich mit der Waffe auf Cavellos Brust. Und er stand einfach da am Rande des Abgrunds – darauf hatte ich so lange gewartet.

»Also los, Nicky Smiles. Du hast gewonnen! Es ist kalt, und wer weiß, was für Tiere es hier in der Wildnis gibt. Willst du noch ein paar letzte Worte hören? Es tut mir so leid, Nick, wirklich. Es tut mir leid, dass ich nicht die Gelegenheit hatte, diese Frau zu ficken, bevor du reingekommen bist. Ein geiles Stück. Also los, Nick. Siehst du, wie leid es mir tut? Mach schon. Erschieß mich!«

Also schoss ich. Eine Kugel durchbohrte sein Bein. Cavello kippte schreiend nach vorne. Ich schoss noch einmal, diesmal auf sein Fußgelenk, das ich zertrümmerte.

Cavello schrie und humpelte rückwärts, bis sein Fuß über die Kante glitt. Er rutschte, versuchte sich zu halten, landete aber mit einem dumpfen Schlag sieben Meter tiefer auf dem Rücken. Jetzt saß er völlig in der Falle, hatte keine Chance mehr, ohne meine Hilfe herauszukommen.

Eine Sekunde lang dachte ich, er wäre tot. Reglos lag er blutend und völlig verkrümmt auf dem Eis.

Doch er bewegte sich noch einmal, hievte sich auf die Knie. Seine Augen glänzten. »Du glaubst, du bist ein besserer Mensch als ich? Du bist erledigt, Pellisante. Du darfst dich glücklich schätzen, wenn du nicht den Rest deines Lebens im Knast verbringst. Toller Witz, was? Du gibst dein Leben auf, nur um meins zu beenden. Also los.« Er breitete die Arme aus. »Bring's zu Ende. Schieß! Besser das als irgendein wildes Tier. Verschone mich.«

Ich zielte mit meiner Glock auf Cavello, bereit, dieses bemitleidenswerte Tier zu töten. Doch wir befanden uns hier mitten im Nichts. Weit und breit war keine Menschenseele zu sehen. Er konnte nicht herausklettern. Der Geruch von Blut würde wie ein Magnet die Tiere anziehen, vor denen er sich fürchtete. Oder vielleicht würde er einfach während der Nacht an seinen Wunden sterben oder erfrieren.

Ich senkte die Waffe wieder.

»Weißt du, Dom«, sagte ich, »irgendwie gefällt mir deine Idee. Sehr sogar. Die mit den Tieren, die dich anfallen könnten.«

»Komm schon, Nick, tu es«, knurrte er. »Was ist los, fehlt dir der Mumm?«

»Er hieß Jarrod, Dom. Er war zehn Jahre alt.«

»Komm, tu es. Töte mich, du Schwein. Erschieß mich!«

»Erinnerst du dich, was du an dem Abend im Gefängnis, als ich dich besuchen kam, zu mir gesagt hast? An dem Tag, als der Geschworenenbus in die Luft flog?«

Cavello funkelte mich mit seinen Augen an.

»Nur damit du es weißt – ich werde heute Nacht schlafen wie ein Baby.«

Einen Moment lang sah ich noch zu Cavello hinunter, bis ich sicher war, dass es für ihn keine Fluchtmöglichkeit gab. Dann ließ ich ihn allein.

125

Zwei Tage später landeten Andie und ich auf dem JFK-Flughafen in New York.

Eigentlich hätte ich erwartet, von der Polizei festgenommen zu werden, sobald wir aus dem Flugzeug stiegen, doch wir rauschten ohne Probleme durch den Einreiseschalter und den Zoll. Am Terminal herrschte das reine Chaos. Familien und Taxifahrer winkten mit erhobenen Händen den ankommenden Fluggästen zu. Ein Typ in flottem schwarzem Anzug trat auf uns zu. »Benötigen Sie einen Fahrer?«

Andie und ich blickten uns an. Wir hatten keinen Plan gemacht, wussten nicht, wie wir in die Stadt zurückfahren sollten. »Sicher, könnten wir gut gebrauchen«, meinte ich.

Ich nannte dem Fahrer Andies Adresse. Die meiste Zeit während der Fahrt betrachteten wir nur die vertraute Umgebung – das Messegelände, das Shea-Stadion. Ich glaube, wir waren beide nervös und hatten Angst davor, was als Nächstes passieren würde. Ich wusste nicht, ob man mich verhaften würde. Und Andie – irgendwie hatte ich nicht den Eindruck, dass sie wieder für Werbesendungen vorsprechen würde.

Als wir über die Triborough-Bridge fuhren und uns Andies Wohnung näherten, blickte sie mich nur an. Tränen traten in ihre Augen, und sie schüttelte den Kopf. »Es tut mir leid, Nick, ich kann einfach nicht.«

»Was kannst du nicht, Andie?«

»Ich kann nicht aus diesem Taxi steigen. Ich kann nicht ohne dich in mein altes Leben zurückkehren.«

Als ich meine Hand an ihre Wange legte und eine Träne aus ihrem Augenwinkel wischte, hielt sie sie fest. »Ich kann nicht in meine Wohnung zurückkehren und so tun, als würde ich mein Leben neu beginnen und dass ich dieselbe bin wie vorher. Weil ich das nicht bin. Und wenn ich durch meine Tür trete, muss ich mich mit dem auseinandersetzen, was ich dort vorfinde – mein dummes Leben.«

»Dann tu es nicht.« Ich umfasste ihre Schulter. »Geh durch meine Tür.«

»Ich kann meinen Sohn nicht vergessen, Nick, und werde es nie tun. Aber ich will ihn nicht für den Rest meines Lebens vermissen.«

»Andie« – ich legte meinen Finger auf ihre Lippen –, »geh durch meine Tür.«

Tränen liefen an ihren Wangen hinab, die Mascara war verwischt. Ich wusste nicht, ob sie sich freute oder litt. »Weißt du, was ich letztes Jahr verdient habe?«, fragte sie. »Vierundzwanzigtausendsechshundert Dollar, Nick. Und davon stammte das meiste aus Wiederholungsgagen.«

»Das ist mir egal«, beruhigte ich sie und streichelte ihr Gesicht. »Ich kenne die Wahrheit. Du musst sie mir nicht beweisen. Schließlich bist du eine gute Schauspielerin.«

Andie erstickte ihr Lachen. »Adressenänderung«, rief ich nach vorne zum Fahrer.

Ich nannte ihm meine. Wir fuhren nach Hause. Gemeinsam.

Epilog

Ein Jahr später

126

Richard Nordeschenko schielte auf seine Karten hinab – Herz-König und Herz-Zehn. Er beschloss, sie auf der Hand zu behalten. Vor ihm lagen mehrere Stapel Chips. Auf diesen Abend hatte er sich schon lange gefreut – ihm ging es richtig gut.

Der Amerikaner hatte zu seinem Wort gestanden. Nichts war nach der Entführung seines Sohnes passiert. Keine Polizei. Kein Mossad. Kein Interpol. Niemand hatte ihn mit Cavellos Flucht in Verbindung gebracht. Oder mit Reichardts Tod in Haifa. Er hatte sein Geschäft dichtgemacht und alle Kontakte zu seinem früheren Netzwerk abgebrochen.

Ein Jahr später beschloss er, dass keine Gefahr mehr bestand, wenn er wieder anfing zu arbeiten. Er hatte wieder einen Auftrag in Amerika angenommen. Er betraf einige verzweifelte Männer aus dem Iran, und er war gut – und im Voraus – bezahlt worden.

Derzeit lief er unter dem Namen Alex Kristancic herum, ein Geschäftsmann aus Slowenien. Laut Visum war er hier, um Wein auf einer Messe im Javits Center zu verkaufen.

Den ganzen Abend über war ihm das Glück wohlgesonnen. Sein Stapel Chips war ständig gewachsen, und er zählte sein Geld, das er gewonnen hatte, schon gar nicht mehr. Zwei Wodka hatte er sich gegönnt.

Ein- oder zweimal hatte sein Blick den einer Frau an einem Tisch ihm gegenüber gekreuzt. Sie trug ein tief ausgeschnittenes Kleid, ihr dunkles Haar hatte sie zu einer eleganten Frisur hochgesteckt. Sie schien alleine hier zu sein, und sie spielte an einem Tisch für kleine Einsätze.

Mit den Flop-Karten wurden wieder ein König und eine Zehn aufgedeckt, die hervorragend zu seiner Hand passten. Das Glück blieb ihm weiterhin hold. Gut war: Auch ein anderer Spieler hielt bis zum Ende durch. Nordeschenko drehte seine Karten um. Der andere, übertrumpft mit zwei niedrigen Paaren, stöhnte. Die Götter meinten es gut mit Nordeschenko.

»Das war's dann für mich«, verkündete er und schichtete seine Chips zu kleinen, gleichmäßigen Stapeln auf. Er schlenderte an die Bar und bestellte noch einen Wodka. Es ging ihm wirklich gut – und noch besser, als die Frau auf den leeren Hocker neben ihn rutschte.

»Ein richtig guter Abend für Sie«, meinte sie. »Ist nicht nur mir aufgefallen.« Ihr langer, sehr schöner Hals kam in dem rückenfreien Kleid gut zur Geltung. Sie sah sexy aus, und sie verwendete ein erlesenes Parfüm.

»Ja. Die Poker-Götter haben heute Abend die Hand über mich gehalten. Und Sie? Ich hoffe, Sie hatten ebensolches Glück.«

»Gerade so viel, um mir einen Gimlet und ein Taxi nach Hause leisten zu können. Ich traue den Göttern wohl nicht so sehr wie Sie.«

»Dann darf ich Sie vielleicht einladen.« Lächelnd gab Nordeschenko dem Barmann ein Zeichen. »Dann hätten Sie Ihren Gewinn verdoppelt.«

Er stellte sich als Alex vor. Sie sagte, sie hieße Claire. Sie redeten über Poker, über Wein und über New York und darüber, dass sie im Immobiliengeschäft arbeitete. Sie bestellten noch eine Runde. Ein paarmal berührte Claire seinen Arm. Nach einer Weile tat er dasselbe bei ihr. Ihre Haut war weich und glatt, ihre Augen verwirrend schön.

Schließlich war es Mitternacht durch. Die Kartentische

wurden leerer. Er wollte Claire gerade vorschlagen, noch woanders etwas zu trinken, als sie wieder ihre Hand auf seinen Arm legte und sich nah zu ihm herüberbeugte. Ihr frischer, vom Cocktail süßer Atem war angenehm.

»Sie hatten bereits einen guten Abend, Alex. Möchten Sie, dass er noch besser wird?«

Ein Gefühl der Zufriedenheit überkam Nordeschenko. Er war bereits auf die Idee gekommen, dass diese Frau eine Prostituierte sein könnte – na und? Sie war höchst attraktiv, und sie schien bereit zu sein. Außerdem hatte er an diesem Abend genügend Geld gewonnen, um mehrere Frauen bezahlen zu können.

»Es wäre mir eine Freude.« Nordeschenko blickte in ihre hübschen, braunen Augen und warf ein paar Scheine auf die Theke. Sie hängte sich ihre Tasche um und rutschte, von ihm gestützt, vom Hocker. »Auf geht's zum Rock 'n' Roll«, sagte er.

Claire grinste überrascht.

»Das sagt mein Sohn immer. Er schaut amerikanisches Fernsehen«, erklärte Nordeschenko.

»Sie haben einen Sohn?« Es schien sie nicht zu stören. Eigentlich – wenn er ihren Ausdruck richtig deutete – schien er für sie dadurch noch sympathischer zu werden.

»Ja«, bestätigte Nordeschenko. »Er ist dreizehn.«

»Ach ja?« Ihr Blick schien etwas von ihrem Glanz zu verlieren. »Ich hatte auch einmal einen Sohn.«

127

Ich legte die Zeitung auf den Küchentisch und las den Artikel noch einmal – ein kurzer, zweispaltiger Bericht auf der Lokalseite der *New York Post*. Egal, wie oft ich mir das Schwarzweißfoto des Ermordeten ansah, er blieb derselbe.

Geschäftsmann in Nobelhotel ermordet

Der ausländische Geschäftsmann Alex Kristancic aus Slowenien wurde am Morgen in seinem Hotelzimmer erstochen aufgefunden.

Laut Polizeiangaben trat der Tod in den frühen Morgenstunden ein. Das Hotelpersonal erinnerte sich, Mr. Kristancic sei gegen Mitternacht in Begleitung einer unbekannten Frau ins Ramada Renaissance zurückgekehrt.

Lt. Ned Rust vom dreiundzwanzigsten Bezirk von Manhattan sagte, es werde untersucht, ob es sich bei der Frau um ein Callgirl handle, doch die Angaben zu ihrem Äußeren seien dürftig.

»Mr. Kristancic hatte den Abend offenbar im Murray Hill Poker Club verbracht, einem Privatclub auf der East Thirty-third Street, wo er die Frau kennen gelernt haben könnte«, so Lt. Rust.

Weiterhin sagte Lt. Rust, am Tatort seien keine Hinweise auf einen Kampf oder Raub gefunden worden, was darauf deutete, dass Mr. Kristancic, in dessen persönlichem Besitz sich zehntausend Dollar in bar befanden, seinen Mörder oder seine Mörderin gekannt haben müsste.

Die Tür zu meiner Wohnung wurde geöffnet. Es war Andie. Sie trug Jeans und eine Lederjacke.

Sie schien überrascht zu sein, mich zu Hause anzutreffen. Seit sechs Monaten war ich Teilhaber von Bay Star International, einem global tätigen Sicherheitsunternehmen. »Nick ...«

»Wie geht's Rita?« Ich blickte von der Zeitung auf. »Du hast gesagt, du würdest über Nacht bei ihr bleiben.«

»Ja.« Andie stellte eine Tasche mit Lebensmitteln auf die Theke.

»Aber ich hatte heute einen Vorsprechtermin.«

Ich schob die Zeitung über den Tisch. Sie nahm sie in die Hand und las. Schließlich nickte sie, blickte an die Decke und dann zu mir.

»Du bist eine verdammt gute Schauspielerin«, sagte ich.

Sie setzte sich auf den Stuhl mir gegenüber. Sie blickte mich an, ohne etwas verbergen zu wollen. »Er hat meinen Sohn getötet, Nick. Und die Geschworenen.«

»Woher wusstest du, dass er in New York war?«, fragte ich.

»Dein Freund, der vom Heimatschutz ... Harpering. Er hat dir vor ein paar Tagen ein Fax geschickt. Da stand was von einem Typen, an dem du vor einem Jahr interessiert warst. Er schrieb, der Mann sei unter einem anderen Namen wieder eingereist. Der Heimatschutz wusste, dass er in diesem Hotel am Times Square abgestiegen war.«

»Dann ist es jetzt zu Ende? Cavello, Nordeschenko.«

»Ja, Nick.« Sie nickte. »Es ist zu Ende.«

Ich erhob mich und ging zu ihr, zog sie zu mir herauf und umarmte sie, drückte ihren Kopf gegen meine Brust. »Wie lief's denn mit dem Vorsprechen?«, fragte ich nach einer Weile.

Sie zuckte mit den Schultern. »Gar nicht so schlecht. Es war für eine Episode von *Law and Order.* Ich wurde schon zurückgerufen.«

»Ach. Für welche Rolle?«

»Als Obmännin der Geschworenen, ob du's glaubst oder nicht«, erzählte Andie und lächelte. »Es ist nur ein Satz, Nick. Die Richterin fragt: ›Frau Obmännin, sind die Geschworenen zu einem Urteil gekommen?‹ Dann blicke ich sie an, ungefähr so, wie ich dich jetzt anschaue, und sage: ›Ja, Euer Ehren, die Geschworenen sind zu einem Urteil gekommen.‹«

Dieses Buch ist dem Dana-Farber Cancer Institute und all jenen gewidmet, die sich für diese ehrenwerte Mission engagieren.

Die Autoren möchten auch Kevin Palardy, Mary Ellen Murphy und besonders Anne Heausler Dupont danken. Dank auch an Jim Kingsdale, dessen Reisen nach Patagonien sehr aufschlussreich waren.

Es gibt einen Moment, in dem alle Hoffnung
vergeht. Dieser Moment gehört mir. Dann höre
ich den Klang einer zerbrechenden Seele.

592 Seiten
ISBN 978-3-442-47458-5

»Das spannendste Buch, das ich dieses Jahr gelesen habe!«
Stephen King

Ein Fall für den Psychologen Joe O'Loughlin und
Detective Inspector Vincent Ruiz

Die ganze Welt des Taschenbuchs
unter
www.goldmann-verlag.de

Literatur deutschsprachiger und
internationaler Autoren,
**Unterhaltung, Kriminalromane, Thriller,
Historische Romane** und **Fantasy-Literatur**

Aktuelle **Sachbücher** und **Ratgeber**

Bücher zu **Politik, Gesellschaft,
Naturwissenschaft** und **Umwelt**

Alles aus den Bereichen **Body, Mind + Spirit**
und **Psychologie**